Imprint
of
Light

光的印记

《国家电网报》2021年
文学作品选集

主编◎ 郑林

中国电力出版社
CHINA ELECTRIC POWER PRESS

图书在版编目（CIP）数据

光的印记：《国家电网报》2021 年文学作品选集／
郑林主编 . —北京：中国电力出版社，2022.3
ISBN 978-7-5198-6556-6

Ⅰ.①光… Ⅱ.①郑… Ⅲ.①中国文学—当代文学—
作品综合集 Ⅳ.① I217.1

中国版本图书馆 CIP 数据核字 (2022) 第 037054 号

出版发行：中国电力出版社
地　　址：北京市东城区北京站西街 19 号（邮政编码 100005）
网　　址：http://www.cepp.sgcc.com.cn
责任编辑：杨　扬（010-63412524）
责任校对：黄　蓓　常燕昆
书籍设计：锋尚设计
责任印制：杨晓东

印　　刷：北京九天鸿程印刷有限责任公司印刷
版　　次：2022 年 3 月第一版
印　　次：2022 年 3 月北京第一次印刷
开　　本：710 毫米 ×1000 毫米　16 开本
印　　张：22.75
字　　数：323 千字
定　　价：96.00 元

前言

　　光阴流转，文字记录生活；时间印记，皆为笔下文章。

　　这是一部国家电网公司员工的文学作品精选集，分为"光辉记忆""光明故事""时光片段""拾取光阴"四个篇章。这些作品均于2021年刊发在《国家电网报》副刊《亮周刊》上。

　　2021年，中国共产党迎来了建党一百周年。国家电网公司员工中的文学爱好者赓续红色血脉，倾情投入、用心创作，以文学的形式讴歌党的光荣历史和丰功伟绩，记述党领导下的电力事业取得的巨大发展成就。他们将心中对党的真情化作创作的动力，书写红色传奇，塑造典型形象，唱响时代旋律，与读者共同重温那些震撼人心的光辉记忆。

　　一座座青山架起银线，一片片戈壁风光无限。从大西北的风力发电、太阳能发电基地到东海之滨的渔光互补示范区，从重大活动保供电现场到天蓝地绿稻花香的美丽乡村，作者们深入电网生产一线，创作出沾泥土、带露珠、冒热气的文学作品，记录下发生在山巅之上、乡野之间、城市街巷中的光明故事。在他们的笔下，电网人以苦干实干践行绿色低碳发展理念，以优质服务增色祖国绿水青山。

　　电网纵横，条条银线便是写在大地上的诗行。电网员工沿着铁塔银线行走在大地上，为光明而吟唱。在高原电力天路建设现场，建设者登雪山、进沼泽，写下壮丽诗篇；在崇山峻岭间的架线工地，铁塔下、帐篷里生长着不为人知的细节和故事；在田间地头的农网改造现场，电网员工与乡亲们结下了气血相连的深情厚谊；在抗洪抢险保供电最前线，那些惊心动魄的瞬间连接起来，通往风雨之后的光明。雄奇瑰丽的大美风光、生动鲜活的电网故事、可亲可爱的国家电网人，都从他们的笔端走来，走近读者，走向大众。

斑斓多彩的生活是时代风貌的映射，或令人豪情满怀，或让人心醉神怡。作者们细心观察生活，拾取有情感、有故事甚或有哲理的一段段光阴，描绘生活中各种各样的美。一朵春花，一滴夏雨，一片秋叶，一粒冬雪，在电网写作者的笔下都是人间风景。亲情、友情、爱情，滋养人心；美景、美食、好书，丰富人生。在这些文字里，有着国家电网人丰盈而富足的精神世界——他们不仅懂得欣赏钢铁脊梁的雄伟壮观，也善于发现人间烟火的细腻美好。电力作家用独特的视角去寻找、探究工作和生活本身，用文学诠释了电网之美、生活之美，创作出了有思考、有感情的作品。

时间以光的形态出现，文字成为时光中的音符。这本书中的故事和人物，只是时间轴上的点滴，是历史河流中的浪花，但它们承载着光的节奏，留下了光的印记。

光明故事
电网篇

时光片段

生活篇

拾
光
取
明

光明

文化篇

光辉

记

忆

辉

红色篇

◎ 华尔丹
◎ 谌胜蓝

鄂南山中的明珠

（报告文学）

夜幕降临时分的湖北通城县隽水河畔，89岁的葛旺华在孙子的搀扶下，走在柳堤滨河公园的石板路上。风落到人身上，那是微微高于人体温的温度。明亮的路灯灯光糅着皎皎的月光，这对祖孙渐行渐远，拉长的影子诠释着世间最平凡的生活。

"多亮堂啊！"葛旺华停下了脚步，喃喃道。他们的左边是新建的河堤公园，公园里，人们跟随幸福的节拍在起舞。他们的右边，隔着一条小路是一栋栋老居民楼，并不光鲜的外表承载了这座城市的记忆。路灯下，鲜艳的五星红旗和党旗恰似跳动的火焰。眼前这一抹抹红色突然打在了葛旺华的心上，那种突如其来的温暖紧紧包裹着他。"没有共产党就没有新中国，没有共产党就没有新中国……"他轻轻哼唱，不太清透的眼睛慢慢湿润了。他脑海中那些久远的事情渐渐清晰起来，关于他自己的，关于这座城市的。

山窝窝里的小城用上了电

1932年，葛旺华出生在通城县。通城县在湘鄂赣三省交界的幕阜山北麓，有大小溪流135条，处于"七山一水两分田"的半山半丘陵地区。中华人民共和国成立前，通城县是个"三天不下雨，滴水贵如油，一遇洪水遍地横流"的穷地方。当时全县水利设施不足，人民饱受水旱灾害之苦。

1949年6月的一天，通城县县城所在地隽水镇热闹极了。大伙听说镇子上来了个"大家伙"，纷纷停下手里的农活上街看稀奇。大汽车慢悠悠地开进了镇上，车身上还留着战斗中枪弹射击的痕迹，车轱辘上还粘着褐色的泥土。镇上老人说，那是国民党战败溃逃后留下来的车，英国产的，是县里唯一的货车。一些调皮的小孩跟在车后面拍着巴掌嬉笑小跑着。车上装的是一台日产120马力汽油发电机和一台15千瓦发电机。这两个"大家伙"都是用来发电的。那时，17岁的葛旺华和很多人一样，还不知道电是什么。

鲜艳的五星红旗在天安门广场冉冉升起，如同太阳一般照亮了全中国，也包括这远在千里之外的山窝窝里的小城。随后，通城县政府机关大楼亮起了第一盏电灯。它的光亮温暖着全县人民的心，也点燃了人们对新生活的希望。"这个灯风吹不灭，在晚上跟个太阳一样高高挂在那里，看着亮亮的，心里暖暖的，要是家里也有电灯就好了。"葛旺华第一次见到电灯时，站在那里盯了好久。

1953年，葛旺华是黄袍公社的干事，带着村民修整农田。因为工作出色，1954年6月，葛旺华正式加入中国共产党，成了同事们口中的"小葛同志"。入党宣誓在公社的大礼堂举行，他激情澎湃、声如洪钟，宣誓一结束，就回到村里挖地去了。第二年，在党和当地政府的领导下，通城县人民掀起了深挖塘、广筑堰、固堤防的水利建设热潮。葛旺华成了其中最积极的一员。每天，他带个搪瓷缸子上岗，这一缸子饭菜就解决了他的一日三餐。天气好时，他干脆就睡在坝上。

"这是县里的决定，大家要服从组织安排，有没有主动愿意去电厂工作的同志?"在大家都低着头的时候，葛旺华站了起来，坚定地说："厂长，我去。"有人在下面小声议论，也有人扯着他的衣角让他别冲动。这是发生在1960年10月18日的一幕。通城县委决定成立专门的电力管理机构：通城县地方国营电厂城关发电厂。电厂厂址就选在了葛旺华工作的农具厂旁边。发电厂人手不足，要从农具厂抽调两人过去。大家对发电厂没什么概念，都不太愿意去。葛旺华心想，自己是一名党员，国家要自己干啥，就干啥。新成立的城关发电厂各项工作都是一片空白。面对崭新的设备和陌生的工作，葛旺华和同事一边磨合一边小心翼翼地"摸着石头过河"。就在这一年，他见证通城县近郊农村150户人家用上了电灯。

两次买电400千瓦的故事

有了电，可是电却不够用，葛旺华想起了通城县两次向外买电400千瓦的事。

第一次发生在1965年。因军工需要，湖北省国防科学技术工业办公室在北港镇建设湖北长石矿厂。葛旺华和同事们纷纷报名去矿上务工。但是，没电怎么开工？省里的领导为这事来了电厂好多趟。厂长急得没法子。电真是供不应求啊！除了保证政府、学校等重要用户用电，还有百货大楼、农具厂、人民公社综合厂、造纸厂……哪个不要用电？当年，镇上还新建了一个陶瓷厂。厂里几乎所有工序都是半机械化。白天发的电，政府、学校、百货商场用，晚上发的电，居民照明和工厂用。不够用，一些厂子就自备发电机，居民家里也只能限量供应了。这下又新建个矿厂，缺电怎么办？思来想去，上级领导决定向紧邻的湖南临湘县买电200千瓦，并投资27.75万元架设高压线路。这才解了燃眉之急。

第二次买电发生在1970年。通城县矿厂规模越来越大，陶瓷厂向全自动化转型。政府又投资40万元向咸宁市买电200千瓦，并架设崇阳至通城的高压线路。但电力还是紧缺，时供时停。县里48个工矿企业、1万多亩粮田，都"嗷嗷待哺"，等着用电。葛旺华看在眼里，急在心里。作为一名党员，群众有需求，他不能置身事外啊！

极度缺电现象和通城县内丰富的水电资源形成了强烈对比，引起了一位解放军旅长的注意。1970年6月，这位旅长带着省城的水利专家，与通城县的干部、技术人员、当地村民一起，开始了调研工作。葛旺华作为电力技术人员随行。

有一天，在去云溪水库考察的路上，一名技术员踩在水中的石头上，

红色篇
光辉记忆

"哐"地一声摔倒在了溪水中。小溪只有不到2米宽，但水流湍急，眼看他半个身子就要被水冲下去了。溪水下游一侧是一块块凸起的石头。就在这时，通城县电力会战指挥部（县水电局前身）办公室主任周中银一把抓住了这名技术员的手臂。葛旺华反应过来，一下子抓住了周中银的手和技术员的手臂。同志们冲过来抱住了周中银的腰。大家齐心协力把技术员救了上来。

他们攀过黄龙山，深入东冲、挺进云溪、下至左港、登上百丈潭，跋山涉水。最终，一幅通城县小水电开发蓝图呈现在县委领导眼前。县委领导协商后，果断决定：自筹资金、自力更生兴办小水电。县里开发百丈潭、云溪、黄龙三条水系，乡镇开发小梯级水电资源，村组开发小流域水电资源。

小水电建设成了定局，但是资金紧缺成了首要问题。周中银提出了一个"遭人恨"的法子：每年从电厂电费中挤出60多万元，以电养电。这是要从电厂职工的工资里挤出钱来。有人赞成，也有人反对。葛旺华犹豫了，毕竟还有一大家子要养，老人身体不好要看病，两个娃要读书。周中银往意见最大的几个职工家里跑了好几趟，动员会上，他耐心细致地劝导。他提到了1953年通城的那场大旱。在场的人都回忆起那时的情景：禾稼枯黄、田地龟裂，户到户、村到村之间，到处都是水车在车水。修塘、垒堰、开沟、打井，人们不分昼夜地劳作。葛旺华低着头、红了眼，心想："只要小水电建好了，庄稼不用望天收了，乡亲们就都有饱饭吃了。"出生在革命老区、成长在红旗下的葛旺华和同事们，骨子里的红色血液在奔腾。

照亮城乡的伟大力量

在"不浪费一米水头，不丢掉一个千瓦"的奋斗目标下，1970年7月23日，"战斗"首先在百丈潭青龙山打响。建水电站先要修路。一条从潭下村至水电站大坝的3公里长的公路开始兴建。从山上望去，一条路上，乌压压的全是人头。所有建设项目都没有机械施工设备，包括修建输水管道，材料都是靠3万多人用肩膀挑上去的。葛旺华又是其中一员。为了激发大家干事的热情，党员在前面带头扛。千军奋战大修小水电，雨天一身泥，晴天一身灰，铁盒盒里装口粮，夜晚睡在牛棚里。葛旺华记得，那时候人们充满干劲，有一句口号深深刻在了每个人的心里——红旗已于青龙山下招展，明灯定在隽水两岸高悬。

巍巍青龙山，悬崖峭壁，巨石嶙峋，水电站基础开挖难，任务艰巨。施工人员要在山背上凿开一条宽10米、深15米、长445米的石槽。青龙山山体的岩石层特别不好挖。葛旺华手上起了水泡，水泡破了，结成厚厚的老茧。"再磨也就不疼了。"葛旺华总是这么想，每次疼起来，他都咬紧后槽牙，猛吸凉气。

春天蛇虫鼠蚁多，夏天晒得脱层皮，秋天雨水路难行，冬天冻疮手难伸。就这样，3万多名群众和电厂工人拿着每个标工1斤大米、2毛钱的补助，苦战两个冬春，在海拔440米的山谷间建成了坝高40米、蓄水1710万立方米的百丈潭水库电站。而后4年间，通城县人民又搬动土石方210万立方米，沿着百丈潭水系相继建成了3个梯级水库和4座水力发电站。全县建成小水电123处，总装机容量1033万千瓦，架设高低压线路1330千米，形成了独立的有规模的地方电网。全县所有公社、80%的大队、55%的生产队、所有企事业机关和学校全部用上了本县小水电的电。通城县一跃成为湖北省第一个农村初级电气化达标县。

1977年10月，通城县水电建设成就模型在广州第42届秋季中国进出口商品交易会上展出。一位马来西亚嘉宾说："修建一两座水电站也许不难，而把一个县变成一颗巨大的明珠，照亮整个城乡，这是多么伟大的力量啊！"就在这一年，葛旺华观看了他人生中的第一部电影——《通城明珠》。这是一部讲述通城人民兴修小水电的彩色纪录片。

再后来，在《通城县志》上记载了这样一条：1978年，伏旱秋旱相连，全县162天无有效降雨。全县人民利用各种水利设施抗灾，战胜了特大干旱，粮食总产2.8亿斤，比历史最高产量1976年增产795万斤。

1983年，葛旺华调任通城县水电局任副局长，后来到通城县水电公司任党总支书记直到退休。他回忆，在1990年之前，通城县的水电除了满足自己需要外，丰水期的时候还能向外输送电力。历史的故事就讲到这里吧。今天的通城电网，已经形成了以220千伏为主干、110千伏为骨架、35千伏输电线路为支撑的供电格局。通城县拥有15座变电站，总供电容量达到78万千伏安。

这座鄂南小城，一山一水赋予了它朝气蓬勃的生命力，而融入湖北电网让这颗鄂南明珠更加熠熠生辉。

昆嵛山下的 『红色妈妈』

◎ 宋英红

（报告文学）

一

昆嵛山，地处胶东半岛东部，以自然风光、名胜古迹和胶东革命圣地而闻名。中国共产党领导的武装力量在20世纪30年代初就根植昆嵛山。每年5月，正是昆嵛山春意最浓时，美景吸引着游人纷纷来此。

今年，更多的游人把目光对准了昆嵛山下那片"红"。于是，大山褶皱里一个叫阎家泊子的小村子就格外热闹起来。一拨又一拨游客来这里打卡"红色之旅"。

阎家泊子村位于烟台和威海两地交界处的昆嵛山下，战略地位十分重要，是当年昆嵛山红军游击队的根据地。游客来村里寻访革命遗址、祭扫缅怀先烈，聆听一个个荡气回肠的昆嵛山红色革命故事时，总会怀着敬仰之情特意去拜访一位名叫王淑贞的老人。她是昆嵛山红军游击队队员刘福考烈士的遗孀，到2021年已107岁高龄。

初识王淑贞老人，还是2013年一个炎炎夏日的午后，我到阎家泊子村采访农网改造升级工程。当时，村里一条尘土飞扬的街道就是繁忙的施工现场。一位老人正佝偻着身子，一手拄着拐杖，一手提着水壶，站在自家门口大声招呼不远处的施工人员："大热天的，快别干了。俺烧了开水，凉凉了，你们先下来喝口水，歇会儿。"

忙着立杆、接线、装表的施工人员急忙奔过去接过老人手里的水壶，倒满一碗水，仰头喝下，一边抹着滴落嘴边的水，一边笑着感谢老人："大娘，谢谢了，这水可真甜！""那可不，这可是昆嵛山上的水，好着呢。"老人的声音里满是自豪。

老人门前坐着几位同样上了年纪的大娘。她们一边择着刚从自家菜园里割的新鲜韭菜，一边唠着家长里短，还时不时打量着不远处的电线杆。这边老人又回转头，见满头大汗的我从门前经过，一把扯住我："小闺女，快来俺门口这阴凉处坐会儿。瞧，这脸晒得通红。"她又特意从门前的菜篮子里挑了一根还带着嫩刺和小花蒂的黄瓜塞到我手里，亲切地说："小闺女，快吃快吃。闺女，你说这么一大帮人来俺村忙乎啥呢？""奶奶，这是我们供电公司的师傅，他们在改造村里的供电线路。等改造好，村里就不会常停电了。"我笑着说。听了我的一番解释，老人笑着说："那敢情好，现在多好的日子，这电可离不了。你们这是来办大好事呢。快点，小闺女，我这篓子里还有黄瓜，你赶紧拿去给他们分了！"那时，老人给我留下的深刻印象是提着水壶的佝偻身影和爽朗的笑声。

2019年国庆节前，基层通讯员传来了一篇新闻稿和一张照片，照片里的老人躺在炕上，青筋毕露的手抚摸着一面鲜红的党旗，眼里含着泪，深情而又欢喜。仔细一瞧，这不是那年给施工人员送凉开水、热情地往我手里塞黄瓜的老人吗？她是谁？她怎么了？她有什么故事？一看新闻稿，我才知老人叫王淑贞，竟有105岁高龄，是威海文登昆嵛山红军游击队队员刘福考烈士的遗孀。我立刻上网细细搜寻老人的事迹，更加震惊了。满头白发、身体羸弱的老人还是一位有着80年党龄的老革命。她一家7口人，有5名是共产党员，其中4名是在抗日战争期间入党的。她的丈夫和公爹是烈士。她家是名副其实的红色之家、英雄之家。

二

时间回转到20世纪30年代，战火自文登燃遍胶东。1933年，19岁的王淑贞嫁到了阎家泊子村。她的丈夫刘福考、公爹刘明达都是中共地下党员。公爹承担往烟台地区送信的任务，丈夫是昆嵛山红军游击队战士，王淑贞的家成了胶东地区地下党的秘密联络点和指挥部。

1936年夏天，刘福考在战斗中不幸中弹，壮烈牺牲，留下身怀六甲的妻子和年幼的女儿。王淑贞在丈夫坟前立誓：一定要把儿女抚养成人，走丈夫没有走完的路，将革命进行到底。她成了党的地下交通员，利用当时敌人不太注意女性尤其是农村妇女的有利条件，扭着小脚往返奔走于各情报点之间，搭起了秘密联络的桥梁，多次为地下党传递重要情报。

为了防止被敌人抓到，她还想出了一个办法——装疯！从此，在乡亲们眼中，阎家泊子村那个贤惠的刘家媳妇消失了，取而代之的是大家口中的"王疯子""疯婆子"。王淑贞不知道因此遭受了多少白眼和嘲笑。"跟党走，就要严守党的纪律，保守党的秘密！"这是王淑贞心中不变的理儿。

当时，地下党的秘密联络点设在阎家泊子村村外三里地的一处山顶庙宇旁的石窝子中。白天，王淑贞假装上山挖野菜；晚上，她就假装去庙宇为家人祈福。送信路上，她不怕天黑草深、豺狼野兽，最担心的是被人怀疑、盘问。所以，无论遇到多么亲近熟悉的人，无论对方如何打听，王淑贞都绝不透露半点儿秘密。几年间，她送信从未出过一点差错。甚至，同样承担往烟台地区送信任务的公爹刘明达，都不知道自家儿媳妇竟然也是一名地下交通员！王淑贞常常会挽起发髻，插上结婚时戴的珠花，将写有情报的字条卷在发髻里。遇到可疑的人，她三摇两晃就混过去了，多次顺利完成组织上交给她的任务。

1939年10月13日，王淑贞光荣地加入中国共产党，并立下誓言要永远跟着共产党干革命。

从成为一名共产党员的那一刻起，王淑贞干革命的劲头更足了。她先后担任过党的地下交通员、妇救会会长、村妇女主任。粮食、房屋……只要有利于党的事业，王淑贞一家倾尽一切，在所不惜。

为了解放战争的胜利，王淑贞逐户动员村里年轻人南下支前。当年，这个不到百户人家的阎家泊子村，在王淑贞这位"红色妈妈"的号召下，有近三分之一的年轻人参军上阵，被评为支前模范村。

三

"一代一代接着干，我要领头干！"她说。中华人民共和国成立后，王淑贞扎根农村，"深藏功与名"。村里人对王淑贞的过去知之甚少，知道她曾经做过党的地下交通工作后都很惊讶。她一直在村里担任村干部，直到年逾七旬。退出村干部行列的她还是闲不住，又当起了村内党风廉政监督员，义务监督村干部履职情况。

她100岁时还坚持参加村里的党员会议，帮助村里义务清扫街道。走不动了，她就拖着小板凳，一点儿一点儿清理村里街边的杂草。直到2017年前后，王淑贞老人的事迹才被文登区党性教育基地的工作人员艰难寻得。

老人的一生是辉煌的一生、革命的一生，可我第一次见到她时却丝毫不知。

2021年5月19日，怀着崇敬之情，我又一次踏上去阎家泊子村的路。再次进入这座昆嵛山脚下的小村庄时，我十分惊讶。如果说8年前的小村庄还比较简陋静寂，无人识得，那么如今的村子则是处处透着欢欣与热闹。一条宽阔笔直的柏油马路连接着村子与外界。马路两旁冒出一块块样式统一的红色旅游点或樱桃、桃杏采摘园的指示牌。村内房前屋后绿树掩映，家家门前花团锦簇，街道干净整洁，两旁路灯直立。

我到的时候，正值王淑贞老人过107岁生日。老人的家中挤满了前来为她祝寿的人，不仅有从各地特意赶回来的家人，还有许多志愿者，其中就有身着红色马甲的国网山东电力（文登）彩虹共产党员服务队的队员们。自2019年与老人结缘，几乎每逢节假日，他们都来探望她。尽管已常年卧床，但爱热闹的老人喜欢听志愿者为她唱歌，喜欢看志愿者欢快地在一起包饺子，喜欢志愿者给她洗头梳头，喜欢时常摸摸志愿者带来的鲜红党旗，也喜欢不停地给志愿者讲述那些她曾经历过的革命故事。

当天，志愿者为老人穿上崭新的唐装，献上订制的由各色形态不一的花馒馒组成的刻有大红"寿"字的胶东特色"生日蛋糕"，为她戴上生日帽、齐唱生日歌。他们还为老人唱了一首她最喜欢的歌——《革命人永远是年轻》。老人和大家一起拍着手，笑着，乐着，眼中闪出了晶莹的泪光，脸上的每一处褶皱里都盛满了幸福的味道。

尽管老人早已不记得我，但看到我和同事身上的蓝色工装、红色马甲，老人就满心欢喜，颤巍巍地说："都是好孩子，可为俺们做好事了呢。现在这日子可真好！跟着共产党就要好好干！"那一刻，围在老人身边的我眼睛有些湿润。我们为老人带来了欢笑，我们也从这位党龄82年、高寿107岁的革命老人身上学到了许多许多。

我们之间有着一根看不见的温情的接力棒。我们在昆嵛山下，在阎家泊子村，在刘福考烈士故居，在王淑贞老人这里汲取着前进的动力，感受一名共产党员的初心。我们在这里成长，我们的队伍在这里不断壮大。一颗初心，一份使命，一个理想，像老一辈共产党员一样，我们也将在自己平凡的工作中，勇挑重担，不断地向前、再向前！

赤水河，英雄的河

◎ 陈兆平

（散文）

一进入四川古蔺县太平镇，赤水河便显露了它的仙踪，似一条轻柔的飘带，从远远的山谷向我的眼前飘了过来。太阳炙烤着大地，炙烤着赤水河。鸟儿在绿树丛中叫着，一阵紧似一阵。已经进入雨季，雨水淋不湿鸟的翅膀，但能使一河清流变得浑浊，即便如此，流淌的赤水河仍是一幅流动的风景，至深，至远。

面朝赤水河，身前是壁立千仞，身后是高山奇峰。

赤水河的源头在云南镇雄，又名"大涉水""安乐水"，唐代时叫"赤虺河"。"此水奔流似飞箭，缚筏乘桴下蜀甸。"明代，杨慎被贬，由川入滇，经由叙永县的摩尼镇至雪山关，路经赤水河时，他看见过乱石穿空、惊涛拍岸的画面。

裹挟着云贵高原瑰丽的色彩，赤水河浩浩汤汤，穿行在深山巨谷中。端午后、重九前，河水赤红，其他时节则清洌透亮。赤水河沿高山峡谷逶迤入川，在二郎滩渐渐缓了下来。河的两岸，一边是贵州仁怀的茅台镇，一边是四川古蔺的二郎镇，酒旗迎风，茅台与郎酒，名满天下。所以，赤水河又叫美酒河。

我到赤水河时，错过了阳春三月的百里杜鹃，也错过了四月的水仙花开。但我看见了赤水河两岸的杨柳和竹枝——杨柳如少女，婀娜多姿；竹枝似少年，挺拔青翠。

站在赤水河岸，两岸的旖旎风光尽收眼底，一段英雄岁月如河水般汹

光的印记 《国家电网报》2021年 文学作品选集

涌而来。

那是1934年10月，中国工农红军从瑞金出发，踏上战略转移的漫漫征程。头顶上是飞机狂轰滥炸，脚下一路坎坷泥泞，他们挺进湘西，冲破封锁线，转贵州，渡乌江，夺遵义，四渡赤水河。

遵义会议后，红军长征历经低回曲折，终于在赤水河上找到一抹亮色，给沉郁悲壮的长征路平添不少诗意。在"虎豹之林猿猱路"上，这支疲惫不堪、装备简陋的军队，跋山涉水，千回百转，四次往返穿梭于川、黔之间，战局一时波谲云诡、险情四伏。

赤水河，被永远定格在历史风云里——

1935年1月27日，寒风凛冽，中央纵队和红三军团抵达贵州土城镇，在青杠坡一带遭遇川军。第二天拂晓，青杠坡战斗打响，川军遭受重创，红军也有不小伤亡。战斗进行中，中央召开紧急会议，果断改变原定计划，决定立即撤出战斗，西渡赤水河，由此拉开了四渡赤水的序幕。1月29日，红军渡过赤水河，迅速向四川叙永、古蔺进发，此为一渡赤水。2月9日，红军各部先后赶到扎西集结，"二月里来到扎西，部队整编好整齐。发展川南游击队，扩大红军三千几"。2月18日至21日，红军在二郎滩、太平渡二渡赤水，回师黔北，取桐梓，占娄山关，再夺遵义城，取得长征以来最大的一次胜利。3月16日至17日，红军在茅台镇及其附近地区西渡赤水河，再入川南，这便是三渡赤水。3月21日至22日，红军在二郎滩、九溪口、太平渡等渡口第四次渡过赤水河，再回贵州。

四渡赤水，红军驰骋在川、黔、滇边境，迂回穿插于数十万敌军重围之中，不断创造战机、歼灭敌人，从而摆脱敌人的围追堵截，从被动走向主动，从失败走向胜利，创造了红军长征史上以少胜多的光辉战例。

娄山关大捷是红军长征以来打的第一个大胜仗。后来，毛泽东写下《忆秦娥·娄山关》："西风烈，长空雁叫霜晨月。霜晨月，马蹄声碎，喇叭声咽。雄关漫道真如铁，而今迈步从头越。从头越，苍山如海，残阳如血。"整首词慷慨壮阔，一个"烈"字，让人读来不禁泪雨滂沱。"西风""雁叫""霜晨"这一串悲秋景象入词，与早春二月的云贵川时令极不吻合，更加令人唏嘘不已。词的最后两句，诗人看见了如海的青山、如血的夕阳，满目苍凉沉雄。

硝烟散尽，江山依旧，这赤水年复一年地拍打着河岸，不分春秋。

伫立在二郎镇的天宝洞，远看娄山关，近观赤水河。峡谷之间，赤水河缓缓流向太平镇，逶迤下泸州，随后浪花千叠，入合川，奔长江，东流入海不复返。

再次回到太平镇，要去看太平渡。

站在太平渡那座纪念碑前，目光止于碑顶。纪念碑碑身呈塔形，碑的基底为三角形，指明了红军当年二渡、四渡赤水的方向。纪念碑的下方便是赤水河，那一块偌大的老鹰石仍在河水里岿然不动。很多年前，因老鹰经常在这块巨石上栖息，当地人便叫它老鹰石。红军渡赤水时，河对面是一片茂密的森林，郁郁葱葱，便于红军隐蔽作战，而纪念碑的这一侧则是一片竹林。当年，红军战士就地取材，破竹结绳，一头拴在对面山上的一棵大马桑树上，一头拴在老鹰石上，竹绳将四条小船紧紧相连，在船与船之间架起梯子，将从当地百姓家征集而来的门板搭在梯子上，红军队伍就从上面渡过赤水。

我慢慢靠近老鹰石，抚摸着它坚硬的"身躯"，感受着它的坚毅。此时，它不是一块石头，仿佛是一位红军战士永远的雕像。站在老鹰石旁边，目光扫过河面直抵对岸，我仿佛看见了大队红军从河上匆匆而过，看见了当年的短兵相接，听见了太平阻击战的枪炮声。

阳光炙烤着大地和河水，我身上的衣衫已经湿透，清爽的草香在河边弥漫，入鼻入肺。那就是1935年2月的草香吗？那是娄山关飘来的草香吗？我贪婪地呼吸着、冥想着，领略着那一年的落寞与激情。不知道纪念碑上飘飞的英魂是不是有和我一样的感觉——今年的春天是经过那年的早春而来。恍惚间，我甚至感受到了先烈们在赤水河上奔跑的力量。

赤水河流到太平镇，便与古蔺河交汇。太平古镇依山而建，青瓦木楼层叠错落，那是典型的清代民居，充满古朴的韵味。很早以来，太平镇就是川、黔商旅集散之地。清代乾隆十年，赤水河分段通航。贵州缺盐，四川出井盐。川盐从赤水河入黔，一时间，赤水河好不热闹，太平镇也因此而兴盛。

红军四渡赤水，有两次从太平镇的渡口过河，三次转战于此，留下700多件文物和许多传奇故事。于是，太平镇又多了一段金戈铁马的历史。

1934年腊月，红军队伍首次进驻太平镇。不明真相的群众纷纷逃离，留在镇上的人也对红军心存疑虑。红军开仓放粮，杀肥猪分给群众过年。听说红军对穷人特别亲，逃离的群众纷纷返回镇上，打开家门迎接红军。红军过赤水河时，他们自愿拆下家中门板和楼梯搭建浮桥。

当年，红军四渡赤水历时72天，在古蔺县境内就转战54天。当地老百姓打心眼儿里拥护这支英雄的队伍，先后有800多名古蔺青壮年参加了红军。

如今的太平镇留下了历史的烟云，成为一个旅游小镇。走在小镇的石板路上，最喜那吊脚楼。它的正屋建于地面，厢房一面与正屋相连，其余三面悬空，仅靠柱子支撑。红军总司令部旧址内的吊脚楼就是这种建筑中的典型。走在长征街上，还能看见红军当年写的标语。小镇上的红军纪念地多达87处，街道两旁老房子的门楣上大都挂上了标识。这里的大人和小孩都能讲出几个有关红军的故事。

95岁的车盛寅满头白发，精神矍铄。红军进入太平镇那一年，他才9岁。他回忆，红军到了太平镇，挨家挨户敲门："老乡们不要害怕，红军是为老百姓谋福利的队伍。"车盛寅的父亲将信将疑打开了门，看见红军战士整齐地坐在门前的地上，时值寒冬腊月，红军将士们衣衫单薄……车盛寅还记得，有两个红军战士到他家买了两个烧饼，用的是苏维埃纸币，并叫他的父亲赶快到镇上的红军银行去兑换成银元。父亲半信半疑，让车盛寅去兑换。车盛寅很快将银元兑了回来。父亲很感动，对车盛寅说："要是川军的队伍来，不光不给饼子钱，如果我们讨要饼子钱，还会挨打。"

四渡赤水后，红军巧渡金沙江，跨乌蒙，强渡大渡河，翻雪山，过草地，最后到达陕北，完成了伟大的两万五千里长征。

车盛寅渐渐长大，成了一名地下党员。中华人民共和国成立后，他先后参与建设了古蔺县的多座电站。1986年，车盛寅离休，却总想找点事情做。于是，他腾出一间临街的屋子，开展"红军故事天天讲"活动，不仅给游人讲故事，还免费为听众准备了盖碗茶。这一讲就是30多年。

赤水河仍然在流淌，流过太平渡，流过二郎渡，流进永恒的历史画卷中。一道苍茫、恢宏的历史画卷舒展在大地上。永恒的、立体的画卷，一直在你的眸子里，在我的眸子里，熠熠生辉……

一位老党员的宝贝盒子

◎ 高绪红

（散文）

老爷子叫宋立文，今年80岁了。

我们在供电公司的家属大院里做了20多年的邻居，可遇见的次数并不多。偶尔见到，他总是和蔼地笑笑，和我话两句家常。每到此时，我心里总是会先紧张一下——30年前我刚入职时，他是分管生产的副经理，敬畏之情从那时就种下了。而如今拉起家常来，我发现他和别的邻居大爷没什么两样，热情、絮叨，透着一种莫名的亲切感。

花白的头发一丝不乱，一双眼睛炯炯有神，和人对视时，他的眼中少了当年的威严，多了些许柔情。最让人惊叹的是，老爷子的记性太好了。前年，要写一篇山东胶州电力发展的文章时，我采访过他。几十年里的一桩桩大事小事、一串串数字，从他嘴里源源不断地冒出来。老爷子的记忆力让我佩服得五体投地。

正是那次，我知道了老爷子有一个珍藏多年的宝贝。说是宝贝，其实就是一个有了年头的资料盒。资料盒里，各类资料装得满满的，有手写的，有复印的，有打印的，还有泛黄的报纸、卷边的荣誉证书、看不清人物的黑白照片。他为胶州电力忙活了一生，从少年到白头，这些东西对他来说是宝贝一样的存在，是他一生操劳的证明。

第一个引起我注意的是一张胶县技工学校的毕业证。毕业证卷边了，一道道折痕像是老人脸上的皱纹，透着风霜和沧桑。

1941年，宋立文出生在胶县城南的南辛置村。在那个不大的小村子里，人们日出而作，日落而息，生活清贫又单调。

1950年，胶县县委县政府办公用上了电，但已经上小学的宋立文跟其他小伙伴一样，还得在煤油灯下写作业。因为当时全县唯一的发电厂只有3台柴油发电机，总发电容量只有80千瓦。后来，宋立文家也通上了电。少年宋立文心里有了一个梦想：做一名光明使者。

1965年，宋立文从胶县技工学校毕业，到胶县供电所从事农电工作。那时候，全所干部职工一共23人。他被分配到线路班，主要工作就是架设线路、给木质电杆涂防腐油。

当时，4部手摇式电话机是全所最先进的通信工具，6辆地板车、5辆自行车是主要交通工具，登杆得用三角板。遇上线路建设等"大工程"，他们得调用农村劳动力、借马车。20世纪60年代的供电所很简陋，是现在的年轻人难以想象的。

1968年到1970年，为了让胶县农村都能用上电，县里组织了一次扩大农村供电面积的大会战，还专门成立了农电办公室，由一名副县长牵头，所有人员分为两个施工组。踏实肯干的宋立文被选中，带一个组住在马店和胶莱公社。

大会战用了整整3年时间。3年里，这帮人在冰天雪地里手拉肩扛，在盛夏酷暑中架线立杆。刺骨的北风，没有吹走他们的斗志；似火的骄阳，没有晒化他们的信念。最终，他们为5个公社的263个村庄拉上了电。其中，宋立文所带的小组共架设175千米10千伏线路、324千米低压线路，为127个村庄送上了电。

回忆从前，宋立文说："那时候条件很艰苦，工作量很大，施工人员都住在村里，好几个月都不能回家一趟。不过看到老百姓通上电的高兴劲，我们再苦再累也觉得值！"通电之后，农民用上了电灯，村里的磨面机、脱粒机、抽水机也都换上了电动机，省力又便捷。农民们说，还是共产党好！

第二件宝贝是一张黑白照片。照片上，高大的主变压器旁边，站着一个年轻人，腰杆笔直挺拔，头发乌黑浓密，眼睛望着前方。他就是30岁的宋立文。

1971年，胶县第一座35千伏变电站——张应公社大河流变电站建成投运，宋立文被任命为第一任站长。那时，年轻的宋立文最大的理想就是成为一名光荣的共产党员。为此，他时刻以党员的标准严格要求自己。

大河流变电站离县城40公里，专供胶县西南7个公社生产生活用电。当时，全站只有5人，既要管变电运行，又要管7个乡镇130公里10千伏线路、200多公里低压线路和50多个村庄及乡镇企业的供电工作。

人员少，工作量大，离家又远，也没有什么交通工具，大家只能吃住在变电站，20天左右才能回家一趟。那时，宋立文的孩子还小，妻子身体不好，家里的农活只能靠他每月休一两天假回家突击干。农忙季节也正是农电检查关键的时候，他最多在家帮着干一两天活就得赶回站上。也因此，他家地里的收成总比别人家少。看着孩子们缺衣少食，妻子有时会埋怨，宋立文总是沉默相对，其实他的心里也不是滋味。

有一年，妻子怀孕，不能挑水。宋立文借了一个能盛15担水的大缸，半个月回家一次，挑满一缸水，然后再马上返回站上。在大河流变电站工作的7年，是宋立文妻儿最心酸的7年。作为男人，他无奈也惭愧。可那7年也是宋立文骄傲的7年。一个勤勉敬业的站长带领全站职工保证了设备运行安全无事故，线路建设、农村用电管理、电工培训等工作也取得了显著成绩。1976年，大河流变电站被昌潍地区电力局评为"安全运行先进变电站"，宋立文被授予"农电系统先进生产者"称号。

1977年，宋立文因工作成绩突出，被调到胶县供电所担任分管农电的副科长。他骑一辆自行车，一个村一个村地跑，一个站一个站地跑。胶县有12个变电站，跑一圈下来就得20多天。他走到哪里就住哪里。哪个村的变压器多大容量、线路修整得怎么样，他心里门儿清。

那一年，宋立文还做了一件大事——他郑重地向党组织递交了入党申请书。那时，胶县供电所党支部隶属于胶县机关党委，每年发展10多个党员，都是全县机关单位、直辖单位里的佼佼者。宋立文于1980年光荣加入了中国共产党。他多年的夙愿实现了。

至今，宋立文还清楚地记得当年机关党委的冯主任找他谈话时的情形。宋立文一字一顿地说："入党不是为了升官发财，而是为了更好地服务电力事业。"

第三件宝贝是一张发黄的《青岛日报》。报上的时间是1992年1月21日。报纸的2版用半个版面登载了廉洁勤政好干部事迹简介，宋立文就在其中。那些年，宋立文的先进事迹不仅屡次登上当地报纸，还入选了《太阳之舟》《时代强音》《海边清风》等书籍。

自1983年起，宋立文在农电科科长这个岗位上一干就是10年。宋立文给自己立了规矩："请客不到，送礼不要，外财不发，廉洁从政。"那些想走后门拉关系的业务员，都被宋立文拒之门外。那些找上门来的亲戚朋友，也都被他一一回绝。慢慢地，找他的人少了，大家也都知道老宋"六亲不认"。他因为这得罪了很多人不说，还险些误了儿子的婚姻大事。

宋立文家的三间住房是上一辈传下来的，土墙垒的房，低矮潮湿，还有老式的门窗。他家长期缺劳力，经济收入有限，一直没有翻盖新房。后来儿子大了要找对象了，说了几门亲，女方都嫌弃这破房子。妻子为了儿子的婚事忍不住发了火："孩子他爹，别的事我都依你，可你不能耽误儿子的婚姻大事呀。你和砖瓦厂的人熟，咱借点儿钱买点儿便宜砖瓦，翻盖一下房子，以后再还，还不成？"亲戚们也来劝。宋立文心里别提有多难过了，他怎么不想有几间宽敞明亮的新瓦房呢？他何尝不为儿子的婚事操心呢？可宋立文明白，用手中的权力谋私，不仅损害企业的形象，也损害党的形象。他语重心长地对家里人说："有党的好政策，加上个人努力，咱们的日子会一天天好起来的。要让我用手中的权力去谋私利，给座金屋也不住。"后来，儿子终于找上了一个不嫌弃破房子的对象。为了避免有人来贺喜送礼，儿子结婚时，宋立文没有声张，把亲戚朋友聚到家里给儿子办了婚事。

1992年，我刚参加工作，年过五旬的宋立文被破格提拔为胶州市供电公司副经理。我们工作上没有任何交集。在我心中，他只是不苟言笑的领导。1998年，宋立文退居二线，那时，第一轮农网改造升级在全国展开。他发挥余热，负责农网改造指挥部勘查组的工作。这项工作十分辛苦：逐项实地勘查全市803个用电村的线路、设备、配电室等改造项目，做出可行方案，并负责编制审核材料计划、图纸等。年近六十的宋立文早出晚归，深入现场，连续作战，一丝不苟，帮助单位于2000年4月提前完成了任务。

再后来，他回归了家庭，变成了我的大院邻居。

2021年，我借来他的资料盒，再次走进他的世界。在那个距离我有些遥远的世界里，我看到了一幅幅战天斗地的画面，听到了很多振聋发聩的声音。我突然发现，他的宝贝对于我来说何尝不是宝贝？它们记录了一位老党员激情燃烧的岁月，一段充满牺牲和奉献的历程。那些人吃过的苦、流过的汗、走过的路，像夜空中的星星一样闪闪发光。

◎ 胡晓延

大江作证

（散文）

春天的长江水，从冬日的枯瘦中一天天变得丰盈起来。江面上穿梭往来的船只，满载货物，划开黄金水道的浪涛，驶向目的地。

长江沿岸，怒放的油菜花，青绿的麦苗，金碧交错，灼人眼目。汽车沿堤下道路曲折而上，穿行于花海之间。极目远眺，那耸入云天的几基跨江输电塔架，巍然挺立，引着我走进长江北岸人口最多、少数民族风情浓郁的回族村落。

许是江面最为狭窄的缘故，八百里皖江的安徽省望江县长江段，便有了"万里长江此封喉"之说。不舍昼夜的滚滚江水带走的是战争的硝烟，留给后人的是对"回民渡江突击队"的追忆与缅怀。

1949年4月21日17时，那是一个雨后黄昏。于内湖操练多日的刘邓大军在回族船工的协助下，秘密地将隐蔽于沟塘和芦苇荡中的大小木船，划向长江北岸的沟口起渡点集结。他们只等渡江战役总前委一声令下，就要随着解放大军"打过长江去，解放全中国"。

就在渡江作战前夜，一群平日里以捕鱼为生、熟稔水性的回族兄弟，被国民党兵强行收缴了船只，还被抓到长江南岸开挖战壕，修筑工事。他们历尽艰险，死里逃生，回到了离别的亲人身边，随后立即奔赴前线，划着木船护送解放军过江。

春雨，淅淅沥沥；江滩，绿草如茵。身体健朗、耳聪目明、今年已是88岁高龄的参加过渡江战役，如今唯一健在的回族船工董玉发老人，面对江水感慨万千。那年,他还是个不满16岁的少年,怀着一腔热血,与127名回族兄弟一道加入护送大军过江的队伍。又因水性好、兄弟多,符合"打头阵"的条件,他被编入渡江战役突击队中的"敢死队"。少年挺直了腰板,大义凛然地站到了队伍的最前面。

越是狭窄处,江水越湍急。长江南岸的吉阳山岭,悬崖陡峭,敌人重兵把守,居高临下,占尽先机。董玉发岂能不懂这一去生死未卜、生机渺茫之理,但中国共产党领导下的渡江战役就要打响,他们要全力支持人民的军队。

他与当时已过知命之年的老船工丁宪友,会同8名回族同胞,分别作为10只木船的舵手,载着40名划桨的解放军战士和10名船头上的机枪手,冒着呼啸的炮火,最先发起冲锋。船至江心,同行的两只木船中弹沉没。他与丁宪友也英勇负伤。当他们强渡抢滩成功折返时,他发现清澈的江水已被鲜血染红。

渡江战役胜利后,三野司令员兼政治委员陈毅等将领为回族船工签发了"渡江船工光荣证",对他们协助大军渡江作战英勇行船的义举表示感谢。二野五兵团授予他们"伊斯兰的英雄"光荣称号。

从此,那段刻骨铭心的经历在董玉发老人的脑海中成了永久的记忆。差点被弹片炸掉下巴的董玉发,谈起渡江战役仍心潮澎湃、激动不已。他一遍遍地为踏上这片热土接受党史军史教育的游客深情讲述渡江战役中他的亲身经历。

长江奔流不息,往事并不如烟,红色基因已深深植入生活在这片土地上的人们的血脉中。

为报答回族兄弟的情谊,1978年,当地政府在渡江战役解放军官兵昼夜奋战开挖出的行船豁口处修建起了沟口电灌站,解决了圩区人民饱受水患之苦的问题。在电力资源极度紧缺、通电条件不够成熟的情形下,政府破例从沟口电灌站架设了一条380伏照明线路,让村民率先用上了电。董玉发样样记在心里。

时光飞逝,渡江战役38年后,同一个地点,同一段江面,在葛沪直流输电线路建设中,一架"空中大力神"直升机牵引缆绳,飞越长江天险,首开我国电力建设史上直升机放线的先河。

那是1987年5月11日，天刚放亮，长江南北两岸的施工地点拉起了长长的警戒线。北岸181.5米、南岸156.5米的高塔，隔江相对，直指苍穹。南北岸的江堤上，成千上万的群众争相目睹"空中大力神"的精彩表演。

原安庆供电局摄影师吴功庆清楚地记得，当天9时15分，江面封航，南来北往的船只听从号令靠岸停泊，两艘执行任务的快艇行驶在江面上。10时整，一架涂有中国民航标志的波音BV234型直升机空中悬停，地面人员迅速完成牵引钢缆绳连接。直升机稍作停顿，便低速向南岸开展牵引飞行。一会儿，直升机飞至长江南岸高塔横担上方，将钢缆绳缓缓放入滑车。我国第一次直升机过江放线大功告成。

机身下，那红色的警示灯闪烁着，像是在提示着人们，这项工程非同寻常。

创举瞬间铸就，运维更显艰辛。要守护葛洲坝到上海的输电大动脉，任务艰巨，使命光荣。土生土长，乡里乡亲，方便沟通，利于民族团结……上级主管部门再三权衡，又将已转业到城里安居乐业的回族同胞、老党员姚克服派驻这里。一条小船、一架望远镜、一只电工包，是老姚巡线的随身标配。风里雨里，急流暗礁，老姚一回回涉险过关，从不退缩。18年坚守，青丝变华发，直至他走到生命的终点。

2009年，还是在同一个地点，同一段江面，又一条特高压线路在初春的隆隆机声中飞架江面。这条叫作"向上"的线路，从千里迢迢的四川向家坝奔向上海，沿途穿越川、渝、湘、鄂、皖等8省（直辖市）境内的山川河流。高山陡岭，为"西电东送"打通了能源输送通道。滚滚大江，又一次见证了新中国电力工业的飞速发展。

时隔三年，±800千伏锦苏线投运。又一条"西电东送"能源通道从同一个地点、同一段江面飞越长江。葛南、向上和锦苏三条线路并驾齐驱，将清洁能源远距离地送往苏浙沪，实现资源更大范围优化配置。

大江作证，条条银线纵横驰骋，千里飞越，为我国经济社会发展注入了不竭的动力。

◎ 李萍

曾祖父的铁锤

（散文）

6月，浙江嘉兴南湖，这片革命红船的起航地分外热闹。在浙江嘉兴文化馆举办的庆祝中国共产党成立100周年"光辉历程　光明使者"全国电力行业摄影作品展展厅里，一张名为《红六军根据地来了红马甲》的摄影图片挂在展厅的醒目位置。图片上，身着红马甲、高举共产党员服务队队旗的队员肩扛电缆线走进湖北省长阳县都镇湾镇杨柘坪村。这张照片正是我拍摄的。杨柘坪村是中国工农红军第六军团战斗过的地方。

看着图片，我想起了高悬在祖父厅堂的那块红底银字的"烈属光荣"的牌子。我仿佛听到了曾祖父抡起铁锤锻打铁片发出的"铮铮"之声。那激越之声如同敲打吾辈的提醒，告诉我们勿忘先辈坚定意志，勿忘先辈革命精神。

一

展厅中还有一张被我的家人珍藏、盖有中华人民共和国民政部印章的革命烈士证书。历经数十载，证明书早已泛黄，但是上面的字依旧清晰："李茂林同志在第二次国内革命战争中壮烈牺牲，经批准为革命烈士，特发此证，以资褒扬。"在1984年长阳土家族自治县成立前，政府落实革命烈属政策，补发了这张革命烈士证书。

李茂林就是我的曾祖父，原本是一名铁匠，有一间铁铺。他早年丧父，是家中唯一的男丁。

1926年冬天，北伐军进入长阳，在外地求学并加入了中国共产党的郑乃亦、田靖武回到故乡。他们向住在曾祖父邻村的李步云宣传革命主张，动员李步云组织民众与土豪劣绅作斗争。李步云当时在长阳县都镇湾区杨柘坪乡私塾教书，深受辛亥革命和五四运动影响，怀揣救国救民志向。他受到启发和鼓舞，毅然投身革命。

李步云长我曾祖父两岁，是长阳、五峰苏区的主要创建人之一。他担任了杨柘坪乡党支部书记。后来，杨柘坪乡成为红六军的根据地，李步云任红六军政治处处长、五十师师长。

1927年，第二次国内革命战争爆发，党的工作重点逐步由城市转向农村，在农村建立根据地，开展土地革命，建立革命武装和工农政权。当时，地主、官僚、土匪三方联合，打家劫舍，杀人放火，用苛捐杂税压榨百姓。

27岁的曾祖父，生性刚直不阿，不甘忍受欺压，在李步云的影响下加入了杨柘坪赤卫队，成为一名联络员。他以铁匠的身份作掩护，从五峰县嵩坪乡联络员手中接到信，再送往长阳苏维埃政府所在地资丘，除了送信外，他还为赤卫队制造武器。

当年，曾祖父居住的屋后有间小黑屋，就是他的铁铺。小屋无窗，有一个低矮的门洞，屋顶有一片被烟熏得几乎看不见光亮的玻璃瓦片，勉强可以透光。根据祖父讲述，小屋的一角砌着土炉，炉膛里火苗通红，旁边架一个风箱，炉边放着一个铁砧。曾祖父穿着一件灰白不辨的土布对襟短衣，将青布裤腿缠进蓝布裹脚，赤着膀子抡起大铁锤打铁。不一会儿，他挥汗如雨，便将头上戴的青布帕子摘下来擦汗。接着，他又蹲到炉膛旁拉风箱。风进炉膛，炉内火苗"呼呼"直蹿，炭火便越烧越旺。在一拉一推间，那炉膛中的火苗在风中绽开。年轻的曾祖父专注地听着风箱里发出的时而平缓匀称、时而急促热烈的声响，精准掌握炉膛内的温度。

二

1928年1月，为了方便战斗，经潜伏在敌营任国民党长阳县保卫团副团长的中共地下党员李勋推荐，李步云顺利进入国民党都镇湾区团，并任团总庶务。李步云暗中联络、组织起了一支近40人的游击队。

游击队武器不足，曾祖父只要没有送信任务，就每天晚上都会在铁铺忙活。他手握大铁钳，夹起一块铁片放入炉膛，再回到风箱旁，边拉风箱边观察炉膛里的铁片。待铁片烧得通红，他就用铁钳快速将铁片夹至铁砧上，一手用铁钳夹紧铁片，一手用铁锤敲打铁片。随着铁锤落下发出"叮叮当当"的声响，曾祖父低声发出"哟嗬"声。几经锻造，一把大刀便见雏形……

1929年4月，工农红军第四军进入长阳。李步云组织游击队再次扩充队伍。不到一个月，游击队就发展到了150多人。随后，李步云按照计划率部西上到麻池，与李勋会合，举行"西湾起义"，组建了红六军。然而不久，红六军在资丘战斗失利，李勋遇难。李步云化悲痛为力量，以家乡杨柘坪和五峰蒿坪为基地，召集红六军余部200多人，重组游击队，继续战斗。

这时，武器供应更为紧张，曾祖父铁铺的铁锤响得更加频繁了。他除了打大刀，还打制梭镖。

然而，1929年冬天，李步云部下红一师队伍受到长阳、五峰两县团防南北夹击。部队西行向主力红军靠拢，行至西湾桃子岭时又遭长阳保安团伏击，损失惨重。李步云只得再次返回蒿坪，与地下党密切配合，悄悄充实红军和赤卫队的人员及武器装备。

当时，李勋遇难，叛徒告密，坏消息时有传出。武器也无法满足游击队、赤卫队的需求。曾祖父的任务更加繁重了。为了不引人怀疑，他让自家叔伯兄弟在私塾望风打掩护。白天，他到地里耕地，晚上便独自一人躲在铁铺干活。

待炉膛的火烧旺，等到夜深的时候，他就抡起大锤打造武器。原本一块不起眼的铁片，在他不断抡起的铁锤敲击下，被做成大刀和梭镖。汗水滴到铁片上，瞬间就消散了。他乘势把敲打好的大刀或梭镖放入水槽内，随着"刺刺"的声响，一阵白烟升起。夜深人静，他谨慎地环视墙上的那些作掩护的犁铧、锄、镐等农具，然后以最快的速度将刀和梭镖转移到铁铺外面。

深夜，借着月光，曾祖父小心地走向坟地，那是隐蔽的武器转移点。武器反射的幽幽银光冷冷地照在坟地冰凉的石碑上，偶有风吹动枯草发出"窸窸窣窣"声。想到牺牲的战友，曾祖父内心悲痛。他掩藏情绪，不露声色地将武器藏好，做好标记。这些工作要赶在天亮之前完成，以配合其他战友前来拿走武器。

三

在那艰苦的岁月里，李步云领导的游击队利用有限的资源和地势，有力地打击了反动武装势力。1930年4月，红四军东进洪湖，留下300余人随李步云留守长阳和五峰继续战斗。

1930年5月，红六军第三纵队在长阳大水泉正式成立。这时武器需求量更大了。恰逢天旱，部队给养更难解决。当时，队员们吃的是野菜蒿子粑，盖的是形如猪油渣的破烂棉被。曾祖父深夜打造武器，常常饿得浑身无力，只能将几个土豆放在炉膛烤熟来充饥。曾祖父独自一人重复着烧料、锻打、淬火、打磨涂油等程序。经他千锤百炼之后，一件件铁制武器不断地秘密转运到红军和赤卫队队员手里。

1930年5月26日，乌云密布，天色黯淡，曾祖父佯装去锄地，路过坟地悄悄瞥一眼，发现武器没有被人拿走。"是不是出事了？"他暗中观察，但迟迟没有人来取走武器。最后，曾祖父伪装成卖刀人，打算只身步行把武器送到李步云家或附近。不想，由于被早已暗中观察曾祖父的叛徒告密，他步行到离家仅1公里远的牛林子湾时，惨遭团匪埋伏，壮烈牺牲。这一天，是他30岁生日后的第5天。他牺牲后，家中留下年迈的母亲、妻子和3个年幼的儿女。

曾祖父铁铺"叮叮当当"的响声已经消散，昔日的炉膛、风箱、铁砧、铁钳也已不在。曾祖父的铁锤也早已不知去向。中华人民共和国成立后，在长阳县的清江岸边，政府修建了"七十七烈士纪念碑"，以纪念红六军壮烈牺牲的烈士。

如今，在党的领导下，在曾祖父牺牲的这块土地上，勤劳勇敢的长阳儿女，在绵绵大山里战天斗地，摆脱了贫困。土家山寨发生了翻天覆地的变化——道路四通八达，高楼大厦拔地而起，农村实现了电气化。土家儿女走上了幸福的康庄大道。

代号584

◎ 杨梅莹

（散文）

一

常保国抬头看了看天。有一只鸟从变电站上空飞过。

女儿云朵昨天去了省城读书。读的是自费中专。云朵没考上高中，老婆刘淑芬为这事没少埋怨常保国。

云朵不笨，小脑瓜儿灵光，是阿拉沟的教育毁了云朵。当然，不能怪老师，小学到初中就两名教师，他们是全能的，不但要教语数外理化，还要教美术、音乐、体育。班里三名学生，云朵成绩排名第一，中考总分750，她考了220，连高中的门槛也摸不到。

刘淑芬把云朵的成绩单扔到常保国面前，坐在板凳上啜泣起来。"我说送云朵去省城读书，你不让，说国家在前，小家在后，怕她年龄小说了不该说的，损害了国家利益……现在，云朵连学也没的上了。"她哭着抱怨。

常保国知道妻子心疼女儿，他也心疼。

常保国把妻子揽在怀里，说："我是党员，在党和国家利益面前，个人这点牺牲不算什么。"

"没文化，云朵以后可怎么办？"刘淑芬泪眼婆娑地望着丈夫。常保国想了想，说："咱自费让孩子去省城读书吧。"刘淑芬以为自己听错了，揩了把眼泪，问："你同意云朵离开阿拉沟啦？"

"云朵15岁了，懂事了。"常保国若有所思地说。之前还满腹怨气的刘淑芬担心地问："能行吗？"常保国没作声。

刘淑芬理解丈夫的心情，她把云朵叫到两人面前。"云朵，爸妈决定让你去省城读书，但是走之前要跟你说件事，如果做得到你就去，做不到不能去。"刘淑芬先开了口。云朵点头。

"云朵，阿拉沟是军工秘密基地，这个你是知道的吧？"常保国问。云朵不解地望着父亲，答："知道。""还记得爸爸给你讲的保密事项吗？"常保国又问。云朵乐了，笑着说："当然记得，不该说的不说，不该问的不问，不该记的不记，忘啥我也不敢忘这个。对您来讲，保守秘密比我这个女儿的生命还重要，这个我懂。""能做到吗？"常保国盯着云朵的眼睛问。云朵坚定地回答："能。""走出阿拉沟，意味着你没有家，没有爸妈，要忘记阿拉沟的一切，你能做到吗？"常保国又问。

云朵哭了。妻子也在一旁嘤嘤地哭。

常保国红了眼，觉得心脏灼痛。"实在想爸妈了，就写信到584信箱，不写地址。"他摸着女儿的头顶说，"去吧，好好读书，没文化不行。"

云朵含泪点头。

云朵离开了星火变电站。这是她第一次独自走出阿拉沟。流光溢彩的城市让年少的云朵措手不及。

二

乌鲁木齐南郊电厂一间低矮的平房里，正墙挂着一面鲜红的党旗。

"我志愿加入中国共产党……"常保国举起右拳向党旗庄严宣誓，室内回荡着激动而颤抖的声音。

加入党组织、成为一名共产党员是常保国的梦想。18岁生日，常保国郑重向党组织递交了入党申请书。他说要以实际行动做党员该做的事，愿意为党和国家牺牲一切。

这天是1975年11月2日。常保国22岁。

"常保国同志，你现在是一名共产党员、一名无产阶级革命战士，在

红色篇
光辉记忆

今后的工作生活中，要经历血与火、生与死的考验，随时准备牺牲个人的一切，为全人类彻底解放奋斗终生。"党组织负责人肖亮郑重地对常保国说。

常保国眼睛红肿，眼球布满血丝。前一天，他得知党组织同意接受他成为共产党员，激动得一夜未眠。一个个共产党员的英雄形象在他的脑海中闪过，其中包括他的父亲。父亲曾用身体挡住敌人射向战友的子弹。常保国暗暗发誓，要为党的革命事业抛头颅、洒热血，做个英雄，做英雄做的事。躺在被窝里，常保国反复念着入党誓词直至天亮，他要把入党誓词的每个字凿在心头。

"请组织放心，我时刻准备接受党组织的考验。"常保国豪气地说。肖亮脸上露出欣慰的笑容，拉着常保国坐在自己身旁："小常同志，阿拉沟星火变电站需要一位组织纪律性强的同志去工作，经组织考察，认为你最合适，你愿意去吗？"常保国忽地站起来大声说："我愿意，愿意到党和祖国最需要的地方去。""不忙着答应，先听我把具体情况说完，你先坐下。"肖亮拽着常保国的胳膊说，"这件事，你要思考好。"常保国笔直地站在那儿，铿锵有力地回答："不需要考虑，绝对保证完成任务。""好，组织相信你。"肖亮拍着常保国的肩膀说。

原来，常保国要去的阿拉沟星火变电站是国防秘密军工基地，那里的一切对外绝对保密。工作人员属于保密人员，一切不能告诉别人，甚至是亲人。星火变电站代号为584。

常保国热血沸腾，为组织把这么重要的任务交给自己感到无比光荣和自豪，承诺："请党组织放心，我誓死保守党的秘密。"

三

天山巍巍，雪山耸峙。

常保国背着简单的行囊独自走向天山深处的阿拉沟。

凌晨5点，夜色尚浓，常保国下床。他蹑手蹑脚走近母亲卧房，立在门前，听着母亲轻微的鼾声，心里阵阵发酸。他真想进去看母亲一眼，跟母亲道个别。但是，他不能。常保国怕母亲再追问他要去哪工作。他受不了母亲担忧的目光。

昨晚下班，常保国进屋看见母亲坐在板凳上纳鞋底。母亲低着头，发丝花白，认真地锥针拉线。其实，母亲刚刚40岁出头，但比实际年龄显得苍老。望着母亲，常保国不知该如何开口。母亲是在父亲牺牲那年生出白发的。那年，常保国两岁。后来，母亲对常保国讲："你父亲是共产党员，他为救战友而死，死得其所。"父亲是共产党员，母亲也是。

常保国走到母亲面前叫了声"妈"。母亲抬头望着常保国问："有事？"常保国沉默。知子莫若母，常保国写在脸上的心事怎能逃过母亲的眼睛？母亲又问："儿，有啥事？""妈，我去别的地方工作，要离开您一段时间。"常保国鼓起勇气说。

"去哪儿？"母亲问。

"不知道。"常保国答。

"啥工作？"母亲问。

"不知道。"常保国答。

"你这孩子，啥都不知道能叫啥工作？"母亲嗔怪道。

"不知道。"常保国依旧答。

"啥时候走？"母亲问。

"不知道。"常保国还是那三个字。

母亲知道儿子有重要的事，佯装生气："啥都不知道的工作，你还有必要参加吗？连你妈我都不信任，我看你是翅膀硬了，对你妈也保密，我是你亲妈，能出卖你不成？"

常保国笑着说："妈，您啥也别打听，我什么都不知道。您只要记住，您儿子是党员，到祖国最需要的地方去工作，我的工作很光荣。"

母亲不再问，不能理解又能理解。她为人母，又是一名共产党员。

常保国最终还是没跟母亲告别。他给母亲写了一纸留言，告诉母亲他走了，让母亲多保重。其实，常保国不知道，他在门外的时候，母亲醒着，泪打湿了枕巾。鼾声是母亲演给他听的。

星火变电站孤立在沟西山坡。沟底是滚滚阿拉沟河水。傍晚，常保国到达星火变电站。山里格外冷，冷风钻透棉袄。变电站只有一位叫陈友谅的工人，30出头的年纪，比常保国早来10天。

陈友谅闭目靠墙伸腿坐床，后脑枕墙。听见常保国进屋，他微微挑开一只眼皮，瞧了瞧常保国，然后又合上，嘴里嘟囔了一句："小伙长得还挺攒劲。""您是陈师傅吧？我叫常保国。"常保国说。"知道，电台上说了。"陈友谅慢悠悠地说。他的头在墙上滚动。

常保国打量着这间狭窄的小屋。麦色泥墙，屋顶清晰可见檩条、椽子和苇帘。

陈友谅猛地睁开双眼，指着对面一张光板床，说："别站着，自己整床铺。"说完，他直了直身子，道："你终于来了，这鬼地方不是人待的，我快成勺子了，再没人来，不成疯子也变成哑巴，唉，我跟你实话说吧，我要想办法离开这里，如果继续下去肯定得精神病。"

常保国笑笑没吱声。

四

阿拉沟比常保国想象得还要荒凉。

这是一条寂静的蜿蜒山谷，地势陡峭。两侧山峰耸立，山脊缺草无树。谷底有条大河，水流不息。河床布满大大小小形状各异的鹅卵石。

当时，新疆维吾尔自治区革委会和新疆军区依托阿拉沟特殊地理位置，建成"三线建设"军工基地。星火变电站负责为军工基地供电。山沟封闭，变电站的日常生活用品从军工厂后勤供给所买。饮用水要去阿拉沟河背。

三个月后，常保国给母亲写信，除了报平安，其他什么都没说。信封下面写的是584信箱，没有具体地址。

"三线建设"军工基地的人似乎难以有浪漫的爱情，常保国也是如此。

常保国26岁还没对象。母亲着急，趁常保国回家探亲，托人给介绍对象。亲相了一个又一个，愣是没姑娘愿意跟常保国交往。原因是人家问常保国，在哪工作、干啥工作？他还是三个字——"不知道"。姑娘气得说常保国不是"彪"就是精神不正常。母亲着急，常保国却说："不能说。找不到媳妇，我宁愿打一辈子光棍。"

在阿拉沟，大龄剩男常保国却还是遇到了爱情，对方是军工厂工人刘淑芬。诚实、本分、勤奋的常保国深深打动了四川姑娘刘淑芬的心。两人在阿拉沟星火变电站结婚成家。

陈友谅离开阿拉沟，是在常保国到阿拉沟工作的第二年。陈友谅真的精神出了问题。

"没人来，你调过来吧，我们一起值守变电站，共同保守阿拉沟的秘密。"常保国对新婚妻子说。刘淑芬想都没想就答应了。为了爱的男人，她愿意。

星火变电站成了名副其实的夫妻站。

五

阿拉沟要有大事发生，在那场百年不遇的洪水之后，阿拉沟的建筑差点被洪水冲毁。

传言的大事，不是空穴来风。军工厂要搬出去的消息如风般席卷阿拉沟。而且，自从云朵去了省城后，这股风越刮越浓烈。刘淑芬动辄就爱往军工厂跑，以各种借口，且表现得异常兴奋。从外面回来，她总给常保国带来各种关于搬迁的消息。从刘淑芬的言语里，常保国觉察到她身体中的焦躁不安，以及孤独中碎了一地的落寞。刘淑芬的心像飘在空中的风筝。

军工厂搬出阿拉沟的消息落了实锤，消息千真万确。军工厂分批搬出阿拉沟，刘淑芬以前所在的那个厂要搬到内地沿海的省会城市，职工也一同迁去。清冷的阿拉沟因为搬迁的事热闹起来，尤其是军工厂职工，他们积极做着随时离开阿拉沟的各种准备。

刘淑芬问常保国："星火变电站要搬吗？""不知道。"常保国答。"你没想法吗？"刘淑芬试探着问常保国。常保国看了刘淑芬一眼说："没想法，我是党员，听组织的。""在阿拉沟待了20多年，为了保守秘密，我们疏远亲人，失去朋友，对老人没尽孝，对孩子没尽责，你做的，对得起党和国家，难道还要继续下去吗？"刘淑芬望着常保国。对妻子一向温和体贴的常保国板着脸说："为了党和国家，别说20年，就是一辈子，我也无怨无悔，我们小家的利益跟国家利益没法比。""但是……"刘淑芬望着丈夫欲言又止。

常保国明白妻子心里在想什么，语重心长地对妻子说："淑芬啊，当年，我在党旗下宣过誓，严守党的纪律，保守党的秘密，我会随时准备牺牲个人的一切，你是知道我的。现在军工厂要搬出阿拉沟，你的心也跟着活了，我理解，但是，我是党员，组织上让我们坚守，日子再苦再难，我们也要坚守下去，不要给组织添麻烦。"

"还要待多久？"刘淑芬怯怯地问。"不知道。"常保国答。刘淑芬咬着嘴唇决然道："不管10年、20年，哪怕一辈子，我陪着你。"

3年时间，军工厂陆续搬出阿拉沟。星火变电站依然还在。常保国和妻子也还在。

10年后的春天里，阿拉沟军工基地解密。常保国和刘淑芬走出阿拉沟，组织上为他们办了特殊退休手续。

满头银发的母亲站在门口迎接儿子儿媳归来。母子相拥，有喜，有泪。

"妈，我是在阿拉沟军工基地的星火变电站工作。"常保国抱着老母亲高声说。保守了30多年的秘密，他终于说出了口。

◎ 李岩岩

开山岛上灯长明

（散文）

　　从江苏省连云港市灌云县燕尾港出发，经过30分钟的海上颠簸，我乘船又一次来到这个只有两个足球场大的小岛——开山岛。惊涛拍岸，小岛周围乱石嶙峋。我心中默念："王继才大哥，你不在这里，你又在这里。"2013年，连云港供电公司在开山岛建设了"绿电上岛"项目，我和你结识。如今，距你因公殉职也过去了3个年头。从2019年开始，连云港供电公司在开山岛打造了红色实景党课。今天，再次登岛上党课，我又想起了你。

　　我一个大步上了岛，瞬间想起，你第一次登上这座岛是26岁。26岁，是风华正茂的年龄，人生刚刚启程，未来充满选择。你大可以继续和王仕花大姐在苏南打工，把日子过得有滋有味。可一收到灌云县人民武装部党组织发出的守岛命令，你就毅然放弃舒适的生活，踏上了完全未知的小岛，成为开山岛民兵哨所所长。只因你知道，再小的岛也是国土，守好了国土，才能让乡亲们安居乐业。

　　踩着坚实的岩石，我缓缓转了个身。"开山岛"号轮船就停在那里。看着它，再遥望起起伏伏的海面，我忍不住想象，1986年你是如何来到这里的。那时候，没有"开山岛"号这样的大船，也没有这样宽敞的码头可以靠岸。但你勇敢地迎着狂风大浪，乘着一艘小渔船，就无所畏惧地来了。

　　我拾级而上，一眼就看到了营房和营房边高高的苦楝树，树上还有你刻的"钓鱼岛是中国的"等字样。前人栽树，后人乘凉。你上岛的时候，岛上除了几排空荡荡的旧营房，就只有一堆乱石。没有淡水，你和仕花大姐只能喝留存的雨水；没有菜，你也只能遵循"靠山吃山，靠海吃海"的古训，在开山岛周边陡峭的岩石缝隙间，捡贝类、铲海蛎、放蟹笼。捕捉到的鱼虾，如果稍微大一点儿，你舍不得吃，还要换给周围的渔民以托他们从岸上运来一点儿泥土和肥料，好让你在石头缝里种树和种菜。就这样，你让100多棵松树、苦楝树在岛上长得越来越高，把开山岛变成我们今天看到的美好样子。我想着你劳作的模样，不由得唱出那句歌词："要创造人类的幸福，全靠我们自己！"

我沿着石阶继续往上爬，一口气走到国旗广场。你的雕像栩栩如生，直直撞入我的眼帘，狠狠撞上我的胸口。我被撞得有些恍惚，好像穿越了时空，来到2018年6月22号。对，就是那天，就是在这里，你把一面共产党员服务队的旗帜，亲手授给了我们，还叮嘱我们："为人民服务不是一天两天的事情，要做就做一辈子。"你的激励催人奋进。从那天起，将近三年时间，我们江苏连云港供电公司先后有1支党员服务队和6名党员当选"中国好人"。我弯下腰，对着那用爱国奉献精神铸就的丰碑，深深地，深深地，鞠了一躬。

许久，我抬起头，正看到鲜红的五星红旗迎风飘扬。继才大哥，你上岛的时候，你的父亲托人送给你一面国旗，告诉你："守岛就是守阵地，人在，国旗在！"32年，一万多个日夜，你牢牢记住了这句话，无论遇到什么样的困难，都坚持让国旗高高升起。

岛上风大湿度大，国旗容易褪色、破损。你对仕花大姐说："开山岛插着国旗，我们天天守的就是国土。"你们在缺吃少喝、生活困顿的情况下，仍自费买了两百多面国旗。你还送了一面国旗给我们，那面国旗现在就陈列在连云港供电公司的党建展厅。送国旗那天，仕花大姐提起一件事。2004年夏天，你入党后没多久，海上刮起了台风，下起了暴雨，你生怕国旗被刮跑，愣是不管不顾地顶着风雨爬到山顶，把国旗降下来护在怀里。下山的时候，一阵狂风吹来，你一不小心双脚踩空，接连滚下17级台阶，肋骨摔断了两根，还差点儿掉进海里。其实，在这个远离大陆的岛上，少升一次国旗，不会有人责怪你，但你就是要坚守承诺。

我站在国旗前，默默唱了一遍国歌，转身往下走，穿过礼堂和展览馆，一直走到了老码头边。那里，两年前建成的大风车傲然矗立。风车上刻印的是"家就是岛，岛就是国"八个鲜红大字以及绿色国网标识。看着这些字，我感觉脊背发热，心脏像是被人狠狠揪起，酸酸的，涩涩的。我的眼角烫起来，眼泪不由得在眼眶中打转。继才大哥，你吃了太多的苦啊！开山岛离最近的陆地也有12海里，电线架不过来。夏天湿热，你和仕花大姐只好睡到房顶上；冬天阴冷，你们不得不搬进海风吹不透的山洞里。时间长了，你们都患上了风湿性关节炎和严重的湿疹，疼痒难忍，常常半夜里疼醒。即便如此，你从不抱怨，也从不要求，而是像一根坚韧不拔的桅杆，扎根在这孤岛之上。

我们不断地给电网做技术升级，终于在2015年6月3日，运用风光储技术，在这里完成了"绿电上岛"项目，让你第一次在开山岛上用上了空调。从此，你们不必睡在房顶上、躺在山洞里。用上稳定的电，这不过是一名普通人都能享受到的，你却再三说："你们服务燕尾港那么多用户，还一直不忘关心着我们用电的事，你看，岛上也没有值钱的东西，我们就更没有了，要不就送棵树苗给你吧。"是的，岛上没有值钱的东西，但你依然选择了坚守在这里，一守就是32年。

如今，你送我们的树苗已长成苗壮的大树，全国首个离网型智能海岛微电网和全国首个海岛电力北斗地面基站也先后在这里建成。但我想，无论这四面环水的孤岛之上有了什么，你那永不褪色的党性始终是这岛上最有价值的！

我还记得，几年前，我第一次上岛的那个夏天。烈日当空，晒得我全身冒油。当天晚上，我裸露在外的皮肤就脱了皮。就是在这样的环境中，你日复一日地巡守，任凭四季交替，风雨变换，仍初心不改。你用你的热忱，炼就火眼金睛，震慑住所有偷渡、走私的不法分子，当起了蓝色国土的"守护神"，为国家挽回巨额经济损失。继才大哥，你也不是铁打的呀。那天，你历经32年严寒酷暑考验的身体，终于撑不住了，你倒下了，倒在了每天巡岛的必经之路上。你用实际行动兑现了"守到守不动那天"的诺言。那一刻，你在想什么？是誓言实现的宽慰还是没能继续守下去的遗憾？我想，无论你想的是什么，你一定来不及想自己。因为，只有一个无私的人，才能在这繁华世界里不受外界的干扰，用毕生的时间守护这片净土。你用你的忠贞，诠释了新时代奋斗者的真谛，也无愧于"全国优秀共产党员"的光荣称号。

轮船鸣笛的声音响起。继才大哥，我要走了。你放心地安息吧。不用遗憾，不用担心，我们每一个党员，都会不忘初心、牢记使命，在每一个平凡的岗位上书写属于我们自己的人生篇章！

听奶奶讲那过去的故事

◎ 林新娟

（散文）

一

在百年老屋里，我与林奶奶坐在八仙桌边，又一次进行长谈。

相遇十年，林奶奶短发依然齐耳，身体依然康健，笑容依然亲切，声音依然洪亮，讲解依然精彩，只是额上皱纹更深了。我又唤她奶奶，她笑容满面地应答，热情地邀请我坐，问我要不要喝水。我仿佛回到了老家，和自己的奶奶喝茶聊天、说说笑笑。

此处曾是林奶奶的家。1983年，浙江开化县民政局找到林奶奶夫妻俩，希望征收老宅，恢复中共浙皖特委旧址。夫妻俩商量后同意把房子交给政府，但希望在老宅义务看护。从此，林奶奶成了义务讲解员，直到11年前老伴去世才搬到儿子家居住。

如今93岁的林奶奶，每天早晨7点依然雷打不动地拄着手杖来到老屋，推开斑驳的木门，擦净八仙桌，烧好开水，接待来访的每一位参观者，讲述自己知道的革命故事。她说，来者都是客。

说话间，来了一拨上海的客人。"林奶奶好啊！"他们热情地打招呼。林奶奶也热情地应着，领着他们参观，讲述峥嵘岁月，唱起歌曲《打开化》，中气十足地告诉来访者："红军好啊！共产党好啊！当年赵礼生和邱老金在这个屋里办公，红军在福岭山的红军洞里住，拿粮食接济贫苦农民，经常帮老百姓挑水砍柴……"

老宅飞檐翘角，白墙黑瓦，梁柱乌黑。厅堂正上方，白底黑字的"中共浙皖特委旧址"匾额高悬，下方挂着赵礼生和邱老金两位革命先烈的画像。

1953年，林奶奶25岁。她嫁进福岭山村，在这幢老宅与江家的四儿子成婚。

就在老宅的天井边，年轻的林奶奶曾经一边纳鞋底一边听婆婆讲述革命故事：第二次国内革命战争时期，方志敏领导的红军队伍经常在福岭山一带活动，他参与创建的闽浙皖赣根据地成为当时南方八省坚持斗争时间最久的红色根据地。中共浙皖特委的办公场所就设在这座老宅。婆婆有五个儿子，老大江光余任贫农团团长，老二江光标十几岁时随红军连夜出击攻打开化县城，老三江光金8岁就任儿童团团长。当年，村里有29户人家107人，29人参加革命，十多人牺牲，江光余是其中之一。林奶奶的丈夫江光银排行老四，18岁参军，29岁退伍，也是一名抗战战士。放下锄头，月下纳凉，他会向妻子和六个子女讲述抗战的事……

林奶奶站在门口，挥手送别上海客人，喊着："慢走啊，下次有机会再来看看我老太婆啊！"大家听了，都乐呵呵地一边说"好"一边挥手。林奶奶刚回屋坐下，又来了一拨衢州的客人。一位瘦瘦高高的年轻男子一见面就唤她林奶奶，老人亲切地应答着。年轻人告诉林奶奶，今天他重访福岭山，与单位的党员们在村口新建的纪念馆接受了教育，再上山来瞻仰革命旧址，看看她。

"噢，谢谢你还记得我老太婆噢！"林奶奶又精神百倍地讲解起来，告诉大家当年关英同志就是从福岭山整队出发，攻打开化县城，打得反动派躲到一边的。老人抬头，伸手指指头顶上方，说楼上有方志敏当年睡过的床，有红军用过的草鞋耙、竹筒、木板床。大家听了，就齐刷刷地上楼去，蹬得木楼梯咚咚响。

林奶奶拄着手杖，站在八仙桌旁，乐呵呵地说："慢点、慢点……"

二

"那天早晨,我带你二舅公去村前的巷子里理发。那年他只有8岁。剃头匠把雪白的剃头布围到他脖子上。我坐在后面靠墙的木椅上,看他拿着老旧的发剪在你舅公的头上慢慢地'爬'。砰!爆炸声、火药味,瞬间乱成一锅粥……"

夏日傍晚,奶奶洗净手上油渍,解下蓝布围裙,啪啪啪地抖掉上面的灰后,捧起一罐浓茶,拿起一条木凳,转身坐到院子的梨树下,开始话说当年。我搬来小木凳,一边啃梨,一边听奶奶讲那过去的故事。

鬼子来了!村民们尖叫,惊慌失措地奔跑,碰撞,跌倒,又爬起来继续跑。理发师扔了剪子就奔,奶奶拉起理了半个头的二弟就跑。路遇寻他们而来的爸妈,一家人随人流躲进村后的山中。

那是1942年的夏天,奶奶生命中一段关于日寇炮轰开化并实施细菌战的磨难记忆。

1942年8月8日,被誉为"小上海"的开化县华埠镇遭敌机疯狂轰炸与扫射,千年古镇毁于战火。8月9日,日寇兵分两路进袭华埠,到处烧杀掳掠,10天后撤退时放火烧毁了全镇商店和居民房屋一共2727间。盐仓被彻底烧光,繁忙的水陆码头华埠化为灰烬。日寇侵略华埠时,敌机还在青山底村上空投下数枚细菌弹,给这里的百姓带来无尽的伤痛。

7年后,奶奶嫁为人媳,家在横坑。初夏,夕阳西斜,奶奶坐在院子里缝补衣裳,神情紧张。

之前有消息称,近期有部队路过村庄。几年前,村里路过一支部队,在地里劳作的村民被抓了壮丁。再闻消息,村里的男人们都躲进深山,夜间以村里亮起平安灯笼为下山的信号。

暮色四合,奶奶听到一阵脚步声。一位穿军装的中年男子来到面前,朝她行了一个军礼,为部队向奶奶借宿、借厨房。奶奶没有说话,重重地点了点头,转身进房间插上了门闩。

这晚,村里的两盏平安灯笼没有点亮。次日天光大亮,奶奶走出房间，部队已在院子里整好了队。军官迎上来，用双手送上一条与他们身上穿的同颜色的裤子。后来，这条军裤的故事在我家代代流传。

部队走了，奶奶进了厨房。"灶台上壶底的那点油还在，家里的5只鸡还活着。"奶奶呷了一口浓茶，又呷了一口浓茶，自责地说，"军官说了感谢的话，说了部队的名字，可惜我心跳得厉害，什么都没记着。"

"可惜了，可惜了！"奶奶的红色故事，总在这样的遗憾声中结束。

三

林奶奶姓林，名翠娥，出生于开化县马金镇上街。她7岁那年，马金河滩上挤满了人。她和小伙伴好奇地钻进人群，却不想是个血腥场面。"你们要杀就杀，将来还是我们共产党的天下。"年轻女人坚定的目光、无畏的话语，深深烙在她的心里。当了义务讲解员后，在革命旧址的历史资料墙上，林奶奶一眼就认出了年轻女人的照片——齐耳短发、长相秀美、目光柔和："原来她叫余云凤，那么年轻，那么勇敢。"

抗战时期，林奶奶多次参加学校组织的示威游行。当年结婚时，她爬了半天山路，一身汗水地抵达海拔500米的福岭山村。嫁过来后，忙于生计，教育子女，她几乎没出过山。"如今好了，宽敞的公路一直到山脚，坐个车也就5分钟的事。"林奶奶温和的目光里尽是愉悦，"孙辈们有的在大学做教授，有的管理着大公司，他们总说带我出去见见世面。这里天天都有客人来参观，我不能让大家跑空哇！"

十年前我初遇林奶奶，告诉她我也姓林，她笑着说："噢，我们有缘哪。"此行我告诉林奶奶，我的奶奶比她大两岁。她连忙问我的奶奶身体是否安好。我说好着呢，像您一样面色红润、健康长寿。林奶奶笑着说："好啊，好啊！"

开化地处浙皖赣三省交界处，山高云雾深，是浙西革命的摇篮。第二次国内革命战争时期，中共油溪口支部、中共闽浙赣省委机关、中共浙皖特委相继在张湾、库坑、福岭山建立。1938年2月至4月，陈毅领导南方八省红军和游击队在开化集结整训，组编为新四军第一、二、三支队，翻过马金岭参加抗战。

1949年5月4日，开化县解放。曾经给奶奶留下一条军裤的部队，正是远道而来解放开化的人民解放军。我告诉奶奶，她恍然大悟："噢，我说呢，这么好的部队，肯定是解放军！"

这些年，奶奶有空时依然会泡一杯浓茶，坐在院子里给孙辈们讲故事。奶奶说，我们现在生活安稳富裕了，但曾经的苦难与心中的恩情不能忘记。滴水之恩，当涌泉相报！

因为老屋的特殊经历，因为心中的爱与信仰，林奶奶把革命故事讲给后代听，也讲给每一位来访者听。她说，只要讲得动，会一直讲下去！

我把这些故事装进心里，也把两位老人装进心里，经过一个月的思忖，写下此文。此刻，家中灯火明亮，音乐轻漾，绿茶飘香。窗外，有车驶过，有孩童嬉闹……

光明到永远

（散文）

　　这是1906年的一个冬夜。长江江面袭来的寒风搅起安徽芜湖大马路（当时芜湖主要街道）上的灰沙。煤油路灯下，行人的影子被飘忽昏黄的路灯灯光拉近，又扯远。一名年轻人裹紧"一滚圆"长袍，猛一抬头，被一束刺眼的光惊住。细看，这光是从街后范罗山上的英国领事馆发出的。《烟台条约》将扼襟控咽的芜湖辟作通商口岸。前街后江、"风景极佳处"的范罗山被英国人占了，建了领事馆。

　　每晚，年轻人从长街上的店铺回家都会经过这里。这束光，他还是头次见。风吹不晃，直射苍穹，比煤油灯亮百倍，这是何奇光异炽？这名青年是芜湖商界后起之秀、当时不过20来岁的徽商吴兴周。自此，他目迷神痴，毅然卖掉长街上最兴盛的南北货栈，转行办了发电厂。他要做一辈子的追光人！

　　买地、购设备、赴沪延请"技正"（指工程师），两年后，在江淮大地上亮起第一盏由中国人点亮的电灯。这家距英国领事馆不到一公里的电灯公司的名字叫"明远"，意为"光明到永远"。

　　吴兴周十三四岁就离家别亲，到商铺做学徒，出师三年后升任经理，两年后当掌柜，堪称商界奇才。他没有遵循"不熟不做"的经商古训，放弃了如日中天的百货生意，非一时冲动，也不是没料到办电厂的坎坷艰辛，而是慧眼识先机以及源自内心的家国情怀。吴兴周认为，电是现代社会文明的曙光，是经济社会发展的引擎，百货经营得再好，也无非是帮洋货挤压中国传统产业，而办发电厂是做实业，能富国强兵，让五千年文明古国不再任人宰割，黎民苍生不再啼饥号寒。

心中有一团火，吴兴周要借最炫的电光来照亮黯淡无光的大地。

现实是残酷的。当时的市民视电为奇技淫巧甚至是诡异灵火，电厂用户寥寥，电厂开局不利。军阀混战，百业凋敝，明远电厂难以独善其身，又遭百年不遇的洪灾，设备受淹。天灾人祸使电厂经营雪上加霜。电厂债务缠身，用户窃电成风，电厂入不敷出。数起数落，吴兴周和同道毁家纾难，却举债无门。他们向当时的省政府求助，依旧无果。粗布葛衣的吴兴周，中风倒在府衙的朱门雕檐之下。

可是，吴兴周初心如炬！

奄奄一息的明远电厂让吴兴周揪心。增资扩股，引进投资者，力排众议让出总经理之位，吴兴周诚邀李彦士、沈慈芳等江浙著名电力企业家来明远主政。他们同怀一颗实业报国的赤子之心。电厂引来江浙商人的资金，建立企业管理制度，引进新技术，励精图治。孱弱的明远电厂一度起死回生。

就在明远电厂中兴梦酣时，人们却未承想已经到了至暗时刻。

1937年12月10日，作为日军进攻南京的一条通道，芜湖先于南京沦陷。富庶的十里长街被炸成废墟，数百户商家生命财产毁于一旦。风雨飘摇中，吴兴周谢绝亲友力劝，抱病守护明远。可病躯岂能拒寇？明远被日军强占。为尽快恢复供电，日伪政府让吴兴周担任芜湖商会会长，还给他明远总经理的虚职，待遇优渥。威逼利诱，都被他严词拒绝。为明心志，已难行走的吴兴周决然离开凝聚毕生心血的明远，辗转回徽州老家。这一别竟是永诀。3年后，吴兴周在贫病交加中离世。

这光为何照不亮这古老神州？这疑惑、无奈甚至是愤懑折磨着明远人。

1945年秋，那是令明远人出离愤怒的日子。已被摧残得支离破碎的明远终于摆脱了日本人的魔爪，可就在明远人还没来得及弹扫一下机器上的积尘的时候，国民党接收大员旋即而至，以"敌伪财产"之名将明远全盘

"接收"。国民党委派的厂长安插闲杂人员，强令电厂设备"带病"生产。

"寇可往，我亦可往。"一样的明火执仗，一样的强取豪夺，明远电厂工人上下呼号，各方奔走，花费不菲才在一年后收回电厂。当初"全国二等电厂最完备者"的明远，剩下的只是破旧的设备和沉重的债务，账面流动资金几乎为零。

艰难的日子还在后头。国民党政权分崩离析，愈近末日愈疯狂，每天电厂工人还没上班，电厂经理室门口就挤满了收税费的军、政、司、宪各色人等。电费还不够缴纳各种税费的。煤价一日一涨，"吃"惯了淮南煤的炉膛不得不填塞油饼、松枝等"杂粮"。国民党军政各界免费用电，各种理由的欠费及越来越少的用户让明远陷入绝境。设备、厂房已不再为明远所有，全都被抵押贷款。此时，比明远稍后设立的安庆、合肥等地电厂先后倒闭。

明远，危在旦夕！

一股地火在这片电力热土上燃烧、蔓延，烈焰万丈！这赫赫夺目的光明之源早有了革命的播火者。当初以吴兴周为代表的电力创业者，深受陈独秀、王稼祥、阿英等人革命思想的影响，受到如火如荼的大革命思潮的熏陶，爱国意识强烈。明远公司规定，股份只售卖、转让给中国人。追求光明的进步革命思想成为电力创业者的精神支柱。

为让危如累卵的明远继续经营下去，中共地下党组织多方想办法。他们发动工人和电厂管理人员协力同心、群策群力。在最艰难的日子里，电厂由全天供电改为半日供电，又改作夜间供电，最后是夜间分区供电。

明远之光不熄！

1949年4月21日，中国共产党领导下的解放大军渡江第一船在芜湖抢滩登陆。黎明前是最黑暗的时刻。为护厂保供电，明远电厂总经理家灯火长明，总经理夫人把门望风，地下党迎解放保平安的多次会议在这里召开。包括已反正的芜湖市市长在内的与会者制定了明远安保、社会稳定等措施，芜湖保安团的1000多人也多在地下党的领导下。他们日夜巡查，防止国民党特务破坏，防止散兵游勇滋扰，明远电厂大院内的地下党组织护厂队严阵以待。

明远之光照亮了解放大军进城的道路。人民政权下达的第一批函文中就有从淮南调煤以解明远之急的指令。清末艰难起家的明远电厂，命运多舛，几起几落，在走投无路的时候，终于在中国共产党的领导下迎来了新生。

明远从此新生！

新中国成立后的每一天都是好日子。新生的人民政府对电厂大规模投入后，电厂设备焕然一新，供电线路除旧布新，恢复24小时供电。

今天，芜湖以其联通南北、承东启西的重要地理位置成为全国大电网的重要联络点，境内有超高压、特高压线路近20条，500千伏变电站4座，特高压变电站一座。

平芜尽处是春山，银线逶迤春山外。从当初老明远的两台125千瓦发电机，到现在经天纬地的世界一流电网；从大马路、长街的百余盏路灯到今天芜湖一市四县172亿千瓦时的售电量；从当初江淮间的几点灯火，到神州大地灿若星辰的灯光……电力先辈的英灵得以告慰。

中华民族伟大复兴的步伐坚定而豪迈。老一辈电力人心心念念的海晏河清、民富国强的梦想，在中国共产党的领导下已成为现实。吴兴周和电力先贤们心中那枚电力圣火，在连接南湖那盏熠熠明灯后正亮彻大地，光明到永远！

长征路上电网人

◎ 魏艳

（散文）

> 一代人有一代人的担当，一代人有一代人的"长征路"。这是一场接力跑。
>
> ——题记

"雪峰山，山连山，离天只有三尺三。"湖南省洞口县，湘中西部天险，雪峰千里，群山连绵，是红军长征经过的地方，也是抗日战争最后一战"雪峰山会战"的主战场。1935年，贺龙、萧克率领红二、六军团经过，在这里留下了感人的故事……

光阴荏苒，岁月悠悠，湖南电网人扎根这方红色热土，坚定红色信仰，传承红色精神，脚踏实地行进在电网人的"长征路"上！

世代守护红军墓

湖南邵阳洞口县花园乡李家渡有座红军墓。

这里，由开国上将萧克将军题词的"红军革命烈士永垂不朽"纪念碑高耸入云，见证了一段彪炳史册的红色历史。

86年前，红二方面军经过李家渡，遭遇国民党军队飞机轰炸。当时，在田间放牛的12岁娃儿王康元吓蒙了。牛挣脱缰绳跑了，剩下他愣在原地。"快趴下！"说时迟，那时快，一名红军战士冲上去扑在王康元身上。

一声巨响，离他们两米外的地方被炮弹炸出了一个大坑。硝烟散去，王康元的父亲王仁德前来寻人——王康元毫发无损，但那位不知名的战士的身体却被炸得血肉模糊。他青涩的脸庞淌着血，看上去比王康元大不了多少。"我家娃得救了。可这娃，又是谁家的呢……"这场空袭，造成20多名红军战士牺牲。王仁德和乡亲们含泪把他们葬了。

"不管以后怎样，先祭红军再祭祖！"86年，王家人恪守祖训，代代守护红军烈士墓。

2013年，远在珠海的王家第四代护墓人王军接到老父亲召唤的电话。尽管在外打工收入不错，但他还是辞去工作、卖掉房子要回乡护墓。妻子邓桂容气得差点和他离婚，但还是跟他一起回到李家渡。"回来干吗，电都不够用，过年的饭煮成'夹生米'。"邓桂容有牢骚。

刚到洞口县又兰镇桥头供电所工作不久的营销副所长李清来红军墓祭扫，听到了这句牢骚话。

李清根据当地农村经济发展特点和近年来当地用电负荷发展情况，"把脉问诊"开"良方"，摸排了桥头供电所负责的186个台区、2.3万多户，统计出97个低电压台区和近600户长期低电压用户。李清和供电所的专项治理小分队队员上门与低电压用户沟通，摸清设备真实状况，形成了"一线路一方案""一台区一方案"的对策，再通过调整三相负荷分布、线路改造、新增变压器等措施逐一治理低电压问题。

供电质量有了保障，各式家用电器进入当地居民家中。只是李清那身板，如瘦竹一般，体重再没上过120斤。"80后"的李清党龄近10年，他的父亲也是一名党员。他说老父亲退休后还要时不时把党员徽章拿出来擦拭，非常有仪式感。李清时刻提醒自己，党员身份是一份责任，要扎根基层，做一名知民情、解民忧、暖民心的供电服务者。

今年清明节期间，李清又来到了红军墓，遇到了王军一家人。王军带着一双儿女在墓前清扫，他说："我家四代人见证了李家渡的电力发展：第一代人没听过电；第二代人只看到萤火般的电灯光；第三代人总说停电，碾个米非得等半夜；如今我说，灯光亮，热水暖，电力充足很带劲!"王军7岁的小女儿挥动小笤帚扫墓,动作稚嫩却一丝不苟。

李清在红军墓前献上花束,默默告慰。

奏响发展新乐章

洞口县伏龙洲景色奇特、四面环水,如一叶扁舟。洲头有一座建于明代的建筑萧氏宗祠,是全国重点文物保护单位。

1935年,贺龙率队伍途经此地。萧氏族人发现"这群官兵"说话和气、买卖公平,是真正为老百姓着想的队伍。萧氏族人主动敞开祠堂大门迎接红军,宗祠便成为贺龙的临时战斗指挥部和红军主力宿营地。

红军教当地百姓唱红色歌曲,向群众讲革命道理,在宗祠外墙上留下了"开展抗日反蒋的群众运动,红军为劳苦大众求解放""跟着贺龙闹革命,打倒土豪和劣绅"的革命标语。

2016年,洞口县政府投资9900万元开发伏龙洲和雪峰抗战纪念园旅游综合区。当年9月,接到伏龙洲开发指挥部的用电申请,洞口县供电公司党委高度重视,要求各职能部门通力合作,以实际行动支持这个工程建设。

林荫茂密,环境湿热。蚊虫不断向电力工程施工人员发起挑战。"敢情好,体恤我们不易,不时给我们发个'红包'!"工程班班长许格林在裸露的皮肤上抹足风油精,打趣道。工程需要安装2台变压器、组立7基电杆、架设800米高压线。施工得跨越近百米宽的平溪江,材料要靠船运过江,再手抬肩扛送上伏龙洲。施工人员在泥泞的林地里喊着号子,一步一个脚印,硬生生踩出了一条"水泥路"。

心存热血,肩有担当!5年建设期间,伏龙洲开发指挥部每次遇到防汛等任务,电网人都会第一时间赶到支援。

86年前,红军长征留下的"标语墙",提醒电网人牢记使命。伏龙洲江畔架设的五线谱,奏响了这片红色土地的发展新乐章!

瑶寨来了电网人

1945年4月，"雪峰山会战"打响，中日双方炮战8个昼夜，日军死伤数以千计，此战对日军形成"关门打狗"之势。瑶族首领兰春达组织的抗日自卫队骁勇善战，利用地形，打一枪换一个地方，打得日军鬼哭狼嚎。

中华人民共和国成立初期，洞口县的山区大兴小水电，形成用电自供区。但如今，这些地方的电网建设滞后，一度成为阻碍当地经济发展的"绊脚石"。2016年，洞口县的53个村、包括上万名瑶族同胞在内的3.65万小水电自供户的供电保障任务正式移交给国家电网。

洞口县供电公司加大当地电网建设力度，拓宽村民增收渠道，为乡村振兴充电赋能。语言不通，供电员工主动学习瑶语。在与瑶族同胞唠家常时，宣讲用电政策。他们尊重瑶族同胞习俗，在瑶乡一年一度的"盘王节"，该公司负责人带着员工去保电。

"瑶乡天气恶劣，以往遇上泥石流，至少停电半月。我们接管当地电网后，用不了一天就能抢修好，恢复送电！"罗溪乡安顺村"兰博湘瑶小居"的老板兰博深有体会。兰博是一个有闯劲的瑶寨小伙，在深圳打拼7年，回乡开办农家乐，还上网将村里的土特产卖到北京、上海、广州，带动了一大批乡亲返乡创业。不少媒体报道过他的故事。他说："电好了，在家能就业，在家门口挣钱。"

如今的瑶乡，旧貌换新颜，罗溪乡宝瑶村被评为"全国最美休闲村寨"。"蔡锷故里·古镇山门"成功创建国家AAA级景区。罗溪供电所所长肖凯介绍，5年里，洞口县境内的山区新增南竹加工、农副产品深加工、景点民宿等产业50个，当地旅游业收入达600万元，工农业总产值超过3亿元。

瑶寨来了电网人——他们奋战在高山沟壑，钻进蛇虫出没的莽山；他们赶往泥石流多发的供电抢修现场，战胜一切困难；他们的汗水，挥洒在86年前红军走过的长征路，红军精神融入他们的血脉。他们点亮了这片热土上的万家灯火。

红色信仰，民心可鉴！罗溪乡崇沙江有当地居民自发组织的一支义务巡线队。5年来，每当电网遇到自然灾害，瑶族同胞都会自发参与供电抢修。他们说："过上好日子，不忘开路人。当年红军为幸福领路，如今电力为幸福点灯！"

红军镇

◎ 熊浩

（散文）

红军镇，坐落在秦岭南麓、巴山以北的陕西省安康市旬阳城东北端的山坳里。镇子不大，有一万多人，多沟岔。这是全国唯一一个以"红军"命名的乡镇。这里有历史、有故事、有传说、有温度，更有传承。

安康城南有一片堆叠的山，最高的地方叫作牛蹄岭。1949年7月，解放军第十九军在此遭遇了西进途中最艰苦的一场战役，经过数十次反复争夺的拉锯战，最终取得胜利。不论是炊事员、通信员还是机关干部、文工团员，他们都拿起武器，把最后一滴鲜血洒在这片满是硝烟的土地上，迎接黎明的曙光。

如今，硝烟散尽，曾经的焦土处早已变得郁郁葱葱，当初的制高点上坐落着牛蹄岭战斗纪念碑。十天高速划过一个大大的弧线，向西而行，似是不愿从这片山下穿过，怕惊扰了长眠于此的英雄先烈。车行于此，青山连绵，隐去了那一座丰碑。但丰碑和它承载的一切，这块土地上的人民永远铭刻在心。

下了高速，我们乘坐的车沿着211国道继续前行，途经蜀河古镇。这里古称"小汉口"，残留的寺庙、会馆、商号仍然能让人感受到它曾经的繁华。一路都是水泥路，或宽或窄，皆是坦途。相比于当年在这群山之中，红军战士穿行荆棘，赤脚奔走，硬生生地踩出一条路，今天的我们是何等幸福。

车窗外，稻田间，鸟鸣蛙声相伴，有农户俯身插秧，秧苗疏密有致。

流水潺潺，满眼世外桃源的悠闲，更显如今的生活美好。

峰回路转，转过一处满是红军雕塑的路口，一座小镇直铺眼前。

在车上，我们已经看见在楼舍间闪现的纪念碑尖顶。等到了近前，四周青山连绵，眼前的红军英雄纪念碑巍峨矗立，耳畔传来家喻户晓的《十送红军》歌曲。瞬间，时光仿佛回到八十多年前。

1934年11月，红二十五军转战陕南，创建鄂豫陕革命根据地，建立苏维埃政权。在这个红色根据地，红军和群众自力更生，艰苦奋斗，如鱼和水不舍分开。红军干部教根据地的青壮年男女识字学文化，像家人一样嘘寒问暖，和睦相处。"共产党为穷人，打富济贫是红军""打倒土豪劣绅，穷人好翻身""没饭吃的穷人快来赶上红军"……大山深处，一条条革命标语唤醒了穷苦的老乡，让他们找到那份久违的踏实感。红军帽檐下那一张张兄弟般的面孔，让乡亲们头一回挺直腰杆，看到了一片不一样的天空。

"不要将我葬在庄稼地里，耽搁了百姓种田打粮。"这是高中宽烈士牺牲前说的最后一句话。老乡们依了他的请求，含泪将他安葬在九龙山下荒僻的碾子沟里。

中华人民共和国成立后，为纪念红军烈士，也为了铭记那段血雨腥风的历史，让大家珍惜来之不易的幸福生活，当地政府将烈士墓所在的碾子沟更名为红军沟，丰积乡更名为红军乡。20世纪初，当地撤乡设镇，红军乡更名为红军镇，流过红军镇的河流改名为红军河。一个被红色记忆包裹的小镇就此诞生。

我们将花篮轻轻放于红军英雄纪念碑下，面向党旗举起右拳，庄严地重温入党誓词。清风拂过，吹起红色的绢带，轻轻地摩挲着鲜花。如今，在这块土地上，鲜花盛开，瓜果飘香。革命先烈用鲜血和生命换来这美好的世界。今天，我们致敬英烈，告慰逝者。

烈日炎炎，我们拾级而上，走过2.5公里长的"长征路"，去参观红军精神宣传墙、红军纪念馆、红色文化体验馆。纪念馆里陈列的珍贵文物以及文献资料记录着革命烈士的足迹和事迹。

走在"长征路"上，回看青山肃穆、丰碑矗立，放眼是高楼田舍。曾经远离县城、山大人稀、土地贫瘠的红军镇，在脱贫攻坚战中，以"红军精神"鼓劲加油，向贫困宣战，摘掉了贫困的帽子。走进镇子，街道宽阔，楼房成排，民居错落有致，小桥流水连通着村庄与田园，好一番乡村胜景。

等我们折转回来，纪念碑前人潮涌动，一队退伍军人在祭奠先烈。他们昂首行步，英姿飒爽，气势非凡，一声"敬礼"尽现铮铮铁骨。四周红旗猎猎，迎风招展，25米高的红军英雄纪念碑在阳光下熠熠生辉，直指苍穹。

光明故事

电网篇

◎ 姜铁军

秦岭里的送变电人

（报告文学）

一

前方十几米远的草丛里趴着一条3米多长的大蛇，吐着红信子，眼睛盯着前面的人！几名山东送变电工程有限公司的员工不知所措——这是他们进入秦岭施工以来第一次遇到这么大的蛇，有人吓得腿都哆嗦了。

"快跑！"不知谁喊了一嗓子，几个人撒丫子往山下跑。一路狂奔，到了山下，有人鞋子跑掉了，有人脸被树枝挂伤……这不是电影镜头，是2019年9月发生在秦岭里的事。

±800千伏青海—河南特高压直流输电工程（以下简称"青豫线"）线路工程秦岭段（陕3标段）在2019年2月开工，按工期计划在2020年6月完工。2020年年初新冠肺炎疫情突然袭来，工程不得不停工，一停就是两个多月。好不容易盼来复工的消息，但疫情还未稳定，多数人希望老老实实待在家里。"拉得出、冲得上、立得稳、打得赢"，这是山东送变电工程有限公司党委对党员提出的要求。陕3标段项目部工程施工一队队长高腾、二队队长朱先康都是共产党员。他们接到复工命令，二话不说，拉起行李箱直奔陕西洋县，和项目经理刘圣威一起为复工忙活。申请复工手续和前期准备工作很麻烦，尽管做好了思想准备，可他们实际遇到的困难还是比预想的要多。

汽车正往前方村庄的方向行驶，忽然从路边冲出几名戴着红袖标的村

电网篇 光明故事

民，挥动手里的小红旗拦住汽车。刘圣威和高腾忙从车上下来，告诉他们："我们是输电线路施工队的，想找住的地方。"在往常，这肯定会大受欢迎，出租房屋能给村民带来不错的收益。可这次不成了，一位村民说："上级指示，外地车牌一律禁行！你们的车不能过！""我们是来找房子的。"高腾有点儿不甘心。那位村民很坚决："找啥也不行！"没办法，刘圣威和高腾只好下车步行。

没有四个轮子，只靠两条腿，他们走遍了线路施工要经过的7个乡镇。几人带着详尽的施工方案，反反复复与地方主管部门沟通。完善的方案、细致的疫情防控措施、完备的人员排查登记表、严谨负责的承诺书等，让他们终于获得了当地政府的认可："确实用心啊，咱们想不到的，送变电都想到了！"

朱先康到洋县的第一件事就是筹备防疫物资。青豫线线路长，施工人员多，分包队伍也多，作业点多面广，防疫物资调配必须跟上复工进度。采购防疫物资是个难事。朱先康多方协调，跑断腿、磨破嘴，千方百计筹集到75千克消毒酒精、115千克消毒液、200多个口罩，缓解了工程复工的燃眉之急。

疫情防控期间，许多事情需要协调解决。怎么办？项目部党支部组建了"党员先锋"微信群，召开视频会议学习上级文件，研讨防疫措施，协调班组进场计划，完善跨越施工方案。在视频会议上，项目部党支部书记兼项目总工段修谓鼓励大家："克服困难，踏踏实实把工程干好，在秦岭树立山东送变电品牌。大家有没有信心？""有！"每个视频连线的党员都握紧了拳头，互相加油，相互鼓劲。

二

秦岭风景秀丽。而彼时，最美丽的风景是党旗在复工一线高高飘扬，是党员徽章在党员胸前闪亮。

陕3标段建铁塔最高的地方海拔1850米。4829号铁塔的塔址就在那里。施工人员去那里光爬山就要六七个小时。到其他塔位，一般爬山也要两三个小时。项目部技术员崔扬说："'特别负责任、特别能战斗、特别能吃苦、特别能奉献'，在这里还要加上一句'特别能爬山'。爬山是送变电人的基本技能。"

开工前，他们要给每个设计的铁塔定位。设计院在勘察设计时都设立了标志杆，但是前期勘察设计和具体施工之间有一段时间。怕塔位被人为移动或是被自然灾害破坏，项目部在施工前都必须逐一确认。

仪器有好几种，技术员崔扬、造价员王振祥、安全员孙洪浩和朱先康几个人分开携带。陕3标段有123个塔位，每个塔位最少要复测一次，有的还要复测两次。在自然环境好一些的地方，这也许不是什么难事，但在秦岭，不要说背着仪器翻山越岭，就是空着手爬山都会气喘吁吁。有的地方坡度有60度，几个人每往上爬一步，都要拽住身边的小树或者灌木，小心翼翼。山坡太陡峭，站不稳就会滚落，受伤不说，仪器要是摔坏了又得耽误施工。

开始还不觉得仪器有多沉，可翻过几座山头，他们大汗淋漓，觉得仪器有千斤重。前面不远处有一条小溪，有人高兴地叫起来，跑到溪边脱掉上衣，想往身上撩水凉快一下。朱先康立刻制止："不可以！"原来，为保证人身安全，项目部规定施工人员不许下河洗澡，一是不知道河水深浅，怕有人溺水，二是怕水里有寄生虫。

好不容易爬到山顶，几个人坐下来喘喘气。脚下是莽莽森林，由近及远，浅绿、中绿、深绿、墨绿，像一幅有层次的山水画。孙洪浩拿出手机拍了几张照片，想用微信发给朋友看看，竟然没发出去——无人区里没信号。

抓紧时间复测，每一步都得按照规程来，容不得半点马虎。复测完这基铁塔的塔位，还有下一基在等着。午饭是携带的方便食品，送变电人早习惯了这种生活。几名年轻人都是乐天派，对着大山唱起自己喜欢的歌。

下山的时候，孙洪浩真正体会到"上山容易下山难"。坡陡，下山每迈出一步，膝关节都要承受不小的压力，没多久就开始酸疼，双腿打哆嗦。有人不小心一步踏空，惊呼一声，赶紧伸手抓住旁边的灌木，双脚拼命蹬地，不让身体下滑。

好不容易走到山下，回到项目部天已漆黑。孙洪浩感觉腿部火烧火燎的，赶紧脱下裤子，看到小腿肚子上有两条旱蚂蟥。这种小东西平时潜伏在竹叶上，让人防不胜防。在秦岭施工的送变电人都被它们叮咬过。一旦被旱蚂蟥叮咬，只能用烟头烫，用鞋底子使劲拍打。而且，旱蚂蟥咬过的伤口很难结疤，过三四天还往外流血水，弄不好还会感染。为治旱蚂蟥，他们请教当地老乡，从药店购买一种烟药膏涂抹。

山高林密，大型机械无法作业，掏挖铁塔基坑只能人工操作。特高压输电线路铁塔基坑最深的有十几米，位置一般都在山坡和山顶，人工往下掏挖比较危险。遇到塌方，会把掏挖作业人员埋进去。掏挖的洞里空气稀薄，容易造成人员窒息。项目部党支部要求，遇到急难险重任务，党员要"向我看、跟我来、让我干"。共产党员在施工中要起先锋作用，做冲锋陷阵的尖兵。他们有个朴素的信念：困难面前党员先上，不辜负入党誓词。

掏挖塔基，有时会遇到意外。有基铁塔的基坑往下掏挖，忽然遇到一个大空洞。这种情况比较棘手，必须实测寻找对应办法。段修谓陪着设计院的技术人员一起到山上工地测量，测量完毕往山下走的时候，嘱咐大家千万小心。怕什么来什么，一个技术员脚下一陷，踩到了地窝蜂的巢。地窝蜂的巢不在地面，也不在树上，筑在地下，外表不明显。"捅了马蜂窝"，蜂巢里的地窝蜂倾巢出动，追着他们蜇。几个人往山下跑，可他们跑不过地窝蜂。落在后面的段修谓的脸被蜇得肿起来，眼睛肿成一条缝，好几天不消。他放心不下工程进度，放心不下工程质量，一直带伤在工地一线忙乎。

三

2020年5月的一个早上，孙洪浩准备去施工工地，忽然听见有人叫他的名字，回头看，是项目部的张广慧和李宣儒。一天前，她们和孙洪浩说要一起去山上的工地。他以为她们说说而已，没想到两名年轻姑娘动真格的。张广慧是技术员，李宣儒是资料员，两个人去工地都有事情要做。

张广慧2018年到山东送变电工程有限公司工作，入职后先在项目工地做施工员，踏实认真，进步很快。陕3标段项目部成立后，她被任命为技术员，兼职做宣传员。她刚到项目部时还有点理不清头绪，但虚心向别人学习请教，很快就熟悉了自己的工作，能够独当一面。

李宣儒做资料员，每次去工地，她都把需要的东西仔仔细细检查几遍，生怕有遗漏。她说："这么远的路，这么高的山，爬上去没把资料带回来，都对不起自己！"

三人开始爬山，呼呼地喘气。孙洪浩心里很佩服，一般20多岁的女孩子都要好好保养自己，现在她们和男员工一样在一线摸爬滚打。

到了工地，张广慧不仅要照看工程上的事，还负责党建工作。了解青年进步情况，了解党员先锋作用发挥得如何，了解党建怎样与工程任务相结合……她把了解到的一切细心记录，写成宣传报道稿发回本部网站进行宣传。

从山上回来，两个女孩子都变了模样，一身泥土，脸上也花了。有人开玩笑说："都成唱戏的大花脸了"。匆匆忙忙洗把脸，她们又投入紧张的工作中。

2020年6月29日，青豫线全线线路及双极低端直流系统顺利带电。山东送变电人安全、优质、高效地完成了计划目标。

秦岭记得这支敢打硬仗的电力施工队伍，记得这群任劳任怨的送变电人，记得胸前佩戴党员徽章的共产党员。参加过这个工程的共产党员，现在已奔赴不同的电建项目工地。高腾和张广慧去了山东菏泽申庄（小井）220千伏线路工程项目部工作，一个任项目经理，一个当总工。回想起在陕3标段的那些日子，他们颇有感慨，觉得那段经历是人生的一笔财富。项目变了，岗位变了，职责变了，但他们共产党员的身份没有变，全心全意为人民服务的宗旨没有变，成为过硬的电力铁军的信念没有变。张广慧说："胸前的党员徽章就是一团燃烧的火，时刻提醒我不要忘记自己是共产党员，要发挥先锋作用，实现自己的人生价值。"

这团燃烧的火，是一种精神、一种奉献、一种品格，更是一种传承。

◎ 刘文勇
◎ 赵　莉
◎ 柴明凤

冰雪蓑衣岭

（报告文学）

　　蓑衣岭，光是听到这个名字，一种充满寒意的肃杀感便扑面而来。云雾为笠，雨雪为衣，平均海拔2850米的蓑衣岭就这样在时光中饱经风霜。分不清云中有山还是山中有云，水墨一样的冷色调在这里晕染开来。500千伏布坡四回输电线路也在这里矗立了十余年。

　　500千伏布坡四回输电线路全长685千米，是瀑布沟水电外送的唯一输电通道。它倔强地翻越蓑衣岭，穿过复杂的吉星乡微气象区。每年11月底至第二年3月初，线路途经的山上气温降至零摄氏度以下，加之雨雪频繁，铁塔、绝缘子和导地线等就被厚厚的冰雪包裹。

　　2021年1月14日早上7点半，已连续在外工作近两周的四川电力检修公司乐山分部输电运检三班班长王程带着三位班员从金口河出发，准备赶往蓑衣岭山顶，对500千伏布坡Ⅰ线68～72号铁塔及布坡Ⅱ线67～71号铁塔覆冰区段开展观冰工作，及时发现隐患并处理，保障线路安全运行。

　　镶嵌在峡谷中的金口河是一座宁静的小城。对王程他们来说，这里不过是一个驿站，是一个走向未知的起点。

　　"我还记得2010年参加抗冰工作的时候，路况极差，车辆容易打滑，四个轮胎都要挂上防滑链。皮卡车从金口河出发到蓑衣岭要五六个小时。"驾驶员钟伟回忆。

　　时间过去了十多年，路况虽然有所好转，但颠簸依然不减当年。这天，车辆就这样碾轧着冰雪，在悬崖边的小道上缓慢行驶，偶尔打滑。无尽的弯道让人感到头晕想吐。在这样浓雾遮掩、暗冰躲藏的蚕丛鸟道蜿蜒而上，看着山还是那山、弯还是那弯，浓雾、冷杉、积雪、暗冰和悬崖齐刷刷伸向山顶，让人心惊胆战。

经过漫长又紧张的三个小时，车辆路过披上白蓑的大瓦山与结成银盘的天池，驶过金口河区与汉源县交界的蓑衣岭坳口矗立着的"蓑衣岭""蓝缕开疆"两块青石碑，终于停了下来。

布坡线穿越蓑衣岭微气象区，抗冰，一直是这里的主题。

1月初，四川出现寒潮，500千伏布坡四回线路出现不同程度的覆冰。

"跟在我后面，注意观察路面。"拥有多年观冰经验的王程说。沿着陡峭湿滑的路，他们逆着寒风向目的地行进，在雪地上踩出了弯弯曲曲、深浅不一的脚印。像往年一样，他们要对覆冰区段开展观冰工作，详细记录线路覆冰情况。

一到铁塔侧面，王程立即组织开班前会，强调安全注意事项："运行中的线路会比环境温度高，时不时有冰碴从导线和塔上脱落，工作中务必注意安全……"

"现在风速是12米/秒，湿度是85%。"第一次上蓑衣岭的张鑫哆嗦着拿着风速仪测量数据。山高路远，人爬山的时候容易出汗浸湿上衣，到达工作点位后，急风一吹，又会冷得直哆嗦，容易感冒。张鑫虽然在出发前抹了唇膏，但嘴唇还是因为大风起了一层干皮。"我感觉脸很干很疼，而且雪水灌到了鞋子里，特别难受。"张鑫说。

"我们现在测量到的地面冰雪厚度是28厘米。"工作负责人王程说，"由于积雪太厚，辨不清路上是否有坑，经常一不小心踩到雪窟窿里，滑倒摔跤是家常便饭。"

"2010年至2012年，500千伏布坡线路因冰雪灾害发生过铁塔倾倒、架空地线断线、线路跳闸等。之后，我们在布坡线微气象区段实施了为期两年的抗冰改造工程，组立新塔15基，改造铁塔19基，更换导地线8.18千米。"说起布坡线，2012年参加工作的刘延成如数家珍。

皑皑白雪上，测量温湿度、风速、铁塔基础及塔的覆冰厚度、模拟导线覆冰厚度值换算等一系列工作在他们冻得通红的双手下有序进行，而此刻他们的熟练却令人生出一份心疼。

由于山区没有手机信号，王程和同事在完成观冰工作后又立即返回金口河驻地整理观冰资料。等到了下午3点，他们才吃上一顿热乎乎的饭。

冰的冷、血的热，电力作家陈兆平曾用这六个字作为记录四川电网抗冰之战一书的书名，他说："从这些故事中，我感受到了冰的寒冷；也是在这些故事里，我触摸到了血的热度。"

穿越时光，闪亮的一抹红和矫健的一身蓝，持续地化解着近处、远处的寒意，增添着温暖。

沿着山脊，500千伏布坡线的一基基铁塔绵延不断。而在线路下方，并肩而行的是属于不同年代的巡线人：王程，从事线路工作21年；刘延成，9年；张鑫，1年多……

"来之前，我感觉蓑衣岭应该是一个风景优美的地方。而第一次来到这里，山上的皑皑白雪对我们的保电工作来说却是莫大的压力。"张鑫说。

"漫天白雪，因为覆冰严重，导线远远看上去有碗口粗。我第一感觉是冷，第二感觉就是危险。"一脸老成的刘延成回忆初到蓑衣岭时的情景，依然感慨万分。

"蓑衣岭上漫天飞雪，前几次上山，这里能见度不足20米。风大雾大，下车后寸步难行，匍匐前行再合适不过。"胡须快留成"O"形的王程打趣道。

这是不同年龄的人对蓑衣岭的印象，而正是他们携手并肩工作，才完成了光明的使命。

大雪在头顶恣意飞扬，吹响着一场场战斗冲锋号。它仿佛在说：这漫天飞雪的"美景"，只需这些国家电网人欣赏就足够。

暴雨夜为重症监护病房送电

（报告文学）

一

"天啊，整个医院都停电了！"

"ICU600多名重症病人怎么办？"

"应急电源快用完了！"

"所有手术暂停，所有手术暂停！"

"心电监护仪备用电池电量马上耗完了！"

"氧气不能停！医护人员上，一对一，用人工呼吸气囊供氧。"

……

7月20日18时30分，河南郑州大学第一附属医院（以下简称"郑大一附院"）河医院区2号病房楼断电。这家有着100多年历史的医院在这一刻失去了动力。

外面的雨还在不停地下，瓢泼似的。

停电先是从1号病房楼开始的，接着是急诊中心、门诊楼、重症监护病房（ICU）……停电原因是这场极端强降雨。7月20日13时，河南气象台发布了暴雨红色预警：预测未来3小时，郑州市的累积降水将达到100毫米以上。可是，谁也没有想到，这场暴雨来得如此猖狂，如此不顾一切。16时到17时，一个小时里，降水量就达到了201.9毫米，超过我国大陆小时降雨量极值。

暴雨造成的积水摧毁了郑大一附院的电力系统，1号病房楼停电。医院都配有应急发电设备，按以往经验，院里的电工排除故障后即可恢复供电。但是人们还是低估了这场暴雨的威力，更忽略了河医院区所处的位置。河医院区位于二七区建设路与大学路交叉口，地势低洼，东临金水河。往日人们都喜欢到金水河畔散步，河水温柔明净，但今日的金水河变成了狂躁的野马。

河水漫出河堤，和街道上的积水一起疯狂涌进医院。它首先攻占了医院在建的新大楼的建筑工地。工地很快就变成了大水坑，工地上的大铲车被水淹得只露了个顶。紧接着，医院的负三层、负二层、负一层接连被水淹没。水很快冲进1号病房楼。医院的保洁人员跟医生、护士一起拿着备用枕头、棉被往一楼跑，准备挡住进水，但根本无济于事。

电话打不通，手机没了信号，怎么办？

到处是水，一时找不到冲锋舟，交通中断，怎么办？

3000名医护人员和9000多名患者被困，怎么办？

心电监护等重要医疗设备的备用电量即将用完，重症监护室里600多名重症患者正急切地等电救命，怎么办？

暴雨依旧如瓢泼，人们期盼着救援队伍尽快到来。

二

暴雨如注，大街上有的地方积水齐腰，这个时候出车极其危险。

20时左右，接到抢修任务的郑州供电公司"雷锋号"电力抢修队队长郝涛从抢修点赶回不停电作业中心，又冒雨花了两个多小时找到了一辆郑州供电公司功率最大的应急发电车。23时20分，郝涛带着6名队员出发了。他开着绝缘斗臂车在前方开道，司机师傅开着应急发电车紧紧跟随，两辆车前后相隔五六米。风雨中，他们的车沿着建设路劈波斩浪。

车窗外密集的雨点就像鼓槌一样拼命地敲打着郝涛的心脏。为了重症监护病房600多名患者的生命安全，他们要快些、快些、再快些。

电网篇
光明故事

从不停电作业中心到郑大一附院河医院区的距离不过五六百米，但是在这个如天河决堤的夜晚，跨越这段距离却如此之难！车子顺着建设路缓缓前行，绝缘斗臂车车灯照射之处，街上的景象让人触目惊心：各种车辆随水流漂动，有的被冲到了路边花坛上，有的整车几乎被淹没只露出一点车顶。有些人弃车而逃，也有人在大雨中冲着郝涛他们摆手大喊："快逃吧！"

　　郝涛心中七上八下，怕自己带出来的队伍不能平安返回，怕前面的路还有意想不到的凶险。其实，18时左右，郑州供电公司接到了郑大一附院的求助电话，立刻派出应急发电车。可是，20时左右，那辆发电车在积水中抛锚。郝涛心想，这次无论如何都要将发电车开到医院。在担任"雷锋号"电力抢修队队长的7年时间里，郝涛和队员们完成了很多重大保电任务和抢修任务。他不停地在心里给自己鼓劲："我要相信自己，相信我的队员，相信我们这支身经百战的队伍一定能完成任务。"

　　此时，一名在路边高台上避险的男子挥舞着手，冲他们大声喊："河医那边不能去呀，我就是从那边逃过来的！"

　　600多名重症患者正在等电救命，一刻也不能等。退，不可能！只能向前。进，太危险，怎么办？勇敢不代表蛮干，为了队员的安危，郝涛决定将车辆退回到安全地带，然后下车探水，为应急发电车找一条路。

　　郝涛率先跳进积水中。队伍中年龄最大、经验最丰富的队员，43岁的王培丹抢着站在他前面，大声说："我是党员，年纪最大，你们都跟紧我，你殿后。"

　　冰冷的雨水浇在他们身上，积水齐腰深，水流湍急。王培丹被水流冲得站立不稳，前后摇摆，眼看就要摔倒。他身后举着手电筒照明的副队长窦孝祥赶紧扶住他。两人总算是站稳了。王培丹从路边的花坛里找到一根木棍，小心地探着路。殿后的郝涛紧紧抓住窦孝祥的手大声喊："都抓紧了，不管发生什么事都不许松手，我们出来7个人，回去还得是7个人，一个都不能少！"

　　7人紧紧握着彼此的手，以防被巨大的水流冲倒。王培丹左手紧握着窦孝祥，右手拿着木棍向前一点点地探查。越往前，水位越深。在建设路高架桥下，王培丹停了下来。灯光照在探路的木棍上，他估摸前方水位将近两米！两米深，一脚踏下去，人就会没顶，车也肯定过不去啊！

已经接近午夜，街上的水位还在上升，怎么办？最终，郝涛决定让司机将应急发电车退到距离医院不远的安全地带，他带领6名队员绕道高架桥，继续为应急发电车找路。

三

"培丹，你怕不怕？"郝涛全身湿透，连发出的声音都透着寒气。"多少年啦，风里来，雨里去，怕什么。"王培丹大声回答，"同志们，坚持就是胜利！""对！"郝涛咬了咬牙，"我们要蹚出一条路，无论如何都要把发电车开到医院。"

此时，窦孝祥的手机突然响了，接通，是妻子打来的："你在哪儿？这么大的雨，好多人都出事了，你可千万注意。"窦孝祥看一眼身边的同事，努力用平静的口气说："我在值班室值班呢，你放心吧。"说完，他立刻挂了电话。窦孝祥1993年出生，是名"新手爸爸"。孩子刚满6个月，他不想让还在哺乳期的妻子担心。

100米，50米，30米，10米……30多分钟过去了，24时40分，他们终于到达河医院区。这一路"侦察"，结论却让大家的心更沉重了：应急发电车根本开不进来。

医院门诊楼前只有手电筒光柱晃动，时不时有人在呼喊着。前来救援的消防队员和医院的医生们一起往外转移着病人。为了重症患者的生命，他们不得不把包括十余台呼吸机在内的沉重的医疗器械与患者一起抬下楼，现场一片忙乱。

郑大一附院院长刘章锁看到郝涛涉水而来，声音嘶哑地问："发电车到了吗？""还差500多米，水太深过不来。"郝涛叹气。"市政部门给我们派来了清障车，去接应你们的发电车。"刘章锁话语中满是希望。"太好

电网篇 光明故事

了，那我们看一下现场，先确定发电车的接入位置。"郝涛回答。此时，前来救援的"雷锋号"电力抢修队第二批5名队员也已到达医院。

雨幕下，清障车将前方的积水划开，路面瞬间出现，应急发电车紧紧跟在清障车后面。发电车刚刚驶过，后面路上的积水就迅速汇合，瞬间淹没道路。

7月21日1时50分，清障车带着应急发电车顺利驶进医院。经过反复测试，2时30分，应急发电车成功"靠岸"到预定位置。12名"雷锋号"电力抢修队队员各司其职，展放电缆、接线、调试设备。

四

雨点又急又密，打得人睁不开眼。也许是太累了，郝涛觉得今天的电缆特别重，抬着电缆的双臂有些发软，浑身还直打哆嗦。队员李毅博不小心跌倒，努力站了几次都没站起来。王培丹眼疾手快，奔过去将他从水中捞起。李毅博定了定神，擦一把脸上的水又接着去放电缆。

"50米的电缆，今天怎么这么长？"李毅博把电缆背在身上，一点一点展放到位。窦孝祥全神贯注地接线，忘记了浇在身上的雨水。他说，他当时心中只有一个信念——用最快的速度送电。一名50多岁的阿姨打着伞，小心翼翼地凑上前问窦孝祥："小伙子，还得多久啊？我们家老头子……"阿姨哽咽着，说不下去了。窦孝祥安慰说："阿姨，我们会尽全力，你放心。"阿姨不好意思地摆摆手说："没事，我理解，这天气，难为你们了。"窦孝祥心里涌起一股暖流，浇在身上的雨似乎也没有那么冷了。

暴雨的夜里，有无数双眼睛盯着这12个忙碌的身影。大雨浇透了他们身上的红马甲，时间一分一秒地过去。5时，应急发电车接入成功，停电10多个小时的重症监护病房来电了！

当灯光穿透雨幕亮了的一刹那，被这场大雨浇灰了心的患者和患者家属心里突然就亮了。600多名重症患者有救了。

从7月21日6时开始，"凌晨5时郑大一附院重症监护病房恢复供电"的新闻刷屏了。窦孝祥在暴雨中手持电缆的照片出现在央视网发布的一组新闻图片中，好多媒体也转发了这张照片。亲朋好友见到后将照片转发给了窦孝祥的妻子。7时，窦孝祥接到妻子打来的电话，电话里是哭腔："窦孝祥，我不拦着你去抢修，但你得跟我说实话，哪怕是死，你也得让我知道你死在哪儿!"窦孝祥眼圈红了。但他并没有多余的时间安慰妻子，匆忙说了一句："我没事，你放心。"

风停雨歇，惊心动魄的那个夜晚过去了，但一些人、一些事却牢牢印在了"雷锋号"电力抢修队队员的心上。

◎ 张崇文

渝鄂界上情

（报告文学）

一

大河山、永灵山蒙在雾里，上连天空的云，下缠河里的水，像一块宽幅的绸悬挂在百福司街后。飘来的雾遮盖得屋子若隐若现，驼丫子（水楝）树叶上起了一层薄薄的霜，铺垫得均匀，树干、花钵、地面都染上了霜冻的色调，寒气在身边飘绕。今晨的霜大，涂抹上树、电杆，气温比昨天又降了两三度。左边的幼儿园、右边的医院都不太清晰，被雾笼罩着，模糊中仍见街上的忙碌和热闹。

百福司供电所的大门开了，一个戴安全帽、穿工作服、背工具包的电工师傅走出来。顺手关门后，他迅速从口袋里掏出棉纱手套戴上，又转身进了车库，推出摩托车骑上去发动，踮着脚滑下斜坡，再踩上踏板，转弯往医院那边骑去。

错车、让人，摩托车从街边的缝隙慢慢穿过。过了观音坪，车、人少些，路宽些，他再不用踮脚慢速，很快过了怯道河上的廖家坝大桥，再从曾家坳下钻过渡槽，到了怯道河边的乡村公路上。他骑的速度不是很快——雾大，能见度低，只看得见前方30米处。

现在条件好了，男男女女、老老少少穿得暖和，乡亲们不会待在家里烤火。他们走路，骑摩托车和电动三轮车，开面包车、小车，或坐乡村公交车，到百福司街上去赶场，在不同的路段和他擦肩而过。他晓得他们要卖了自家的农副产品，再买些需要的日用百货。

他走的是一条近路，要在8点半之前赶到15公里外的高洞村。霜大、雾浓，他无法加大油门，让摩托车转得飞快，载着他在雾里穿梭。他把车速控制下来，免得在弯道、坡道上和迎面开来的各种车子碰头，伤到自己、别人都不好，还要防止掉落沟谷、溪谷、坎下……平平安安到了乡亲们住的寨子，才好到每家每户服务。

二

站在怯道河边，看不到安抚司小街，也看不到高洞村连绵高耸的群山。飘动、盘绕、弥漫的雾像雾河，起伏着雾波，涌动着雾浪，涨起了雾潮，翻卷着雾涛，荡漾着雾漪……当它们源源不断地流淌，成瀑的雾像是从最高的云端起源，变幻出各种影像。

他眼前不再是一条雾河，不再是一个雾湖，已经成了雾海，朦胧了安抚司、洞塘坝、木车坝，扩大到荆竹堡、安家堡。千万根雾丝、雾纱、雾线"混纺"到河水中、寨子里、田野上，向着各个方向弥漫开……

他穿过雾蒙的桥，转过雾蒙的寨。雾遮掩了他和车，只听到摩托车爬上坡，"嗡嗡嗡"的油门声比在平路上大些，在弯道上转过去、转过来，又转过去、转过来……他从安抚司的小街后面爬完了那些陡坡、弯道，在冬寒中往高洞村20个村民小组所在的那些寨子骑去。

他终于从浓雾里骑着摩托车出来了，看清了路边还有一片长了烟兜、苞谷兜和种了很多油菜的坡地。海拔800多米的高洞山上，霜打蔫了蒿子、奶浆草、野棉花。它们耷拉到泥土上，卷了叶尖。

他被寒风吹红的脸露出了微笑。下了摩托车，他望着山腰上10千伏福安线支线：只有三档线清晰可见，山顶、山谷两头的线锁定到雾里。他从工具包里取出望远镜，从杆脚查看到杆顶，从上一档线的支架、横担、绝缘子看到下一档线的支架、横担、绝缘子……他没看到母线接头断线、脱落，没看到母线接头发红、闪络、放电、冒烟。他收好望远镜装进工具包，结束了这段线路的例行巡查。这是今天工作的一个内容，他不希望线路出现异常状况。

他叫向国友，是湖北来凤县供电公司百福司供电所员工，岗位是农网配电运维。从接手高洞村配电运维工作那天起，他已经和20个村民小组的乡亲打得火热。大家哪时有事，他只要接到电话，不是和同事开工程车来，就是一个人骑摩托车来。

高洞村，在百福司镇的西南方向，与重庆市酉阳县兴隆镇八穴村搭界。高洞村的山、谷、沟、寨子、田土与八穴村的山、谷、沟、寨子、田土相互穿插。高洞村位置偏远，农网改造后，一根根电杆立起来，一档档电线在山峦中蜿蜒，连接了高洞村、八穴村，电把两个高山村连在一起。

向国友来了一两年，和两边的乡亲都熟悉，分得清土这边是湖北，土那边是重庆；山里边是重庆，山外边是湖北；路上边是湖北，路下边是重庆；坡坎上是重庆，坡坎下是湖北。他骑摩托车要绕道八穴村的村道，才能到达绝壁下边高洞村的十几个寨子，转的是一个大回环。两个村子的路连到一起，10千伏福安线支线也从八穴村延伸到高洞村那几个闭塞的村民小组。

三

向国友每次从高洞村下到八穴村麻田坝组，都要和老朋友邱克海亲热地聊一阵，说种植的事，也说收成的事。向国友主要还是问电压稳不稳、屋里照的灯亮不亮、电饭锅煮不煮得熟饭、洗衣机洗不洗得干净衣服……邱克海笑嘻嘻地说："你们湖北送过来的电不仅电压稳，还从来没有停过，我们屋里买的那些电器按下按钮都好用，电饭锅没煮过夹生饭，电磁炉炒的菜喷喷香，晚上开了电热毯睡到铺上舒舒服服。"

向国友说："我们哪里服务不周到，请你说出来我们好纠错、改正，要做到你们满意。"邱克海说："老哥，不光是我们家，就是屋上坎下几家邱姓人家都说电工师傅好。哪里电杆偏了、电线断了，我们打电话到供电所，你们就马上赶来处理。我们请你们吃饭表示感谢，你们门都不进，还说要到别的廊场（方言、地方）去抢修，害得我们至今还欠你们一个人情。"向国友说："这是我们的工作职责，住得近你亲我亲，我们就是好邻居，也是亲亲热热的一家人。"

向国友每次从八穴村出来，到了高洞村的夹层岩组，都要走进哑妹向松云家，用手语比比划划，"说"注意用电安全，再到屋里检查照明线路，查看电能表、漏电保护开关，松了的螺丝拿工具拧紧，破皮的电线用胶布缠紧，不亮的灯泡换一颗新灯泡。向松云时不时地"啊、啊、啊"应答，也用手语回应。向国友用手语"说"：刀闸坏了、照明线路坏了、漏电保护开关坏了，都不要动，等我来了修。向松云不停地点头。她是聋哑人，在婆家哥哥办到屋边的养猪场里打工喂猪。她带向国友到养猪场，看她经管的母猪、仔猪。每间猪圈都清扫得干净，没有排泄物堆积。向国友看了里面的线路和灯泡，向她伸出大拇指表示称赞，她"啊啊啊"地笑起来……

到了黄泥池组，向国友要去看种烟大户田祥忠，听他讲种烟的事。这几年，在百福司烟站技术人员的帮助下，田祥忠种上了新品种烟叶。以前烟叶要拿到烤烟房熏烤，现在只需挂到通风的烟房里阴干，不用在阳光下曝晒，少了早晒晚收的麻烦。田祥忠说，种烟叶要把土挖好、整好，再覆盖地膜，等烟站的人送来了烟苗，在技术员的指导下操作，烟苗才能越长越高。到了时间，他们在技术员的指导下割了烟叶，用绳子缠好，再挂到烟房里，让逼进屋的高温阴干烟叶。现在烤烟房不用了，向国友也要到田祥忠的住房里检查一遍用电设备，这是他的习惯。

田祥忠没喊向国友"电工师傅"，而是和他称兄道弟，这让他觉得亲切。他到高洞村后，与20个村民小组的621户人家都有交往。这天向国友还要例行走访几位养羊、养牛、养鸡、养猪、养蜂的乡亲，看有没有用电的隐患，能立刻解决的当场解决，不能当即解决的做好记录，回头和同事再一起来。

上午9点多钟，太阳出来了，驱散了浓雾。回去的路上，向国友还要到八穴村的乡亲家，提前祝他们过年好，新一年，他还要与他们在供用电上有来往。要过年了，打工的乡亲们陆续回家，他还要到这些乡亲的家里问问电的事……

阿曼吐尔心中的红

◎ 张振

（报告文学）

一

"快！快！工具包拿好，还有手电筒……"阿曼吐尔·依沙木丁焦急地喊。刚打开车门，一股冷风夹着雪片扑打在脸上，让人喘不上气来。阿曼吐尔和同事艰难地朝乡卫生院方向奔去。风雪夜，手电筒发出的光柱上下晃个不停。"到了，到了！"阿曼吐尔照了照前方，一栋三层楼的建筑就立在夜色里。一个白色的人影出现。阿曼吐尔将手电筒的光照过去。扎着马尾、戴着眼镜、脸上还挂着泪痕的年轻女医生浑身哆嗦，身体不受控制地颤抖着。

2012年1月的一个冬夜，正在值班的萨尔阔布乡供电所所长阿曼吐尔接到报修电话："卫生院停电了，什么都看不见，还有老人正在输液。你们快来看看！"看见供电人，等候在门口的女医生一下子哭了。她担心风雪中供电所的人来不了，一直没电可能会发生医疗事故。正在输液的老人也非常不安。

凭着20年的工作经验，阿曼吐尔很快排查出故障。借助手电筒的光，他爬上卫生院外面的电线杆，开始抢修。电来了，灯亮了，女医生放声大哭："我刚从卫校毕业没多久，我太害怕了，感谢你们能过来。"她又忍住眼泪，赶紧检查老人的输液情况。老人也松了一口气，笑着说："热合买提，热合买提（哈萨克语：谢谢）。"阿曼吐尔下意识地摸了摸胸前的党员徽章。

这是发生在新疆伊犁昭苏县萨尔阔布乡的一个暖心故事。冬季，常有齐腰深的大雪阻挡人们出行，可这里的牧民总能看到身穿"红马甲"的供电员工行走在雪山与村庄之间。他们胸前的党员徽章格外亮眼。

萨尔阔布乡地处伊犁河谷中的一个高位山间盆地，昭苏县东南方，距离伊宁市237公里。天山山脉在不远处绵延起伏，汗腾格里峰脚下的萨尔阔布乡供电所被称为"深山里的供电所"。这里有3000多户客户，其中哈萨克族占98%以上。

二

风，粗暴地席卷着伊犁河谷南缘。几天前地里才铺好的塑料薄膜此时像大海的怒涛一般翻腾着。在村民托合达尔拜家的地里，阿曼吐尔顺风奔跑，不时弯下身子抢起铁锹将飞舞的薄膜压上土。不一会儿，大雨袭来，阿曼吐尔全身被淋湿。常年在外作业，他两鬓泛白，皮肤黝黑粗糙得像沙漠里的梭梭柴一般。

2013年7月5日19时，新疆有气象记录以来第一次监测到的接地龙卷风袭击了萨尔阔布乡，很多居民的房屋、棚圈和多处电力设施被毁。越是关键时刻，党员干部越要冲锋在前。为了抢修和抢险，阿曼吐尔三天三夜没怎么合眼。龙卷风过后，他和同事们扛起党员服务队的旗帜，奔忙在救灾一线。萨尔阔布乡居民一说到那场龙卷风，就会说到国家电网天山雪莲（伊犁昭苏）共产党员服务队的旗帜。

阿曼吐尔·依沙木丁，哈萨克族，1974年出生在昭苏县，1992年技校毕业后到县火电厂干起了锅炉运行工作。车间副主任巴克江是他的师傅，也是名老党员。师傅和蔼可亲，累活脏活带头干。从师傅身上，阿曼吐尔看到了老党员专心负责的工作态度。在师傅的引导下，阿曼吐尔向党支部递交了入党申请书。

2000年，昭苏县供电公司成立。同年6月27日，阿曼吐尔正式加入中国共产党。回忆入党宣誓的重要时刻，阿曼吐尔说，支部书记告诉他举起右手宣誓，然后大声宣读誓言，眼圈里打转的泪水在宣誓完的那一刻流了出来。从那天起，一粒种子在他心中生根发芽。接下来的几年，他在昭苏县供电公司喀夏加尔供电所、城区供电所干过工程队员、电工、抄表员。2007年，他到萨尔阔布乡供电所任所长，这一干就是11年。

萨尔阔布乡供电所的服务区域平均海拔在2000米，是伊犁地区环境气候条件最艰苦的供电所之一。468平方公里的供区内，群山险峻，雨雪频繁。这里，冬季长达7个月，积雪厚度能到1米多。阿曼吐尔带着所里的员工踏遍了供区内的山山水水。他们常常要到几十公里外的村庄抢修。碰上难走的山路，他们就骑马沿着山脊巡线。数不清有多少次，他们连人带马跌入雪坑。

随着业务知识和专业技能不断提高，阿曼吐尔成了供区的"活地图"。供区内家家户户的情况都装在了他心里。11年间，萨尔阔布乡供电所4000余天无事故、无投诉。

三

2015年五一劳动节过后，阿曼吐尔接到客户的报修电话，到现场检修才发现是因进线错位导致的短路停电。而造成故障的"罪魁祸首"竟然是一头牛。牧民把自家的牛拴在了家门口的电杆上，牛的挣扎导致电杆出线管被破坏。不巧的是这个管道本就有裂痕，管内的电线也老化了。阿曼吐尔抢修完后，一脸严肃地回到了供电所。

萨尔阔布乡是牧区，牧民有时会在电线杆上拴牛羊，小孩喜欢把绳子绑在电线杆上荡秋千，妇女会在电表箱上晾晒干果和衣物，这些行为不但存在安全隐患，也常会造成供电故障。

晚上休息时，阿曼吐尔在心里盘算。不算不知道，一算吓一跳，像这样的外力破坏电力设施的情况在当地还真不少。他躺在床上辗转反侧，失眠了。好几天，他都在想这件事，像丢了魂一样。那几日，青年员工木拉力·柯扎衣别克注意到所长不对劲，几经询问才得知原因。阿曼吐尔索性召集大家一起想办法。几个方案捋下来，一个巧办法初步形成：改变原有电表箱上PVC出线管的安装位置，移位到角钢上方，这样就能防止出线管受牲畜碰撞或者撕咬而损坏，还能延长使用寿命。后来的一段时间，阿曼吐尔只要一闲下来就去试验。2015年11月，他申请了专利，次年4月，这项名为"乡村防牲畜破坏电表箱"的专利顺利通过了国家知识产权局验收，获得了相关专利证书。拿着专利证书的阿曼吐尔高兴极了，他说："只要肯学、只要努力，一定会有收获。"

后来，阿曼吐尔还根据当地的实际情况改良了现有设备，发明了很多在当地特殊环境下适用的工器具。这些大大小小的发明，帮助供电所更好地守护这片土地的光明。

站在阿曼吐尔身旁笑着的木拉力想到了自己刚来供电所时的情景。木拉力·柯扎衣别克2009年大学毕业来到昭苏县，被分到萨尔阔布乡供电所，成为阿曼吐尔的徒弟。来之前，他只知道这里偏远，冬季很长，但他不知道的是这里很多地方不通车，只能骑马巡线。他体重160斤，上马都费劲，更何况是骑马。在师傅的耐心帮助下，他不仅骑得了马，还能独立完成抢修。师傅是一名共产党员，用实际行动感染着木拉力，成为他成长路上的明灯。不久，木拉力向党组织递交了入党申请书。

2021年早春，木拉力主持的"新型乡村电力PVC"项目顺利通过了上级单位QC小组初审，随后进入专利申请阶段。如今的萨尔阔布乡供电所，员工个个都爬得了电杆。随着业务技能不断提高，员工们积极向党组织靠拢，党性修养也在不断提升。

四

2021年1月，我到大喀拉苏村采访，受阿曼吐尔所托看望村民马兰花。来到马兰花家门口，我发现大门紧闭挂锁，邻居说她在早餐店忙着。我来到早餐店所在的街道，街上很热闹，吆喝声、欢呼声响成一片，饭菜香飘来，充满烟火气。大喀拉苏村地处伊犁尼勒克县境内喀拉苏乡，是一个以农业为主、农牧业结合的村子。在村党支部委员会、村民委员会和驻村工作队的带领下，2018年，全村180户建档立卡贫困户成功脱贫。马兰花家就是脱贫户。

早餐店店面不大，店外的炉子烧得正热，炉子上的奶茶冒着气，飘出阵阵奶茶香。我进到店里，看到马兰花正忙着揉面。她擦了擦手，招待我坐下。"这次来，阿所长特地让我来看看你，说放心不下你，希望你过得好。"我说这些的时候，马兰花流了泪。她先是抽泣，最后控制不住地大哭起来。

2018年2月，阿曼吐尔主动申请成为伊犁供电公司驻大喀拉苏村"访惠聚"驻村工作队队员。工作地点有了变化，但他发挥党员带头作用、扎根基层一线、维护民族团结的初心和行动没有变。到了大喀拉苏村，他就遇到了身体羸弱的马兰花。她两次入院治疗，几度对生活失去信心。阿曼吐尔为她加油打气，还自掏腰包帮她改造家里的自来水管道，打理庭院田地，帮她及时种上农作物。出院后的马兰花在阿曼吐尔的鼓励和帮助下，在乡里主街道租了一间门面房售卖早点，有了稳定收入。坐在我面前的马兰花抹着眼泪说："没想到阿所长还记得我，真的感谢党，感谢阿所长。"

2020年9月，阿曼吐尔结束驻村工作，因为怕大家伤心难过，就没有和马兰花还有其他"亲戚"打招呼，临走前在朋友圈发了一条告别的信息。看到信息后，马兰花嘴里连连喊着："阿所长，我的大恩人，我舍不得你回去啊！"

细细数来，从萨尔阔布乡供电所到大喀拉苏村，阿曼吐尔的故事还有很多。红色旗帜在阿曼吐尔的手中高高飘扬，为这片大地带来了红色的光辉。我曾多次问阿曼吐尔是什么动力让他一直这样做，他说得最多的一句话是："各族群众的笑脸是我工作的源泉。"

2019年，阿曼吐尔荣获全国民族团结进步模范个人称号。2020年，他又被评为全国劳动模范。两次去北京领奖是他人生的高光时刻。从北京回来后，阿曼吐尔更加努力，深入田间地头，坐到村民炕头，传递党的声音，宣讲党的好政策，为群众办实事、解难题。后来，他对我说，他始终记得自己2000年6月27日入党那天，鲜红的党旗、铮铮的誓言、明亮的党员徽章，还有埋在他心里的一粒种子——为人民服务。如今，这粒种子已经生长成了枝繁叶茂的大树。

2020年8月21日，天气晴朗，"红马甲"和"黄马甲"同时开始了一天的工作。父亲，身穿"红马甲"的阿曼吐尔，在大喀拉苏村当一名志愿者；女儿，身穿"黄马甲"的吐努克，作为中央司法警官学院新疆教学点的应届毕业生，在昭苏县二社区当一名志愿者。受父亲影响，还在上大学的女儿就光荣加入中国共产党。疫情防控期间，父女俩在相距200多公里的两地忙碌着。父女俩身披"战甲"，用志愿行动、用胸前那抹明亮的红为党旗添彩，为党员徽章增光。

2021年五一劳动节前，我在劳模宣讲会上听到了阿曼吐尔的心声。他讲自己的成长、讲入党时刻、讲初心、讲那些让他牵肠挂肚的"亲戚"……台上的他，眼眶湿润，几度哽咽，在停顿间隙，他不断抚摸胸前的党员徽章。那个瞬间，坐在台下的我想起了2012年他在乡卫生院抢修的那个冬夜。

◎赵静怡

风云一举到天关

（报告文学）

2020年11月16日，泰山天街上，人们看到了这样一幕：60余名挑山工喊着"嘿呦嘿呦"的号子，背负着一个"庞然大物"往山顶爬去。山上气温已是零下十几度，他们却挥汗如雨。总指挥刘晓东跑前跑后，不时拿着喇叭喊："往左，对，往左一点。""注意脚下，注意脚下！"挑山工呵出的热气化成一团团白汽，与缥缈的云融在一起。他们似乎能听到自己的心跳，比以往任何时候都更急促。的确，这么多年来，他们从未想过，有朝一日会扛这么一个大家伙——足足2400公斤！就是拆解开，每个也有600公斤。平时练就的脚力和耐力接受着极限考验。他们稳住步子，一点一点地挪动着。游人已围了好几圈，有的还掏出手机拍照。有人止不住好奇，问抬的是啥。不知谁答："是供电公司的变压器，听说要换新设备了。"那人便竖起大拇指。

事实上，这已不是挑山工第一次挑这样的设备了。泰安供电公司10千伏岱顶开关站有5面低压开关柜、17面高压开关柜，都是通过这种方式运上去的。为了提升服务水平，泰安供电公司专门成立了岱顶智慧供电服务站，并对岱顶开关站进行升级改造。改造完成后，泰山景区供电将更加安全可靠。

一

2020年年初，泰安供电公司新一届领导班子对泰山景区电网调研时发现，景区的供电可靠性仍需进一步提升。10千伏岱顶开关站建于1994年，虽然在2007年进行过一次改造，但经过长时间运行，设备老化严重，部分开关不能正常分合，客户故障易造成越级跳闸，甚至导致大面积停电。而因为变压器容量限制，山上部分客户仍使用煤气灶等燃具，存在较大消防隐患。泰山不仅是五岳之尊，更是世界地质公园、世界自然与文化双遗产。泰安供电公司提出，一定要优化网架结构，打造具有泰山特色的一流景区配电网。

一声令下，三军齐上阵。2020年7月1日，泰安供电公司成立泰山景区（旅游经区）供电中心，8月28日又成立了岱顶智慧供电服务站。经过日夜酣战，泰山景区（旅游经区）供电中心仅用两个月就完成了岱顶开关站改造工程的设计等工作。

要改造开关站，首先要全面掌握景区电缆的走径情况。泰山景区共有3条电缆线路，分别是10千伏泰山线、岱顶线和中尊线。8月28日，岱顶智慧供电服务站一成立，就组织人员对这三条线路展开了拉网式巡检。

景区供电所副所长兼岱顶智慧供电服务站站长乔训龙全程参与巡检。这个1991年出生的小伙子，2020年8月底才调到景区供电所工作。棘手的任务并没有让他退缩。他和同事们穿好工作服，背上沉重的工具包，闯进了泰山腹地。其中两个人拿着铁锹在前头开路，一人握着DL-3000管线探测仪，另一人负责记录。几个人小心翼翼，边走边观察，几天后，他们终于适应了山林环境。然而，一个紧要的问题出现了，有点让他们欲哭无泪：DL-3000管线探测仪对深埋地下的电缆基本无用。探测仪凑上去，测出的可能是一根水管或任何可称之为"管"的东西。经过请示和协调，泰山景区（旅游经区）供电中心请来检测公司的人，他们带着专业的测绘仪前来相助。

供电员工背着大大的工具包，穿着蓝色工装，安全帽遮住额头，手里拿着棍棒和仪器，边走边交流。汗水如雨点般落下，他们边走边擦。蚊虫不时来"亲吻"，他们无法拒绝；草种子任性地粘到裤腿上，拂也拂不下来；臭虫、蜘蛛等也不时过来凑热闹，爬到他们的脸上、身上。走一小段，心就跳得像敲鼓，身子也似冲了个澡。抬头看，烈日炎炎，天空被蒸成了淡白色；低头望，藤缠树，树依藤，重叠交织，苍翠蓊郁，路似乎永远也走不到尽头。巡检岱顶线和中尊线的时候最困难，因为面对的是悬崖峭壁。南天门那儿有个大悬崖接近90度，他们只好手脚并用，像壁虎一样慢慢地往上攀。

9月21日，他们终于结束了三条线路的巡检，之后又巡检了5条客户专线。到消防中队那里的时候，他们发现低压电缆因为投运时间较长，加上前期受过外力破坏，受损十分严重。一碰上雨天，开关总会跳闸，让客户头疼不已。他们很快解决了这个问题。自此，泰山电缆有了最准确的台账。

二

负责岱顶开关站改造工程的施工队队长是刘晓东，到2021年51岁，一直从事电力施工。他介绍说，1月底前就会完成岱顶开关站低压线路切改、智能辅控系统的安装调试。每天早上8点，他会准时坐第一班索道上来，一忙一整天，有时晚上也住在山上。他说参加工作30多年了，见证了泰安电网的发展。现在的变压器、低压开关柜、高压开关柜等设备很先进，以后如果一路电源失电，另一路马上就自动切换了，整个操作在调度室里就能完成，不到一分钟就能为客户送上电。不像以前，检修人员从山下上来得两三个小时，遇到暴风雪等恶劣天气，得四五个小时。2020年10月13日那天，从凌晨1点一直到夜里11点，他们完成了10千伏中尊线岱顶支线的带负荷试验，验证了备用电源的可靠性；10月29日，完成了10千伏设备的改造；12月3日，完成了新增1台630千伏安公变布点的停电接入工作，一次送电成功。春节过后，这里还要再上一台630千伏安变压器。

由于工期紧、任务重，刘晓东周末也经常加班。他没法回家，担心父母的身体，尤其是患有高血压和心脏病的父亲，只好时不时地打个电话问候一下。最多的时候工人有百十多个，最少时也有十几个。每天，他们都在讲安全、讲质量。每个工人后面都是一个家庭，每个人都是家里的顶梁柱。单位领导对这项工程格外重视，不时上山来为他们鼓劲，让他们感觉不是单支队伍在作战，背后有整个供电公司。

配电室门口贴着不少图纸，是岱顶开关站改造工程的施工方案、各种报告和施工明白表，因为是在疫情防控期间，还专门增加了作业现场疫情防控措施卡。岱顶智慧供电服务站严格按照防疫要求，设了测温点，定期消毒，查验人员健康码，要是有外地的设备厂家人员来，就更得注意了。

从配电室拐到前头，是岱顶智慧供电服务站的值班室。值班员两人一组，三天一轮。我们去的那天，值班的是周涛和王子鸽。周涛之前在景区供电所工作，在山下时负责外勤，常常出去巡检，排查各类隐患。来山上后，除去定期巡检，他基本都待在值班室。风呼呼地吹，间或听到松柏折枝的声音，鸟不停地叫，云飘来又飘去。过了一会儿，世界似乎突然安静了下来。一开始他还有点不适应，后来发现这难得的清净正是检查客户台账的好时机。

跟周涛比，王子鸽可算"老山民"了。以前他和同事菅茂两个人常年在山上值班，一年也下不去几回。一个人守着小小的值班室，看花开花谢、雨落雪飘。逢年过节，亲人们只好提着东西，上山来和他团聚。王子鸽说："以前的条件太苦了，尤其是赶上大雪封山，一个人面对着茫茫大山，无端地感到孤独，要是断了炊，就更难过了。"服务站成立后，单位领导非常重视站里的后勤保障，院子里还专门辟了一小块菜地。以前山上的通信信号弱，朋友有事都找不到王子鸽，他只好把通信录备份到妻子的手机上。现在，站里给配了无线网络和闭路电视。而且两个人一起值班，不会被那种巨大的孤寂压着，实在烦闷了可以聊聊天。

王子鸽说，在这里，他才真正体会到了身为供电人的意义。一天晚上，他像往常一样值班，山上起了浓浓大雾。突然有人敲门，他打开一看，一个女孩眼泪汪汪的，说想去山顶，结果绕了半个多钟头，好似进了迷宫。王子鸽二话不说，锁上门，领着女孩到一个再显眼不过的地方，给她指上山的方向。后来，王子鸽又多次遇到过迷路的人，有老有少，有本地人也有异乡客，他都毫不犹豫地一一为他们指路。那些人说，是一星灯光指引着他们来到这里。王子鸽觉得，服务站的一星灯光就像大洋里的一座灯塔，引导着迷路的人们。

韩军是景区供电所的所长，开关站改造的诸多事宜都是他去协调的。就说上山申请吧，要和南天门景区、中天门景区及管委会的综合部、规划部、文旅部等打交道，按正常程序办下来起码也要三周。他去跑，用三天时间就办妥了。之后还要办理十余辆车的进山事宜，又得和票证稽查大队协调，验车、审车。验审完了也不是一劳永逸的，每个月都得重新验审。在山上施工跟山下不同，虽然建材、运输等提前报备过，但施工过程中难免出现一些意外情况，需要与南天门执法大队协调。像那次运变压器，变压器又高又大，货运索道装不下，只好协调客运索道。而客运索道一般是不停运的。为了泰山的供电，韩军与索道公司协商，顺利解决了这个问题。山上施工每天会产生不少建筑垃圾，韩军和同事就及时将垃圾清到山下，运不了的便请挑山工帮忙。韩军当过兵，在部队的时候，腿受过伤。一次次上山，腿给他提出了"意见"，让他坐立难安。他顾不上去医院，在腿上贴了一贴贴膏药，然而钻心的疼痛还是得不到缓解。一气之下，他揭下膏药，让腿慢慢地适应。

功夫不负有心人。在大家的努力下，泰山的供用电环境得到了根本性改善，客户对岱顶智慧供电服务站的工作赞不绝口。索道公司的经理宋建军说，服务站的朋友们总是上门提供服务，热情又周到。索道不同于其他设备，一旦停了电，游客们会被挂在半空，那是一种恶劣的体验。服务站的朋友们深知这一点，定期来检查线路，看有没有老化、受损，还不时征询意见，了解用电需求。要是碰上节假日或有重大接待任务，他们就专门成立保电小组，派人调配发电机到南天门和五大夫松那儿提前演练，确保不出现问题。

路过云海山庄时，服务员老李看见韩军一行，大声地打招呼，说电力人真是太辛苦了，上次替索道公司排除故障，十几个人一直干到夜里，天寒地冻的，他看着都心疼。

岱顶派出所所长张连波正在中天门变电站接水，看到韩军便快步走过来，拍了拍他的肩膀。张所长在山上工作11年了，是全国优秀旅游警察。他说，自己的荣誉可离不了供电服务站的支持。在山上最怕的就是火了，泰安市公安局景区分局和泰安供电公司是有联动机制的。电网一扩容，客户都改用电干活，要多安全有多安全，用电安全了，消防也跟着安全了，真得好好谢谢他们。

三

我们有必要来看看这些"电力挑山工"的足迹：

2020年7月1日，泰山景区（旅游经区）供电中心成立；

7月17日，泰山景区（旅游经区）供电中心正式揭牌运营；

8月28日，岱顶智慧供电服务站成立；

9月21日，景区电缆普测工作全面完成；

10月29日，岱顶开关站高压设备改造完成；

12月3日，岱顶开关站新增630千伏安变压器送电成功；

2021年1月底，岱顶开关站低压线路切改、智能辅控系统安装调试完成；

2021年3月底，岱顶开关站原315千伏安变压器增容改造工作完成。

昂首而行，意气风发。在这么短的时间里完成这么多工作，体现了电力人一往无前、敢于攀登的精神追求和勇挑重担、攻坚克难的坚韧品质。

泰山景区（旅游经区）供电中心主任张圣富之前在岱岳供电分中心工作，2020年7月份被调来全面负责岱顶开关站改造工程。自19岁那年参加工作起，张圣富就下决心为电力事业的发展奉献全部力量。刚开始，他被分到了修验厂，在肥城县上班。晚上空闲时间多，别人在打牌，他挑灯自学。仅仅过了一年半，他就因工作出色被调到了基建公司负责施工设计和管理。1997年基建部成立，他身兼数职，从计划组织到现场的安全、质量和进度管控，无不操心。后来，他又被调到生技部、腾飞公司。之后，他相继担任过配电运检室主任、岱岳供电分中心主任兼党支部书记，几乎年年被评为泰安供电公司先进生产者，多次被评为省公司先进生产者。自岱顶开关站改造开始，他就几乎天天在山上了。他说得用尽全部心力，将工作做到最好。他每天不到5点钟就起床，6点半前准时来到单位。张圣富说，现在上下都铆足了劲，自己可不能落后。心思都用在了工作上，陪伴家人就少了。他难得休假，周末也时常加班，偌大一个家只好交给妻子一个人操持。

泰山景区（旅游经区）供电中心党支部书记刘继彦和副主任李铭的经历相对要简单一些，但两人的能力却有目共睹。两人都是"80后"。刘继彦曾被评为全国用户满意服务明星、中央企业劳动模范、国家电网公司技术能手，获得各级创新奖励27项、国家实用新型专利授权13项、发明专利授权3项。李铭多次被评为泰安供电公司优秀青年、先进工作者，是国网山东省电力公司党群工作岗位能手。

岱顶智慧供电服务站建设是泰安供电公司工作的一个缩影。

挑山工们用一根扁担，挑起了沉甸甸的货物，也挑起了远方的希望。"电力挑山工"则以躬耕的姿态、服务大众的信念，挑起千家万户的光明，也挑起了社会赋予的责任和百姓的信任。

民生至上——国网四川电力服务民生纪实

◎ 左为　◎ 应林志　◎ 杨延明

（报告文学）

在祖国西南，江河奔流，水能丰富，有一群人在高山大岭间架起铁塔银线，只为将清洁电能送到祖国需要的地方。

在四川甘孜，康藏文化历史悠久，有一群人在雪域高原建起"电力天路"，只为点亮璀璨的高原明灯。

在川蜀大地，脱贫攻坚，乡村振兴，有一群人在城市乡村高扬旗帜，只为将党的关怀送到人民的心坎上。

这群人就是四川电网人。他们一件事接着一件事办、一年接着一年干，用电力服务描画了温暖的民生底色。

作为关系国计民生各领域、人民生活各方面的在川央企，国网四川省电力公司始终秉持"民生至上"理念，以电网建设为主战场，以精准帮扶为突破口，以服务群众为连心桥，与百姓连心，让百姓暖心，全力以赴为人民谋幸福。

立足四川，以超速度的电力建设，助力打好蓝天、碧水、净土三大保卫战，全心服务人民群众对美好生活的向往

江河千条纵横，山脉万里绵延。四川素有"千河之省"美誉，是自然资源大省，水能储量丰富。随着国家"西电东送"战略加快实施，四川电网通过"五直八交"13条外送通道与华中、华东、西北和西藏电网直接相

连。党的十八大以来，四川水电装机容量以年均约10%的速度增长，截至2021年11月份已超过8400万千瓦，规模和发电量均居全国第一。四川电力结构也在持续优化，水、风、光等清洁能源装机容量超过9000万千瓦。四川形成了以清洁能源为主的能源消费结构。

四川清洁电力属于四川人民，更属于全国人民。水润万物，利泽天下。截至11月30日，四川2021年跨省区外送电量已经达到1299亿千瓦时。2021年也是四川清洁电力跨省区年度外送电量连续突破1000亿千瓦时的第7个年头。这是国网四川电力为落实"西电东送"战略，推动清洁川电惠及更广范围、更多人群、更大规模而付出的辛勤努力。四川水电资源富集于凉山彝族自治州、阿坝藏族羌族自治州、甘孜藏族自治州等地。这些地方高山大岭险峻，地表起伏巨大，自然保护区众多，电力建设难度极大。

千山万水，阻挡不了四川电力外送的脚步。国网四川电力依托我国最大的清洁电力能源送端平台——四川电网，将清洁电力送向全国，跨省区外送电量连续7年超过1000亿千瓦时，累计已超过1万亿千瓦时，相当于减少东中部地区煤炭燃烧3.2亿吨。令人自豪的数字背后，是四川电网建设的跨越式升级，而这些都得依靠长年奋战在高原大山、严寒险峻环境里的四川电网人。他们用辛勤的付出树起了电力建设的一座座丰碑。他们平凡而动人的故事也令人难忘。

四川送变电建设有限公司负责施工的白鹤滩水电站送出工程施工包2段，地处大凉山腹地，沿线70%地貌都是高山大岭。最让施工人员头疼的是沿线复杂的地质情况，山洪、滑坡、泥石流等频发。2020年8月，在位于凉山州布拖县大山深处的临时工棚里，项目经理邹忠旋声音嘶哑地说："项目计划在2021年6月30日前竣工投运，工期剩下不到10个月时间了。可这里两个月下了46天雨，山路烂得连骡子都走不进去。"邹忠旋和施工人员每天早上醒来第一件事就是看天上的云层，闻空气中的味道，担心建设进程会在大雨里"泡汤"。

搞建设不能靠蛮干，还要掌握新技术，才能解决难题、提高效率。施工期间，邹忠旋带领建设团队自主研发出深基坑作业一体化装置和分体式

电网篇 光明故事

旋挖机，既保障了施工人员的作业安全，还加快了基坑挖建的速度。参建"新四直"及白鹤滩配套送出工程的四川电网建设者，面对长达数月的雨季和山洪、滑坡频发的复杂地貌，以正常工程3倍以上的效率推进全球在建装机规模最大水电站——白鹤滩水电站配套电网工程建设。

无论面前有多少艰难险阻，四川电网人始终坚守在自己的岗位上。他们建设着"西电东送"大动脉。

四川大小凉山交界处十八介子山的无人区，山高地陡、高寒缺氧、气候恶劣。±800千伏白鹤滩—江苏特高压直流工程线路穿越这里。无人区线路全长15千米，工程建设沿线山势陡峭，最高海拔3300米，最大覆冰值50毫米。加上暴雨、浓雾、大风等天气影响，全年有效工期不足6个月，是整个工程的关键制约点之一，也是最难啃的"硬骨头"。山连着山、沟套着沟，这里时常云雾缭绕，瞬时风力可达10级，在这里建电网就像"在云端跳舞"。无路、无水、无电、无信号……工程建设伊始，诸多难题就摆在建设者面前。"无人区几乎没有无雨无雾的天气。"工程川2标段施工班班长邓光明看着雨雾迷蒙的大山说。施工期间，他们几乎每时每刻都在与天气抢时间，工程的每一步进展都异常艰难。蚂蟥时常侵扰，手机没信号只能当闹钟用，这些对施工者都是极大的心理挑战。但是，在今年下半年的建设高峰期，无人区依然驻扎了24个班组600名施工人员。他们分秒必争，一刻也不敢耽误。无人区地貌最大落差1800米，目力所及之处均是悬崖峭壁。"张牵场的布置可谓千辛万苦。"放线施工负责人朱荣昌说，"0564号塔的张牵场是施工人员手工在山尖上刨出的一块地。"

10月中旬，工程进入转序放线阶段，而无人区早已提前入冬，气温不足6摄氏度，现场寒风刺骨，施工人员必须冒着严寒在雨雾中架线施工。11月刮起了凛冽的寒风，气温骤降至零下2摄氏度。"大家再加把劲，务必在两天内完成紧线施工，为附件安装节省时间。"邓光明鼓励大家。冰冻天气说来就来，他们要赶在大雪封山前完成建设任务。工地上几个月没回过家的人很多。邓光明感慨："和大家说好的工作量，我却不停地给他们加码，有时可能还要翻几倍。"11月27日，工程川2标段无人区段主体施工完成，这为在川特高压建设推进奠定了坚实基础。

这是他们的故事，也是他们的担当。在人民群众的需求面前，电网人无怨无悔，无私奉献。

根植四川，以超规模的基础投入，助力提升普惠性生产生活用电水平，全情服务少数民族地区民生福祉改善

四川藏族人口近160万，占全国的38%；彝族人口近300万，占全国的34%；羌族人口超过31万，占全国的96%。民族地区发展成为四川乃至西部决胜全面建成小康社会的关键环节。天大地大，民生为大。经过不懈努力，四川民族地区特别是无电地区电网建设逐步实现了历史突破——"新甘石"联网、川藏电力联网等重大工程先后建成，甘孜南北部电网实现互联，四川所有涉藏州县的电网实现了与四川电网主网互联互通，全省16万余户无电人口顺利通电。

"大家不再只靠烧牛粪过活，能正常用上电，离不开国家电网公司的帮助啊！"这是在四川涉藏州县各族群众中流传的话。国网四川电力派出的一批批员工，亲历了涉藏州县电力事业一步步艰难成长的过程，目睹了那里从冬夜空城到高原明珠的巨变。

2014年3月，国网四川电力组织成都、乐山、德阳、绵阳、资阳等供电公司员工深入当地解决长期缺电难题。为尽早改变四川涉藏州县缺电无电的落后状况，一大批"援藏川电人"驻守高原，发出了"克服千难万险也要战斗下去"的誓言。

来自北川县供电有限责任公司的汪志刚是"5·12"汶川特大地震的幸存者。他痛失亲人，却忍住悲痛从废墟下救出了16条鲜活的生命。满怀社会责任的他，2014年4月毅然从北川羌乡来到了甘孜藏乡，肩负起了9个电网建设项目现场安全管理的重任。在工作中，汪志刚平均每天巡检路程近200公里。半年时间里，他磨破了三双劳保皮鞋，行程两万多公里。就是遭遇了泥石流和塌方而受伤，他也像铁人一般，坚持去建设现场消除安

全隐患，做到安全质量事故零发生。

时光的河没有在寒风中冻结，希望的光终将在高原上点亮。2014年8月1日，甘孜藏族自治州石渠县长须贡玛乡查加村通电那天，70多岁的藏族老阿妈西姆徒步来到营地，摇着转经筒，亲切地拉着国网四川电力员工的手，说："前些年政府送来了太阳能板子，能点个小灯泡，看一会儿电视。现在可以守着电视看了，好得很哦，多亏了你们啊！"那种温情的力量沁入人心，让电网人忘却了过往的艰辛。

正是千千万万的电网人汇聚起强大的力量，支撑起了一条"电力天路"，让温暖伴随着电力流进高原群山的家家户户。

服务四川，以超标准的统筹动员，发挥各级党员力量筑牢战斗堡垒，为决胜脱贫攻坚、助力乡村振兴激发内生动力

四川是西部人口大省，也是脱贫攻坚的重地。国网四川电力大力实施电力助推脱贫攻坚行动。自2015年以来，国网四川电力选派驻村第一书记和工作队员490人，定点帮扶264个村（其中贫困村142个），帮扶任务居在川央企之首，投资540余亿元推进贫困地区电网建设，保障供区内70个贫困县8536个贫困村脱贫用电，解决42万无电人口用电问题，对口帮扶的142个村3万贫困人口全部脱贫摘帽，无一人一户因电力原因影响脱贫。

位于凉山彝族自治州深处的喜德县光明镇阿吼村，平均海拔3000米，土地贫瘠，交通闭塞，全村946人中曾有贫困人口309人，2015年全村贫困户人均年收入仅1500元。2016年，阿吼村成为国网四川电力定点帮扶村。凉山供电公司员工王小兵受组织选派到阿吼村担任驻村第一书记。驻村后，王小兵仔细摸排，用心解决村里的一个个困难和问题。

"再穷不能穷教育，孩子是阿吼村的未来。我们不仅要经济扶贫，更要精神扶贫。"王小兵首先从教育入手，以开展"四好家庭"创建为契机，组织开展"光亮宝宝"评比和"电力知识微宣微讲""文明习惯小课堂""送知识影片书籍""迎五四安全用电宣传"等活动。把扶贫举措落地，既扶

光的印记
《国家电网报》文学作品选集 2021年

100

贫也扶智更扶志,成为阿吼村扶贫最艰巨的任务。三年多时间里,王小兵在阿吼村组织了3期养殖劳动竞赛,发放鸡苗2350余只、猪仔40头、马铃薯种薯24吨。

在王小兵的帮助下,村里吉觉阿牛木等贫困户的生活一天天好起来。吉觉阿牛木的小女儿每次看到王小兵,都会高兴地喊"舅舅来了"。嫁到阿吼村的翁古阿呷和吉巴公果,通过到国网四川电力建设的阿吼扶贫产业园区务工,增加了收入。"村民每年可从产业园区获得土地流转、产业基地务工、合作社分红三份收入。"王小兵介绍。

国网四川电力累计捐赠资金2705万元,成立项目62个,在大小凉山建成国家电网扶贫产业园,帮助当地实现了从"输血式"扶贫到"造血式"扶贫的可持续发展。国网四川电力还成立了扶贫农业公司。"丽火""彝兴"已成为当地有名的扶贫特色品牌。今年,国网四川电力已完成消费帮扶735万元。

多年来,国网四川电力采取"定向招生、定向培养、定点安置"方式开展职业教育,累计投入5275万元,覆盖四川36个深度贫困县,免费培养1146名贫困学子。这些学子回到生源地定点就业,形成了"提升一个人,带动一个家"的智力扶贫格局,阻断贫困的代际传递。

脱贫摘帽不是终点,而是新生活、新奋斗的起点。在全面推进乡村振兴的"战场",国网四川电力尽锐出战、奋楫争先。"我志愿加入中国共产党,拥护党的纲领,遵守党的章程……"4月15日,来自全川的国家电网四川电力连心桥共产党员服务队代表,齐聚成都郫都区战旗村中心广场集中宣誓,国网四川电力"电靓乡村振兴"为民服务主题活动正式启动,共产党员服务队旗帜在乡村振兴一线高高飘扬。

新增变压器、改造低压线路、铺设地埋电缆……乡村建设到哪里,电网规划就跟到哪里。12月9日,宜宾供电公司35千伏大妙变电站输变电工程投运,宜宾电网再添"新军"。这个工程的投运扭转并改善了江安县大妙镇的电力网架结构,为该地区经济建设、乡村振兴产业化发展等创造了有利条件。

战略合作、政策支持、网上办电……乡村发展的需求在哪里，电力支持就跟到哪里。8月12日，成都供电公司与郫都区政府签订了全国乡村振兴示范区建设战略合作协议。在川菜产业、冷链物流、田园综合体、农业科技孵化等发展中，该公司发挥了电力助推器的作用。

电火锅、电制茶、村际电动交通……乡村电气化的道路延伸到哪里，电力服务就跟到哪里。"新的电制茶生产线投运20多天了，茶叶产量比之前多了。"4月6日，在雅安市名山区新店镇汇源茶厂，茶叶种植户赵海军兴奋地说。穿着红马甲的党员服务队队员在当地茶厂因地制宜开展"供电+能效服务"，为客户打造多元化、个性化、定制化的用能方案。

国网四川电力的337支共产党员服务队逐步拓展服务乡村振兴工作覆盖面，推进共产党员服务队与供区村社结对共建，在乡村振兴的路上发光发热。

这就是国网四川电力服务民生的故事，这就是国网四川电力肩负的光荣使命。

"民生至上"的理念，早已刻在骨子里、淌进血液里，激励着四川电网人以奋斗者的姿态昂首向前，以奉献者的姿态勇毅笃行，为使人民拥有获得感、幸福感、安全感而持续贡献一份温暖的电网力量。

◎ 赵萍

微山湖畔
延绵的红

（报告文学）

在山东，零下19摄氏度很冷，很罕见。在湖中，零下19摄氏度很冷，很残酷。一眼望不到边的冰面，轮渡停止了航行，寂静笼罩了整个微山湖。

谁也不愿最先打破这份寂静，即使是水鸟，此刻也在芦花中温暖着自己的"小脚"。一阵号子声划破长空，久久地回荡在空中，在冰面上"簌簌"地振动。芦苇荡中的水鸟无奈地离开了温暖的家，站在冰面颤抖着，迎着朝阳，用异样的目光看着挥舞竹篙砸向冰面的那片红色身影。

1937年的11月，冰面上"簌簌"的振动声在来回穿梭，那是子弹冲出芦苇荡宣示主权的声音。土生土长的几名勇士，借助宽阔的湖区、茂密的芦苇荡，自发组织起来一支队伍与敌人周旋。后来，他们成了铁道游击队微湖大队的骨干，开辟了微山湖抗日根据地。

多年之后，微山湖上又有了一支队伍。他们穿着红色马甲穿行在湖上，在工作中传承着那片"红"。

点亮渔家灯火的他退休了

或许是冰面的振动传播速度过于迅猛，站在自家鱼塘边的刘巨海，侧身望向大湖深处。这片大湖他再熟悉不过了，这里是他的家，也是父亲曾经战斗过的地方。抗日战争期间，父亲还是一名少年，跟随祖父在这片大湖上放鱼鹰捕鱼。铁道游击队微湖大队成立时，父亲成了小小交通员。这是父亲的骄傲，也是他的骄傲。中华人民共和国成立后，父亲没有跟随部队南下，依旧摇橹捕鱼，穿行在大湖深处。

1978年，湖区通电的号角吹响，他像当年的父亲一样找到了奋斗的目标。刘巨海放弃在乡政府的工作，毅然踏上点亮万家渔火的征途。这一年，最让他自豪的是加入了中国共产党。从他宣誓的那一刻起，他便为自己树了一个目标——要在点亮湖区灯火的征途中做一名先锋。

从1978年高楼乡通电到1985年微山岛通电，再到1997年微山湖深处的船居户通电，刘巨海一直都战斗在湖区通电第一线。

1997年11月，在微山湖南部水域的渭河一带，作为通电突击队队员，他和他的"战友"们奔赴大湖深处那一片未有灯火的地方，在河沟的堤岸上搭起了简易帐篷。11月中旬的那一夜，寒风夹杂着冻雨将他们的帐篷掀起。一夜无眠，当黎明的曙光到来时，他因为过度劳累发烧了。突击队队长宗世民让他回到高楼乡卫生院就诊，他却让同事李厚军驾船就近找赤脚医生拿了些退烧药回来。吃完药，刘巨海又回到队伍中。他对宗世民说，这里的地形他最熟悉，这点病没有什么大不了的，出点汗就没什么了。可大家都知道，这可不是出点汗那么简单的事。运送电杆是通电路上最难的事，因为河道水浅行不了船，队员们只能用拉纤的方式，在淤泥中一点点拖着船前行。但他觉得，这些困难比起父辈们面对的困难小多了。父辈们能够利用地形优势将侵略者赶出去，他们也能在这片湖区中创造奇迹。

仅仅15天，他们肩扛人抬，战胜了寒冷，战胜了冰冻，在湖区的沼泽中、堤坝上竖起了电杆，将电通到了大湖深处的渔家船上。他清楚地记得通电那一刻，渔家船上的人群沸腾了，场面比过年还要热闹。而让他终生难忘的是渔民在被单上写下的"人民电业情系渔家"八个大字。从此，这八个字成了他一生的追求。他为湖区渔民提供"上门服务""捎带服务"等，定期到船居户家里免费检查用电设备，维修电器，捎去急需物资。他的手机是24小时开机的。即使在深夜，只要一个电话，他也会毫不犹豫地进入湖区。他知道，宽广的湖面上一盏明亮的灯，是渔民最大的欣慰。

2007年，在微山县供电公司党委的支持下，刘巨海在大湖深处组建了一支供电服务队伍。那一刻，他觉得他接过了父辈手中的那一面红色旗帜，觉得肩上的担子更重了。后来，这支队伍成了国网山东电力（微山）彩虹共产党员服务队，他成为第一任总队队长。他更忙碌了，忙碌得忘了自己的小家，忘了在这宽广的湖面上还有他家荒废了的鱼塘。

退休了，鱼塘收拾起来了，可是他还是忘不了他的战友、他的徒弟，他最重要的客户。终于，他拨通了徐保庆的电话。

他接过了师傅手中鲜艳的红

当手中竹篙的颤抖还在手臂间延续，手机的振动传来，徐保庆将竹篙抵在胸前，用牙齿咬下手上的手套，艰难地掏出手机。他在忙碌时会将手机调成振动模式，放在贴近心脏的地方。他怕客户需要他的时候，他会错过。

原来是师傅的电话。师傅刘巨海虽然退休了，却几乎每天都会去所里，遇到紧急的抢修，他还会跟着忙碌。徐保庆了解师傅，知道客户就是师傅的一切。他告诉师傅："放心吧！一切都有我们。"

是的，"一切都有我们"，这是徐保庆接过师傅手中旗帜时，暗自下的决心。他要让湖区供电服务更加优质，让这片灯光更加耀眼。

1998年，徐保庆刚参加工作。他报到第一天，刘巨海便带他下湖巡检。也就是从那一天起，船成了他们临时的家。那一年的冬天也是出奇地冷。那时候，湖区还不能集成抄表，每个月月底都是他们最忙碌的时刻。12月下旬，冰封住了大湖，微山湖最深处的微西村水路不通，如果砸冰行船，一天的时间都会浪费在路上。没办法，他只能骑上摩托车沿着沟坝前行到湖西五段，再走冰面进入大湖深处的船居户家中抄表。

为了防止掉进冰窟窿中，他手持竹篙探路前行。即使这样小心，意外还是发生了。在一个小河道处，他掉进了水里，冰水瞬间透进衣服。他艰难地往前扑，抓住堤岸边的草根努力向上爬。僵硬的手指深深陷在泥中，快速脱离湖水的欲望让他忽略了疼痛。当时，他的脑海里只有师傅的话，只有湖中的那一片芦苇荡，只有芦苇荡中那一抹鲜艳的红。一番努力后，他终于爬上堤岸，回头不可能，只有继续。到达船居户家中时，他的衣服冻得僵硬，四肢无法协调。船居户热情地把他拉进了温暖的船舱，为他找来棉衣。红亮亮的炉火温暖了他的心——他要一直守护这万家渔火。

他要时刻做好出发的准备

当望着冰面发呆的朱恒顺接到电话时，他的表情是严肃的。他知道师傅徐保庆担心的是什么。他带领的应急服务分队是一支年轻的队伍，是国家电网山东电力（微山）彩虹共产党员服务队14支分队中最年轻的力量，是师傅在湖区开创善小服务的延续。这种天气，作为应急服务分队的队长，他要时刻做好出发的准备。

2013年，朱恒顺在单位的推荐下参加了国网山东省电力公司的应急救援培训。这次培训为他的人生打开了新的一页。这次培训，他认识了徐保庆，成为湖区善小服务的参与者。2017年，朱恒顺靠过硬的应急救援技术成为分队队长，并在微山湖区申请注册组建了蓝天救援队。

2020年，春天来临之前，朱恒顺一直奔波在防疫消杀第一线。他记得，2020年1月26日，农历正月初二晚上，他和队友们正在开会，想筹资购买消毒水、喷洒器等。这时，他接到昭阳街道南庄社区一位村民的电话，请求帮助寻找失踪的父亲。从公安局提供的线索看，老人最终消失的地点在湖区附近。晚上11点了，湖区里夜间无法开展搜寻，他只好决定第二天一早带领8名队员去寻找老人，并嘱咐其他队员一定要购买到消杀用品，第一时间做好防疫准备。

2020年1月27日早晨7点30分，朱恒顺带领队员们携带声呐搜索仪，驾着橡皮艇在湖面上搜索。从7点30分到下午4点30分，他们一直在湖面上搜索，饭都没有来得及吃上一口。遗憾的是，下午5点多，他们在失踪老人家后面的水沟中找到了老人的遗体。此时，他们的消杀用品已配备齐全。

队里还有他们前段时间购买的100套防护服和200个口罩。为了湖区居民的安全，他立即带领队员出发开展消杀。

战"疫"中，朱恒顺虽然穿着靴子，却无法完全隔断滴落的消毒水。那些水滴在他的靴子内腐蚀着袜子，浸染了双脚。他的双脚出现了不同程度的溃烂，但他依然战斗在一线。

她在传承的路上默默坚守

对于普通女生来说，刘巨海的电话似乎有点唠叨，但对于张晨雪来说，这却是一种幸福。她喜欢听刘巨海讲一些工作经验，喜欢跟着他的脚步踏实前行。

10千伏沿河线是张晨雪所在单位管理范围内的一条湖上线路。最特别的是，在这条10千伏线路中有一个特殊的地标建筑——铁道游击队纪念碑。这也是她常来的地方。

张晨雪担任国家电网山东电力（微山）彩虹共产党员服务队经济开发区供电所分队队长时，也是一个冬天。上任当天，张晨雪就遇到了难题。大雪袭击了整个湖区，湖中巡线是必须要做的。作为队长，她要为队员作表率。张晨雪没有丝毫犹豫，进入沼泽，蹚着带冰凌的淤泥，深一脚浅一脚地前行。淤泥中枯黄的苇根不时地刺向她的脚踝，她能清晰地感到苇根透过长裤刺上皮肉，然而，前面还有一座堤坝需要过去。这个堤坝很陡，平时上去都很困难，何况是在雪后。泥巴粘在鞋底，很滑，很容易摔倒。为了尽快将线路情况排查清楚，她只能一路前行。一个堤坝，两个跟头，她硬是爬到了堤坝之上。坐在雪后的堤坝上，她看到了铁道游击队纪念碑。那一刻，她仿佛回到了曾经的那个战场，看到了芦苇荡中的艰苦斗争，看到了游击队队员的机智果敢，看到了他们用热血印染红色旗帜。她要接过这面旗帜，不论多大困难，都要让它在湖区迎风飘扬。

呼啸而过的风让她倒吸了一口凉气，她的声音开始发抖，她不得不匆忙挂断了电话，继续带领队员沿着湖东堤巡线。寒冷来得太突然，10千伏

电网篇

光明故事

沿河线通往大湖的那一部分必须加强巡检。湖里太冷，气温猛然一降，船居户的空调、取暖设备应该都用上了，供电线路必须特巡。砸冰，巡线！

疲惫时，她总是对自己说："从刘巨海到徐保庆，再到朱恒顺，到我，我就是传承中的一滴水滴，我要做的就是将无数的水滴凝聚在一起，就像刘巨海做的一样。"

"簌簌"的振动还在延续，刘巨海收回了手机。他看向远方，在铁塔附近有他们，他们正在守护湖区的万家灯火。他知道，前行的路上他们不会退缩，因为他们和他一样心怀湖区的每一盏灯。在这微山湖畔，他和他的徒弟们将红色融入了这片碧水。

水鸟再次高飞，向着那片红色振翅高飞。

真情年代

◎ 李治山

（小说）

　　我和他像一对恋人般站在青海西宁火车站站台上，依依不舍。我对他说："谢谢你的真情相助，我们会再见面的。"他说："能遇到你是一种缘分。"我说："你回去吧，说不定我以后也会是一个架线工，我会来找你的。"

　　那时，我把他的一切都刻在了脑子里。他和他的姑姑一家都是青海送变电公司的职工。姑姑在单位幼儿园做老师，姑父和他都是送电工，架线的。我还记住了他家的位置和他们的名字。我最大的错误就是没有把这些信息变成文字记在小本子上，以至于多年后想找他时，脑子里一片空白。

　　我和他相遇是在兰州开往西宁的火车上。他的左臂戴着一块黑纱，大概是在老家刚刚办完丧事还没从失去亲人的阴影中走出来，脸上的悲伤还未消退。我则是一身休闲便装一脸兴奋，像一只刚从笼子里放出来的鸟儿一般欢快。

　　我们坐在同一排火车硬座上，很快像老朋友般聊了起来。我们都讲一口地道的陕北话，话题自然也离不开陕北那块黄土地。那时我虽然还在部队服役，也还没发表过任何作品，但我的作家梦做得正酣，常爱在人前谈论陕北那些让人仰慕的大作家、大名人。

　　列车快到终点站时，我们才想起互问去西宁干吗。他说是去打工，我说是去投亲。

　　我没说实话，没告诉他我是一名军人。因为我那次出差的任务是去天

电网篇 光明故事

水那边接车，在兰州军区办完事后正好遇到周末，而天水那边到周一才能上班。利用这个空当，我来了一次说走就走的旅行。我买了礼物去西宁看望舅舅，再坐第二天的火车返回，正好在周一天亮前赶到天水。但我是改变了出差路线，违反了部队纪律的，所以就换了便装冒充老百姓。

听到我是去探望长辈，他说他也是投靠在姑姑家才当上了一名架线工。他让我放心，说我舅舅既然是法官，一定能帮我找到一份谋生的工作。他显然把我当成了打工仔。

到了西宁，他要帮我一起去找舅舅。他怕我第一次来西宁人生地不熟，又带着沉重的东西很不方便。他带我下了公交，指着一条坡道说："从这里走上去500米就是西宁市中级人民法院，你去找人吧，我在这里看着行李等你。"我说："既然不远，我就扛着行李去，你早点回家吧。"他说："扛着多累啊？没关系，半个小时的事呗！"我放下行李一个人向远方走去。

我很快找到了舅舅的单位。但当我在大门口向门房大爷报出舅舅的名字时，大爷却告诉我，我舅舅两个月之前就调到省委去了，具体是省委的哪个部门，他不得而知。看来这一趟是白跑了，我的礼物也白买了。

我十分沮丧地转身返回——我得回去和自己的旅伴会合。不料门房大爷又大声将我喊住。他指着路边短衣短裤正在锻炼的中年人说："这个人和你舅舅是一个办公室的同事。"同事告诉我，舅舅调到了省委组织部，但明天不上班，得去他家找。我连他调走的事都不知道，哪里知道他家的位置？为难之际，同事说："干脆你跟着我一起跑步吧，我把你送到他家楼下。"

我一高兴把行李的事忘得一干二净，跟着舅舅的同事穿大街过小巷不紧不慢地跑了一个多小时才进入一个居民小区。他指着四楼的一个窗户说："就是那一家，你自己上去吧。"

我无比兴奋地冲上了四楼。那时的住宅楼多半是一个单元住六七户人家。我在四楼找准房间去敲门，敲了很久也没人应答，结果好几家邻居探出头来。舅舅对门的妇女用警惕的眼神盯着我，问："你干啥？你找谁？"

我说了舅舅的名字。她说："不在，搬走了。"说完扭身进了屋，用力关上了房门。

我一屁股坐在了楼梯上。我觉得对门的妇女肯定是被我敲门的声音搞得心烦才故意支走我的。我看见舅舅家的门上贴着一副鲜红的对联：柳色映眉妆镜晓，桃花点面洞房春。横批是"新婚快乐"。舅舅家的小表弟都马上要入小学了，这里显然不会再是他家。就在这时，对门的门开了，那位妇女用很温和的语气问我："你是他家什么人？你是遇到什么困难了吧？"我用了很大劲儿才让她听明白我找舅舅有多不易和时间有多紧张，我多么想知道舅舅家搬到哪里去了。她这才告诉我，新房客就是舅妈的弟弟，今天才结婚。她建议我不要再等，他们不会早回来的，明天再早早地来。

下楼梯的时候我突然想起了看守行李的旅伴。两个多小时过去了，他会急成什么样子？他还会在原地等着我吗？

我顺着原路往回跑。我担心他一生气把我的行李扔在大街上，或者干脆提着行李逃之夭夭。毕竟过去这么长时间，脾气再好的人也会没了耐心。

当我从斜坡街道跑下来的时候，远远就看到昏暗的路灯下他正在原地转圈子。我从坡上冲了下来，身后响起刺耳的刹车声。我一把将他抱住，说："对不起，让你久等了！"他猛地推开我，说："你等一会儿，我马上回来。"说完，一溜烟不见了。我莫名其妙呆头傻脑地等了十来分钟，他一身轻松地回到了我身边。我张了张嘴不知该说什么，他却出了声："你再不回来，我就要爆炸了！"我说："活人哪能让尿憋死啊？你拿上行李先去一趟厕所呗！"他说："要是我一走你正好回来，你看不见我还不以为我顺手牵羊早跑了？那你该多着急！"我说："那你也不能硬憋着啊？"他呵呵笑了起来："你让我尿到大街上吗？"我尴尬地说："真对不起，我不是故意的，我到现在都没找到人。"他笑着说："看见你一个人冲过马路，就知道你没找到人。这样吧，我们一起去我姑姑家吧，明天我陪你找。"

他既不问我为什么没找到人还耗费了三个多小时，也不问我有没有希望找到。他竟然要把我这个陌生人往他的亲戚家领。他似乎认定了我是一个多年高考不中出来投亲不遇的落魄青年，如果他不帮助，我必然会流落街头。他紧紧抓着我的提包带子不松手。我有一种被绑架的感觉。但我却无法拒绝他的真情。他为我守护了一下午行李，现在强行离开他不合适。我乖乖跟着他走了。

他姑姑家住的是红砖红瓦的平房。一道围墙，一个小院，院内一块小菜园，还有一个带三层铁笼的鸡窝。此时天色已晚，看不清周围的环境，但我根据这些足以明白，自己到了城市的边缘。他的姑父不在家，说是下了工地。姑姑见他带来了客人，支使他去逮一只小公鸡杀掉。我再三阻拦无效，最后说自己天生吃鸡肉过敏起鸡皮疙瘩，才挽救了一只鸡的性命。在我的坚持下，姑姑做了普通的家常饭。久违的陕北饭食让我吃出了家的味道。

吃完饭还不见姑父回来，一问才知道架线工下工地总是几个月或者半年不回家。一听说他姑父不回家，我觉得自己一个成年人住在一个非亲非故的妇人家一万个不合适，坚决要去住旅馆。姑姑劝我："哪个人出门还能背着房子？我家掌柜也是一年四季流浪，经常得到别人的帮助。你就踏踏实实住下，和我侄儿聊聊天，明天让他带着你去找人。"我说："明天的事我都听你们的，今晚一定要住外面。"

由于地处偏僻，我住进了一个骡马大店。不大的房间里有三十多张床，每个床位只要两块钱。躺在光床板上，听着院子里不绝于耳的吆喝声，看着房间里解铺盖入住卷行李走人地轮换。天麻麻亮我就到了公交车站牌下。我想乘第一班公交车赶到舅舅的内弟家。可我发现星期天的首班车是8点。没有办法，我也不能太早去打扰他们，只好在他们小区门外绕圈子跑步。

他出来喊我时刚过7点。姑姑做了葱花荷包蛋，做了油炸小米糕，做了炝锅酸白菜。8点的首班公交车一到，我们挺着滚圆的肚皮上车出发。我们还是迟了一步。舅舅的内弟小两口今天回门，他们没睡懒觉……

我们只好去了省委。可是我的好运气一直没有到来，没有等到舅舅。

我把提包里的礼物拿出来，无非是一点烟酒和几个军用罐头。我将礼物一分为二，烟酒托门岗帮忙带给舅舅，罐头送给旅伴品尝。门岗答应转交，旅伴却拒不接受。他让我再去姑姑家，明天肯定能找到舅舅。我不得不向他亮明身份、通报行程。他看到我提包里的军装后没有再推托。他接过那几个罐头后眼里噙满了泪水。他痛心疾首地自责："早知你的时间这么紧张，昨天说啥也不会强行把你拉到城外，应该送你在舅舅内弟家的附近找个差不多的旅馆住下。这样你大清早一准能把他们堵在家门口。"

他把我送到了车站，又执意把我送上了火车。他一直在自责，甚至把自己骂成一头蠢驴，认为他是利用看守行李的"功劳"绑架了我。他最后说，由于自己的固执，让我蒙受了巨大的损失，等我以后再来看舅舅，他要好好招待一下我，赎他的"罪孽"。

三年之后，我从部队转业到地方工作。在可供选择的几个单位中，我毫不犹豫地去了宁夏送变电公司，毫不犹豫地做了一名架线工。

我不知道我后半生的职业是否与那一年的那一趟旅行有关，是否与那名旅伴有关。遗憾的是我已想不起他的名字。我只记住那是1985年的春天。

那个年代还没有电脑、没有手机、没有出租车。那个年代最不缺的是人与人之间的信任与真情。

◎ 张俊杰

最好的学徒工

（小说）

　　赵东安还记得，刚来电厂报到时，厂长把新入职的职工集合到办公室前的广场上讲话。厂长笔直地站在台阶上，望着新职工松松散散地站着，大声喊："立正，向右看齐。"松散的队伍立刻站成一排。厂长又喊："个高的站前头，大家换一下位置。"赵东安本来排在队尾，厂长看他个头高大，指着他说："你，站在第一个。"赵东安便出列大步走到了排头。厂长扫了一眼，又喊："现在开始报数。"可是队伍里没有一个声音回应。他指着赵东安："你，报数。"赵东安看看四周，突然跑出队列，紧紧抱住了办公室前的一棵白杨树。停了几秒钟，大家哄堂大笑，厂长也笑了。他看看双手抱树的赵东安说："放开，放开，让你报数1、2、3、4，不是抱树。"赵东安脸上通红，傻傻地看着大笑不止的大家，回到队里。厂长问他："你是哪里人？"赵东安说："俺是黄河大湾村的。"厂长说："农村来的，挺朴实。大家别笑，重新报数。"

　　赵东安被分配到电焊车间董师傅的小组当学徒工。董师傅是厂里的四大能人之一，绝活是电焊。董师傅是名退伍军人，当年全军技术大比武，拿过电焊技能冠军。董师傅有个大徒弟叫王奔，人称"鬼聪明"，家在县城，喜欢给人办点事。那个年代物资匮乏，王奔能帮董师傅搞到计划内的煤球票。王奔是老职工，人们喊他小王师傅。赵东安一来就被董师傅安排到他手下。王奔十分不高兴。等赵东安去打开水，他就对大家说："把个傻子分到咱们车间来。"董师傅听后扔掉烟蒂，说："别乱说别人不是，人家是农村来的，没你见过世面。我看他很诚实。"王奔说："诚实就是傻的代名词。"刚说完，赵东安进了屋，屋里顿时鸦雀无声，大家都看着他。赵东安给大家水杯里一一倒上水。董师傅说："咱开个小会，厂里下达任务，大干红五月，争取十一电厂运行发电，咱们的焊接任务很重。我们这个电焊小组可一直是厂里的先进集体，大家要鼓足干劲。小赵刚来，就跟着王奔和我一起干，咱们现在就去工地。"

一天，王奔请假没有来，董师傅对赵东安说："王奔请假，你得完成这段钢管焊接任务。"赵东安说："小王师傅说我笨，学不会焊接，他没教我。"董师傅听后眉毛一竖："他胡说，这世上没有笨人只有懒人，你过来，我教你。"董师傅手把手地教赵东安焊接技术，赵东安学得认真，很快就掌握了。王奔来的时候，发现那一段钢管焊接好了，就问赵东安是谁焊的。赵东安说是董师傅教他焊的。王奔点点头，说："看来，你学电焊不笨啊，下午接着焊吧，厂里几个朋友约我去打牌。"赵东安答应着，便拿起焊枪戴上防护面罩埋头干活。

电厂忽然分来了一批大学生，夜晚的工地不仅锤声当当，还有了青春的歌声。这些大学生都是外地人，刚出校门，看一切都是新鲜的。面对热火朝天的建设工地，他们的浪漫情怀高涨。这浪漫也感染了赵东安他们。

在这批大学生里，有一位美丽的姑娘叫艾烨，双眸含笑，笑起来如一阵春风。她在城市里长大，见多识广，对人热情大方。艾烨被分到了医务室当卫生员。这下子，到医务室的小伙子多了起来。很多人就是为了看艾烨一眼。

周末，大学生们结伴到县城看电影，吃一顿当地的烩菜面。可电厂离县城十多里路，又不通汽车，他们只好徒步去。这一切都被蹲在工地上的王奔看在眼里。他目不转睛地看着艾烨背着一只军用书包和几个女大学生又说又笑开心地走过。王奔老大不小了，家里也给他介绍过几个女朋友，他都没看上。艾烨清纯的气质吸引了他。此刻，他心里生出一个大胆的想法。

不久，王奔买了一辆凤凰牌自行车。他骑到厂里，吸引了全厂人的眼球，也向人们展示了他的家境。

星期天上午，赵东安想去城里买点东西，走到大门口看见王奔推着那辆自行车，就说："小王师傅，我会骑自行车，带着你去城里吧。"王奔脸色一沉："去，去，我在等人呢。"这时，艾烨和同学们正打算一起去城里。王奔拨了一下铃铛，人们朝他看去。王奔大声说："艾医生，坐我的自行车去城里吧。"艾烨回道："不用了，我和大家一起走。"王奔说："我就等你呢。"一个女同学说："快去吧，人家师傅这么热情。"艾烨便走过去，说："那我们就先走了。"王奔骑上自行车，带上艾烨，响着铃铛从赵东安身边飞过。

王奔骑车带艾烨去城里的事成了全厂的新闻，不出半月，厂里忽然多了好几辆自行车。有一天，一名男大学生带着艾烨去了城里，让王奔有点失落。他不知道艾烨到底对他如何，想试一试艾烨。他思来想去，想出一个损招。王奔对赵东安说："小赵，你还没找媳妇吧。"赵东安说："还没有呢，农村找媳妇要请媒人去说。"王奔说："在工厂找女朋友，那可要自己追。你看艾医生多漂亮，你也能追她。"赵东安吃惊地听着。王奔说："你只要买辆自行车，也可以带着她去城里。"

赵东安想起姨夫在县商业部门当经理，就把进厂时爹给他的150元饭费拿去买自行车。谁知姨夫说，指标早就没了。姨夫给了他一张大轮自行车票。赵东安将一辆崭新的金鹿牌大轮自行车推到厂里的时候，满面红光。王奔一见便撇嘴，说："你怎么买辆大轮的。这是农村人驮粮食用的，黑大粗笨。"赵东安却非常爱惜车子，还找来红色塑料带一圈圈地缠到车的大梁上，给车加了一层保护膜。

周末，赵东安也加入了骑车进城的行列。可他的车没有女工友来坐，只有伙房的一位炊事员来搭他的车。每当王奔带着艾烨从他身边走过，就都把铃铛拨得响上一阵。时间久了，赵东安终于明白，想靠一辆自行车找个女朋友，不现实。

车间的焊接任务越来越重，而王奔总是把工作安排给赵东安去做。他正忙着谈女朋友——除了找个借口到医务室和艾烨聊上几句，还要应付家里给他介绍的女朋友。赵东安却忙个不停，焊着一段又一段的钢管。渐渐地，赵东安尝到了工作带来的快乐，就埋头苦干，甚至废寝忘食。

赵东安一个人在工地上的时候，举着焊枪在钢管的缝隙间移动。在暗色的面罩下，他看到的是焊条燃烧的一刹那爆发出来的力量之美。焊点撞击出的声音，就像是动听的弦乐。闪亮的焊花如同夜空中的流星雨般美妙而神秘。那一朵朵焊花忽然在他心中幻化成一张美丽的面孔，那是艾烨的。她的笑像天使般迷人。这时，赵东安会暂时停下，揉揉眼睛，看着眼前的钢管发一会儿呆。他又想到现在最重要的是董师傅叮嘱的话，千万不能耽误工期。想到这，他就听见另一个自己在说："快焊、快焊！"赵东安戴上面罩，拿起焊枪，让焊花在眼前飞呀飞。

赵东安记得那天夜里下了一场雨，第二天是星期六。上午，他去凉水池附近的工地上焊接管道。他听到凉水池边传来艾烨的笑声，接着是王奔唱了一首歌。赵东安没有理会，他要抓紧时间焊接这段钢管。一投入工作，他便徜徉在焊花飞溅的世界里了。过一会儿，他听到了艾烨让人心惊的呼救声："王奔，王奔，救我，救命啊——"声音越来越急迫，赵东安立即放下手中的焊枪，向凉水池跑去。凉水池内，艾烨手里攥着一束鲜花在拼命地扑打水面。王奔却不见了踪影。赵东安纵身跳下水，游到艾烨身边，一把抓住她游到了岸边。

上岸后，艾烨睁眼发现救她的不是王奔，而是王奔的同事，惊问："王奔呢，他在哪里？"赵东安看着湿透的艾烨，说："没看到。我在附近焊钢管，听到呼救声就跑过来了。"艾烨知道王奔跑了，把手中紧紧攥住的鲜花扔了，眼里涌出泪水。赵东安说："你要是走不动，我背你回宿舍吧。"他背起艾烨，踏着地上湿湿的青草向前走。艾烨在他厚实的背上抽泣着。

赵东安救艾烨的事传遍了全厂，人们开始关注这个高大健壮的学徒工。

一天，董师傅被厂长叫到办公室。厂长说："省里要搞青年职工技术比赛，让我们选一位青年电焊能手参加，听说你那徒弟王奔不赖，就让他参加吧。"董师傅说："王奔的心思没在技术上，我推荐赵东安。每次检查，他焊接的钢管都严丝合缝，没一点儿瑕疵。"厂长说："就是那个救了卫生员的学徒工吗？"董师傅说："正是。"董师傅一回到车间就找到赵东安，让他准备去参加省里的青年职工技术比赛。王奔知道了很不服气："董师傅，你偏心眼，他是一个学徒工。"董师傅说："是骡子是马，拉出去遛遛。"

董师傅没看走眼，赵东安在全省青年职工技术比赛中一举拿下电焊技能项目第一名。赵东安回来后，厂里为他召开了庆祝会。厂长说："咱们电厂有这么一个学徒工，他曾舍己救人，这次参加省里青年职工技术比赛得了电焊第一名，为厂里争了光。我看他是我们厂最好的学徒工，能把一件简单的事情做到极致就了不起，赵东安做到了……"之后，赵东安成了厂里的青年标兵。

一个星期六，赵东安要去城里买本技术书。他推出那辆缠红塑料条的大轮自行车走到医务室门口，看到王奔正推着他的凤凰牌自行车等人。一群女大学生走过来，王奔眼珠子滴溜溜地转，向艾烨招手："我在这等你呢。"艾烨斜了他一眼，对赵东安说："赵东安，你能带我去城里吗？"赵东安一愣神，停下脚步看着艾烨。随后，赵东安带着艾烨，飞快地蹬着自行车走远了。那群女大学生一片惊呼。王奔一拍车座子，讪讪一笑。

第二天是星期日，赵东安早起去工地加班，穿了一身新工装，内心充满喜悦。他从女工宿舍后边经过时，突然听到艾烨宿舍里传来争吵声。王奔沙哑的声音传来："你选择别人我没意见，你选择那个傻子，我……""谁是傻子？"艾烨打断了王奔的话。"就是那个学徒工赵东安，你没听人说过他抱树的事吗？"王奔说。"人家纯朴，脚踏实地工作，不顾危险救我，你跑哪里去了？"艾烨质问。"我不会游泳，去喊人来救你，我比任何人都着急。"王奔辩解。"是赵东安救的我，我不准你说他的坏话。"艾烨声音提高了。"瞧瞧，你还替那个傻子说上话了。"王奔激动得声音发颤。"我告诉你，他不是傻子！你很聪明，只是把聪明用歪了地方，这世界上只有一种傻子，就是把别人当傻子的人。"艾烨说。

屋子里安静了片刻，接着是王奔低低的声音："你别生气，我向你认错，你再给我一次机会。""你走，把你的东西全部拿走。"艾烨下了逐客令。"难道你真的爱上他了吗？"王奔的声音突然又大了。"我喜欢他那是我个人的事，不用别人操心。"艾烨把一包东西扔出了门外。接着王奔气呼呼地说："好，好，你不怕农村人又穷又脏，你就和他过一辈子苦日子去吧！"

赵东安听到"嘭"的关门声，屋子里安静下来。赵东安的心"怦怦"跳个不停，眼睛里含着泪花。不过，很快，那伤感就消失了。他的目光望向湛蓝的天空，看到远方飘来了两朵白云。

◎ 张智锋

奖励

（小说）

马翔对央视记者黄倩说："希望奖励我们泡温泉。"这话随着电视直播信号传遍了全国。撒金山项目部的同事看了直播后，个个心花怒放，可总经理魏军和媒体部主任王璇却像热锅上的蚂蚁，焦躁不安。

这是一次重要采访。

央视的《新春走基层》从元旦开始启动，在新闻频道直播。元旦假期，电视直播收视率高。第一场直播选在哪里，栏目组讨论激烈。在上百个备选对象中，西北750千伏输变电工程引起热议。这个工程建设现场地处高原戈壁，最能显出建设者艰苦奋斗的精神。但让栏目组组长拍板的原因则是黄倩的发言。黄倩刚参加过一个采访，她说："中国政府向全世界宣布碳达峰碳中和的目标。这个工程正是输送清洁能源的主通道，优先直播有意义。"

工程建设总指挥部把接受采访的殊荣给了撒金山项目部，并点名采访项目经理马翔。马翔是华西送变电公司派到撒金山项目部的经理。这个标段所在地最高海拔4000米，冬季最低气温达零下40摄氏度，施工难度极大。刚进驻撒金山，风吹得人脸脱皮，嘴唇起泡，缺氧让人头晕眼花。参加建设的外协工一看这情况，二话没说就跑了，就是华西送变电公司自己的职工也有申请回家的。

马翔召集人员开会。"所有党员站到前排。"马翔说完，几名党员上前一步。马翔板起脸说："党员是向党旗宣誓过的，请摸摸胸前的党员徽章，如果珍惜它，你就回到原处，如果不想要了，给我立马走人。"几名党员啥也没说，一个个回到了原位。马翔接着说："我们来的时候，魏总专门给咱们授'突击队'队旗。突击队员是啥？是男子汉，是爷们儿。谁要是厐包，现在就走。"马翔眼睛像探照灯一样来回扫射，没有一个人说话，更没一个人离开。那次会后，正式职工没有一个走，外协工有缺额，及时招聘补充，队伍总算稳住了。

尽管有人私下说马翔是"黑脸、黑马、黑经理"，但他依然严格管理、刚性考核。经过9个月的鏖战，这个标段提前10天竣工，其间还得到总指挥部多次表扬。有传言说省公司要调走马翔。

尽管有人说风凉话，但职工们跟着马翔却得到了实实在在的好处。马翔基于对工程质量的自信，顶着压力，给大部分人放假回家，只留少数人员等待工程验收。他提前给外协工结算发放工资。外协工留话，说马翔是狼经理，跟着狼能吃肉。

华西送变电公司接到配合央视采访的通知，魏军拍手叫好。中央电视台是多高的平台呀，现在找上门采访来了，他心里清楚，这是宣传公司形象的好时机。

魏军带着王璇提前来到了工地。王璇要培训马翔，马翔却不以为然。魏军批评："马翔呀，马翔，这可是关系到你和公司前途命运的大事。你要砸了我的锅，我就敲碎你的碗！"王璇早有准备，拿出10多页的"采访指南"，给马翔讲了50个可能提到的问题和应答技巧。魏军原计划请工地留守人员吃个饭，但怕影响马翔第二天采访便临时取消了。几个施工队长知道后捶胸顿足，碰见马翔就是一顿"臭骂"。马翔找到魏军，强烈要求犒劳项目部留守人员。

工地条件艰苦，项目部不过是临时搭建的活动板房。有厨房没餐厅，平时吃饭，大伙要么蹲在院子里，要么回自己宿舍。马翔的房间稍大一些，办公室兼宿舍，工友戏称"总统套房"。聚餐选在了"总统套房"。一盘牛肉、一盘羊肉、一盘花生米、一盘烤土豆，工地标准硬菜"四大金刚"。魏军本来要发表慰问演讲，可施工队长们围坐在一起已经开始享用美食。送变电职工长年在野外施工，环境艰苦，生活单调，大家难得在一起聚餐。看魏军很高兴，马翔瞅准时机，抓起酒瓶，说："魏总，我代表项目部的兄弟们敬你一瓶，再说一句话。"魏军一个激灵——他预感马翔醉翁之意不在酒，示意他放下酒瓶："先说话。"马翔结结巴巴地说："魏总，你也看到了，都说躺在撒金山就是贡献，但兄弟们咬紧牙关提前完成任务，没给你丢脸吧？只提一个要求，今年的疗养地点由我们选。大伙儿想找个有温泉的地方，把身上这干皮泡掉，就算是奖励吧。"马翔说着把脸靠近魏军。魏军伸手摸了摸马翔的脸，咂着嘴说："像树皮，像刀子，能把手割破。"魏军眼睛湿润了，说："同志们，大家辛苦了！你们为公司争了光，回去以后，让工会安排。"大伙一阵欢呼。

魏军拉住马翔："你小子将我的军，给我提条件，那我给你也提个条件。你是我一手培养起来的，有人要挖我的墙脚，你可不能辜负我的信任。"马翔说："感谢魏总栽培，永远不离开送变电。"魏军笑了："这还差不多，给你透露个消息，公司推荐你为国网先进个人。"马翔回答："我个人就算了，要推荐，就把项目部推荐为先进集体吧。"魏军说："别清高，我只希望你勇挑重担，接受组织考察，等待提拔。你工作没的说，只是还得提醒你，要管住自己。"马翔听了莫名其妙，自言自语："魏总，这儿方圆百十里是无人区，我还能犯啥错误。"魏军微微一笑："工会说你老婆想借放假来探亲，你拒绝了，为什么？"马翔张大嘴巴，半天才说："唉，我那老婆！"

马翔学的是电气工程，大学毕业来到华西送变电公司。送变电施工长年出差，条件艰苦。马翔找不到对象，但不愿轻易舍弃这份工作。和贾丽谈对象的时候，他只说自己是电力职工，没敢提野外施工。马翔的工作对贾丽来说始终有种神秘感，直到那年工会组织家属现场慰问才露了馅。为了给长年在外的爷们来个惊喜，工会事先没打招呼，把载着家属和孩子的大巴直接开到了施工现场。现场正在挖深基坑，钻机出了问题。马翔跳下基坑修钻机。钻机嗡鸣，粉尘飞扬，马翔灰头土脸的。就在这个时候，贾丽和一群家属出现在基坑边上。工会主席开玩笑说："各找各的老公。"贾丽愣是没认出马翔。

在后来的几天里，贾丽满脸愁云，任马翔怎么安慰都无济于事。马翔每次公休回家，都像做了亏心事似的，总是千方百计地表现，但总事与愿违。贾丽说长年分居，生活习惯差距越来越大，叫马翔尽快调回机关，要么就辞职。这回，马翔当然不许贾丽来工地。

央视采访组提前来到工地。魏军现场协调，踩点、插旗子、拉横幅。为了让全国人民近距离看到铁塔，采访组决定登塔直播。

元旦当天上午，施工人员全部进入状态。魏军和王璇站在转播车旁的监视器前。铁塔下，5名施工人员原地待命，马翔"全副武装"爬上铁塔，用安全带把自己扣在铁塔横担上。摄影师扛着摄像机，和黄倩站在吊车装载斗里，大吊车长臂把他们慢慢地推举到马翔面前。

黄倩手拿话筒，面对镜头："各位观众，央视《新春走基层》采访组为您现场直播。我们在大西北的电网建设工地，我站的位置距离地面30米。巍巍铁塔，闪闪银线，在高原无人区里，华西送变电公司撒金山项目部顽强拼搏，默默奉献，让我们倾听项目经理马翔的心声。"

监视器上，黄倩和马翔的问答声与寒风呼啸声此起彼伏。马翔用扳手拧紧螺栓，又摸索导线。魏军不时地点头微笑，对马翔的表现很满意。

时间过了一个小时，按计划，采访该结束了。黄倩冻得鼻涕流了出来，飞舞的头发不时与鼻涕相遇。马翔给黄倩伸起了大拇指，用手抹了一下自己的鼻涕。黄倩好像有所觉察，急忙擦鼻子，不好意思地说："真冷！"马翔说："该结束了吧？"黄倩："放心，导播会把擦鼻涕的镜头剪掉。咱们随便聊聊。您是电网建设大功臣，想得到什么奖励？"马翔迟疑了一下，摸了摸自己干裂的脸，张嘴说话了。

看手机直播的工友听到"泡温泉"三个字，高兴得欢呼雀跃，可监视器前的魏军脸色突变。王璇按捺不住地说："马经理咋能说泡温泉呢？社会上还以为我们好这一口，这不给咱单位抹黑吗？""太让我失望了。"魏军说完转身便走。

元旦直播之后，电网建设话题在网络引起热议，许多网友留言"我第一次看到登塔作业""电网工人好可爱"等等。

马翔回到单位没享受到英雄般的待遇。相反,魏军有点疏远他,疗养的事更没人提了。马翔还惦记着泡温泉,主动联系项目部的同事,说他请大家泡温泉,没人响应。贾丽却非常高兴,破例扔下工作拉着马翔去三亚旅游。马翔以为领导不准假,没想到请假申请提交后,一路绿灯。

马翔和老婆躺在度假村的温泉池里,享受着难得的清净和久违的温存。贾丽以为马翔很高兴,可马翔却闷闷不乐。手机响了,办公室通知,说马翔被评为国网年度先进个人,单位年度大会上要马翔做专题发言,提前准备发言材料。马翔是丈二和尚摸不着头脑,这到底是怎么回事?

原来,元旦之后,王璇专门联系央视,询问直播时为什么不把后面那段剪掉。栏目组觉得奇怪。王璇支支吾吾地说:"泡温泉容易让人产生诸多联想,怕给单位带来负面影响。"栏目组人回复:"在铁塔上擦鼻涕,不正说明天气寒冷,条件艰苦嘛,多么真实而精彩的镜头。至于泡温泉,那是个事儿吗?大冷天干了几个月,谁不渴望温暖?泡温泉是寒冷中人的本能,有什么大惊小怪?"王璇恍然大悟,急忙向领导汇报。

马翔占据主动,反而牛了起来,就是不答应在大会上发言。魏军打电话答应一切条件,直到项目部同事把疗养通知拍照发到他的手机上,他才登上了返程飞机。

"大嘴周"的烦心事儿

◎ 夏韵星

（小小说）

"大嘴周"大名叫周建军，是个远近闻名的能人，能言善道，做事风风火火。大伙都管他叫"大嘴周"。今天，这个能人遇上了一件烦心事儿。

这周末，"大嘴周"的儿子带着媳妇和孩子从武汉回来了。说是回来看望老两口，但是"大嘴周"心里门儿清，儿子这是回来"逼宫"了。

儿子打小争气，读书考大学找工作结婚生孩子，都没让"大嘴周"操过心。现在孙子两岁了，儿子想把老两口接到武汉定居，和岳父岳母一起帮忙带孩子。

"回来啦回来啦，快给爷爷抱抱，看看我的小布丁长胖了没有哇。""大嘴周"打心底儿里喜欢这个小孙儿，胖乎乎的，这眉眼长得多像自己啊。

"爷爷喜欢小布丁，就去武汉跟小布丁一起住啊。"儿子边拿出后备厢的东西边说。

"走喽，我们回家喽！""大嘴周"抱起孙子举放到自己的肩头坐好，轻巧地把话茬给避过去了。

刚到家门口，小布丁就被门外一桶游得正欢的黄鳝、泥鳅吸引了，从"大嘴周"肩头下来，径直走去蹲在桶前说："蛇，蛇！""大嘴周"牵起孙子，说："这不是蛇，是爷爷给你买的黄鳝和泥鳅。走，吃饭去。吃完，爷爷带你去划船。"

"咱这条富水河禁渔拆网后，水面宽多了，水也干净了，看起来真美。"儿媳笑道。

"吃饭吃饭，放假回来多住几天。家里空气好，自家养的猪，肉都比你们那儿的香些。""大嘴周"的老伴从厨房里走出来，边解围裙边问儿子："陪你爸喝两口？"

"喝。"儿子朗声应着。

趁着"大嘴周"酒兴正浓，儿子再次提出让老两口这趟就跟着一起去武汉。

"我最近事儿多，得在家忙完这一阵。"

"你都退休了，有啥好忙的？"

"过几天要去帮忙处理一下110千伏吴理大T线下的树竹障。不趁着现在砍掉，等到了冬天，碰上场大雪，容易倒伏造成跳闸。"

"孙子不带，你天天满村满山跑，家家户户做工作，不是要砍人家的树和竹，就是不许人家在坟前点灯烧纸，还不许人家烧田埂上的杂草。村里人都对你有意见了！"

"谁有意见？有意见给我当面提。不管是点灯烧纸，还是烧杂草，都容易引发山火。真发了山火，就是犯法。"

"真烧了山，警察会抓他，要你管？！"

"我给大家提个醒，也能守住这么好的山。你懂不懂？"

……

父子俩一番唇枪舌剑，互不相让。儿子叹了口气，把空酒杯倒满，端起杯，轻轻地和"大嘴周"放在桌上的杯子碰了一下。

"大嘴周"嚷归嚷，心里对儿子还是有愧。以前，他忙工作忙得团团转，很少管孩子，唯一一次开家长会，还是因为孩子妈那次出了远门赶不回来。开家长会前，他问孩子在几年级几班，这事儿被老伴当成"小辫子"拿捏着念叨到现在。

咸宁地处幕阜山脉，在山区巡线的供电员工被称为"跑山电工"。"大嘴周"就是一名巡线工，他早就习惯了风里来雨里去、忙忙碌碌的跑山生活。去年年底他退休后，由于有丰富的工作经验和深厚的群众基础，经过班组长做工作，他又当上了义务护线员。当然，他也乐意为大家多办点事。

　　其实，孙子有外公外婆带着，还真用不上他。"大嘴周"明白，儿子让他去武汉，是想用带孩子当借口，让他享享清福。可是，这条110千伏吴理大T线是"大嘴周"和同事们建起来的，负责将燕厦乡理畈村10万千瓦理畈光伏电站发出来的电送入电网。2018年冬天的那场大雪压倒了山顶上的五基塔，他和同事拉着骡子运材料到山上去抢修。所以，对于这条线、这片山，"大嘴周"是有感情的。而且他总觉得，退休了与其在家闲坐，倒不如发挥点作用。

　　"大嘴周"打定了主意，端起酒杯，对儿子说："咱们这穷乡僻壤的，建起来一个光伏电站，多不容易啊。国家花那么多钱到咱山旮旯里办点事，图啥？不就图咱老百姓能够过上好日子嘛。我就帮衬着跑跑腿、动动嘴皮子，算个啥？""大嘴周"说着说着动了情："小布丁你放在家里，我跟你妈带一段时间，让他沾沾地气。我忙过这一阵再去武汉住一段，这样成吧？"说完，他仰头喝了一杯酒。

　　儿子愣了愣神，也仰头喝了一杯。

　　门外，天蓝莹莹的，水清凌凌的。

心愿

◎ 张凤凯

（小小说）

我一早去上班，还没到供电所，老远就看见有个人在门口徘徊。

这人是个老汉，他脚下有四五个烟头儿，看来，他来这里有一会儿了。

我来到跟前，问他："大伯，您要交电费吗？营业厅8点半开门，现在才8点，您老来早了。"

老汉赶紧说："不是，我要找所长。"

我细一看，眼前这人有点儿面熟。老汉突然抬起手指着我，说："你不是王班长吗？我是英守屯的闫德志啊！"

他一说，我想起来了。

前年冬天，所里在英守屯村搞电网改造升级，要把旧电杆和旧电线全换成新的。闫老汉家东边房外有一片地，有一根电杆就在地中间，杆根已经开裂，露出了钢筋，必须得更换。新电杆拉到了地头，挖掘机和人也到位了，闫老汉却给挡住了。"往地里埋杆儿可不行！"他蹲在挖掘机前说。

那天是我带队施工。我跟他说："大伯，这不是往你地里硬埋杆。咱这是换杆，原地原坑。"闫老汉把脑袋一晃，说："就不许再埋……原来是有杆，可再埋就不行，除非你别轧我的地，别从我地上过。"旁边有人说："那就得调直升机，在空中立杆。"这话一说，大伙都乐了。

闫老汉脸涨得通红，说："我不管你搁哪儿立，就是别踩我的地。"

光的印记 《国家电网报》文学作品选集 2021年

我跟闫老汉说:"大伯,这季节,地冻得梆硬,车轧人踩,开春一化,啥事儿都没有。"闫老汉说:"我说不行就不行,你们要敢进地,我就连老婆带孩子搬你们所里住去。"

狠话一撂,没人敢上前。

所长知道后,找到英守屯村党支部书记胡海山。胡书记领着所长和我来到闫老汉家。他老伴病了在炕上躺着,屋里有个30多岁的小伙子,呆呆地站着,屋里乱得下不去脚。胡书记在我们身后说:"闫德志是屯子挂了号的贫困户,就这俩病人往跟前一放,神仙也没办法。"

所长出了屋,说要开党小组会。所长跟大家说:"咱们来英守屯,不光是给百姓送光明,还有义务扶贫帮困。"说着,所长从口袋里掏出500块钱,说:"我带个头儿,给他家捐点儿款。"我跟着掏钱,别人也掏,大伙儿一共凑了2800元。我把捐款送到闫老汉家,他颤抖着接过钱。

后来,村里又帮着做工作,闫老汉终于同意在地里换杆。

时隔近两年,闫老汉来找所长,又有啥事呢?

我对闫老汉说:"大伯,真不巧,所长今儿去上市公司开会了。"他泛着亮光的眼睛马上黯淡下来,说:"王班长,你可不能骗我呀!"我说:"昨天所长跟我说的,所以我今天早早就过来了。"闫老汉挺失望,问:"会得开到啥时候?"我说说不准,建议他过两天再来。闫老汉说:"不了,见不着所长,我就跟你说说。你给我捎两句话就行。"

我在前边走,闫老汉在后面跟着。进了办公室,我给他倒了杯水。闫老汉说:"去年开春,咱屯子来了第一书记,姓赵,他先上的我们家,说是市供电公司派下来的,专门帮着咱脱贫来了。赵书记看我家的情况,帮我申请了扶贫款,买了种羊,我喂了一年,就成了气候,去年年底出栏25头。现在,我老婆的病治得见好了,能干点儿家务活了。儿子的精神病也控制住了,还能帮着喂羊了。眼见着我家养殖规模扩大,赵书记还帮我申请了动力电,这样,粉碎饲料更快更省力了。"

我说:"太好了!大伯,那你找所长有啥事儿?"

闫老汉说:"生活好了,得要脸面了。一想起过去我办的事儿,真是太不地道了，我就有个心愿。"

我问："大伯，啥心愿？"

闫老汉说："就是专程来供电所一趟，当面给所长赔个不是。"

◎ 陈然

龙泉山里寻桃源

（散文）

一

若是要问成都的春天在哪里，那便是春意喜上枝头。而天府之国的第一花，非龙泉驿的桃花莫属。

还记得大概七八岁的时候，坐了好几个小时公交车的我第一次被父母带到龙泉山。我坐在父亲的肩头张望着，感觉整个世界都是桃红色的。

今年春天，我跟随同事叶姐，再次踏上寻访桃源之路。

叶姐名叫叶登容，是山泉供电服务站的老员工，也是土生土长的山泉镇人，就要退休了。

一路上，叶姐都在给我讲这里的故事。

刚走到路口，叶姐用手指了指一排矮矮的围墙，说："你看这里，原来是所小学，我上学的时候还叫苹果小学。"

我问："这儿不是桃源村吗，咋个不叫桃子小学？"

叶姐说："你现在看到的桃源村，以前就叫苹果村，种的都是苹果树。跟我走，我带你去那边看。"

据说，1934年，一位叫晋希天的学者成功地把从外省引回的水蜜桃种和自家的桃树苗嫁接，培育出本地特色品种。每年春天桃花盛开时，晋希天都会邀请亲朋好友到桃树下赏花吟诗。这大概就是龙泉山桃花节的雏形。

在叶姐小时候，当地还在大量种植苹果树。桃树虽然已经引入，但都没有形成规模。后来，仿佛一夜之间，龙泉山上都种上了桃树苗。

经历了几个春天，漫山遍野的春日盛景声名鹊起。

当地人说，城里的人哪个见过这个阵仗哦，都觉得好稀奇，每年春天都跑来看，山上山下挤满了人。当地人的收入慢慢起来了，后来桃源村这个名字就越来越响亮了。

我正津津有味地听着，突然，路旁边的小卖部老板和我们打招呼："老叶，我们马上开饭了，你们吃饭不？"

叶姐笑了，挥挥手，说："你们慢慢吃，我改天来找你们要。"

二

沿着龙泉山一路走，除了和我儿时记忆重叠的绿树环绕，道路两旁还多了很多时下流行的民宿。

叶姐拉着我，说："你从这儿看，晚上能看到整个龙泉驿城区的夜景，漂亮得很，所以这家老板在这儿修了民宿嘛，好多人来这儿'打卡'。你等我一下，我进去问下他们最近用电的情况。"

叶姐随即就去和老板聊了起来。临走时，老板还让叶姐常来坐坐。

随着餐馆、民宿、酒吧增多，这两年，桃源村的用电量相当于7个普通村庄的用电量。为了满足村里的用电需求，龙泉驿供电公司花大力气将这里的配电变压器增至十多台，又对附近的低压线路进行了绝缘化改造。

以前龙泉山的人靠着桃树吃饱了饭，现在又赶上了"网红经济"，大家走上了小康路。

三

路过桃源村党群服务活动中心，村委会委员宋金元看到我们，拉着叶姐就聊了起来："老叶，桃花节那几天多亏了你们给村上帮忙，好几家农家乐老板都表扬你们，说还是你们最靠谱。"

自1987年首届桃花节以来，龙泉山上已经举办了35届桃花节。"以花为媒、广交朋友、促进开发、繁荣经济"的办会宗旨和推陈出新的各类文旅活动让四方宾客对桃源村的关注延续至今。

下山的时候，我问叶姐："咋个这个地方的人都认识你啊?"叶姐说："这不奇怪，那个时候都是走着去上门收电费，家家户户都熟得很嘛! 现在不用了，手机支付方便多了!"

我在想，桃源村的村民种植桃树，并不是赚了钱就不做了——他们相信，龙泉的水蜜桃是被别人记挂着的，因为有的人会从好远好远的地方专程跑来品尝。

而叶姐和山泉供电服务站的同事，以及龙泉山上那些为村民用电忙碌的身影，也都被村民记挂着。

我相信这里面有一种品质，其实也是我们所讲的品牌。

当年，晋希天曾写下："龙泉山中桃花园，桃花开满龙泉山。今年赏花人两桌，半个世纪万倍多。"今天，他的美好憧憬已经成为现实。

回去的路上，天空突然下起了小雨。眼见着晶莹剔透的水滴挂在枝头，滋润着这片土地，我的心中泛起一些特别的感动：在四季更迭之中，春雨孕育出了果实；而在社会的变迁中，电网人始终守护着万家灯火。

春风年年至

◎ 傅玉丽

（散文）

2021年农历除夕，江西省乐平市临港镇的老百姓头一次将春节晚会从头看到尾。过去，年年大年三十，电灯就像"打摆子"，忽亮忽暗，然后彻底停电。人们印象里从没过过一个亮堂的除夕。这里流行一句顺口溜："三天不停电，不是临港电。"

2021年以前，临港供电所负责临港镇供电服务，但是临港镇一直由临港水电站供电。水电站是20世纪70年代末临港乡（后撤乡建镇）组建的管电机构，由承包人买断经营。

一

岁月流转，小水电自供自管，私人承包，鲜有电力建设和设施改造，镇里天天"闹电荒"。小马拉大车，小水电供电越来越"拉"不动了。

"有时连饭都没法煮熟。最难受的是夏天，天越热越用不上电。冰箱、空调都白买，日子好了也享受不到啊！"睦乐村村民李宝根提起用电心酸无比。有外地人想在临港镇投资办厂，看到用电情况，马上将项目放到了别的镇上。

戏曲之乡乐平，村村都有古戏台。在临港，逢年过节，老百姓都会去看戏。有时看戏也会遇上停电，败兴得很。因为三天两头停电，临港镇百姓就像还生活在20世纪七八十年代。

临港供电所所长程有科清楚地记得，2013年的一天，罗家村一个村民来找他，叫他去家里看一下。原来村民用电锅炖了一只鸡，从早上炖到晚上，也不见熟，他问程有科："什么时候才能喝到鸡汤？"

年年春天，金黄的油菜花开遍临港，成为一景，可当地百姓却无心欣赏。眼看着嫁到这里的姑娘越来越少，再看周围其他镇晚上灯火明亮、经济红火，临港镇百姓着急，政府也着急。不明真相的人责怪供电企业，程有科心里不是滋味："百姓用不上电、用不好电，会找我们、找政府。可我们有力使不上，你说多难受？"

人民电业为人民，供电人岂能看着临港百姓因电而困、因电而难、因电而苦？

2019年6月，景德镇供电公司正式接管乐平市供电公司。不能再让临港的百姓望着大电网兴叹！景德镇供电公司贯彻国网江西省电力有限公司党委的决策，全力解决临港镇的用电问题。

临港、下牌、罗家、港边、百桥、四联、睦乐、古溪、古田、李边、下堡、胡家，临港供电区域涉及12个行政村8000余户居民，区域广、客户多，小水电自供自管年头太久，各种矛盾与利益就像一团乱麻。

一次又一次，景德镇供电公司和乐平市供电公司一起，主动联系当地各级政府。多方携手并行，开始了临港用电整治。

二

2019年6月，景德镇供电公司成立工作领导小组，一把手挂帅。乐平市供电公司成立理顺临港用电秩序管理工作机构，设综合保障、营销、发展建设、运维、财务资产核查5个专业小组，分头摸排临港电网情况，整理相关资料。

在一次次沟通、汇报、交流之后，终于，思路明晰了——供电公司与政府谈，政府与承包人谈。

"我们都记不清了，得有10多次，承包方派人过来，不听我们讲道理，而是闹、是吵，要求我们解决人员、投资问题。"说到当时的情景，乐平市供电公司副经理袁云峰激动地站了起来，"我们始终坚持原则，百姓利益第一，再难也要上！"后来，双方一起到乐平市政府谈。一次不行，再去，再去不行，又去。袁云峰说："面对面，讲形势、讲道理、讲法律，他们理解了我们的用心，我们都是为了百姓的利益。"

乐平市委市政府牵头，乐平市工信委配合，驻地乡镇全力协调，支持供电公司做好临港电网改造工作。景德镇供电公司与景德镇市人大常委会、乐平市委市政府多次就临港用电历史遗留问题召开专题协商会。

有了政府的支持，供电员工清理、收集资料，查找法律法规条文……乐平市供电公司还加强电力政策法规宣传，在当地营造依法依规用电、支持电网发展的良好氛围。

在第三方评估机构进行资产评估后，2020年5月20日，乐平市政府出资351万元回购临港小水电资产，并将资产无偿移交至乐平市供电公司。原承包方6名员工也由市政府妥善安置。

300多天的付出和坚持，"大网电"之光照进了临港。景德镇供电公司总经理毛鹏说："不忘初心，共产党就是把百姓利益、把民生问题放在首位，有了这一动力和指导，我们才能有今天的胜利。"

就在这天，简单的启动仪式后，表计改造工作开始了，一支300多人的队伍整齐地向临港镇进发。其中有一半是景德镇供电公司派出的力量。大家既喜悦又激动，一心想要趁热打铁。他们分成12个小组，开始换表、统计资料……仅用4天半就完成了表计改造的全部任务。

乐平市供电公司经理吴有彬说："临港电网接入大电网，必须马不停蹄地开始电网改造。"

"就像打仗一样，集中火力。"程有科是从部队转业的，他介绍，"我们所里人仅用3个月就完成了83个台区所有资料的收集和数据录入系统的工作。几十年的历史问题解决了，谁能不高兴呢？有市公司又大力支持，我们工作起来就干劲十足。"

乐平市供电公司负责电网建设的黎慧贞和同事在架设古田村到高畈自

然村的供电线路时，遇到了几件麻烦事。线路要经过一户村民家的上空，这位村民不肯，还用车压着电线不让展放。而在立电杆时，有的村民只同意在主路上立电杆，不让在小巷边立杆……此时，景德镇供电公司的共产党员服务队队员和青年志愿者上阵了。他们一家家敲门，拿着宣传资料讲解安全用电知识。他们告诉村民："电网改造后，你们就能用上大网电，可以安全放心地用电了。"他们的诚心终于打动了村民，架线工作可以顺利推进了。

那时，李家自然村村委会主任的儿媳快要生孩子了。村委会主任担心电不行，儿媳妇不能回来坐月子。黎慧贞叫他放心，说供电人可是天天"上紧的"（方言，"加快"的意思）。村委会主任当时还不大相信。果真，2020年6月30日，李家村、睦乐村3条线路顺利通电，村委会主任高兴地伸出大拇指。黎慧贞说："我们完成了改造，他儿媳妇生完孩子，高高兴兴地回来坐月子了。"

接下来的电网改造工作遇到了酷热难耐的夏季。每天10点左右，电杆表面温度能达到七八十摄氏度。施工人员汗水透过衣服往外滴，个个浑身湿透。村民说："如果不是亲眼看见，真想不到供电员工这么苦！"

景德镇供电公司员工与时间赛跑，争分夺秒。2020年年底，临港镇电网改造工程竣工投运。

三

每年春节，袁云峰和程有科都在单位值班。2019年除夕，程有科手机热得发烫，他共接了28个故障报修电话。忙一点不打紧，但水电站发出的电不够，他们也解决不了根本问题。乡里乡亲的，又是过年，程有科真难受啊！可2021年除夕，他没接到一个报修电话。"今年这个年过得心里美！"他欣慰地说。

看完春节联欢晚会，下堡村村民盛建平竟然泪水涟涟："我们从头看到尾，节目一个不落，电灯眨都没眨，真是好兆头哇！"2021年除夕当天，临港镇用电负荷同比增长三成多。

"大网电送到了临港，优质服务也要送到，让百姓享受到大电网的福利。"景德镇供电公司没有停下服务的脚步。因为服务到位，临港供电所客户充值购电率排到了景德镇供电公司各供电所的前头。当了多年供电所所长的程有科有了前所未有的成就感。

春风年年至，油菜花年年开。大网电如春风，给临港带来更多喜事：今年，镇里建起了垃圾处理厂，还在建两个油菜基地，睦乐村长年因电搁置的粮食加工厂、粮食冷藏库项目也启动建设。临港的百姓说，这真是过上了舒心的日子。

舞动蓝色塔拉滩

◎ 李应辉

（散文）

一

1989年7月，我大学毕业，在青海省海南藏族自治州日月山以西的小镇恰卜恰做了一名配电工。小镇以西3公里，是广袤无垠、寸草不生的塔拉滩。

1993年4月的一个夜晚，我乘车穿过塔拉滩。车内音乐响起，钢琴曲《邀舞》的美妙旋律行云流水般飘向车窗外。银色月光均匀地涂抹在大地之上。德国作曲家韦伯的这支华丽圆舞曲，给我眼前贫瘠荒凉的土地赋予了奇幻气质。塔拉滩，在我眼前幻化成一个奇妙的大舞台。我突然想，塔拉滩会是我未来的人生舞台吗？

塔拉滩，没有丰美草场，没有天然水源，有的只是呜呜作响的大风和漫天沙尘，有的只是无遮无拦的炽热烈日和满目洪荒。有人说：大自然的赐予是公平的，地下没有，地上会有；地上没有，天空会有。塔拉滩，你到底有什么呢？"风力和太阳能资源丰富，利用价值高，开发前景广阔……"这是当时我查阅到的一段关于塔拉滩的描述，我还查到了各种佐证数据。

多少年了，风一直呜呜地刮着，麦芒般的阳光一直无声地照射着，塔拉滩荒漠化加速，贫困和焦虑不断延续着、传递着。然而，有一天，天空中的风和光成了大自然赐予塔拉滩的厚礼。进入21世纪，中国能源生产和

139

消费有了革命性的转变。塔拉滩上建起了光伏发电站。星星般散落的光伏板迅速成片地延伸开去。

新能源大规模接入，电网安全、电网运行控制难度加大。善打硬仗、奋勇争先的青海电网人书写了清洁能源示范省建设的瑰丽篇章。青海建成了国内首个清洁能源大数据服务平台，让光伏发电、风电、水电具备多能互补、优化运行、保障可靠供电的能力，解决了新能源发电间歇性强、可控性差等问题。2017年至2020年，国家电网公司在青海开展"绿电7日""绿电9日""绿电15日""绿电百日"系列活动，连创清洁能源供电世界纪录。

到了2020年7月15日，经过建设者20个月的艰苦奋战，±800千伏青海—河南特高压直流输电工程启动送电。通过这一"空中绿色电力走廊"，青海的风和光点亮了中原大地。这些年，青海光伏年发电小时数在1500小时左右，全国领先。

2020年8月的一天，离开恰卜恰镇近20年后，我驱车前往塔拉滩。

经过恰卜恰，爬上塔拉滩，车子沿着崭新平坦的柏油路行驶。穿过一座座规模庞大的光伏板方阵，途经一个个太阳能发电场，驶过一个个红绿灯十字路口，我来到新能源发电基地中央的高空瞭望塔。

登上高塔，极目远眺，高原的天湛蓝醉人，与此呼应的是一望无际、列队整齐的蓝色光伏板，如蓝色的海洋。

湛蓝深邃迷人，震撼人心。单纯直白、欢乐明快的高原炎阳恣意地洒向大地，义无反顾地射向光伏板，传导热量、传导希望。海洋般壮阔的光伏板接受烈焰的炙烤，吸收无尽能量，转化为绿色能源，再通过升压站、输电线路，传送到远方。

塔拉滩追光逐日，千万千瓦级能量从这里出发。

青海黄河光伏维检有限公司维检中心副主任刘滨说，塔拉滩的绿色发展验证了大自然良性修复循环的有趣规律。这也是建设者用智慧和实践证明的规律。

——从前过度放牧破坏环境，导致塔拉滩草原退化，土地荒漠化。

——光照强度大，荒漠化土地和退化草场面积大，成为建设光伏电站的条件。

——在光伏板"庇护"下，塔拉滩的风速和晴天下的水蒸发量均降低，土地涵养水源的能力增强，草场逐步恢复。

——草长得太高，会影响光伏板的能量转化率。

——请附近"五保户"牧民的羊群进入光伏园除草。这些羊被称作"光伏羊"。"五保户"牧民也有了清洁光伏板等工作。

如此，新能源发展、环境保护、精准扶贫，"三合一"的金钥匙打开了塔拉滩和谐绿色发展的大门。

二

放眼塔拉滩，极目云天，天蓝蓝、地蓝蓝、"海"蓝蓝。蓝色天地，浪漫天成。我的眼前是一页巨大的乐谱、一台巨型的钢琴架。

以光伏板为基调的巨型乐谱上，缀满星罗棋布的升压站，像一串音符。一基基巨型铁塔擎起的±800千伏特高压直流输电线路，一条条750千伏、330千伏、110千伏、35千伏、10千伏线路，构成高低音的简谱符号：Do Re Mi Fa……绵延的远山的浑厚山脊，构成琴架的巨型琴键。

空气凝重，万物静谧。一只蝴蝶在我眼前轻舞双翅，产生细微振动，扇动了烈日下凝重的空气，形成微弱气流，产生柔和轻风。轻风所经之处，一切随风舞动。终于，我眼前凝固的海洋蓝随风轻柔涌动，有节制的蓝色浪漫扑面而来。不知不觉间，那难以拒绝的蓝色诱惑似汩汩溪水浸润我心田。

乐章和美，盛装舞会拉开序幕。我仿佛看到灵动的舞者在跳舞：地上的光伏板建设者、空中的特高压建设者、大山里的线路运维者、远方调控大厅中的调控指挥者、后方试验基地里的科技攻关者……

在夏季柔风的轻拂中，在强紫外线的照射下，在蓝色的广袤背景之下，他们辛勤劳作的各种身姿在舞动——他们以亲近塔拉滩的姿态在舞动，他们与高空导线同频共振的身躯在舞动，他们印记在大地上的清晰身影在舞动，他们隔空远程调控指挥的坚定剪影在舞动，他们在精密仪器上忘我劳作的身躯在舞动。

饱满的蓝色之中，有一簇如火焰一般的红色，在舞动。鲜红的党旗在舞动，共产党员突击队、共产党员服务队的旗帜在舞动，共产党员迎难而上的身影在舞动。

2018年10月26日，±800千伏青海—河南特高压直流输电工程开工之日，共产党员、青南换流站站长李斌善在冰雪塔拉滩上满怀期盼："依托远距离、大容量特高压输电技术，青海的绿电能够驶上'高速路'，只用0.00526秒，就可以到达1500公里之外的河南，一秒的输电量可供一个普通家庭用上两年。"

在青海电科院高压试验大厅，国家电网青海电力三江源（电科院）共产党员服务队开发"加压浸油"工艺，提高了青豫直流变压器线圈等关键设备的安全效能。

在青豫直流施工现场，共产党员、青海电力检修公司带电作业班班长翁钢逐塔查验："施工完一段验收一段，最多一天验收48基输电铁塔，在海拔3000多米，我们上下几十米高的铁塔48回，每一颗螺丝亲手拧，每一寸导线仔细查。"

在青海电力调度控制中心，国家电网青海电力三江源（调控中心）共产党员服务队紧密合作、协同作战、发挥合力，高效完成了一项项操作。

2020年8月下旬，青海电力调度控制中心接到紧急通知：受各种因素影响，9月30日是青豫直流配套的500万千瓦新能源集中并网的最后期限，必须按期完成任务。而在此之前，青海新能源最大单月并网装机规模为150万千瓦。这个任务史无前例，这副重担有千斤之重。

国家电网青海电力三江源（调控中心）共产党员服务队快速行动，提出了"决战'9·30'，完成500万"的口号。国网青海电力各部门协同作战，特事特办，优化工作流程。调控中心的4名党员李兵、李延和、李剑、李红志，认真组织策划、精准安排计算、精心准确调控，展开了争分夺秒的战斗。一个月内，他们开展调度操作2000余次，计算校核保护定值1500余套，编发投产方案30余份，组织现场并网验收45场次。终于，任务按期完成，这次的集中并网规模创下了青海单月新能源并网装机规模投产之最。

三

钢琴声浑厚，熟悉的圆舞曲旋律再度响起。蓝色大舞台上，属于建设者的舞会盛典开始了。

光伏板闪亮、铁塔高耸、银线如流、电流传输，舞者们以大地为琴、以光伏板为鼓、以银线为弦、以电流为旋律，合奏起庄严盛大的《邀舞》。

雄壮轩昂的曲调响起，天地和谐，万物和美，塔拉滩成为一个立体的生态大舞台。舞者们俯身光伏板前、爬行高塔上、行走银线间、凝神大屏幕前、执着大数据间，他们在大地上舞蹈，他们在天空中舞蹈，他们在大屏幕前舞蹈。他们的身影在舞蹈，他们的激情在舞蹈，他们认真至极，他们优雅从容，他们舞姿万千。

结实饱满的和弦与整齐流畅的节奏下，身穿民族服饰的人们热情相邀，携手共舞。他们把飘香的青稞美酒、洁白的哈达敬献给建设者。"花儿""拉伊"唱起，"锅庄舞"跳起，"唱支山歌给党听，我把党来比母亲……"饱含深情的歌声代表了脱贫致富的牧民的心声。随着高音区明朗快乐的C大调奏响，舞会即将结束。野兔子在草地上撒欢、雄鹰展翅翱翔，草原精灵们欢庆塔拉滩重归草丰水美、和谐美好。

塔拉滩，属于新时代最美最炫的舞者。

我想起近30年前的那个塔拉滩之夜，那个在《邀舞》曲中穿越荒凉的夜。我有幸，成为塔拉滩巨变的见证者。我想说：高原上有让人恐惧的荒滩，那是过去的塔拉滩；高原上有充满希望的蓝色海洋，就是现在的塔拉滩；高原上有浪漫的露天大舞台，请你到塔拉滩一展舞姿吧！

梨花开遍高田坑

◎林新娟

（散文）

高田坑的梨花开了，一朵朵，一枝枝，一树树，开在房前屋后、瓦檐窗棂，风一吹，像雪像雾，缥缥缈缈，又像白鹭划过天际，如梦似幻。

昨夜雨疏风骤，今晨阳光轻洒，飘落的梨花粘在鱼鳞瓦、青石板路上，风吹不散。那么多的人，切切地望着，缩着脚贴着墙根行走——谁都不愿踩踏这洁白的精灵。触摸着老屋黄土墙、青砖壁，他乡游人心中也生出暖意，不由得想起自己的故乡。

一

从浙江开化县城出发，一路向西北而行，溯长虹溪而上，见青山越来越高、梯田越来越多、老屋越来越密，真子坑村就到了。2011年，开化县对行政村规模进行调整，高田坑村与老屋基村合并为真子坑村。明崇祯至民国的七部《开化县志》俱有载："钱王冢，在县西北三十里云台真子坑。旧志传吴越王钱镠祖茔也。"当年的云台真子坑，即现在的老屋基村。远道而来的游人，习惯在老屋基访钱王冢，再上高田坑寻乡愁，那里有青山秀水、鸟语花香，有梯田炊烟、老屋旧街，还有国内第二家暗夜公园……

上山的路有些长，从真子坑村起步，翻行几公里的盘山公路，经过68道弯，才能到达海拔680多米的高田坑。村庄久在深山人未识。1996年前，村里人了解外面世界的工具，除了电话只有电视。但那时电网老旧，晚间全村几十台电视打开，画面或不完整，或色彩暗淡，像极了一个劳累一天的老汉，一坐下，双眼皮就开始"打架"。

村里通往外界的是一条羊肠小道，宽仅容一人经过，有130多个弯。村民出门靠步行，置物靠肩挑，有些老人数十年未下过山。

改造电网！修路！这是高田坑人的梦想。

1996年，开化开展农村电气化县建设，供电局摸排薄弱点，倒排时间施工。当年7月，高田坑村电网改造工程竣工。电视画面变得色彩分明，孩子们一边咬着青翠的梨，一边看着精彩的《西游记》。

修路成了头等大事。1998年，村集体筹措资金7万元，村民自发带上家里的箩筐、铁锹、镐头，投工投劳开山修路。历时5年，3.5米宽的路从山脚延伸到了村口。可是由于没钱拓宽和硬化，道路雨天泥泞，让人寸步难行。怎么办？2003年，开化县政府拨款5万元修路。2006年，开化县交通局立项，对上山的路进行测量和修建，拓宽至4.5米。2009年，县交通局又投入100多万元，村集体和村民投入10多万元，对路面进行浇筑。前后历经10年，4.9公里的盘山公路直通村口。

这条路记录了高田坑人的奋斗，也展现了高田坑人的质朴。2008年年初，地处高海拔的高田坑遭遇冰冻灾害，古树折，电杆断，村庄陷入黑暗中。开化县供电局迅速派出抢修力量。车过老屋基，遇到第一个大转弯，山路陡起来，车轮打滑，抢修人员和车辆寸步难行。时任农电部主任林晓松犯了愁：这么远的山路，这么多的设备，如果靠肩抬，什么时候才能恢复供电？

林晓松试着拨通村干部的电话，未及开口，对方主动说派人来帮忙。挂了电话，林晓松身后走来两位肩背袋子的年轻人。他们是在外务工、回家过年的高田坑人。问清缘由，两个年轻人立刻把袋子放到工程车上，开始帮着推车。陆陆续续地又来了几位回家过年的村民，也把行李扔进了车厢，加入推车的行列。众人合力，推车上山。车动了起来，虽慢如蜗牛，却不知不觉转过一个山弯。挥汗间，林晓松看见从山上走下来一群人，老老少少男男女女20多人加入推车队伍……进村已是下午，抢修人员匆匆扒口饭就抬起电杆上山，村民拿着柴刀在前面开路，清除倒掉的树竹。待5根电杆就位，夜色已笼罩大地。考虑到安全，抢修暂缓。次日一大早，抢修人员再次上山立杆架线。午后，高田坑恢复了供电，扇扇木门里又传来电视节目的声音。

二

　　春天来高田坑的人，爱春光，爱梨花，更爱高田坑。他们穿过廊桥，走在青石板路上，转在房前屋后，恋在田间地头，看一树一树的梨花白桃花红，看一片一片的菜花黄青山碧，看一口一口的鱼塘水儿清鱼儿欢。

　　供电所的人也来了，头戴黄色安全帽，肩背白色电工工具袋，检查村里的变压器、电力线路，走村串户送服务上门。在屋后择菜的邹桂花奶奶看见他们，一边乐呵呵地喊"小程啊，你们来了"，一边起身招手示意他们就近说话。

　　"小程"不小，54岁，名叫程图军，有24年党龄。同行的王真和比他大一岁。两人都是池淮供电所的员工，负责管理长虹片区的居民用电，与村民早已熟络。尽管两人鬓间已生华发，但在村中老人眼里，他们仍是小年轻。

　　86岁的邹奶奶习惯这里的山水草木，独自一人居住。她的三个儿子在县城工作，假期开车回来探望老母，逢年过节接她进城。老人腿脚患风湿病，走不了远路，她说如今坐在车里看风景，可比在电视里看世界快活多了。

　　两位师傅修好了邹奶奶家厨房里有问题的电灯，检查了电表，转身走向下一家。四月的风，暖暖的，吹得门前的梨树轻轻晃了晃腰身，花瓣如雨纷飞。远处的几支"长枪短炮"发现了亮点，一阵狂拍。一位头戴鸭舌帽、身穿马甲的瘦高大爷让两位师傅慢些走，将他们的身影与幽长幽长的小巷、一树一树的梨花一同定格。

　　大爷姓王，73岁，从上海来，在高田坑住了数日。他和摄友们是高田

光的印记
《国家电网报》2021年
文学作品选集

坑的常客,除了记录大山里的景,也寻找心中的故乡。王大爷幼时长在乡下,后来进了城,因为各种缘由,老家成了再也回不去的故乡。10年前,他来开化钱江源国家公园探秘,此后便年年到高田坑看梨花看油菜花,看晒秋看雪景,看燕雀在房梁上、土墙上筑巢,在鱼鳞瓦上歌唱,看长尾雉在千年红豆杉的密枝里飞进飞出……

三

黄土墙上鱼鳞瓦,整座村庄都是温暖的颜色。农家乐八仙桌上摆上了汤瓶鸡、瓷盆鱼,满室生香。

我初访高田坑是在2015年的深秋,树上的梨子泛黄,收获的黄豆堆满晒场。那天,我们在余银祥家入座时,他刚送走一拨食客,抓起菜单就迎上来,搁下菜单又转身从鸡圈里拽出一只大公鸡,高喊妻子去屋后鱼塘里捞清水鱼。炊烟袅袅间,茄子、四季豆干、笋干、黄豆腊猪脚等纷纷上桌。

高田坑村发展旅游产业后,余银祥是早期响应号召经营农家乐的农户。一家人在县城买了房,老两口在家经营农家乐,儿子和媳妇之前在杭州工作。这个春天,儿子媳妇回到开化住进新房,带孩子在县城读书。余银祥的妻子也跟着进了城。习惯了晨闻鸟鸣即起、暮合荷锄便归的余银祥则留在老屋生活。

午餐时间,我们转至村口由方善飞经营的农家乐。老屋里的几桌都满客了。我们在门前小坐,看蜜蜂在梨花丛中飞舞,看落花随春水东流,看几只燕子飞入屋檐待了半天后又离去,看一拨游客举着手机拍着风景穿过廊桥进村去。

方善飞是老屋基村人,2013年当选真子坑村党支部书记。高田坑的独特在于风姿古朴。山外人慕名而至,服务要跟上。长虹乡政府鼓励村民发展农家乐,村民们吃不准,方善飞带头在村里租了老屋经营。看到"领头雁"起飞,有胆大的村民也跟着干起来。如今,方善飞已卸任,一心经营农家乐,年收入10多万元。在与我说话的几分钟里,两拨客人又先后进门，落座后皆点了汤瓶鸡、清水鱼。

高田坑的名气越来越大，游客越来越多。随着农家乐增多，用电量不断增长，原来的变压器无法满足村里的用电需求。村干部看在眼里急在心上。开化县发展全域旅游，供电公司派人踏勘现场，结合村里的发展增设了两台200千伏安的变压器，并对村里的线路全部实施入地改造，打造"景中无杆，镜中无线"的美丽乡村。

离开老屋，我走向高田坑的制高点观星台。站在这里，就像小时候站在后山茶园俯视村庄，看炊烟袅袅，看父亲抱柴归，听母亲喊"回家吃饭了"。脚下一片片土墙石墙青砖墙支起的黑瓦，连成一片，树树梨花探素颜，片片绿野村边绕。

古朴的高田坑，88幢老屋，穿越历史风烟，在新时代乡村振兴的大道上阔步向前。

走进葛牌古镇 （散文）

◎ 潘世策

我们到葛牌镇的时候，天色已晚，便顺沟而上找了家名叫"好又多"的农家乐。老板热情地招呼我们落座，倒好茶水，拿来菜单介绍一些特色菜肴。当地的土鸡、山野菜、泉水豆腐等绿色食品，我们各要了一份，然后便等着这顿丰盛的晚餐。

葛牌镇地处秦岭北麓，位于蓝田、商县、柞水三县交界，是蓝关古道上一条重要的商道。三地的人都在此赶集易货，再加上南来北往的商旅，古时候这里就是三边重镇、商埠码头。1935年，中国工农红军第二十五军在葛牌建立了苏维埃政府，这里是关中地区最早的红色革命根据地。如今，这里已成为红色旅游景区，葛牌镇区苏维埃政府纪念馆是陕西省青少年爱国主义教育基地。

葛牌镇四面环山，沟壑交错，山上植被茂盛，来到这里就像进了一个天然的大氧吧。等待的间隙，我们从农家乐出来，在溪边漫步。清澈的山泉水欢快地奔跑着，山涧的晚风吹来，让人感觉很舒坦。远离城市的喧嚣，远离车水马龙的街市，在青山绿水的怀抱里，一种久违的惬意涌上心间。

走着走着，天色渐暗，还下起小雨。我们顺着来路往回走。路旁有七八户人家，房屋都是顺沟而建，依山傍水，门前的菜园和成熟的玉米清香扑鼻。

回到农家乐，一桌丰盛的晚餐已准备好。无酒不成席，我们一行

9个人，有人饮酒，有人以茶代酒，把盏言欢。酒过三巡，大家天南地北无所不谈，气氛渐渐热烈。

席罢，夜已深。我们回到镇上找了家民宿入住。夜里醒来，小镇静悄悄的，没有城市的喧闹，偶尔有大车快速驶过的声音，跟着是狗吠声，一会儿又恢复了寂静。

"豆腐、豆腐，泉水做的豆腐，10块钱一块……"清晨，睡梦中的我被叫卖声唤醒。打开窗户，一名小贩骑着三轮车正在叫卖。一个人叫住小贩，掏出10块钱递给他，然后提走了一块豆腐。接着，几位上了年纪的老人凑了上来，围着小贩讨价还价，看起来像是来这里玩的游客。

我起床收拾好下楼，此时天已大亮，眼前的葛牌古镇古香古色，房檐屋梁雕刻精细，上面的鸟兽图案栩栩如生。街中心精心打造了一条沟道，清澈见底的溪水潺潺流过，给古镇增添了几分灵气。"五龙捧首四省通衢无双地，一船泊岸明清老街世外天"，这副刻在古镇石牌坊上的楹联，浓缩了古镇的历史。

古街两边的店面售卖蓝田的土特产饸饹、香椿、干土豆片、干豆角、干土豆果，琳琅满目。我们要了热饸饹、油馍、豆腐脑、凉皮这些地道的风味美食。街道两边，有乡民背着土鸡蛋、山野菜等特产吆喝叫卖。我们每个人都买了一些，准备带回去给亲朋好友品尝。

1935年2月，中国工农红军第二十五军在程子华、吴焕先、徐海东等将领的率领下进入陕西。红军突进葛牌镇围敌全歼后，成立了葛牌镇区苏维埃政府。这是中共鄂豫陕省委在关中地区建立的最早的红色政权。葛牌镇现在保留着红二十五军军部旧址、鄂豫陕省委扩大会议旧址、葛牌镇区苏维埃政府旧址。葛牌镇区苏维埃政府纪念馆里展出实物资料照片400余幅，再现了红军当年枪林弹雨的艰苦岁月。

近年来，葛牌镇依托红色资源发展旅游业，目前有民宿、农家乐100余家。蓝田县供电公司对葛牌镇电网进行改造升级，保障了旅游产业发展用电。葛牌村村委会主任党红清说："电网改造以后，村里的变压器由1台增加到3台。电力充足了，民宿的环境也越来越好，游客更多了。供电公司的服务保障也很到位，有啥问题打一个电话就上门解决了。"

党红安也经营了一家民宿。前些年，他一直在外打拼，一年也赚不了多少钱，工钱还不好结。后来，村里有人先办起民宿和农家乐，他看着不错，也回来开了民宿。"一到夏天，从西安过来的人多得很。尤其是一些退休的人，专门过来避暑，一住就是三四个月，吃农家饭，也有自己买菜做饭的。还有人周末开车过来小住两天，走时再带些土特产。"党红安说。

听当地一位老人讲，葛牌古镇的由来和柳树有些关系。传说清朝的时候，当地有3棵柳树，长得都特别茂盛。旁边的葛条（即藤条）丛生，爬满了柳树，密得像牌楼一样，葛牌古镇因此得名。如今，古树依然屹立在这里，似乎在讲述着历史的兴衰与变迁，也见证着人们如今的幸福生活。

我和革命老区柯村的情缘

◎ 汪建武

（散文）

柯村镇位于皖南的黟县西北部，山清水秀，风景优美。1934年，这里发生了由中国共产党领导的"柯村暴动"。随后，中共太平中心县委在柯氏宗祠成立了皖南苏维埃政府。柯村有很多红色革命遗迹。今年3月份，我怀着崇敬的心情来到黟县柯村暴动纪念馆参观。这里陈列着当年红军革命斗争的文物、烈士遗物以及红军使用过的枪械、弹药等。馆内布置有当年中共太平中心县委领导农民举行"柯村暴动"、创建皖南红色苏区的斗争过程，还有方志敏率领的北上抗日先遣队抵达柯村休整并向群众发表革命形势演讲的图片。

一件件物品是那么地亲切，一幅幅画面又是那么动人，仿佛把我带回到当年的战争岁月，也勾起了我对这片红色热土的深情回忆。

1987年，我进入供电公司工作，参加了柯村镇胡门村10千伏供电线路架设工作。初到柯村，它给我的感觉是偏僻、冷清。由于过度砍伐，周围山上光秃秃的。柯村至胡门村的公路正在铺设过程中，路面坑坑洼洼、凹凸不平。我们乘坐的工具车上堆满了工具、材料和行李。有的地方工具车无法通过，我们只能下车清理路障，推车前行。就这样，我们好不容易才到胡门村。我们在村委会主任黄小苟家住了下来。当时，黄小苟是一位40来岁的中年人，眼睛炯炯有神，给人精明强干的印象。

冬日的夜晚，胡门村寂静无声，屋里煤油灯昏暗，屋外一片漆黑。开始架设线路了，黄小苟每天带着一帮村民协助我们。天寒地冷，冰冻三尺，我却能感受到村民渴望光明、期盼早日通电的无比热切的心情。他们将心中的这团火化成了协助施工的动力。胡门村通电后，我从《黄山日报》上看到了胡门村实现"三通"，即通电、通公路、通自来水的报道。黄小苟一时成名，后来成为胡门村的村支书。以后的10多年里，他带领胡门村发展特色产业，让村子成为有名的富裕村庄。

当年的柯村镇，每年都会有大大小小的水灾发生。水灾中，电力设施被毁坏，我多次进柯村参加恢复抢修，感受最深的是路难行。1997年，位于柯村镇宝溪村的长田河配电房被大水冲毁，我乘工具车去抢修。路是新开的，路面铺着碎石子，十分颠簸。十几公里的路程，车子走了1个小时。

2002年8月发生山洪，柯村镇下湖田村成了一片汪洋，电力设施遭毁坏。我们进入洪水淹没过的下湖田村。村里一片狼藉。从墙上的水淹痕迹看，洪水齐腰深。洪水带来的淤泥厚厚地铺满地，村民正在家里清理物品。几年后，柯村镇再也没有听说有水灾发生。再到柯村，我发现山变绿了，水变清了，原来光秃秃的山已是绿树成林。通过封山育林，柯村生态环境得到了改善。

2007年，我再次到胡门村。通往村里的路已是柏油路，村内一幢幢新建的农家别墅拔地而起。加上原先保留下来的部分老房子，村子比过去大了不少。柯村供电所的同事带我找到了黄小苟家。他家在原来的老房子旁边新建了一幢二层楼房。他很快认出了我。他已从村支书岗位上退了下来。当年精明强干的村干部，这时已是两鬓白发的老者，但双目依然炯炯有神。

2007年，因为要给胡门村安装专用变压器的计量终端和供电台区的集中器，以实现远程抄表，我到柯村的次数也较多。我深深感叹：柯村一直在变化、在发展、在前进！

又到下湖田村，我才知道村民已整体搬迁，原址上的民房全部拆除。在地势高的山坡上，一幢幢小别墅建起来了，一个新的下湖田展现在我眼前。勤劳勇敢的下湖田村人建设新家园，也不再担心水患。

电网篇 光明故事

电力使我与柯村结缘。30多年来，我见证了这里的发展变化：从点煤油灯到通电，从村电工管理总表到一户一表改造，从解决用电难题到电力保障农户脱贫致富奔小康，电力陪伴着柯村一路走向致富路。如今，在这片红色热土之上，供电线路已经形成10千伏双回路电源。供电公司在柯村镇安装了8台专用变压器，为当地畜牧养殖、茶叶加工、旅游服务业提供了充足电力。柯村镇的各行政村农网改造升级工程全面完成，许多农户家中安装了三相电，在家中就可以办小型加工厂。一个新型的美丽乡村已经在这片红色热土上建成。

在皖南苏维埃政府旧址内，当我们在明亮的灯光下感受那激情燃烧的峥嵘岁月，当我们在党旗下重温入党誓词，我的心中只有一个信念——做好供电服务，与当地群众共同开创美好生活。

江浙之巅
点灯人

◎ 杜鹃
◎ 徐立仁
◎ 黄琳

（散文）

取一捆稻草，揉搓成绳，踩实后牢牢绑在鞋子上，再打个结，"脚码子"就做好了。这是我们跟着老余在山间巡线时学到的防滑土方法。"车子有车子的防滑链，我们也有我们的，这稻草可是宝贝呢！"老余说。

老余叫余盛春，是浙江龙泉市供电公司安仁供电所龙南服务站的站长。老余1981年参加工作，从抄表员到运维人员，从青壮年迈入花甲之年，一晃40年过去，这年6月就要退休了。

2月10日，农历腊月二十九。早上6点，我们来到龙南服务站。清晨的乡村格外静谧，一团团微凉的薄雾扑面而来。道路两旁，每家每户门前高高悬起的大红灯笼、张贴的红底金字春联，给山间增添了不少暖意。

老余正在和同事准备巡线用的工器具。他那鼓鼓囊囊的背包里装着绝缘子、令克棒、避雷器、脚扣、手电筒、砍刀、螺丝刀、虎口钳……只是，怎么还多了一堆稻草？见我们满脸迷惑，他笑着说："山上路湿地滑，不好走，鞋底绑上一捆稻草就不怕了。"

"小黄车"启动，上午的巡线工作开始。龙南服务站位于百山祖国家公园内、江浙最高峰黄茅尖附近，海拔1150米，供区面积达240多平方千米。站内有6名员工，为龙南乡35个行政村105个自然村、龙泉山景区及安仁镇、兰巨乡部分村庄共6500多户客户提供服务。"今天，我们去的是10千伏凤阳184线。"老余介绍，"它是江浙最高、最险、最长的一条线，海拔1700米。"

老余是大家眼里的"活地图"，对地形特点和电线、杆塔的位置，都了如指掌。哪条线路出现故障、哪根电杆断裂，他都能快速找到出现问题的位置。

进入山林，老余肩扛工具，手持柴刀，走在最前面。不同于平原，山里的电杆相距甚远，从一根杆走到下一根杆，往往就要翻一个山头。山深林密，稍不留意，就可能迷失方向。老余提醒说："有线的地方就有路，顺着线走就是路。"

他所说的"路"，满是杂草和乱石，难以下脚。"这个你们拿着。"看我们走得似乎有些吃力，老余熟练地砍下几根树枝递过来。树枝在巡线工人手里，既能当拐杖，也能用来探路。对眼前的凤阳山，老余和同事再清楚不过，这里不仅有美景，还有松动的山石、扎人的荆棘、潜伏的虫蛇，以及令人猝不及防的万丈悬崖。

日巡数百杆，需要脚力，也要眼力。每到一处巡查点，老余就会停下，举起望远镜仰头观察，直到确认一切正常才肯离去。眼下，他发现101号杆附近的毛竹长得过高，便赶紧和同事清理。哐哐几声，毛竹倒下，掉落的冰碴子打湿了他们的衣服。

"余站长，刚刚砍掉的毛竹不是离线路还有好几米距离吗？"

"冬天，我们龙南山区温度低，容易结冰。这些被冰雪压弯的毛竹会横跨到周边的线路上，别看现在还有几米距离，天气一回暖，就能够着我们的线路。这些都是安全隐患，得尽快排除。"

到了另一个山坡，我们发现一棵毛竹"招摇"地耸立着，几乎快要触线，连忙通知老余。但他看了一眼后竟然说是误判。老余说，这段线路的两端存在高度差，从我们刚才的角度仰视，会产生视觉误差，一定要从多个角度观察。在老余的指导下，我们又从其他角度观察，发现导线果然高悬在毛竹之上，处于安全范围内。"我们巡线一定要仔细，不能漏砍，也不能误砍。"老余说。

临近下午1点，我们决定找块平地休息，吃点东西。一包饼干、一壶水，就是午餐。休息结束，老余低头看了看大家脚上绑着的稻草，笑着说："都还结实着呢，走吧。"大家随即奔赴下一个巡查点。

天黑得很快，下午6点多钟，我们跟着老余曲曲折折地下山了。车子发动，却没有开向服务站，而是径直驶向一个村子。

一盏盏红灯笼点亮，让村庄显得喜气洋洋。老余绕进一条巷子，在一间屋子前停下。不足5平方米的室内，一位皮肤黝黑、身材瘦削的老人独自坐在角落。

"小余，是你呀，进来坐坐吧。"老人起身，弓着背缓缓走向我们，被迎上前的老余搀扶住。"上次给您换的电热水袋还好用吗？要过年了，给您带了点东西。"老余在工具包里翻找着，然后递给老人香皂、牙膏等日用品，还有一副自己写的春联。随后，他又排查了老人家中的用电安全隐患。

"吴大伯，下次再来看您的，就是我徒弟啦。"临别前，老余握着老人的手说，"以后用电和生活上有什么需要帮忙的，只管找他。"

龙南乡地处偏远，交通不便，客户居住分散，平常只有2000余人居住，大部分是孤寡老人、五保户、残疾人。龙泉市供电公司成立共产党员服务队，定期走访居住偏远、行动不便的孤寡老人，上门提供志愿服务，并组织捐款为老人购买生活必需品。

40年来，老余和同事不仅保障了龙南山区电网的安全运行，还不定期去探访这些特殊的客户，成为他们的贴心人。

◎ 何红梅

九个人的气血相连

（散文）

一

先从鸟儿的清晨说起吧，因为这是鸟儿最先发现的秘密。

某一天，曙光初现，小鸟跳跃在枝头正要放开歌喉，它们的世界突然闯进九个奇怪的背包客。他们穿着近似小草色的工装，站在一起排得整整齐齐，像路边一棵棵挺立的树。习惯于寂静无人处放歌的鸟儿顿时惊慌，呼啦一下，藏进树丛，滴溜转着眼珠听他们说话。鸟儿听不懂人话，但时间久了，也懂得分辨人间的朴素与繁华，就像风儿懂得分辨枝头每一片朴素的叶子。当他们再次列队出现时，鸟儿不再躲藏，依旧跳跃在枝头欢快歌唱。

尘世之中，万物有灵。我相信当小鸟一次一次用歌喉将他们的身影送向四面八方时，总有一只鸟儿对他们的去向好奇。我更好奇那些早已习惯与荒野、大山相处的人，突然置身繁华喧闹的陌生都市，他们的脚步和目光会怎样。

第一次听到那么多线路名，出于本能，我只记下了几个简单的词：最长的、最难的、最苦的、最重要的、最美最纠结的……以至于负责人陈克勇让我在这些线路里作选择时，我如同置身一片森林却要选一棵树一样为难。

我选择了九棵树，所有的路。

繁华的都市，隐藏的未知，比落叶总是要多得多。车水马龙的街市依然如常，有晚归的人，匆忙的人，无聊的人，得意的人，失意的人……唯一不同的是，因为举世瞩目的第七届世界军人运动会，城市的街头巷尾突然多了一些身着近似小草色工装的背包客。都市太过繁华，他们的身影很容易被如潮的人流淹没，就像一株小草隐在大草原里。不过，只要仔细留心，你总会发现一点不一样的痕迹。比如他们的脚步既没有赶路的匆忙，也无悠闲的惬意，却有着常人不易察觉的规律；比如他们的目光与脚步总是严丝合缝，总有明确的目标；再比如他们的脚步很奇怪，直路不走走弯路，好路不走走泥路，马路不走钻树林。

二

光远走的是最长的路。除了长，其实真没什么可说的，每一个细节都如白开水。如用镜头来记录，观众只会看见一个背着包的人傻傻地走啊走，走过解放大道、京汉大道、中山大道……走过宗关地铁站、太平洋地铁站、硚口地铁站、崇仁地铁站……没有声音，没有故事，没有交流，从头至尾，如同观看一部黑白默片。如果顺着他的目光，我们继续用镜头放大，就会发现他视线要巡检的线路也是空白的。那些电缆一律静卧在地面之下。他看不见它们，它们也看不见他。只有时间默默地数着他的脚步，一步、两步、一百步、两百步、一千步、两千步、一万步、两万步、三万步、四万步……一天，十天，二十天，三十天……

持久的时间，漫长的脚步，某种层面上说这更像一块试金石，可以炼出一颗心的本质；也如同压在书里的夏叶，失去水分后的叶脉清晰可辨。

最重要的路是小熊的。将镜头对准他，画面里会出现一排的铁塔兄弟。它们排列整齐，心连心，手牵手，一次一次迎接那个风尘仆仆来来去去的人。它们一次一次向他行注目礼，默默远送，送他走过街道，走过废墟，走过隧洞，走过泥泞，一直走到一片荒郊野地。在那里，有一片草木，它们会讲述一个人扑灭野火的故事，讲一个人与三条蛇对峙的故事，讲一个人闯入蚊虫的世界，讲一个人风雨无阻、一身泥泞地将自己还原成一株草的故事。

跟随他们走过之后我才知道，在都市里保电巡线和在山里检修巡线没有什么不同。一个踏实的人，一颗淳朴的心，一位目标明确的行者，不会因为环境喧嚣繁华或偏僻荒凉而改变。如同一株草，不会因为环境喧嚣繁华或偏僻荒凉而改变自己生长的姿态。唯一的区别是，保电巡线更考验一个人的耐受力。山区巡线，再苦再累也就那几天，完成任务后即可休息调整。保电巡线的时间是无间断、连续性的，从早到晚，从晚到早，每天二十四小时周而复始，需要他们重复琐碎、枯燥、乏味的内容。

二十四条线路、电缆，每天跟随不同的人，每天在不同的路上，每天随缘地遇见。

踏上小白的线路，逢上一场大雨。雨水将整个城市浇得透心凉。撑着伞，顺着线路七拐八绕，我们绕进了园博园。没了汹涌的人流车流，三个人和满园的树木临时组合成一个世界。那些向秋天交出了丰盛果实的树木依旧选择沉默不语。走着走着，一扇紧锁的铁门，一堵高大的墙横在眼前。墙外那基铁塔和我们隔着一条马路。它与此刻我们巡检的电缆一脉相连。它的位置也是我们将要抵达的地方。风雨中，它注视着几个懊恼的人不说话。

记不清我们最终是怎样原路返回，又是怎样七拐八弯绕到那座铁塔脚下的，只记得此路不通的情形竟接连遭遇了三四次。三公里的线路长度，我们实际走出了十五公里的长度。十五公里仅仅只是一天中的一趟，一天中还有第二趟、三趟、四趟。

最美最纠结的路——我从小白的那张胖脸上不曾看见纠结，只看见了美。

三

我所体验的每一天如此平凡，像一个农妇琐碎的日常。但琐碎的日常未必没有发现。如果有心，你可以在一棵树的身上找出一片森林，也可以在一些人身上掏出万物，如醇厚的泥土、朴实的草木、沉默的石头、坚硬的铁塔。

李铁人，组装过铁塔，巡检过铁塔，也检修过铁塔。他巡检的铁塔线路总长超过三万公里。三十三个年头，餐风饮露，披霜戴雪。我怀疑，他的身体里是否已经呈现出铁的质地。这次保电，对这座城市而言，级别最高、规模最大、标准最严。因他主动报名而来，又添加了两个最：年纪最大、身躯最高。陈克勇将一条2.3公里的线路分给他，这是二十四条线路里最短的。这是一份带着温暖的分派。他什么也没说，来来回回巡检，从塔头到塔脚，一天十几遍，十天一百多遍，白天巡过，半夜再去夜查。如果铁塔有心，心是否会发热？假如铁塔会说话，它将对他说些什么？

那天清晨，我和他一起坐在路边吃完早饭立刻出发。他长腿阔步，我一路小跑。巡到终点，一米八几的身躯站在铁塔下，仰起那张风霜雕刻的脸。与铁塔对视的那一刻，铁塔也恍惚了。它不知道，究竟它是他，还是他是它。只听风儿穿过，他的身体发出了铁的声响。

曹营长的年龄仅次于李铁人。他曾以飞行员的身份翱翔蓝天。中国空军航空学院第二十三期学员名单里有他的名字。那所学院出过几名将军，出过航天员。后来，他又从飞行学院转到地面高炮部队。天上、地下，二十年的锤炼，早已将一种称之为坚硬的东西植入他的身体。那晚夜巡，我跟着他和胡一刀走了一路，依旧和白天一样，走走查查，将一天中重复的内容再次反复重复。中途，我忍不住用手机观看开幕式。当中国军人踏着豪迈铿锵的音乐压轴出场时，他终于忍不住过来看了一眼，然后转身。趁他不注意，我拍下了一张他在夜色中的背影。背影没有表情，不会说话，少了装饰，但很真实。这是一个走向衰老的背影，臃肿了，找不出直击蓝天、高炮射击的影子，但他依旧朴实坚挺。我依旧能感觉到一种如酒一般的醇香酿在了他的心底。

四

从头至尾，我总是下意识地回避婆婆妈妈的陈述，类似关于妻子、孩子和家的词语，唯恐那些故事轻易流于笔下，会稀释他们故事的纯度。可是细细想来，谁不是烟火中的凡人，谁不是孩子的父亲、妻子的丈夫、父母的儿子。如果剔除生活赋予人的这些身份，人的世界还有什么情感可系，还有什么温暖可言。

一路上，看的不是电缆就是铁塔，听的不是铁塔就是线路，好像这样的路注定只能诞生与铁塔和线路相关的画面。铁塔、线路、路途、脚步，这些词看得多了，听得久了，人的心也不知不觉多出几分粗糙和坚硬。杨友的线路竟是一个例外。

依旧有铁塔，但是铁塔的面容不再强硬。它看见一个妻子带着不满两岁的女儿，终于在它的脚下找到了她的丈夫。它温和地注视着他们，听他们窃窃私语。

妻子对丈夫说："我带柠宁来做检查，医生说无大碍，你安心工作吧。"妻子问女儿："柠宁，看爸爸穿着红马甲帅不帅？""帅！"孩子的声音像清泉，像花开，含着笑，含着糖，可以融化天下最坚硬的物质，包括铁塔的心。听父亲对女儿说："柠宁乖，爸爸没有带你去看病，对不起哟。等这次保电结束，爸爸就带你出去玩。"……

一股温情的潮水涌上铁塔的心头。那一刻，它明明感觉有什么触动了它，却又抓不住，就像那年春天的风，曾经一次一次拂过它的身体，它却始终无法抓住一样。

除了杨友一家，铁塔承认，它还曾偷听过那个号称胡一刀的人的电话，还有柳军、陈克勇的电话。都是孩子打来的电话。白天迎着铁塔，他们总是留给大地一个硬汉的背影。唯有夜巡时，夜深人静，孩子的一通电话，或求助，或倾诉，或埋怨，才让他们露出真实的面目。

风也承认，这些它曾听到过太多太多，但它同样承认，一份平凡的坚守之所以伟大，是因为他们除了日复一日地默默承受、坚守，有些时候他们还将父亲、丈夫、儿子的身份推卸得一干二净。

五

只有经常站在深夜里的人，才能真正发现夜的秘密。它们将零点设定为时间抛物线的顶点，再区分昨日和明天。一个多月的时间，他们就这么站在抛物线的顶点，风一吹，便滑向第二日。

其实，说白了，这是一种白天与黑夜界限不清的生活，时间久了，像一张泼不进水的网。今天又将重复昨天，下一时辰又将复制上一时辰，又将从清晨到夜幕，从夜幕到黎明，就像啃一块坚硬而无味的馒头。

坚硬不是坏事。坚硬的一面，具有粗糙厚重的纹理，更值得人去细细摩挲。

九个人，九个方向，九条纵横交错的足迹，相接相连，汇集而成一幅气血相通的足迹图。那份沉重，更值得人去细细掂量。

搁笔前，我再次忍不住列出了他们的姓名，就像五天时间里我用八万九千四百九十一个脚印邂逅的一座座铁塔。他们是湖北荆门供电公司的一线员工，是离开家乡奔赴武汉的保电战士。李仕洪、曹健、陈克勇、白桂明、熊义龙、胡勇、周光远、杨友、柳军，当我叫出他们的名字，铁塔边的小草面含微笑骄傲地扬起了头。

川藏线：时光流韵 人间天堂

◎ 席运生

（散文）

航班到了林芝上空，翼下多奇峰，峰露峥嵘；绝岩多怪柏，柏藏云中。一个漫长的俯冲迂回，飞机依旧在云雾中穿越，青葱垂绿，总也不见底。待飞越沟壑间伟岸的几基铁塔，我终于看到了图纸般大小的米林机场。西藏江南，这是对林芝的溢美之词，而真正身临其境，是三年前初秋的事了，依然与电力天路的采访有关。

一

林芝，很像一个被群峰环绕的内地小城，虽是夏末秋初，却惠风和煦。这里海拔不是太高，你几乎没有高原反应，而接机的藏中电力联网工程监理负责人捧上的酥油茶是要喝的，好像不喝就感觉不到已身在西藏。这个时节的林芝是看不到野桃花的，但是我看到了沿途枝叶茂密的野桃树，它们盘根错节坚韧地生长着。林芝的桃花节是很有名的，每年的三四月份是赏花的最好时间，冬日的清冷尚未褪去，春日的桃花已开始斗艳。

林芝向东到巴塘，夜宿波密，要翻越色季拉山，虽然有一些高原反应，但是越野车的这一次爬升让我淡定多了。伫立垭口，看林海浩瀚，听涛声阵阵，林海间狭长的山地草甸就是被称为"神仙住的地方"的鲁朗小镇。藏族民居与融合了藏汉民族特点的小板房、木篱笆错落有致地点缀着鲁朗的田园牧场，两侧依次由低向高，生长着云杉和油松。在鲁朗，你分不清这里是西藏藏中还是江南水乡，两侧山峦要是喀斯特地貌的话，则更像桂林山水。坐在草甸上，看河水清洌，流过草场，蜿蜒右行。藏中地区这个时节已进入雨季，东边日出西边雨是常有的事，若不是突然下起雨来，我更喜欢在鲁朗多待一会儿。

等越野车驶入通麦天堑，雨越发下得大了，雨声与涛声雄浑激越。鲁朗河明显上涨了，它咆哮着、冲撞着，不断掀起浪涛，仿佛要去会一会易贡藏布与帕隆藏布那股联合势力，而迎头赶上便被挟了去，掠进赤隆藏布。藏中山高林茂多江河，你很难分清它的来龙去脉，后来由此经过，才弄清左边的易贡藏布与右边的帕隆藏布，一个东去一个西往，两条江河于此交汇后南下，与北上的鲁朗河汇合，东进经过赤隆藏布，最终进入雅鲁藏布江。

二

从青藏联网沿线到川藏联网、藏中联网沿线，从大西北走到大西南，生态完美的原始森林竟在西藏波密。从帕隆藏布江边到沟壑群峰，参天的青松密实健硕伟岸，它们穿越时空，守候凝思、庇护苍生，讲述着古老藏区的厚重文化。人在波密，我曾游走于县城的帕隆藏布江边，看着江水搏击潮头，一波比一波急，奔向烟波浩荡、佛塔隐现、流云曼舞的山坳，西行远去。

波密的米堆冰川同样闻名遐迩，由皑皑白雪之中蜿蜒而下，悄无声息地延伸到针阔叶混交的密林深处，同峭壁飞瀑、古树民居以及草原、湖泊亲密地交织在一起，呼应着一簇簇金黄的油菜花，构成了波密别样的美。探访米堆冰川的时候，这幅画就呈现在我的左前方。林间有古树，于此，你没有意气风发的轻狂、踌躇满志的桀骜，只有步履轻盈的膜拜。有白杨要几人才可合围，没有喧嚣，没有浮躁，它甚至把枝叶伸向泥土，像它矮壮而沧桑的枝干一样朴素。于是，我就想，无论人怎样世代显赫、举世闻名，在一棵棵带有历史印记的古树前，也显得卑微渺小。

米堆冰川在米堆河上游，主峰海拔6800米，雪线海拔仅4600米，冰川末端只有2400米。冰瀑布一直延伸到山脚下的湖泊，沿途有藤蔓缠满老树，又从梢头伸向空中，有廊道在布满鹅卵石的起伏冈峦蜿蜒，被丰盈的翠绿装扮。你不觉得旅途劳顿，波密的美妙就在路上，她在任何一个地方等着你，而目之所及的一谷鹅卵石，竟然没有被闲置的，几乎全被用来摆成一个个贡唐塔状的石堆。

三

波密向东，沿318国道继续前行，我们去看工程的最高塔。它屹立在海拔5297米的东达山顶。从垭口前往峰巅的塔，我走过的区域很像海底隆起的河床，一路满是乱石。从垭口眺望那塔，不过千米远，垂直高度也就百米，说是峰巅，其实就是一个坡度舒缓的山丘，若在内地，要不了半个小时即可抵达。在这里，我却背着氧气袋在乱石堆中走了两个多小时。而电力施工人员每天都要重复这样的艰辛，从基坑开挖到工程建成投运。

翻越东达山垭口，车穿过萦绕的云雾，再俯冲幽谷，到达如美。在如美小镇，我又遇见了澜沧江。澜沧江翻涌着铁锈色的暗红一路南下，我知道，你走昌都、过察雅来到了这里。如美海拔2600多米，高原反应在这里是可以忽略不计的。站在澜沧江竹卡大桥桥头，遥想一河江水历经的磨难与坎坷、流经的艰辛与曲折，从中国到国外，穿越老挝和缅甸、泰国与越南，最后注入南海。

前方是川藏线上又一高海拔区域——海拔4338米的拉乌山，藏中电力联网工程500千伏芒康变电站就在拉乌山上。越野车从海拔2000多米爬升到4000米以上，站在拉乌山口，俯瞰曾经走过的路，群峰叠嶂、云霞低垂，舒缓的草坝驾驭一谷青翠向山口涌动。点缀山峦的油松不多，甚至有裸露的"肌肤"呈现，而这正是藏地粗犷与柔美的表达。到了峰顶，走过经幡矩阵，膜拜行走，我闭目思索这个海拔最高的500千伏变电站对高原的意义。在这里的国道上，每一道垭口或山巅，都有彩带编织的经幡，像慈祥的老人在风中默念久远的过往，把故事或传说演绎成风中的舞蹈。

四

驶离芒康变电站的三面环山一谷青翠，越野车驶向怒江大峡谷方向。有人正在高空巡线。送电工在怒江上空的走线那才叫壮观，在云端比翼雄鹰。进入怒江大峡谷，藏地的画风急剧反转，怒江湍急浑浊，仿佛从远古的蒙昧迸发而出，硬生生把横断山脉撕开了一道道豁口，咆哮着奔向现代文明。怒江之怒让水流拓宽，连空间也被扩张，318国道仿佛被挤压成逶迤的曲线，在横断山蛇行。

怒江在唐古拉山吉热拍格的时候，被称为纳金曲，注入错那湖到了那曲又叫那曲河，到了昌都的他念他翁山的峡谷才被称为怒江。它走过的路和前方的路全在高山河谷，一个"怒"字最是形象。快到怒江大桥了，这里有武警战士昼夜值守、看护大桥，方圆几十公里杳无人烟。每次经过看到这些军人，我都心生敬意。在川藏联网工程的时候，我便由此进藏，一路向西到昌都。那时，我站在上面的业拉山观景台，风呼啸吹扯，雪如乱箭，箭如飞蝗，在广袤与苍凉中，怒江七十二道拐横亘前方。在这里，我见到利用假期结伴而行的一对大学生情侣，两人徒步从康定出发，一路走一路歌，去寻觅生活的美好。

由藏东芒康进入金沙江流域的四川巴塘，500千伏巴塘变电站是要去看的。这座位于巴塘县象鼻山顶的变电站，在金沙江流经川藏交界的大湾上，是川藏联网和藏中联网的重要枢纽站，为川电入藏的必经之路，连接海拔4295米的藏中联网工程"心脏"变电站——500千伏芒康变电站，并沿着近2000千米线路将电能输入西藏的6座变电站。

这一晚，象鼻山上明月当空，500千伏巴塘变电站如同琼楼玉宇，照亮的还有山边树木的一簇簇红叶，荡漾着时光流韵，很像人间天堂。

◎ 殷俏

桃山旧事

（散文）

一

阳光透过玻璃窗，照到泛黄的报纸糊的墙上，洒到绛红色的木桌上，躺在我的床上。

我醒了，孩提时的我还赖在床上。妈妈一手拎着热水瓶、一手端着盛有豆浆的洋铁碗，碗上架着两根油条，走了进来。它们被放在桌子上，在阳光的照射下，闪着金光，格外好看。妈妈转身，往床边走来。我拉起被子，埋头躲进被子里装睡。

"起床啦！"妈妈轻轻地拍了一下我的屁股。我在被窝里扭动了一下，继续装睡。

"还没睡够呐！"妈妈说着掀开了被子。我穿着棉布衣裤的身体整个露在外面。我立刻打了两个喷嚏，就这样被妈妈强行抓起来穿衣服。紫色印花棉袄和红白格子棉裤都是过年新做的，用的是上海运来的洋布，是拿家里省了好久的布票才换来的。

丽水的冬天还是有点冷的，怕冷的我直打寒战，手刚伸进水里就缩了回来，带着刺痛感。妈妈端过热水瓶给我倒了热水，利索地帮我擦了把脸、洗了手，把水倒在了地上。她转身俯在镜前，捋着头发："囡囡，快把桌上的天公（丽水方言，指早餐）吃了，一会冰冷了。"

我捧着碗喝了口豆浆，瞬间感觉身体暖和了许多，咬了一口酥脆的油条，一脸满足。窗外的树已经快秃光了，几片泛黄的老叶还挂在枝头不肯落下，树上停着几只不怕冷、有点呆的鸟。远处烟囱冒着黑灰色的烟。我在想，这天上的云朵会不会被染黑呢。

我们住在桃山火电厂宿舍。宿舍的门前有一条小溪，叮咚唱响。这条小溪对我们家来说是极其宝贵的。一家五口人，粮票吃紧。平日里，爸爸就在这条小溪里抓鱼、摸螺蛳，给我们加餐。每天清晨，爸爸上班前都会在小溪边放置竹篓，下班回家时取出竹篓，总会有一些收获，而今天的收获特别多。

"妈妈，我要吃炒螺蛳，多放点大蒜，多放点紫苏，加一点点辣椒。"看着半竹篓的螺蛳，我兴奋地嚷着。

"好好好！妈妈给你做，你个小馋猫。"妈妈一边说一边用手指刮了一下我的鼻子。我眯眼笑着吐了下舌头。我蹲在地上，看着竹篓里的螺蛳，用手戳了戳，它们动了动，好像是在和我打招呼。

"哟，今天不错嘛，收获丰厚啊！"

我抬起头，是住在隔壁的于世民叔叔。我指着竹篓，笑着说："于叔你看，这里这么多呢！"

"世民，晚上来我们家吃吧，饭自己带！"妈妈边笑着说边利索地用老虎钳剪去螺蛳的尾部。

"来！有大餐，肯定来，哈哈哈……"

"来，大家让一让！"妈妈端着一大盆紫苏炒螺蛳放在桌中央。大家迫不及待地动起筷子，齐刷刷吸食起来。我半天才吸出一个，只见爸爸"啾"一声就是一个，好神奇。爸爸看我吃得费劲，笑着说："来，我们来吃螺蛳比赛，看谁吃得快吃得多。"我瞬间蒙了，转头看着哥哥们用筷子顶一下螺蛳头，一吸就出来了。我按照哥哥们的方法试了试，果然奏效。

"来来来，比一比，谁的多。"于叔守着一堆小山般的螺蛳壳，得意地说。我环顾了一周，趁于叔说话，悄悄地把自己的螺蛳壳挪了一半到爸爸面前的壳堆里。二哥大哥看见，偷笑着也将自己的螺蛳壳挪了一部分过去——显然，这一轮爸爸胜出。

除了小溪里的螺蛳，我们还能时常吃到鲜活的溪鱼。夜晚，爸爸会带着鱼竿，到电厂门口的瓯江钓鱼，鱼多时就分给邻里。这一天，爸爸钓到一条一米多长的鱼，比我人还长，霎时间轰动了整个电厂。大家纷纷来我家看鱼，就像看稀世珍宝一样。第二天晚饭，爸爸喊来二十多人一起吃鱼，那场面比过年还热闹。

父亲在水里为我们寻美味，我们也不落后。我们会挖野菜、挖山笋，摘野果。沿着宿舍门前的小溪，一路向北，穿过围墙和小山洞，便是后山。山上满是山珍野味：春有山笋、蕨菜、香椿，夏有桑葚等野果，秋有菌菇、野栗，冬有冬笋、柿子……我们还会沿路拾一些干柴、枯枝、松果用来生火。

二

在电厂有两根青砖砌筑的烟囱，是电厂最宏伟的建筑，无论在哪儿，总能一眼望到它们。它们那么高，无论我如何抬起头、踮起脚都望不到头。

"谁要是爬上这烟囱，在上面走三圈，这包香烟就归他。有人敢吗？"老张把烟摔在桌上。

在场的人望着这百余米高的烟囱，摇头私语。"我来！"于叔步伐轻盈，一脸淡然地走了过来。

"你说话可算数？我爬上去走三圈，这包烟就归我。"

"当然！只要你做到，这烟就归你，只怕你没那个胆。"老张一脸不屑。

于叔脱下外套，系紧鞋带，松了筋骨，望了一眼烟囱就爬了上去。在场的人纷纷围了上来。二哥抓着大哥的手挤进人群。我穿过人群的缝隙，挤到了最前面。于叔动作利索，我惊奇得不敢眨眼，只听见身边的叔叔们喊："老于，加油！"他爬得很高，我看不清他的样子，只看到月光照在他的身上泛着白光。

"好样的！老于……"在阵阵赞声中，于叔成功登顶，淡定自如地走了三圈。此刻的老张也是傻了眼。于叔从烟囱上下来，像王者归来，在沸腾的掌声中拿走了那包八分钱的香烟。然而，第二天一大早，职工食堂显赫处张贴的"处分决定"，警示警醒于叔和职工们要遵守安规。

我们没有电视，晚上休息时大家会找不同的娱乐项目：邻里串门，江钓捕鱼，偶尔也会玩牌，不来钱，赢的人往输的人脸上贴纸条。这不，今天老张输得够呛，脸上贴满了纸条，远看像极了拖把。

厂房外面有一个凝汽器。没有太阳的日子，它就充当我们的蒸汽熨斗。

"囡囡，帮妈妈把那个桶里的衣服递过来。"我小跑着过去，俯身从红塑料桶里拿出一条我的裤子，踮起脚递给妈妈。妈妈站在木凳子上，接过裤子挂在凝汽器的管壁上。干后的衣物要用力抖动，抖掉上面的煤灰才可收纳。

顺着凝汽器一路向前，是一方池水。池中是冷却循环水，热乎乎的，泛着白雾。我们时常脱光了跑进去玩水，有时候就纯粹地泡着，望着树枝和明月。

三

1976年，父亲和于叔一起被调到丽水地区电力调度所。1981年7月，丽水县电网与华东大电网联网，全县的用电由大电网和各级小水电供应。桃山火电厂停运封存。厂里的员工全部调离，母亲也在其中。在新去处的抉择中，妈妈选择到丽水县电力局上班。

很多年后，我问起这事："妈妈，当初调动时有那么多好单位，你为什么选择电力局？"妈妈说："我从十六岁开始就在厂里上班，在电厂这么多年，是有感情的，心里有太多的不舍，也不想去别的地方。"

桃山火电厂停运后的第八年，地方政府同意将桃山火电厂的发电机组等设备出让。桃山火电厂正式结束了它的历史使命。

自电厂空置，一晃已经过去三十年。前些日子，妈妈提出想回去看看。她的眼神里充满了回忆。这也正是我一直念想的事。我带着妈妈再次回到桃山火电厂。漫步在大院里，儿时的场景如影片般浮在眼前，好似就在昨天。

20世纪初，受洋务运动影响，先进生产方式刺激了私人资本创办实业。1919年，郑宝琳等人筹资一万银元，购置一台26千瓦内燃发电机，筹办普明电灯公司，点亮了丽水第一盏灯。10年后，为满足火柴梗片厂生产用电需求，普明电灯公司购46千瓦直流发电机一台，全城照明电灯达千余盏。1938年，浙江省政府部分机关内迁丽水，丽水工商业随之发展。抗日战争期间，丽水屡遭日军空袭，电力设施损坏严重。1949年，丽水仅有发电机组53千瓦，年发电量3.6万千瓦时。20世纪60年代中期，随着经济的发展，全市用电设备增多，电力供需矛盾突出，丽水市把电力建设重点放在扩大火力发电机组容量上。1965年至1972年，桃山火电厂建成投运5台发电机组，总装机容量达4000千瓦，提高了当地供电能力。

在历史的浪潮中，桃山火电厂渐渐被世人遗忘，但它依然是我内心深处最深刻、最难忘的记忆，是我们一家人最怀念、最幸福的记忆。它更是老一辈丽水电力人心中最青涩、最纯粹、最永久的记忆。而今，随着厂区内建起丽水电力展示中心，它又担负起新的使命。

身边的共产党员

◎ 张策秀

（散文）

一

记忆中，奶奶盘腿坐在炕上，我躺在她身边，她给我讲革命故事。讲着讲着，奶奶总会说："没有共产党，哪有新中国。中国共产党是咱穷苦百姓的大救星。"

奶奶是童养媳，缠足，是个小脚女人。童年的苦难没有压垮她，她有着坚韧的意志。抗日战争期间，她参加了中共胶东特委组织的为期4个月的妇救会识字班，并成为妇救会的骨干成员。1940年，奶奶19岁，在胶东一个小山村的小屋中，在一豆灯火的照耀下，光荣宣誓，加入了中国共产党。

"那时候，日本人就驻扎在县城。党组织常开会，布置任务都是秘密的。夜里10点多开完会，我一个人从墩后村回家，周围黑黢黢的。"奶奶说。

"奶奶你不怕吗？"我问。"怕呀！走到齐人高的灌木林里，我感觉背后冷冷的，心跳得厉害。"奶奶笑着说。

"那怎么办呢？"我又问。"我就想啊，我是党员，我干的事情是天大的事情，是为了打败侵略者，为了人民得解放，我马上就不怕了。"奶奶说。

那一刻，我小小的心里充满了对奶奶的敬佩。奶奶的讲述传递给我巨大的力量。

电网篇

光明故事

奶奶的革命故事一箩筐，她讲我听。听着听着，我就长大了。

我1995年在文登市热电厂参加工作，做运行工。运行工人一年365天按照轮班顺序倒班，不分工作日和节假日。逢年过节，我赶上值班就不能回家。我当时有点小情绪，奶奶就鼓励我："年轻人多干活，不要计较太多。"受奶奶的影响，每逢节假日值班，我都主动报名，把回家团聚的机会留给同事。

奶奶善于接受新鲜事物，鼓励我们勇敢地去尝试新事物。她在晚年仍坚持读书看报，看电视里的新闻。奶奶信念坚定，常对我们孙辈说："有共产党领导，咱们中国会越来越富强，老百姓的日子会越来越好。"

那些年，奶奶居住的威海文登区高村镇西山张家村的变压器换了新的，田边的木头电线杆子换成了粗壮的水泥杆子，杆子上的电线也变粗了。村里道路硬化了，车子开到了每家每户的家门口。村里人还用上了自来水。这些都是眼前实实在在发生的变化。奶奶喜不自禁："我说过，有共产党在，老百姓的生活比蜜甜！"

2019年，因工作调动，我进入威海供电公司经济技术开发区供电中心工作，加入到一个充满活力的集体。

二

朝阳从东方升起，光打在威海供电公司经济技术开发区供电中心的门头上。门头上"人民电业为人民"7个字熠熠生辉。寂静了一夜的办公区走廊里响起了脚步声，电脑开机时硬盘检测发出"滴滴"的鸣叫声，员工整理办公桌发出"叮叮当当"的声音……我们开始了一天的紧张工作。我们都是国家电网山东电力（威海）彩虹共产党员服务队队员。

一楼的营业大厅还有半小时开门营业。营业班班长贾化宁带领班组成员演练"动起来"服务模式。"动起来"服务模式是贾化宁和同事们智慧的结晶。传统的电力营业厅柜台服务比较呆板。比如有11位客户在窗口排队，每人办业务需要2到3分钟。待第11个人抵达窗口时，他已经排队半小时，而办理业务仅仅需要两分多钟。"动起来"服务模式的重点在"动"。这边有客户在排队，那边的营业厅人员看到就立马拿着移动手持终端去引导排队的客户到新开的窗口办理业务。"嗯，佳阳要这样……对！对！注意身体和手势。"贾化宁像一个导演一样安排班员及时快捷办理业务。贾化宁说话幽默，肢体语言丰富，让人感觉很亲切。

三楼，客户服务班班长李玉午正在主持客户服务班早会。客户服务班原来叫抄表班。名字的改变，不仅仅是字面意思的转换，更是服务理念和内涵的延展。早会和晚会，已成为客户服务班每日的必修科目。业务在交流中长进，思想在碰撞中升华。

"今天要处理一起冰箱长时间停电的意见工单……电费3日结清很重要，与其在交费后期下功夫，不如在前期做足工作……上周向阳花园客户配电室故障，导致业主家失电保护器自动复位不成功，大家行动很及时。短信和楼宇门贴的告示起了很大作用。要不很多常出差的业主又要受损失……"如何提供更优质的供电服务，李玉午和同事们任重道远。

早会后，计量班专责韩国正与线损专工王延华碰头。他俩是治理线损突击队的队员。海埠台区线损近期有升高迹象，虽然不明显，但原因要查清。王延华操作电脑，韩国正在一边盯着，不时用手指着一组数据，与王延华交换意见。光标跟随鼠标不停地移动，两人一直在探讨。

配电班班长卢坤2017年入职。别看他岁数小，在工作中已经挑大梁了。配电与营销融合，他负责供电中心配电班组的管理。某条线路是何走向，该线路有多少基电杆，线路在哪一基电杆接了几级旁路，以及线路下面有多少重要客户，全装在卢坤的脑子里。这会儿，他和班组成员刚刚抵达10千伏毛纺线第35基电杆处，这里的树障需要清理。下一个任务，他们要为张村镇王家疃村附近的10千伏里口线48基电杆清理树障，并检查一组跌落式熔断器是否需要更换。

计量班班长吕强一手提着三个电流互感器，一手提着两块电表，快步走出一楼大厅，上了工程车，带着同事们出发了。近期都是大热天，装表接电回来，他们的衣服必定像上次那样汗透。电表计量出的数字承载着企

175

业的利益，也和老百姓的日常生活息息相关。吕强今年50多岁了，干电力计量工作30多年，精益求精，一丝不苟。

"吃水不忘挖井人。"奶奶的话，常常会在我的心底响起。我可亲可敬的同志们一直在我身边。他们是普通的党员，是基层供电人。他们锤炼党性，在平凡的岗位上兢兢业业。他们信仰坚定，将爱国爱党的价值追求融入了每一天的工作中。奶奶已经离开我10多年了，但是她在阳光中信念坚定的样子永远定格在我的心中。

朱家妹和她的"亲戚"们（散文）

◎ 张崇文

一

"妈妈，妈妈，我要告诉您一个好消息，今天老师当着同学们的面表扬了我，说我听话、懂事，上课很认真！"出租屋里，毕梓嫣高兴地向朱红英分享她的快乐。朱红英把她拉到身边，向她伸出两个大拇指，还亲了她的小脸蛋，大家哈哈笑起来。

这是2019年5月16日的晚上，在乡里忙了一天刚回来的朱红英带着学习用具和零食，来看望在中营镇民族学校上学的毕梓嫣、部蒙柯。两个孩子亲热地拉她坐到板凳上，围在她身边左一声"妈妈"、右一声"妈妈"，叫得她心里甜。

朱红英把学习用具递给孩子们，又让孩子们把爷爷奶奶请来，大家一起吃点心。朱红英笑着说："梓嫣、蒙柯，你们都是好孩子，到了学校要听老师的话，回到家里要听爷爷奶奶的话，把作业做好，最好帮奶奶、爷爷做点家务。"

朱红英是湖北鹤峰县供电公司中营供电所的一名台区经理，负责设备巡查、维护和抢修，并为乡亲们提供用电服务。她和毕梓嫣、部蒙柯结缘，是在中营供电所举办的"安全用电进校园"活动中，老师对两个孩子的介绍听得她心里隐隐作痛……两个孩子都是中营镇三家台蒙古族村的留守儿童，由于村子附近没有学校，他们由爷爷奶奶陪着，到离村20多公里的中营镇街上租住，在中营镇民族学校上学。老师说毕梓嫣的情况更特殊一些：几年前她妈妈因为一场意外去世，爸爸出门打工，难得回来一次。

朱红英在三家台村工作过，和那里的乡亲们感情很深。听了老师的介绍，她决定有空就来看看两个孩子。之后，只要晚上和双休日不加班，她就来陪两个孩子，给他们讲题、改题。2020年，两个孩子以优异的成绩从小学毕业升入初中，他们都非常感谢"妈妈"朱红英。

二

中营镇是多民族聚居区，土家族、苗族、蒙古族等少数民族人口占总人口的51%。在多年的工作中，朱红英在少数民族寨子认了很多"亲戚"。只要来到村里，她都要走"亲戚"。

青岩河村二组有位叫周凌云的土家族大妈。说起朱红英，她说："我一辈子多灾多难，搞得心里不舒服，没过几天清闲日子。朱红英好得像我的亲闺女，哪次来了，都要向我问好，还坐到我跟前讲油盐柴米的事。"

周大妈的老伴方庆书前些年因病瘫痪，平时只能靠人扶着把他从床铺上挪到沙发上坐一会儿，基本上没出过房间。朱红英知道情况后，将周大妈家作为重点照顾的服务对象。每次只要到青岩河村二组抄表，朱红英都要专门去周大妈家里检查照明线路、家用电器、漏电保护器。她还将电灯开关安到顺手的地方，方便老人进屋出门好操作。

遇到好天气，她还会帮助周大妈把方大伯从铺上扶到沙发上，歇一会儿后又从房里挪到堂屋，再慢慢地挪动到大门口，让方大伯坐着晒晒太阳。

朱红英每次来周大妈家，不是带米带油，就是带蛋带肉，有时还带鲜鱼、豆腐、糕点、糖果、水果。周大妈逢人便说朱红英这闺女孝顺，从没嫌弃他们两个老人，她经常来看望，让他们对今后的生活有了信心。

在一线工作多年的朱红英，尊重少数民族群众的生活、风俗习惯，注意说话办事的方式方法，遇到问题都会主动从客户的角度考虑。

2018年农历七月十三晚上，大风、雷雨引起10千伏营麻线跳闸，一些乡亲家里没电，打来询问的电话一个接一个。值夜班的朱红英知道，当天是土家人的传统节日月半节。"年小月半大。"土家人看重月半节，要祭祀祖先和去世的亲人。

没有电，哪家能过得好？朱红英叫上同事，戴上安全帽，穿上雨衣，带上材料，打起手电筒赶到现场。他们在山上很快找到故障点，经过1个多小时紧急抢修，10千伏营麻线恢复了供电。

三

太阳当空，热风扑面，站到屋边的邓刚看到浑身汗淋淋的朱红英走来。他大声喊道："嬢嬢！嬢嬢！您又大老远赶来，只要您打个电话，需要的数据我给您报。嬢嬢，您快到水池边抹一把汗，进屋喝一缸我放冷的凉茶。"朱红英说："小邓，这是我的工作，到现场看了才踏实。气温高，用电量又大，插座、按钮容易发热，老化的电线要重新更换，家用电器才不会被损坏。"她接过邓刚端来的凉茶，"咕噜、咕噜"喝了半缸，用帕子揩了头上的汗就开始工作。

邓刚家是她这个月定期巡检的第一站。定期巡检是台区经理的主要工作，要脚到、眼到、人到，将掌握的情况记录在册，及时发现存在的隐患，需要检修、整改的上报到所里。

看到朱红英专注地干活，汗水从安全帽里流了出来，工作服比她进屋时还要湿，邓刚心里过意不去。他知道，供电服务不轻松，没得耐力搞不好这个工作。

朱红英之前跟邓刚提过，赶上恶劣天气，狂风、雷电、暴雨都容易导致线路出现故障停电。遇到这种情况，每次她和同事都很着急，要立即赶到现场抢修，好让等待的乡亲尽快用上电。

检查完邓刚家的线路和用电设备，朱红英又去他的烤烟房检查并处理了一处用电安全隐患。邓刚说，朱嬢嬢工作很辛苦，跟在她身边看着都觉得事很烦琐，看得眼花，转得头晕。他说，去年的烟烤得好，卖了好价钱，感谢朱孃孃每个月来帮助检查烤烟房的用电设备。

四

朱红英有一本巡抄日记，里面记的是她在巡检过程中了解到的乡亲们的用电情况、用电需求和查找出的安全隐患。平时，哪个乡亲家电费用完了，交费时不记得电表编号，只要给她打个电话，她都能立刻说出编号。

她还在巡抄日记里记下了一些少数民族的风俗习惯、日常用语、俚语方言，并标上同音的汉字。到了寨子里，她就用少数民族的语言和寨子里的人打招呼，对方常邀请她到家里坐坐。

哪个村寨有几个留守儿童、几位空巢老人，朱红英全记到了心里。每次到乡里工作，她都提前买好饼干、糖果，装到工具包里，去了之后再分给这些孩子和老人。

朱红英每次到负责的台区和村寨巡检，乡亲们都能听到她的温馨提示——

"彭大爷，这个月学校要放假了，您的孙子回家了，天天要看电视，您老要去供电所预存点电费。"

"田家姐，听说你们家下个月要维修房屋，需要移动电表。你记得先到供电所把报装的事办好。"

"向大哥，听说你今年种的烟叶丰收了，要扩大烤烟房，原来用的电线老化了，你回头去供电所申报，买铜芯线，请师傅安装好。"

"刘家弟，我看到你家的漏电保护器开关坏了。你家是木房子，莫拖延，得马上更换，免得出意外。"

……

朱红英用心服务乡亲们，乡亲们对她也热情，不再像开始那样喊她"朱同志"了，都是左一个"朱家妹"右一个"朱家妹"，让她感到浓浓的暖意，也让她对这片土地、这里的客户有了更深的牵挂。

最美的星月

（散文）

严冬已去，春风扑面而来。新春佳节之际，我的手机收到几条来自千里之外秦岭深处的微信消息："叔叔，新年好！我去年结婚了，丈夫在县里上班……政府给我们村里人在镇上都分了移民扶贫安置房，三室一厅、南北通透，在家里就能看见郁郁葱葱的大山、听到潺潺河水。下次您来可以多住几天，感受一下清新的空气，若是冬天来赏雪景也不错。现在家里装了空调和电暖器，常有外地人自驾游来我们镇上住民宿、吃农家小吃、漂流、拍星空。现在您来可以先坐高铁，几个小时就能到西安，我们再开车去接您，走高速很快就能到我家……"

发消息的是我多年前帮扶的贫困家庭的小姑娘。时光荏苒，如今她已做了幸福的新娘。

记得10年前的一个春天，我应朋友之邀去西安游玩。西安是享誉世界的文明古都，文化底蕴和历史积淀深厚，我向往已久，却因为事务繁忙一直没有成行。那一次，我终于能去了，也想借机探望我在当地帮扶的一户家庭。我是在报纸上看到这个家庭的信息的，之后又请当地的朋友帮忙联系，已经帮扶多年。我心里一直惦记着这件事。

那天，我坐上开往西安的列车。将近20个小时后，随着一声长鸣，列车驶进西安站。我看了看表，下午3点钟。车未停稳，朋友打来电话，说已叫司机开车等在出站口。我拖着行李下车，车程漫长，全身都快要散架了，我真想立即躺下来放松一下。

"坐了一路的车，你也累了，先到宾馆住下来吧！明天带你逛一逛西安的明代城墙，到秦始皇陵看一看兵马俑，再登一登大雁塔……"在出口处，朋友接过我手中的行李箱热情地说，"到西安，鼓楼小吃街一定要去的，尝过鲜美的羊肉泡馍，才不枉千里迢迢来一趟。"

"明天还是先去山区，看看我帮扶的那个家庭。"我想起心中的愿望，犹豫了一下，还是说了出来。

"哦，天气预报说明天有雨。雨天，山路湿滑难行，不安全。"朋友有些担忧地说。他又思考了一下，拿定了主意："现在就去！那个地方离这儿也不是太远，不到两个小时就可以开到，那个时候天应该还亮着。"

于是，我和朋友去附近一家超市买了书包和文具，又买了饼干等零食，然后驾车一路向南，向大山深处驶去。

城市的繁华和喧嚣渐渐远去，车窗外，草木越来越茂盛，路况越来越差。山路崎岖狭窄，弯道接连不断，似乎永远转不完。车像行驶在波浪里，起伏颠簸。1000多公里外的我的家乡盐城，没有高山、丘陵，一马平川。对这样的路况，我非常不适应，本来就有些疲惫，现在越发萎靡不振。

我打开车窗，吹着山风，努力让自己清醒一些。朋友指着外面的山崖说："在下雨天，路不仅难走，而且容易发生塌方。"这种自然环境我之前只在电视上看过，当直面陡峭的山崖时，感觉那些巨石仿佛就悬在头上，只要风一吹，随时都可能滚落下来。那种直逼内心的压抑和恐惧，简单、粗暴、直接，无法躲避，更让我觉得山里人家生活不易。

一棵棵树迎过来，又远去；一道道弯拐过来，又拐过去。越野车渐渐驶入群山深处。遇到当地的人，我们就停下来问路。走走停停，在一处山脚下，当路终于窄得容不下四个车轮的时候，我们到了目的地。沿着崎岖的小路，我们又步行了约15分钟，来到山腰处的一个小村落。

冥冥暮色里，我们远远看到这里有十几户人家，像棋子一样散落在绿树和山石间。炊烟袅袅升起，慢慢飘入山林中，仿佛一幅绝美的山水画。我想起陶渊明的诗句："暧暧远人村，依依墟里烟。狗吠深巷中，鸡鸣桑

光的印记

《国家电网报》2021年
文学作品选集

树颠。"有那么一刻，我想桃花源应该就是这样的。

村子越来越近了，撞入眼帘的房子一下子唤醒我童年的记忆：房屋低矮而简陋，好一点的是砖瓦房，差一点的是用泥土垒起的草房子。

在这偏远的村子里，我们三个陌生人应该是特别显眼，马上有人迎上前来。我说明来意。他们一听，立即给我们指路，并七嘴八舌地说起来：村里只有一户人家特别贫困，是两位老人领着两个小孩过日子。老人的儿子几年前因病去世，治病耗尽了家里的钱财，儿媳丢下一对儿女改嫁了。如今，四口之家仅依靠几亩薄田和几头牲畜维持生计，虽有政府接济，日子仍然过得艰难。若不是其他村民帮衬，日子恐怕早就过不下去了。

按照村民的指引，我们绕过一条小路，拐到一座草房子前。房子门朝西南，远方是山林，门前有一小块空地，放着一张小木桌、几个木凳。夕阳坐在飞鸟的背上，正慢慢地落在屋顶上。柔和的光顺着屋顶上的茅草缓缓流淌，再沿着灰色的土墙蜿蜒而下，细细地放大着土墙上的凹凸不平。那些深深浅浅里长着三五棵野草，无声地划动着夕阳的暗流。

一位走在我们前面的村民一边大声喊着，一边快步走进屋里。随后，一位老人从屋里走出来。见到我们，他很惊诧，手忙脚乱地将凳子搬到桌边，用袖子使劲地擦了擦，请我们坐下。他佝偻着腰不知所措地站在一旁。我们招呼了几次，他也没坐下来，只是屈腿蹲着，不停地说着感谢我们的话。我问了他家的近况，老人默默地点起旱烟，低着头"啪嗒啪嗒"地抽着，好半天才没头没脑地说："我没什么指望，希望孩子们能上学，长大了有饭吃……"

老人突然不说话了，慢慢站了起来。顺着老人的目光，我看到一个女孩背着书包走过来了，身上的衣服很旧，已看不出原本的颜色。老人说，这是他的孙女。我向小女孩招了招手，喊她过来，小女孩怯怯地站着没动。老人喊了一声，她才慢慢地挪过来，紧挨老人站着。女孩矮小黑瘦，梳着齐耳的短发，头发有点乱。

我问她多大了，她说10岁。我又问她上几年级，她说三年级。我问一句，她说一句，始终低着头，不肯多说半个字。我把放在桌上的书包推到她面前，又把塑料袋里的零食掏出来，说都是送给她的。小女孩怔了一下，问："这些可以和弟弟分享吧?"我点了点头。小女孩高兴起来，拉着我说，有好东西给我看。

我跟着小女孩来到屋里，昏暗的室内只有几件旧木桌和凳子，墙角斜倚着一些农具，连一件电器都没有。墙上贴着一张颜色鲜艳的年画，让屋子显得亮了一些。我心里不由得一酸。小女孩脚步不停，又带我到另一个房间，从床头小柜子的抽屉里摸出几块小石头，上面的花纹很漂亮。小女孩将石头塞到我手里，说："这都是我和弟弟在山上采蘑菇时捡的，送给你。"

小女孩的眼睛清澈明亮，笑声如银铃一般脆响。她突然扯了扯我衣角，指着屋角说："叔叔，你看。"原来，屋角的墙上有一道裂缝，有微弱的亮光透进来。我担心起来，这样会不会有风吹入、雨淋进来。"晚上躺下睡觉时，还可以看见月亮和星星呢，好美的!"小女孩压低声音在我耳畔说，"这是一个秘密，你不要告诉我爷爷。"

恍惚间，天空突然完全暗下来。我透过墙角的裂缝，仿佛看见了皎洁的月亮和璀璨的星空，天地被一片清辉笼罩，像童话世界一般美丽。在这么艰苦的条件下，她仍旧乐观坚强，看到的世界依然美丽。我一直揪着的心舒缓下来，想起老人的话——"希望孩子们能上学，长大了有饭吃"。那一刻，我一点也不担忧小孩子的未来，再大的风雨也挡不住满天的星星和月亮，爱这个世界的人也会被世界眷顾。

终于要离开了，老人和小女孩把我们送到村口的时候，我从口袋里掏出装有5000元钱的信封塞到老人手里。我知道这点钱对这个家庭来说只是杯水车薪，但是我愿意尽我所能，让小女孩眼睛里的星星和月亮永远美丽。这户贫困家庭的未来，会像我们返回城市的路，越走越宽……

◎ 周英英

黄河之水天上来

（散文）

　　白雪覆盖的虎头山就雄踞在前方。山顶，北风呼啸，雪没过脚踝，缠着铁链的车轮也没在雪中。路面打滑，车轮空转，卷起一团团的雪硬生生甩到车后人们的身上、脸上。人们下车，在风雪里喊着号子，用尽全力推车……脚一蹬，我从梦中醒来。2月2日，220千伏方城变电站3号主变压器顺利投运的喜讯在我心里欢腾了许久。夜里两点多，我才辗转入眠，而发生在20年前的那个腊月，发生在去220千伏方城变电站上班路上的一幕又出现在我的梦里。

　　梦醒，天边已泛白，躺在床上的我，头脑异常清晰。位于山西忻州的220千伏方城变电站是我记忆中最闪亮的部分。

一

　　2001年4月1日，我入职忻州供电公司，被分配到变电运行二工区工作。在去单位报到的路上，阳光甚好，白云极白，连刚破土的草尖都那么养眼，一切生机盎然。

　　"220千伏方城变电站是忻州供电公司新投产的一座220千伏变电站（当时忻州电网220千伏变电站只有4座）。它担负着黄河中游万家寨水电站与华北电网联络的重要任务，是枢纽变电站。它的建设运维工作是引黄入晋工程的一个重要部分。你去那儿，有用武之地。"工区生产副主任王金仲语重心长地对我说。他身后的墙上挂有一张忻州电网图。图上输电线路纵横，红蓝绿等不同颜色标识出各类电压等级的线路。他指着地图西北角一处说："220千伏方城变电站连着总干1、总干2、南干1、南干2、总干3泵站，都是引黄入晋工程的负荷，对咱们意义重大。"我睁大眼睛细细看，看到一个带红圈的地方，写着"方城"两字。从那个红圈出发，几条绿色的线延伸出来，像是树干长出的繁茂枝丫。

我知道，引黄入晋工程是山西省一项重要的水利工程，是利用黄河水资源解决山西省城市生活和工业用水的重大战略工程。我胸中顿时生出一股豪情，爽快应声："一定不辜负领导的期望。"

山野空旷，道路崎岖，一个急转弯连着一个急转弯，车子行进在山路上。视线之内，一座山横在眼前，绕过这座山，还是山。半山腰，一块大石头悬在路的上空。车子终于攀上山顶。一块刻有碑文的石头蹲在路边，上窄下宽，高约两米，上面赫然写着"虎头山"三个大字。那字笔力苍劲、红得耀眼。司机师傅说："到了虎头山，也就到了这条路的最高点。冬天下雪，开车翻山，这儿是一道坎儿。"

翻过虎头山，持续下坡，车沿山路急行。当山路平缓的时候，变电站就在眼前了，铁塔密集，龙门架、线路等跃入眼帘。这一趟我们用了6个小时。

220千伏方城变电站孤零零杵在那儿，四周没有村庄。落日已有一半没入山后，余晖把山烧成绛红色，那团红在我眼里有些迷离。我的心也灰蒙蒙的。

我第一次见到220千伏方城变电站和这里的一群人。站长白增乐浓眉大眼，鼻梁直挺，瘦瘦的，很干练。我一眼就能看出他曾经当过兵。后来，我还知道，他是一名共产党员，且认真劲儿是出了名的。变电站值长王刚——我的师傅，看出我有些消沉，说："咱们这儿条件是艰苦，但想想群众缺水，想想引黄入晋，想想未来，咱可是责任重大、使命神圣，是不是呀？"这时，他眼角上挑，嘴角上扬，露出八颗牙，这个亲和力很强的笑容让他的话显得更有说服力。

白增乐补充："1995年8月12日，万家寨引黄入晋工程誓师大会上，省长说引黄工程是历史赋予我们的伟大使命。咱们只有扎根一线，做个解民忧、暖民心、有担当的电力人，才能对得起党的信任。咱们都是担当使命的一分子啊。我是一名党员，党员身份就是责任。"接着，他深情地看了眼站内的设备，脸上满是自豪。

我觉得胸中那股豪情又起来了，心也定了。从此，黄河之水悄然流入我的生命里。

二

4月的晋西北，梦的种子乘风破土、发芽吐绿。

2001年4月3日10时，狂风呼啸，清晨还湛蓝的天空瞬间灰蒙蒙一片。"这种天气最易引起突发事件，咱们要做好应急准备，如有故障发生，第一时间处理。"王刚严肃地说。突然，一阵沉闷的声音传来，变电站中央信号屏上的故障信号灯亮了，告警音响起，大家的心都提到了嗓子眼儿。

王刚三步并作两步，奔到变电站保护室，拉开屏柜门，检查并记录相关保护和故障录波器情况，并复归信号灯。片刻，故障录波器的鸣声停止，信号灯也灭了。随即，他戴好安全帽，顶着狂风，一溜烟向110千伏设备区奔去。他工作服的一边紧贴身体，一边因风的鼓入撑起一个大包。那个大包不停地变换位置。显然，风不分东南西北，在肆意乱吹。他左手摁住安全帽后檐儿，右手拇指和食指扶住帽边，在设备区挪移，抬着头眯着眼仔细检查设备。约莫半个小时，他向主控室跑来。推开推拉门，他气喘吁吁地说："是保护装置误发信号，设备一切正常。"值班员心中悬着的石头才算落地。

下午3点多，白增乐说："风小了些，咱们出去看看设备。"他一边说一边从柜内取出几顶安全帽，发给我们，留下最后一顶认真细致地戴在了自己头上。他接着说："这回特巡，不能放过任何蛛丝马迹，大家千万注意安全。"大家依次走向设备区。刚出门，白增乐用眼角扫了一下我的安全帽系带。

大风裹着沙打在我的安全帽上"啪啪"作响。"看看主变、母线、架构上有没有杂物，这种天气最易发生相间短路故障。"白增乐手捂口鼻，嘱咐大家，"咱们还得清理杂物。"狂风过后，杂草、树枝任意盘旋、聚拢、抱团，在变电站的犄角旮旯里悄然安起了家。大家挥动铁锹、锄头，清理墙角、下水道里的杂草。天灰沉沉的，我们个个成了刚出土的"兵马俑"。

黄昏时分，风停了，天空出现了淡蓝色，几朵白云自在翻腾。特巡工作结束时，白增乐还在用绝缘杆处理设备上的一块塑料薄膜。我瞅了一眼，心想，这膜还真会藏，躲在了绝缘子底座和架构之间。可火眼金睛的站长，让隐匿在狭缝间的杂物现了形，真是叫人佩服。在设备支柱上，我看到一块白底红字的标识牌，上面写着"110kV方总三Ⅰ线1711隔离开关"，那字红得耀眼。我心里琢磨，通过这条线每年可引入黄河水多少亿立方米呢？一种自豪感在我心头升起。

三

斗转星移，220千伏方城变电站的变化，都记录在220千伏方城变电站大事记中。

2008年4月，220千伏方城变电站综合自动化系统改造开始。大家披星戴月，严格操作。特别是在35千伏开关柜更换和1号、2号主变压器三侧保护更换期间，全站人硬是两天两夜未合眼。经过3个月的奋战，改造全面完成。值班员张俊伟说："上百人施工作业，咱们几乎是在带电的情况下新建了一座变电站。"言语中充满了自豪和成就感。在这次改造中，220千伏方城变电站除变压器外，其余设备都完成了更新换代，共更换、新增设备300余台。

值班员孙国宝、王鹏程等党员主动请战，放弃休息时间配合当值人员完成收集设备资料、布置安全措施、张贴设备铭牌、封堵电缆孔洞等工作。站里的党员同志胸前的党员徽章在施工现场格外闪亮。

2011年3月，220千伏方城变电站的两台主变压器要更换。退旧换新要在1个月内完成。时间短，任务重，参与人员众多，还需要动用机械设备。白增乐带领大家提前勘查，辨识危险点，列出风险清单，逐条制定预控措施。然后，他安排值班人员轮休，自己却主动放弃休息紧盯施工现场。到了后期，他满眼血丝，嘴角生泡。直到2号主变压器平稳试运行，他才拖着疲惫的身躯回宿舍睡了个囫囵觉。

220千伏方城变电站经历了老旧设备更替、综合自动化系统改造和增容扩建后，站内设备亮闪闪的。2011年9月，随着变电站运维模式转变，白增乐担任古渡操作队队长，负责220千伏方城变电站、220千伏古渡变电站及110千伏偏关变电站的运维工作。

到今年，白增乐已经坚守在220千伏方城变电站27年了，每年守站时间超过200天。27年来，他的几项纪录被同志传为美谈：变电运行现场无差错操作2.1万余项，操作合格率达100%；发现缺陷323条，避免事故发生10余次；巡检变电站1.8万余次，红外测温300余次……2000年，他被评为山西省电力公司优秀班组长；2011年7月，被评为国网山西电力先进个人；2000年7月、2003年7月，两次被忻州市直工委评为优秀共产党员。

2015年，我光荣地加入了中国共产党。当年，在220千伏方城变电站党员主题活动日中，工区变电运维专业的党支部书记刘立刚说："咱们要担起'引黄入晋'的使命，不断提升党性修养，做好咱的运维工作……"

四

2月2日，金色的阳光照着站内锃亮的设备。天边的几朵闲云，在蓝盈盈的空中手舞足蹈。

王鹏程一早就坐在220千伏方城变电站主控台前的电脑旁，手捧启动方案，准备送电操作。他连续数日连轴转，眼圈发黑。为消除困意，他跑到洗漱间，用凉水抹了一把脸，照着镜子狠狠挤了一下眉。瞬间，他便精神抖擞了，双眼清亮。8份操作票、298项操作内容，投退保护压板，拉合开关刀闸……细细想一遍，一张操作流程图在他脑中清晰地画了出来。此时的值长张俊伟最后审核操作票，说："我又过了两遍，咱这票百分百没问题。"王鹏程喜上眉梢。王鹏程在电话里对我说："我是党员，理应冲在前头，3号主变压器投运了，引黄入晋负荷问题解决了，咱是做了实事。"电话这头，我能想象出，笑容堆在他胖乎乎的脸上，特别可爱。

在设备区，新安装的主变压器等待运行，像一名长跑健将正竖起耳朵等待发令枪响。白增乐手持设备验收卡，一条条仔细核查验收项目，做投产前最后的"诊断"，为主变压器零缺陷投运把最后一关。在场每个人都信心满满，精神振奋。在完全具备启动送电的条件后，19时20分，变电站值班员接到调度启动送电操作指令，开始倒闸操作。

"合上1031隔离开关。"王鹏程手指设备，大声复诵。他呼出的气息，瞬间凝成白雾。听到王宣回复一声"正确"后，操作开始。顿时，刀闸放电的火花擦亮了夜空，"噼噼啪啪"的放电声传来。白增乐随即将应急灯射向带电显示装置，仔细查看显示指针的位置，大声说："刀闸合闸到位。"操作票上醒目的"红色"对钩依次排列，证明了每项操作精准、无误。投退保护，拉合开关，5次合闸冲击试验……时间一分一秒过去，拉弧声间断响起。随着变压器"嗡"的一声，3号主变压器顺利启动并进入运行状态。

阳光正浓，从220千伏方城变电站龙门架飞出的银线在空中穿梭。从1995年12月7日投产至今，220千伏方城变电站新增变电容量21万千伏安。如今，每日有20多万千瓦的引黄入晋负荷数据在220千伏方城变电站的后台机上跳动，黄河水正经过地下隧洞源源不断地奔向晋北大地。

黄河之水天上来。这个"天"，是电力线路，是变电站，是电力人追光逐梦的脚步。

时光片段

生活篇

摆渡人

（小小说）

麻五的家是一条船。麻五的家就在船上。

酒坊沟与梅影镇隔河相望，湍急的滔河横在其间。滔河的浪花托着麻五家的这条船，麻五家的这条船又把两岸连接在一起。

麻五不知道自己的老家在哪里。他从未上过岸，不知道左岸那个叫酒坊沟的村子沟深沟浅，不了解梅影镇的繁华与热闹。他只知道自己的爷爷驾着这条船往返于两岸之间，货郎贩夫、手工艺人、村人赶集，外乡人赶路往返于两岸，都要乘坐爷爷的这条船。

蝉鸣一声紧过一声的三伏天里，爷爷走了。麻五的父亲接过双桨，继续摆渡来往的人。

那一年，麻五父亲于洪水中救起一位女子。这位女子后来成为麻五的妈妈。麻五的妈妈曾经劝说丈夫，干脆放弃这条船，上岸到梅影镇买房置业、开店经商，日子定是另外一番模样。麻五的父亲没有听劝，他放不下那些需要乘船的人们。也不知道从滔河什么方位刮来一阵风，两岸很多人开始远离故土，去寻找更加幸福的新生活。

麻五生在这条船上，长在这条船上。穿梭在乘船人的缝隙里，他几乎一个人也不认识，但他非常熟悉他们的乡音。麻五伴着船下的浪花长大，他喜欢这里像滔河水一样清澈甘甜的乡音，也喜欢那些乘船过河的外乡人的方言俚语。

麻五两岁时，妈妈也上了岸，从此再也没有回到船上。麻五相信，妈妈肯定也是被那股风给刮走了。那一年，滔河建起电站。麻五家的这条船在父亲手里完成更新换代，依靠政府支持，木船换成铁船。滔河被拦腰截断，河岸左边酒坊沟等几个村搬迁后，滔河在这里以库区更开阔的视野目送各色人等过往。人们要到对岸，还是依靠麻五父亲的铁船。

滔河的上游正在建设一座桥。等桥建好了，麻五的父亲就必须上岸了，但他舍不下这清澈的滔河水——滔河已经融入他的血液。父亲上岸买来大网眼渔网，有人乘船就摆渡，没人乘船就捕鱼。父亲一次捕鱼时经过桥下，看到一辆冒着黑烟的农用三轮车从桥上栽入水中，父亲不假思索下水，救起了三个落水的人，自己却溺亡了。

父亲之前交代过麻五，妈妈上岸时说过一定会回来。父亲让麻五无论如何要守住这条船，等妈妈回来。如果麻五不守着这条船，妈妈回来就找不到家了。

麻五也像父亲一样，以捕鱼为生，这也成了他的爱好。他捕鱼只捕翘嘴鲌。他认为翘嘴鲌以河鱼为食，喜食黄颡鱼，破坏了河流的生态平衡。麻五捕鱼的范围不断扩大。一次，他把船拐进一道河汊，得知岸上仍然住着几户人家，孩子上学要沿河岸走几里路再过桥，然后还要走几里路才能到学校。他知道，这几个孩子乘船到对岸的学校最多也就半个小时。从此，他就开始接送几个孩子上学，他相信这也算是做好事——他牢记父亲"人做好事，好事等人"的教诲。几个孩子相继读高中、读中专了，不需要坐船了。麻五的船又变成单纯的捕鱼船。

一年又一年，小伙麻五变成了中年人。这一年，酒坊沟来了扶贫工作队。麻五被列为精准扶贫对象，他终于上了岸，分到了岸上新建的房屋。人们早已不需要靠他摆渡了。库区禁捕，也不能捕鱼了，但麻五依旧每天摇着桨在库区转。

麻五烧柴油的铁船又换成了一艘摇桨的木船。他现在有了一个新身份：水库巡查员。他每天摇桨泛舟库区，打捞水面上的树枝杂草，巡视库区河汊死角，电鱼、网鱼、破坏河道、在河道内取土等一众违法分子，只要听到麻五的摇桨声，顿时会作鸟兽散。

◎ 柏秋

棉花糖

（散文）

8点左右，暴雪停了，太阳从云层中一点点地露出了脸。高小威拖着疲惫的身体回到家。

房门一响，妻子杜云笑着迎了出来。5岁的女儿楠楠一骨碌从床上爬起来，看见他就问："爸爸，你买棉花糖怎么去了那么久啊？我的棉花糖呢？"

高小威一下子慌乱起来，他想起了自己昨天早晨随口说的话。

昨天一早，市区纷纷扬扬地下起了雪，不到两个小时，天地之间一片白。楠楠一看下雪了，高兴得直跳脚，拿起小锹，提着红色的小水桶，拉着高小威，让他陪她去楼下堆雪人。

之前天气预报就说有雪，高小威担心雪下大了，没准哪条线路会出问题。他和杜云交代了几句，敷衍女儿："爸爸出去一趟，给你买棉花糖。"等他赶到单位，同事们也都陆续到了。

果然，雪越下越大。一阵电话铃声响起："10千伏滨机一线43号变压器高压引线断裂，请安排人员抢修。"放下电话，高小威和同事一阵忙碌，然后开车去现场。

离故障线路还有一公里左右，由于路上积雪太深，抢修车无法继续前行。"咱们就走过去。"高小威说。他们带着工具步行前往。风卷着鹅毛般的雪片打在脸上，像刀割一样疼。他们深一脚浅一脚地在没过小腿肚的雪中走着。半个小时后，他们到达故障点，随后迅速完成了抢修作业并成功送电。雪下了一天一夜，高小威和同事也忙了一天一夜。回家的路上，高小威很累，可心里挺高兴，暴风雪中，他们第一时间让受影响的客户恢复了用电。

此时，面对管自己要棉花糖的女儿，高小威有点犯难：怎么才能应付过去呢？他假装掏掏衣兜，本想说忘记带回来了，可却掏出了两把雪，这一定是凌晨抢修时被风吹灌进来的。

他灵机一动，把雪攥成两个雪团，尴尬地递过去，讪讪地笑着说："这就是棉花糖。"

楠楠小嘴一瘪，眼泪像断线的珠子一样掉了下来，说："爸爸骗人！这是雪团，哪是棉花糖呀！"

杜云一看，赶紧哄女儿："楠楠别哭，等一下妈妈和你一起把这雪团变成世界上最好看的棉花糖。"然后，她回头对高小威轻声说："你快进屋睡会儿吧。"

高小威顾不上洗脸，脱掉外衣就躺下，一开始他还能听到娘俩的轻声细语，后来就睡着了。

也不知睡了多久，窗帘缝隙中透过一束光，照在高小威的脸上，暖融融的。他微微睁开有些发涩的眼睛，问："老婆，几点了？"

这时，楠楠推开房门，蹦蹦跳跳地欢呼着："爸爸你可真能睡，都12点了。爸爸，我给你看一件东西。"随后，她转身跑出了房间。楠楠再次进屋时，也不知把什么放在了高小威的手心里，冰冰凉凉的。她说："妈妈说你是了不起的供电卫士。"楠楠搂着高小威的脖子，又亲了亲他胡子拉碴的脸："谢谢爸爸，这是世界上最好看的棉花糖，而且冻在冰箱里永远不会坏呢！"

高小威坐起身一看，手心里是一只晶莹雪白的小兔子——这一定是杜云在他睡觉时给女儿做的。

杜云笑盈盈地走进来，说："这一天一宿的，累坏了吧，我做了酸菜炖排骨，快起来吃点饭吧。"高小威一阵感动，眼圈湿润了，一下子将妻子和女儿拥在了怀里。

父亲种下两棵树

（散文）

夏日早晴，小城的天空尽涂蔚蓝。母亲打电话给我，言语轻快，说院里的杏熟了，今年结得比星星还稠，金黄金黄的稀罕人，让赶快回去采摘，要不都让老鸹、麻雀给糟蹋了。

我应下，替母亲感到高兴，日子终于缓过了神。父亲去世后，院落疏于打理，杏树也仿佛感觉到氛围有异，无精打采，少了许多生机。去年母亲托人捎过来的杏小而酸涩，果皮干皱，没有先前的脆甜。母亲替杏树开脱道，人还干一天歇两晌呢，树咋就不能喘口气儿歇一歇？说完，眼圈就红了。她一定想到了父亲。父亲辛苦劳作一辈子，如杏叶般落下，永远地歇息在他的故土田园。

10年前，父亲从早集上提回一株杏树苗，不怎么挺直，也不壮实。母亲上下看看，撇撇嘴说，细胳膊细腿的，就是活下来，也是歪脖儿树。

父亲不说话，在靠院子西墙的一个角落里蹲下，除草剔砾，翻挖泥土，又从邻居家铲来两锨鸡粪，掺进土中，把杏树苗种了下去。

这棵瘦弱的杏树成了父亲的牵挂。他每天按时浇水，偶尔捡回一两条在水泥路上"落难"的蚯蚓放进去，像注入自己鲜活的想法，通过根须给树以细微的絮语和关照。为了避免杏树长成歪脖儿树，他在墙的不同方位钉上钉子，再拉上绳子牵扯树身，让它以挺拔之势生长。

一年又一年，当初的杏树苗如孩子般长大，枝干逐渐粗大，皮如褐铁。春至，密密匝匝的花儿如雪般纯净素白，花香脱俗，引来蜜蜂采食，无意间也带来幸福的音讯。麦收前后，杏熟了。长在最高处的杏在二楼的走廊里就可摘取。父亲搬来人字梯，在腰间系一个布袋，小心摘下杏，轻放入袋。一个时辰不到，水桶、面盆、簸箕里就盛满了杏，父亲笑吟吟地看着，仿佛看到了一天比一天更好的日子。

树站在大地之上，开花、结果、成木，奉献一生；防沙护堤，陪伴古老村庄、繁华城市，生生不息，绵延不绝。你看看什么地方能少去这些朴实的树呢？

父亲自幼家境贫困，加上我祖母早早辞世，吃穿都是问题。大概在他十一二岁的时候，自家院里种了一棵香椿树，几年光景，树便蹿过平房顶。香椿是"树上蔬菜"，营养丰富，在食物匮乏的年代是难得的佳肴。春天来临，父亲麻利地爬上爬下，采下香椿叶，将香椿头冷拌，鲜香嫩脆。大点的叶子用井水冲洗干净，除去灰尘，放在阴凉处晾干，然后腌起来，吃上一年都没问题。

这棵为家里做出贡献的香椿树，在父亲50岁那年，因为一次意外，叶落枝枯，在第二年春天竟未"醒来"。父亲伤心难过，坐在树下一个劲儿喝茶，似是哀悼朋友的离去。到了盛夏，我筹备婚礼，父亲找人过来，伐树锯木做婚床。做好的床质地坚硬，纹理润泽，不用油漆也素雅好看。父亲言道："俗话说'家有香椿床，不怕桑树梁'，以后成家立业了，就要踏踏实实过日子。"

父亲一生只种下两棵树，香椿树变身歇息、安卧之榻，温暖儿女。杏树开花结果，留给子孙。父亲把树栽在大地上，也种在了我们心间。

长江源村 幸福长

◎ 王雅白

（散文）

5000年前的那滴水，从格拉丹东雪山滴落。这滴水轻盈而凝重，穿越青藏高原，以优雅的姿态丈量着大地，澎湃着接力的浪花。

当清晨的第一缕阳光在唐古拉山升起，那滴水辉映着五彩的经幡。长江源村在颂经声中醒了，整洁的庄稼院氤氲着酥油茶的甜香。

岗巴布民族手工艺合作社里，三木吉从雾气腾腾中探出身子，望着炒得黄澄澄的青稞，对工人曲珍说："还是用电炒出来的青稞好，你看这颜色，你闻这香味……"

炒好的青稞被倒进磨盘，曲珍按下开关，电磨子欢快地转起来。

长江源村是一个生态移民村。2004年，为响应国家号召、保护三江源生态环境，407名村民从海拔4700米的唐古拉山镇沱沱河地区搬迁到海西藏族自治州格尔木市南郊由政府部门规划建设的新村，结束了世世代代逐水草而居的游牧生活。

2016年8月22日，习近平总书记来到长江源村考察调研，看望这里的藏族同胞，与乡亲们聊家常冷暖、话幸福生活。看到乡亲们衣食住行各方面条件比较好，有稳定的收入，养老、医疗有保障，总书记很欣慰，对村民们说："你们的幸福日子还长着呢。"

那一年，三木吉结束了她的"北漂"生活回到村里，拉上几个闲在家的小姐妹办起了岗巴布民族手工艺作坊。如今，这个作坊已发展成合作社，规模化生产加工藏族工艺品，姐妹们用自己的巧手绣出了新生活。

生活篇 时光片段

199

三木吉出门喊二哥吃饭，随兴唱起了歌曲《天路》。藏族姑娘都有一副天生的好嗓子，唱着唱着就是一个高八度。

二哥正在一堆石头里翻找着什么。三木吉喊他吃饭，他应声后又让妹妹帮着看手中的一块石头能不能刻经文。

二哥是村里有名的手艺人，在合作社负责玛尼石制作。石头天然的纹彩配上他精致的雕刻工艺，立刻就变得身价不菲。

"这两天订货单多，辛苦你啦。"三木吉说。

"哪儿的话？辛苦才有钱挣。"二哥仔细瞅着石头，像在欣赏一件艺术品。

看到他俩回来，曲珍按下酥油机的开关，就去忙别的事了。酥油很快打好了，与青稞炒面、曲拉拌上，藏式早餐就做好了。曲珍又往酥油茶里添上青盐和草果，然后倒在白瓷碗里，屋子里顿时弥漫开酥油茶香。

三木吉的手机响了，是浙江的一位客户打来的，要预订三套氆氇和一些手工绣制的手机壳。三木吉认真地在纸上记下来，然后把大小、尺寸输入电脑，寻找最佳配色和图案。

冬日的阳光照着长江源村，村口新立的石碑上，有"饮水思源、不忘党恩"八个红色大字。几个刚放学的儿童追逐着跑进格拉丹东商店，买了冰淇淋又飞奔而去。店主摇头感慨："现在的娃们真幸福，不像我们那会儿，都不知道冰淇淋是啥。"她忘不了在长江源头的那些日子，开门就能看见白雪皑皑的格拉丹东雪山，便给自家商店取了这个名。

黄昏越来越近，村里幸福广场上的灯光亮起来了。

看着西移的日头，三木吉把磨好的最后一锅青稞面打包好，准备用快递发往拉萨。酥油机响起的时候，她拿起旁边一个类似于木桶的工具，生涩地用手捣了几下，说："以前打酥油，就这么一下一下地捣半天，现在一按按钮，五分钟就打好了。"

岗巴布民族手工艺合作社正对着村养老院。此时，养老院里的灯也亮起来了，柔和的灯光洒满小屋。88岁的南加措微闭着眼睛听着经文。作为村里最年长的人，南加措从小在长江源头长大。他时不时还是会想起以前的游牧生活。老人说，自从搬到这里后，从帐篷到楼房，从羊油灯到电灯，从马背上的学校到青砖红顶的校园，这变化骑着马儿都赶不上。

三木吉忙完了打开电视，《新闻联播》里一条有关乡村振兴的新闻吸引了她，看着看着，她不由自主地哼唱起《没有共产党就没有新中国》……

◎ 郭旭峰

旅途看雨

（散文）

我们从中原一个小站上车。赶火车的路上耽搁了十分钟左右，万幸的是火车也晚点了，我们在闸机关闭前顺利通过。

离开循规蹈矩的日常，变换不同场景，思绪像一个一个长镜头摇向远方，车窗成了那"咔嚓、咔嚓"的相机快门。雨通常会作为抒情的元素，根据回忆的深入，忽大忽小、或轻或重地落下来，精致地衬托心境。果然，我手忙脚乱登上火车坐定后，发现手机上有一条未读短信：雨冷添衣。

开往成都的K257次绿皮火车从天津出发，走河北山东，过河南湖北，经陕西四川，走走停停，接住各色各样的人，仿佛不同季节怀揣迥异的花草，去往各自的田园。驰过青山，它的轮廓和界限不清，隐于想象和遥远的雨雾中。一块一块长的、短的黄毛毯铺盖在原野，这是油菜花最后的饱满和期冀。绿小麦已支棱起来，洗去尘土，青黑浓重，看上去像大地方正的青胎。

车过襄阳，这嘶鸣的马匹掠过旧的炮台，送去寻常的问候。在这里，唐诗种满大地。鹿门山里的孟浩然让隐逸成为一种修行和文化，从万籁里捡拾儒、道、侠的叶片。我的脚步未曾触及这里，只能在典籍里浪度春日，游走于他的山水田园。襄阳是诗歌之城，我曾千百次地在典籍里遇见它，千百次为它沉醉不醒。

我的父母不止一次说过，他们年轻时也曾路过此地，在慢的火车上看到过这座陌生的城。如今列车一晃而过，我忆起跨马走远的诗人，想念我的双亲，历史的雨雾似乎更浓了。

襄阳长久地吸引我的思绪，是因为它的喋喋不休的土地，收获文化和历史，字正腔圆，往事的翅膀在飞翔。万种美好的意象流传给勤劳的人们。襄阳成了诗人们的依恋之地，永不荒芜。众多的诗人在此创造诗歌的疆域，友谊类聚，诞生美妙的艺术。穷尽一生，他们带着词语光临，痴情而热烈，让苦难之地成为疗伤之所。

夜深，躺在硬铺上，我望着漆黑的窗外，仿佛回到已知的过往。我想起小时候，雨惊扰到蚂蚁的微观村落。天晴，蚂蚁开始骚动，它们消瘦、纤细，搬运未曾醒来的同伴的小身躯。春天，我看到了这些小精灵的葬礼，井然有序。和人类一样，春祭之后，它们大规模的工作和忙碌逐一展开。

窗外是汉中，众多的云在此凝聚，满含一万瓢雨水。汉中睡在移动的列车之外，它领着一窝窝宁静在平原入眠。下工的人怀揣灯火走了，留下岗地和山包。车过汉江，我羡慕夜间的怒目之光，撕开两岸的混浊。恋人的剪影代表着无数的有情人，离别的、相聚的、悲喜的、爱恨的，油伞覆盖这些情殇，罩住干净的事和物。细雨的竖琴一遍遍拨动，从水的褶皱里打捞七彩迷离的斑点，如慢慢长高的白莲。

我自然地想起了花脸的项羽和他驰骋的身影。光包裹他的兵刃存放在黑土里，无数人想接过来，哇哇怒吼，恣肆痛击，去往宏大的疆场。

村庄必不可少地散落在列车两旁，在时间面前逐一撤退。村民还未醒来。树木萌芽，有些白杨树剑指苍穹，围住更小的村落，挡住风，拦截窥探者的目光。这是季节为村子新添置的绿衣青衫。

雨落河流，回到母体，沿生命的轨迹往东，拐过村口，打个招呼，头也不回地走了，还带走了年轻的后生去往都市。他们怀揣着希望，去营造新的日子和生机。

前方是成都站。彻夜的灯扶住下车的人，抚摸他们冰凉的脸。陌生的榕树围住来客问好。

我想知道三星堆在何方，它放置的青铜和金银器里，有没有来自北中原，是否出自我先人之手。三千多年了，我想看看残缺的金面具是否还能戴上。

　　我还想看看我的河南老乡杜甫的草堂，他在此地是否安好无恙。如果雨还不停，我带蓑衣斗笠给你。

月光照亮
回家路

◎ 郝晓庚

（散文）

一

三十年前的那个夏天，最后一缕阳光越过窗棂，从黑漆老橱柜门上消失，这意味着太阳已经落到西墙后了。

我爬上炕沿，凑近姥爷的耳朵，大声说："姥爷，都7点了，我们要回去啦。"

姥爷放下线装书，扭过头来瞟了一眼床头的小闹钟，拉长声音说："还早呢，等会儿再走吧！"

"姥爷，回去还有二十多里地呢！"

母亲也开口："骑车要一个多钟头呢，回去就黑得啥也看不见了。"

姥爷不吭气，于是我们只好继续给姥姥择菜。

又过了一会儿，屋子里渐渐黑下去了，对面小厨房里传来小米粥的香气。我着急了，趴在姥爷耳边喊："姥爷，太阳都落山了，再不走，天就黑了！"

姥爷把老花镜慢慢摘下来，雪白的眉毛抖动了一下，慢慢说道："太阳下去了，还有月亮呢。"

母亲推着自行车往外走的时候，姥姥拿着一包零食赶出来，挂在车把上。姥爷开始下炕，拄着拐棍慢慢往外挪。

姥爷家门前是一条窄窄的小巷，顺着墙根拐出去，上了大街再往前走一段，就能看到村口了。

　　当我们走出院门拐第一个弯的时候，会在小巷口站一会儿。那时回头，就能看到树下姥爷姥姥并肩拄拐的身影。那时二老腿脚还算利落，会一直送我们到街口，目送车子在村口消失。

　　我爬上车梁，母亲跨上了车子，哥哥也跳上了后座。骑了一会儿，我抬头喊："妈，妈，月亮升起来了！"

　　母亲也抬头看了看天，又看了看黑黢黢的路："你姥爷真是老得糊涂了，月亮怎么能照亮回家的路呢！"

二

　　虽然我不愿意，时间却在验证母亲的话。

　　姥爷像秋天地里的庄稼，一天比一天衰老。在最后的那些岁月里，姥爷已经出不了门，就像那只终日眯着眼蜷缩在炕沿上的老猫，长久地倚坐在窗前，身子像秋风里的高粱一样微微摇晃着；只有我们趴在他耳边大声呼喊的时候，才会睁开眼点点头，或答应几声。

　　姥爷家门前那棵枣树，年年枣儿红了又落，树下却再也不见了那对佝偻的背影。多年后，树下的人独对满院葱茏，怅然低头，风吹落一地青涩的小枣，却无人来拾——院子的主人去世后，这座院子就空了。

　　姥爷去世那年，我远在千里之外，没来得及见最后一面。

　　记忆中的小厨房已倒塌了半边，正房的门窗也满目斑驳，仿佛一堵横亘在记忆里的老墙。我迟疑片刻，还是伸手推开了那扇门。

　　屋子里黑魆魆的，一股寒湿之气扑面而来。我不禁打了个冷战，下意识地把头转向左边，那里是姥爷常坐着的地方——靠近火炉和窗口的炕沿，一抬头就能看到小院的门。

　　一缕阳光穿过灰蒙蒙的窗子，仿佛一只金色的手抚过那些老家具，斑驳的黑漆立柜、洋灰躺柜和黑釉大瓮，从积年的尘埃里勾勒出些许从前的样子。

那光线破开阴影，带着我缓慢下沉，一直沉入记忆中遥不可及的水底。

在那最深处，老家具重新焕发出了光，就像有人在摇动一台老式放映机的手柄，一遍遍地调校散乱的焦距。更多的光从虚无中弥漫开来。那光芒里，有细微的颗粒在闪烁飞舞。那些被时光浸没的细节，一点点被擦拭出来——那是银灰色的小闹钟、米黄色的老花镜和线装书，一尘不染的老旧被褥，还有炕沿上那个裹在黑布棉袄里的身影。有熟悉的气息在空气里流淌，那是晾在碗橱下的瓜，腌在瓦罐里的枣，还有混合在烟火气息里的一丝丝温暖。

那是照亮童年的光，筑起心灵的软，伸手就搂得住、够得到的温暖啊，却被一阵细碎的声响打断了。

记忆里的那些片段摇曳如风、零落如雨。我使劲闭了闭眼睛，转身出门，对空合十。屋前的枣树无辜地摇动着枝叶，刷啦啦地响。

三

今年夏天的那个早上，天还没亮，母亲就起来给我做饭。

父亲去世后，除了帮我看孩子的那几年，母亲一直独自在家守着老屋。而我也只是每年利用短暂的休假回来住几天。

提着鼓鼓囊囊的行李走出家门的时候，母亲赶出来，把一包零食塞在我手里，说是路上吃。瞬间有许多话涌到嘴边，最后我只是低头抱了抱母亲的肩膀："保重身体，有空我会回来的。"

我感觉到母亲的身子瘦弱而矮小，一低头，满头白发就在眼前颤动，在晨曦中发着丝丝银光。

母亲眯了眯眼，挺起腰摆摆手。我返程的高铁票早已在网上订好。她不会像三十年前的姥爷一样，说什么等一会儿再走的话。

走到街口的时候，我再次回过头，看着站在小院门口的那个瘦小身影，忽然发现月亮还没有下去，淡淡的一弯挂在街角，天乌蓝乌蓝的。许多年前的那个傍晚，姥爷坐在窗前说的那句话突然在记忆中浮现，如一道闪电戳中了眼角。

那一瞬间，我恍然明白了姥爷走不出小屋后、终日枯坐在窗前遥望的心境。

从小识文断字、一辈子走南闯北的姥爷，临老怎么会糊涂了呢？他只是想我们再多陪他一会儿，他再多看我们一会儿。太阳落下去，还有月亮升起来。有亲人守望，再微弱的月光，也会照亮孩子们回家的路。

让人念念不忘的一碗家乡面（散文）

◎李维

单位食堂每周五的午餐照例会供应面条。每到这一餐，同事们的要求会格外多：面要硬一些，或烂一些，或不硬不烂；汤要多一些，或面要少一些，或不要汤做拌面；要加辣酱，要加醋……好像与自己心目中面条该有的样子只差一点点，手上的这碗面就没有了灵魂。

可能在很多北方人的印象里，米饭是南方人不可或缺的主食。但是，就像纪录片《早餐中国》所言，每个人的家乡都有一碗特色粉面。面食也是很多苏州人餐桌上的主角之一。

苏州的大街小巷遍布着大小面馆，店面招牌里常常带着"兴"和"记"字，充满市井烟火气，并各自有一批拥趸。这些面馆收银台后头的墙上常常挂着二三十种浇头名录供食客选择，考究一些的还会刻在长条形木片上，排列整齐等着被翻牌。面条从龙须面到宽面规格不一，汤头也分白汤和红汤，都是用猪骨、鸡架、鳝鱼骨等熬制而成。食客可以选择给面配上不同的浇头，或者仅点一碗阳春面。最有名的枫镇大肉面、三虾面往往是外地游客的必点款。

可是提到苏州的面，苏州下辖常熟市的居民多是不放在眼里的，其中就有已在苏州学习和生活了27年的我。因为苏州面的浇头虽品类繁多，却大抵是预先烹制好，一大份一大份地排列放置在取面窗口。服务员根据食客递上的单子，捞出热面放进海碗，再快速地从盆里舀出不同的浇头铺在面上，一碗面就成了。

而在常熟，就算是门脸逼仄的小面馆，浇头也讲究现炒，俗称"炒浇"。这样操作的优越性主要体现在滑鱼片、爆肚片等对火候和油温有更高要求的食材上。起油锅，下葱姜等作料炒香，再放入食材，上下颠几次勺，火苗四散嗞嚓作响之际，师傅已将香气四溢的浇头码在刚捞起的热面上。食客也可以要求把"炒浇"单独盛在小碟里，吸一口面，喝一口汤，再夹一筷子浇头，透出特别的讲究和悠闲。

近几年，苏州一些面馆也开始售卖炒浇面，还开出了名叫"常熟面馆"的店面。我慕名去品尝，虽各有特色，制作也很相似，却总觉得欠点火候。因此我每次回常熟，哪怕只是匆匆住一晚，第二天都会尽量和先生去父母家附近的小面馆吃碗正宗的炒浇面。

常熟小面馆里姜丝、雪菜、香菜等调味料都由食客自取，丰俭由人，分文不收，非常大方。我俩通常会一人点上一碗"双浇"，固定模式是一份爽嫩的腰花、一碟浓香的鳝糊、两条能让人鲜掉眉毛的小黄鱼和一块比脸还大的生爆大排，这样一次就能尝到四种浇头，十分过瘾。

面馆里收拾碗筷的服务员多为真正上了些年纪的阿姨，对话很"常熟"，唤男客为弟弟，女客为妹妹，小朋友则唤小弟弟、小妹妹。阿姨有个性的居多，会一边收拾一边嘟囔："唉，要紧看手机，不好好吃饭。"说话间就利索地把别人还剩几口没吃完的面碗给收了，就像在家做主惯了的长辈对晚辈的样子。刚要吵起来，面馆里同样上了年纪的老伯伯出来打圆场，这事儿也就过了。

曾经有一次因为我吃得慢，先生就留了几口鲜汤等我最后一起吃，结果就被一位阿姨"盯"上收走了，等他喊停的时候，阿姨又不慌不忙地从餐余提桶里把碗端出来，放回桌上，还不忘教育："弟弟，吃饭'覅'（方言：不要）玩手机哉"。我们瞬间顾不上生气，只顾着乐了。熟悉的街角、习惯的味道、亲切的乡音，吃的是一碗面，又好像不仅是一碗面。

我家那个尚能说一口流利常熟话的小孩，却不像我这般爱炒浇面，只对意大利面情有独钟。如果征求他意见问晚餐吃什么，除了"随便"，就数意面出现的频率最高。

光的印记
《国家电网报》2021年
文学作品选集

意面坚硬，煮后有劲道，一定要配上酱汁搅拌方能有滋味。常见的酱汁用番茄、洋葱、肉糜、海鲜、奶油加各种香料炒制而成。每次我在家做意面，孩子能吃一大份，说比西餐厅动辄58或88块、几叉子就吃完的更美味。对此我毫不意外，小孩子还是too young too simple，哪知也就是面条用了意面，外加装在盘子里配把叉子，裹着面条的其实还是他娘亲花心思做的常熟"炒浇"，只不过改良加了些泊来的作料。

在朋友圈发了写常熟炒浇面的小文后，朋友和同事的评论里留下一串串地名+面名，倒是让我始料未及。为此我答复：准备进行一轮补充修改，一定能扩写到两千字，因为全国各地有名的面食实在是数不胜数。不想食言，列举如下：大李的兰州拉面、侃侃的上海凉面、璇妈的东台鱼汤面、真好的重庆小面、展哥的镇江锅盖面，还有阿霞的昆山奥灶面、小明的武汉热干面、大聪的河南烩面、郭郭的山西刀削面、太仓羊肉面、靖江刀鱼面……

人在他乡，胃在家乡。每个人关于家乡的独家记忆里也许都有一碗好面，可以是小时候父亲常带着去吃的那一碗，也可以是归家时母亲亲手下的那一碗。某个工作日的早晨或者某个寒冷的冬夜，脑海中忽然闪现的那种味道，足以让人念念不忘。

◎
刘
静

等待

（散文）

　　入冬后，阳台上的云竹就开始变样了——那团轻柔可人的绿以肉眼可见的速度褪色变黄，纤细的枝叶无精打采地打发着日子。

　　我养花不太在行，家里养的尽是些不必费心的绿萝、吊兰等绿植。在这一众生机勃勃的浓浓绿意中，云竹就显得娇柔了些。没事的时候，我喜欢给它喷喷水，用手轻轻地摸一摸，甚至就那么支着下巴看一看，都觉得是一种享受。"植物是有语言的。"每当这样凝视的时候，脑海中总会想起这句话，我希望在日日相处中能慢慢读懂它们。云竹会不会再变绿呢？我将它从阳台挪到离暖气较近的架子上，也将一份期待放在心里。前几天晚上，我发现云竹枝叶下面有一些隐隐的绿，不仔细还看不出来。第二天，那片绿较之前颜色浓了些。原来它怕冷呀，我为自己贫乏的养花知识而羞愧。后来，绿色逐渐蔓延，一点点替代覆盖了原来的黄色，尽管速度很慢，却依然让我惊喜。原来，耐心等待也是一件美好而让人愉悦的事情。

　　小时候，弟弟从外面拿回一棵花椒树苗。树苗矮小瘦弱，我们都觉得它长不大。外婆看着弟弟充满希冀的目光，便顺手将它栽在院子外面，用一根细绳圈了一下，说："等等吧。"一天天过去了，我们几乎快忘了这棵树苗。一天清早，弟弟惊呼："花椒树开始长叶子了！"我们全围了过去，看着那几片新长出来的叶子，不知谁说了一句："没准真能活了呢！"

　　天气暖和的时候，花椒树苗挺直了身子，在阳光的照射下，叶子也渐渐多起来了。不过，它依然矮小瘦弱，与我们想象中长高的速度相去甚远。后来有一年春天，它似乎是忽然变得枝繁叶茂，我们都看到了彼此眼里的惊诧：它是什么时候长这么大了？我们避开树身上的刺，小心翼翼地摘叶子。在我们老家，花椒叶算是一种特别的调味料。炒南瓜、做面鱼儿的时候，大家喜欢将洗干净的整片花椒叶放进锅里，蒸油卷馍时也喜欢将切碎的花椒叶、茴香、小葱一同卷进去，别有一番滋味。村里人经过我家门前的时候，常常会顺手摘一把花椒叶子带回去，有时还会停下来唠唠家常。

家乡有句俗语：六月六，炕干饼。等到那一天，花椒树前挤满了来摘叶子的乡亲。大家一边摘一边说笑，有人说："这些年不知咋的，花椒树还真不多见了。再长两年，这棵就是咱村最大的花椒树了。"

每年剪花椒的时候，外婆总是一边剪一边感叹："还真是无心插柳柳成荫，有些时候还是需要等一等的。"

要等一等的还有我。上小学的时候，别人听一遍就懂的题，我听两三遍还是不懂；别人一会儿就干完的活，我一晌午也不一定能干完；参加集体活动时，我因为胆小害怕不是不敢开口就是不敢尝试。为此，父母没少数落我，甚至在背地里叹息："这孩子，长大可咋办呢？"外婆慈爱的目光落在我的身上，说："不要急，等等吧！她不聪明，但听话懂事、做事认真，不惹是生非，放学回来总是先写作业再吃饭，差不到哪儿去。"

在外婆的等待中，我依然是个学习中等、做事慢腾、少言寡语的孩子，迷茫、无助一度深深地占据了我的心，敏感和自卑也如影相随。但外婆的等待就像火种，一直埋在我的心底。多年后，我经历了生活的跌跌撞撞后，那火种引燃了创作的热情，我一发不可收地开始写作并坚持了下来。

人们常说：静候花开。花开的时间有长有短、有早有晚，但只要是花，总会开的。静候中，它需要修剪，需要阳光，需要关爱。它也许不是最大最漂亮的那朵，但一定是最独特的那朵。等待，也许是漫漫无边的，也许其间有牵挂和焦虑，但都埋着一颗希望的种子，只要愿意等，破土而出时带来的欣喜总是我们意想不到的。

生活篇 时光片段

213

在春天转角处遇见你

◎ 刘静

（散文）

最是人间四月天。春风不燥，阳光正好，空气中微微带着花草的香气。沿着河南省驻马店市文明大道一路向北，正在扩建中的驻马店市经济开发区焕发出新的活力，迎接着每一位到访人探寻的目光。

穿过古朴、壮观的汉阙式大门，蜿蜒的小清河一如既往地流淌着。路的左侧，威武、高大的关羽铜像让人忍不住生出敬畏之心。继续前行几百米，以仁和街为中心，一幅隽永的文化长卷缓缓舒展开来。以传统文化为主的文化墙，与关羽有关的浮雕故事画，古色古香的汉式宫灯，别具一格的汉代仿古连廊……让你恍若回到千年前。声声字正腔圆的豫剧唱腔从不远处传来，在青砖黑瓦间流转，让古朴简约的街道弥漫了一种空灵和气韵。几只觅食的麻雀在房舍的翘檐间欢快地飞来跳去。天中书苑、民俗馆、群众文化园……行走的慢时光里，不经意间，就在春天的拐角处，我与一份久违的情怀撞了个满怀。

关王庙，相传三国时期名将关羽携兄嫂离许都（今许昌）去古城（今汝南）寻找刘备、张飞，路经此地，惩治乡霸，开仓放粮。百姓感恩戴德，赠以当地佳酿，并修庙纪念，敬关羽为关王，此庙遂得名关王庙。千百年来，在当地，关公的故事家喻户晓，关羽忠勇仁义的品格也深深地烙进百姓的心里。

斗转星移，千年的历史在指缝间流过。几度浮沉，关王庙褪去昔日的风采，在岁月的变迁中默默追忆着旧时光。20世纪七八十年代，关王庙街更是沦为不起眼的"村姑",灰头土脸地打发着日子。整个关王庙街只有一条3米左右宽的路。逢到集日,街道两旁,卖烧饼的、卖菜的、卖农具的……将整条街围得水泄不通,人们摩肩接踵、寸步难行。

当时,整个关王庙街只有一台30千伏安的变压器,有气无力地维持着人们的生产生活用电。70多岁的刘友是老关王庙街人,当过30多年的电影放映员。他说,当时关王庙最气派的地方就是电影院,旧址就在现在的关王庙派出所。电影院是个三层小楼,能同时容纳600人观影。周末有新电影上映或是有剧团来唱戏时,场场爆满。与爆满影院形成鲜明对比的是不给力的电——电压不稳,时常停电。遇到这种情况,人们有的喊,有的问,吵吵闹闹的,急得刘友满头大汗。他总是在想,啥时才能用上稳定的电。2000年春,当地新一轮农网改造开始。关王庙街的群众像过年一样高兴,不由分说地投入到电网改造中,春寒料峭也挡不住他们的热情。男女老少们肩扛手抬、拉线紧线,成了那个春天最动人的一道风景。终于,两台新的变压器安上了。人们的心思也活络起来,他们在小清河两岸种上桃树、油菜,在家门口开起超市、饭店,建起小作坊,日子一天比一天好。

这之后,隶属于遂平县的关王庙乡被划归驻马店市经济开发区。2012年,开发区政府开始对关王庙街进行整体规划和改造,新修、拓宽街道4条,在街道两侧新建两层以上标准化门面房400多间。关王庙供电所先后在这里架设线路7000余米,新增变压器7台、总容量3800千伏安。

刘友老人的语调慢慢地开始上扬,脸上的笑容更多了:"关王庙的变化都不敢想象。以前一家人挤在一间小屋子里,靠种地过日子,仅能解决个温饱。现在我住上了两层小楼,楼上楼下各类电器都有,方便、幸福。不光是俺家,街坊邻居都一样,大家的日子过得有钱有闲!"

仁和街、关公路、玉泉路、汇合路……就这样,跟着心情随意地漫步在每条路上,走着,看着,听着,想着,在每一栋建筑、每一个广场、每一片绿叶、每一朵花里寻找着,看着眼前的景象,不由感叹:春风十里不如你!

暮色四合,华灯初上,夜色下的关王庙街与白天相比,犹如一个化了

生活篇
时光片段

淡妆的女子，又是另一番模样。街东头的樊粹庭广场上，人头攒动，一段段精彩的豫剧演唱不时引来阵阵喝彩。灯光、音响交织在一起，让夜变得妩媚多姿！

说到豫剧，不得不提有"现代豫剧之父"之称的樊粹庭。他是关王庙潘庄村人，曾任中国戏剧家协会陕西分会副主席、西安市文联副主席等职务。听老人们讲，樊粹庭家中经营着不少产业，他算是那个年代的富家公子。1929年，樊粹庭大学毕业，因酷爱戏曲，应邀在河南民众师范担任戏剧课教师。后来他又成立了豫声剧院，致力发展豫剧。20余年间，他创作、改编剧本58部，让豫剧成为受众最多、影响最大的地方剧种。

家乡人民不会忘记他，豫剧爱好者更不会忘记他。如今，潘庄村和关王庙街分别建有以樊粹庭为主题的纪念馆、公园、雕像等，文化墙上展示着豫剧脸谱及樊粹庭简介。来到关王庙的人在这里倾听豫剧，感受豫剧文化。

这里因豫剧而出彩、因豫剧而繁荣。2018、2019年，驻马店市经济开发区、驻马店市先后被河南省戏剧家协会授予"河南省豫剧之乡"和"河南省戏曲之乡"称号。目前，关王庙"豫剧小镇"正在如火如荼建设中。2019年，黄河戏剧节永久落户驻马店，全国各地的戏曲爱好者和剧团汇聚此地，唱响戏曲好声音。2020年，在第九届黄河戏剧节上，大型现代豫剧《樊粹庭》上演，好评如潮。位于开发区的驻马店市实验中学开展"戏曲进校园"活动，让传统文化潜移默化地在孩子们心中生根发芽。

随着开发区建设的推进，以关王庙街为中心，人民公园、第五人民医院、养老康复中心、驻马店幼儿师范高等专科学校、驻马店农业学校、黄淮学院医学院先后建起，关王庙悄然成了宜居的好地方。

现在，关王庙基本形成了工业园区、职教园区、农产品园区、物流园区四大园区。对身处其中的关王庙供电所来说，服务压力骤增。180多平方千米供区内近10万群众的用电，让所长臧小萌和同事们丝毫不敢懈怠。供电客户经理周到细致的服务也让企业完全没有了后顾之忧。位于创业大道的平平食品有限公司改造了用电线路后，厂区内机器轰隆，夜晚也是灯火通明。看着每月上涨的营业额，总经理王贵友的笑容越来越多。和他一样来自外地的创业者们沐浴着乡村振兴的春风，体验着澎湃的电能和优质的电力服务，心情比四月的春光还要明媚。

春天就这样来了，在时代的转角处悄然划开一个弧度，将层层绿意洒在关王庙的大街小巷、田野村庄。春的号角将幸福的日子越吹越欢快，群众的笑声在回荡，他们的笑容绽放成最美的花朵。

◎ 马卫巍

父亲的土地 母亲的麦子

（散文）

一

　　云彩翻滚起来，雷声由远及近，空气仿佛凝结，暴雨前的压抑令人喘不过气来。风旋了起来，瞬间就把云彩堆积在一起，整个天空也就暗了。突然，雨滴打了下来，"啪嗒、啪嗒"……直到最后，大雨瓢泼，天地蒙蒙一片。

　　父亲最担心的事情还是发生了。狂风暴雨好些天，地里的玉米被浸泡，部分倒伏。水，变成猛兽，在土地上泛滥，几乎把他今年的丰收梦击碎。他看着窗外怔怔出神。他的一声叹息被"轰"的一声雷声盖过。天地风雨凝固，瞬间，一切都停滞了。

　　父亲对土地的依赖，我不知该从什么时候说起，就连他自己也从未向我们提起过。从我记事起，他就是侍弄庄稼的一把好手。祖父、祖母是从来不下地的。在我眼里，他们能掐会算，看着那本厚厚的日历就能规划出儿子们一年的劳动。祖父在里屋坐着。太师椅已经起了包浆，散发出迷人的光泽。他眯着眼睛，听着收音机里传来的马连良唱的京剧《借东风》，右手食指随着节奏敲打着，分毫不差。祖母则张罗着烧火做饭。烟气从土灶中升腾起来，烟雾便弥漫了整间屋子。筑巢的燕子被熏飞了出去，叔叔们咳嗽着跑了出去。父亲则在一旁沉稳地拉风箱。烟气最终消散，燕子回来了，叔叔们回来了，父亲早把饭菜端上了桌。油烟让屋顶上的电线显出一层油亮。灯光是微弱的，照出全家人晃动的影子，生活气息也就浓了起来。祖母说："真没想到，咱们这也有了电。"父亲说："这是发展趋势，就像割了麦子种玉米，自然而然就有了。"

父亲说起任何事情总是轻描淡写，不急不躁。但他有时做事又那么果断，从来没有商量的余地。这一点，像极了祖父。他们父子俩永远是家里的两座山。祖父咳嗽一声，父亲马上就会明白意思，然后立刻执行。

那时候，我已经快上小学了。父亲在带领全家人务农耕种之余，成了村里的电工。他早出晚归，在麦田里、棉花田里、高粱田里、谷子田里、玉米田里，日复一日、年复一年地劳作。田地中立着矮小的水泥电杆，架设着细细的线路。那时候，我总觉得父亲就是一根电杆，风雨不动，满身炽热，满脸风霜，眼睛里却有着电灯一般的光亮。

父亲是可以和祖父祖母在一个桌子上吃饭的，只不过祖父面前放着一小碟油炸花生米或者一小盘大葱炒鸡蛋。若是兴致好，祖父也会烫一壶老酒。多年之后我才明白，这一碟花生米和一壶老酒，是一家之主的特权，也是地位的象征。祖父岿然不动，祖母慢条斯理，父亲则不紧不慢地吃着手里的馒头，那是玉米面、麦子面混合的。父亲说："明天芒种，麦子熟了。"祖父点点头说："芒种三天见麦茬，你去忙活吧。"

从芒种开始，父亲每天4点钟左右起床，在院子里摆一盆水，旁边放上一块大青石，打磨十几把镰刀。镰刀在石头上被磨来磨去，渐渐透出锋利的光芒。叔叔们聚集过来，在父亲的指挥下向麦田进发。这是一支整齐的队伍。在麦田中，镰刀与麦子碰撞，发出优美的声音。整个村子里的人都在麦田里埋头苦干。每个人都一言不发，直到挥舞着镰刀走到地的尽头，他们才会忍不住喊一嗓子。这时候，旭日初升，整个麦田突然热闹起来。人们大声谈笑着，手里揽起一轮又一轮的金黄。

农历五月收麦子、九月收玉米，还有一年到头侍弄不完的棉花，父亲早已与土地融为一体。

祖父从军30多年，祖母随军20余年，他们在上海共同生活了20年。而我的父亲，则在上海生活了17年。他17岁参军，5年之后退伍，随祖父祖母返回山东阳信县老家。在上海的17年里，父亲是如何生活的，他从未向我提起过。他从不提上海，仿佛从来没有在那里成长和生活过一样。祖父祖母每次提及上海也只是只言片语。我唯一知道的就是祖父和祖母能听懂越剧。偶尔，祖父会哼唱几句"天上掉下个林妹妹……"。土地的魅力有这么大？我总是怀疑他们对土地的感情，特别是父亲对土地的热爱与痴迷，但我又找不出任何理由。他日出而耕，日落而回，满身泥土，又从容不迫。他的身上有阳光的颜色、月亮的颜色、麦子谷子的颜色、高粱玉米的颜色。他忘记了大都市的所有细节。他已经是土生土长的农村汉子了。

农村的夜静谧温馨，昏黄的灯光照着全家人简单的饭食。父亲会在开饭之前到村子里转一圈，看看哪家的电灯没亮，是不是出了什么问题。他像侍弄庄稼一样对待每一条线路、每一个灯泡，直到灯泡温暖地亮起来。那时候的灯散发着淡黄的光，就像收获的麦粒和玉米。

多年后，机缘巧合，我也成为一名电力工人了，从乡村走出去看到了另一番天地。本想接父母到城里居住，他们却倔强地留在农村，和麦子、玉米相伴。麦田里矗立起高大的风力发电机。风力发电机巨大的叶片像岁月的年轮，一圈又一圈地转动着。父亲行走在田地里，就变成了一架永不停歇的风车。

雨终于停了，父亲长长地呼出一口气。雨下得虽然大，好在对田地里的玉米没有造成严重的影响。父亲走进田里，渐渐和田野融为一体，散发出光和热。

二

母亲住进了医院。病痛并没有改变她倔强、坚硬和不服输的性格。她蹒跚着，如同蜗牛蠕动般缓缓移动。这期间，她尽量不让自己停下来。她尽量不显出疼痛的表情，在我面前保持着优雅。好在，她终于进了病房。细密的汗珠打湿了她额前的头发。在透过窗户照进来的光里，我看见她已有了数不清的白发，但她依然很漂亮。母亲长长叹了一口气，便在柔和的阳光里沉默不语了。

时光把那个干练、清爽、无比辛劳的母亲带走了。它抽干了她的精气神，带走了她的微笑，给了我一位浑身被病痛折磨的母亲，一位风烛残年的母亲，一位如落叶般飘摇的母亲。时间并没有把母亲的爱带走，在时光流逝中，这种爱反而变得更加浓烈了。

那些年，母亲的脚踏遍了村庄的每一个角落，踏遍了田野上的每一寸土地。她的脚步是多么轻盈矫健啊。我跟在她身后，像一只灵活多动的兔子，去追逐翩翩起舞的蝴蝶，去戏耍通身碧绿的蚱蜢，去采摘那些五颜六色的野花。天上的流云时聚时散，不断变换着花样；小河里的清水"呼啦啦"地流动，数不清的鱼儿漫无目的地游来游去；那些野草野花在微风中不停地摇摆。对母亲来说，田园风光只不过是、也只能是一个浪漫的字眼。母亲，像所有平原上的母亲一样，慢慢活成了一株棉花、高粱、玉米或者麦子。

在我的记忆中，母亲并不是那种做事特别快的人。不过，她有一股劲，让她不停地向前走。

家乡麦子熟了的时候，整个田野就会荡漾出一片片淡黄色。夏风微醺，这片黄就变成金色。家里人天不亮就去了麦田，母亲一人喂饱牲畜和鸡鸭鹅狗之后，才会快步走到麦地里。当然，田里的人已经把她远远甩在身后了。母亲能做到的，就是低下头不停地割麦。她弓着腰，从容地把一片片金黄揽到臂弯里，再把它们整齐地放到田垄上。她割麦的动作一气呵成。她一直低着头、弯着腰，手里的镰刀"嚓嚓"地响，麦子便齐齐刷刷地倒了。汗水浸湿衣服，麦芒扎了手背，她都不会抬头——她就那样不断地重复着一个动作。当割到麦田尽头时，她已经把别人远远地甩在身后了。

我曾问过母亲："你这样一直低着头做活，不累吗?"母亲抚着我的头笑着说："不累。"但她又怜爱地说："要是怕累，什么事也做不成。"她说这句话的时候脸上挂满了阳光般的笑容。去田里做活，她和父亲走在前面，我和妹妹跟在后面。时隔多年，我陪父母散步，却时常走在他们前面。走着走着，我就和他们拉开了距离。在朝阳或路灯下，父母变成了两条长长的影子。

生活篇 时光片段

我常常想，村庄里是不是还留有母亲忙碌的身影？田野里是不是还留有母亲的脚印？我上学的路上，是不是还留有母亲期盼的目光？那些被时光带走的记忆，会时不时地跳出一簇火花，如寒冬里炽热的火焰。远去的村庄与田野、站立的玉米与高粱，渐渐淹没了母亲瘦小的身体。

　　曾经，母亲身材挺拔，像房前屋后的老榆树。我这个比喻不一定恰当，但一时也找不出更为合适的词语来形容她。榆树普通，农人却离不开它，在老家处处都有它们的身影。农忙闲下来的时候，母亲早早备好了纺线织布的家伙什。织布机是要放在堂屋正当中的。织布时，母亲需要两只脚一上一下地踩动踏板。两排细密的线便在她踩动时不断交错。她手里的线梭像弯月一般，闪出银亮的光。布匹在踏板"咣当咣当"中一毫一厘地生长。寒冬刚过半，几匹五彩的布已经织完了。它们散发着棉花柔和的清香，更融进了母亲暖暖的温度。

　　母亲并没有去过很远的地方，所到之地不过方圆十几里。后来，我在县城工作安家，她才算走得远了一些。这几年，她也去过市里，再就是这次的济南之行，但去市里或者济南都是因病。要是没有病痛的折磨，她是不是连这种远行的机会都没有？

　　我知道，母亲并不是不愿意来一次远行，她也有遥远的理想。我出差回来时，总喜欢给她讲异地的所见所闻、人文风情，她会像小学生一样认真地听，并不住地点头，从不打断我。从她的眼神里，我能感觉到她曾经有过梦想。每当我说完，母亲总会叹口气，又略带自嘲地说："嗨，我就是想去也走不动了，我老了。"是的，母亲老了。我真的没有注意到满头秀发、精干爽利的母亲会突然变得老迈。她的皱纹是什么时候爬上额头的，她的脊背是什么时候弯下来的，她的眼睛是什么时候花了的，她整个人是什么时候变得木讷寡言的……母亲已经老得让我不敢相信自己的眼睛。

　　手术后，母亲依然坚守本色，尽管疼痛使她紧蹙眉头，她却仍咬牙坚持。她不愿意给我们添麻烦。她用她的坚强宽慰儿女。母亲真真切切地活成了一棵树，一棵久经风霜的树，一棵坚韧挺拔的树。

大院

◎ 马志强

（散文）

不知不觉，我离开大院已经十余年。搬家的时候是夏天，往后一到同样的时节，我都不免有些怀念。

大院的结构和电影《功夫》中的院落相像。三层楼再加上一排矮房，中间围成一个百余平方米的院子。从上面看，整个大院形如一个"凹"字。

我们家是2001年搬过去的，因为房东的大儿子是父亲的工友，给我们挑了二楼向阳的屋子，并且免去了水费。我们家租了两间卧室，其中一间也当客厅和餐厅，还有一间几平方米的小厨房。

刚进大院时，感觉它确实不小，每层有大小十几间屋子，楼上楼下进进出出的住户也多。起初，全家人住在一起，屋子中间加了一块挡板，后来砌了一堵不太厚的墙。我和妹妹住的外面的半间，也是吃饭的地方。最不方便的就是上厕所要跑到一楼。小时候我胆子小，夜里想上厕所时，一开门看着漆黑的院子，又吓得退了回去，实在忍不住时再一口气冲下去。

住了几个月后，我渐渐熟悉了大院里的人。除了房东老两口外，住的时间最长的是一楼一位略微发福的中年妇女——解阿姨。她的丈夫是搞家电维修的，不过当年却是凭着一手好厨艺博得刚进城的解阿姨的芳心。婚后第一年，小两口便迎来了一个大胖小子，后来随着第二个、第三个儿子相继出生，一家人的生活也变得拮据起来。眼看着大儿子到了入学的年纪，为了增加收入，解阿姨做起了卖麻辣串的生意，结果第一天出摊只卖了八块多钱。听老房东说，那天晚上她在屋里哭了半宿……往后的二十多

生活篇 时光片段

223

年，解阿姨一直在小推车前起早贪黑地忙碌着，院里的人也习惯了吃她的麻辣串，并亲切地喊她"解老板"。

解阿姨家的三个孩子都是我儿时的玩伴，最小的一个还和我同龄。小时候，在解家老大的带领下，我们几个孩子经常会干些稀罕事，像躲在一张大床下面点着蜡烛开"零食派对"，在楼顶废弃的铁架子下烤肉串，抱成一团看恐怖片……到了伏天，那时没几户装得起空调，大家图凉快都会卷着凉席或铺盖到楼顶上睡。大人们还特地接了电线，在灯下打扑克、看电视。我们几个孩子就在睡熟的人脸上涂鸦，然后等着第二天早上挨骂。稍大点时，我们经常坐在一起闲聊，总觉得有说不完的故事和悄悄话。

在大院里住的日子久了，邻居也换了几茬。有的搬到了其他院里，有的买了新房，也有的回了老家。院里的男人们大都在外面为了生计忙碌着，他们中的大部分都没有固定工作，干一天活拿一天钱。女人们多数在家看孩子，也有在外工作赚钱的。其中一个叫秋霞的，刚开始我喊她姐姐，后来就改口叫阿姨了，因为她结了婚并且有了孩子。听说她离家很早，有个弟弟在读书。刚进城的几年，她挣了钱就往家里寄，到了寒暑假还接弟弟过来玩。

记得第一次见面时，她染着几缕黄发，叼着烟，我觉得害怕，所以住了很长一段时间也没敢和她说话。直到有一天，我写作业碰到不会的地方，刚好看她在门外抽烟，就怯生生地喊了声"阿姨"，然后让她帮着讲了那道题。结果，她一出屋就疯了似的满走廊跑，边跑边喊："小马喊我阿姨了！小马喊我阿姨了……"留我一个人在书桌前涨红了脸。

2009年，我家、张叔家和虎哥家都搬了新房，用大家的话说是"熬出头"了。但我觉得在大院的日子没什么煎熬的，够热闹、够开心。我们三家是陆续搬走的，院里的老邻居们也喝了三场乔迁酒。

大学毕业后，我在合肥参加工作，再回大院也只有过年的时候。尽管房子依然住满了人，但大多是新面孔。听解老板说，二楼新搬来两个年轻人，一个在开服装店，另一个在读大学，三楼还有个"90后"是做生意的。"没准再过个十年八年，院里还能出几个企业家哩！"老房东在一旁笑着说。

说起来，我也好久没回大院了。不过母亲常去，所以吃饭时会唠唠大院里的事。听她说解老板有一天卖麻辣串卖了四百多块钱，秋霞阿姨搬了新家，张叔和他姐姐合开了一家餐馆，虎哥买了辆新车，贾叔的老婆有了二胎……"现在大家的日子都比之前好多了，只要好好干都会越来越好的。"母亲常常这样念叨。

　　对暂住在大院的不少人来说，在院里的日子是拮据的、不便的，走出大院，买房、买车、去更远的地方才是追求，我也渐渐地认可了这一点，但还是觉得在大院的日子就像花开的季节，温暖了我的整个童年。

生活篇

时光片段

一座楼的记忆

◎ 毛雅莉

（散文）

午后，暖暖的阳光透过窗户斜射在办公桌上。我的心跳随着窗外轰轰隆隆的挖掘机声起起伏伏——厂大门对面的这座楼终究没躲过被拆迁的命运，连同这条马路两边的许多房屋一起将要被夷为平地。

飞逝的时光里，总有一些人、一些事、一些物件会离我们而去，包括眼前的这座楼。陪伴我们一起成长的一楼食堂，以及二楼的多功能活动中心，将要离去，就像多年的一位老友突然离去那样，让人不舍、难过。

那几日，每天上班进入办公大楼时，我的视线总会被眼前那一片废墟中的钢筋水泥拽着。我望着即将拆完的楼，寻思着这片废墟中，究竟交织和掩埋着多少沧桑的记忆和曾经的辉煌呢？

这座楼修建于20世纪80年代末，一楼是职工食堂，二楼是职工活动中心。楼的门脸不是特别大，一进去，一根绿色S形竖梁悬空支撑在两层楼间。楼前绿植蓬勃，藤蔓缠绕，绿油油的爬山虎一簇簇攀附在楼的正前方，生机盎然。松树郁郁葱葱，挺立在楼的两侧。

三十多年前，这座楼应该算是非常气派、功能齐全。一楼的食堂承揽了全厂职工、家属的美食，让大家不再为做饭操心。记得每次寒暑假从西安上学回来，我总会被爸妈派去食堂买馒头。又白又香的馒头散发着浓浓的麦香味儿，买完转身，我就忍不住要尝一口，还未到家，一个馒头已被撕扯得只剩半个。刚参加工作时，记忆最深的就是那里的蛋糕和酥饼。食堂有位师傅姓陈，是石泉人，专做糕点和甜品。他做的小米发糕散发着淡淡的桂花清香，甜而不腻；金黄的酥饼酥脆，蛋糕松软可口；面包油亮，有浓浓的蛋香味。甜点窗口排队的人总是络绎不绝。爱吃甜食的我几乎每隔一天就去买一次。那天，正好轮到我时，蛋糕只剩三块了。身后一个小朋友眼巴巴地瞅着窗口，说："完了完了，轮到我肯定没有了。"于是我买了一块，剩下的两块留给他。小朋友一时感动，说："不知叫你姐姐好还是阿姨好？""还是叫我姐姐吧，我今年才参加工作。"我们一路聊着蛋糕和面包。他告诉我今晚吃一块，还有一块留着第二天一早带到学校去，因为同桌过生日，刚好可以和她分享。快到生活区时，小朋友挥手和我道别。我说："祝你和你的同桌快乐无忧。"他回答："谢谢姐姐，你也一样！"

翻过记忆的城门，捡拾遗落在二楼活动中心的青春岁月，那些点点滴滴、快乐时光像是一串串美好的音符。曾经，厂里在二楼举办演讲赛、知识竞赛、卡拉OK、联欢晚会，大家在那里编排节目、训练……丰富多彩的文体活动丰富了职工们的业余生活。

参加工作的第三年，我和同事组建过一支乐队，虽然不是专业的，但贝斯手、吉他手、钢琴师、架子鼓手都有，像模像样。我们将自己的乐器搬来活动中心，利用业余时间一起训练、磨合。那年中秋节，厂里举办了第一次交谊舞联欢会，乐队全程伴奏。当时，我担任歌手。那次演唱的两首歌曲，我至今记忆犹新——陈明真的《我用自己的方式爱你》和方季惟的《爱情的故事》。那一晚，来跳舞的职工特别多，欢快的舞曲、闪烁的霓虹让活动中心成了欢乐的海洋。舞会结束，为了庆祝乐队第一次演出成功，我们在阳台上赏月吟诗、对酒放歌，在舞台中央互诉衷肠、翩翩起舞。歌舞醉人，艺术养人，大家洋溢的青春和浪漫的情怀尽情释放，欢乐无限。

我还记得，在我参加工作的第五年，陕西省电力公司举办了"陕送杯"青年辩论赛。作为唯一一家发电单位，安康水电厂精心挑选人员成立了辩论小组。当时，我们的训练场地就在一楼食堂。每天，大家忙完手头工作，按照约好的时间围坐在小饭桌前谈论辩题。当时我们的辩题是"电力企业的发展，内部机制与外部机制哪个更重要"。我们是反方，要阐述的是：只有建立良好的内部机制，才可推动企业更好地发展。围绕这一点，我们多方整理素材，不停地推敲和辩论。我是唯一一位女辩手，其他三位都是男辩手。第一次参加这样的辩论赛，我心里七上八下，感觉没底，怕影响了大家发挥。厂团委书记看出了我的顾虑，把我叫到一旁："平时各种演讲赛和知识竞赛你都在参加，这个辩论赛就更不是问题了。况且，你们可以互为补充。我相信你有这个能力，大胆发挥吧！"团委书记的一番话给了我莫大的鼓励和信心。经过一个月的训练，我们每个人信心满满。从预赛、复赛到决赛，我们一路过关斩将，最终取得第二名的好成绩。

2019年深冬，我们最后一次在这座楼里参加集体活动，排练舞蹈。每晚7点钟，我们准时相约在二楼活动中心。两位负责指导的同事一遍又一遍细心指导，分解动作；对动作不到位的人，她们耐心指点、单独训练。其中有个动作需要从左右两个方向各跳一遍，尤其是左侧，我的动作总是不标准。一曲跳完，站在我前边的女工委刘姐就留下来单独拆分动作，做着示范，帮我反复练习，直到我熟练掌握。终于，我完整地跳完这支舞，她连连拍手叫好："终于有那个味道了，这首曲子是藏语歌曲，所以一定要把藏族舞蹈的那个韵味展现出来！"一次排练完，一位同事说："过了年，这座楼可能就要拆了，大家要抓紧时间练习啊！"谁知，新冠肺炎疫情让节日活动过早落幕，我们的训练也不得不停止。空闲时，我会在家里一遍遍练习那些动作。那支舞曲、那段时光、那些欢声笑语都定格在活动中心，成为永久的记忆，弥足珍贵……

春天过去，夏天也过去了，乍起的秋风里，那座楼终于拆了。站在路边，往事涌上心头，不禁感慨，岁月荏苒，曾经的一切只留在记忆里。不过，不久这里或许会有新的建筑，还会有新的故事、新的辉煌。

杨梅如笔，写尽夏日温情

◎ 潘玉毅

（散文）

若把慈溪比作一件美丽的衣服，把山河、草木、亭台、楼宇比作衣服上不同形状、不同颜色的图案，杨梅便是这诸多图案中最与众不同的一块——有了它，慈溪的山水便增色许多；没了它，慈溪的风物则失色不少。

慈溪人在宋代就学会了人工栽培杨梅的技术，通过嫁接等方法，培育出了多个品种。如今公推"荸荠种"质地最为上乘。这种杨梅肉质细软，汁液充盈，果大核小。荸荠之名，盖因此种杨梅果实成熟时呈紫黑色，与荸荠外皮极像。

杨梅可食用，且味道极佳。从宋代的苏东坡到清代的李笠翁，不管才学多高、名头多响的人物，见了它都免不了激动。不过，放眼过去的千百年间，最值得一提的是明代人与杨梅之间的情感。

明朝嘉靖年间，在南京为官的礼部尚书孙升难以吃到家乡的杨梅，每每念及，引为平生憾事："旧里杨梅绚紫霞，烛湖佳品更堪夸。自从名系金闺籍，每岁尝时不在家。"字里行间流露出深深惦念和淡淡忧伤。诗里所言的烛湖，也称烛溪湖，旧时属余姚，今属慈溪。自古以来，在慈溪这个杨梅之乡，烛湖一带的杨梅亦是上上佳品，远近闻名。

因着孙升的吟诵，杨梅被赋予了特定的情感。在慈溪，杨梅由一味单纯的水果变成了和明月、饺子、汤圆一样的意象，成为团圆的一种象征。每年6月份杨梅成熟时，只要挤得出时间，离家的游子不管多远，也定会

生活篇 时光片段

229

回到故乡的山间看一看，听一听久违的乡音，尝一尝杨梅的味道。若是实在赶不回来，也必定叫人寄上一两筐，聊以慰藉满腹的乡思。

关于杨梅，慈溪还流传着一个古老的传说。相传很久很久以前，天上住着一位美丽的仙子，掌管着人间百果的开花结果，众仙都叫她百果仙子。深山中住着一个恶魔，一直觊觎她的美貌。一天，百果仙子下凡间巡查，恶魔使用法术将她困在一个山洞里。有一个叫石郎的年轻猎人正巧路过，把她救回村里。百果仙子很感激石郎的救命之恩，慢慢地喜欢上了这个勇敢善良的年轻人。百果仙子常常给当地的村民治病，并给自己取名梅珠。梅珠的下落很快被恶魔知道了，他趁石郎外出打猎，设下圈套将梅珠打下山崖。石郎回来不见梅珠的踪影，四处寻找，最后在湖边发现了她。梅珠临死前告诉石郎不要悲伤，并请求把她埋在一棵大树下。石郎含泪埋葬了梅珠，然后去找恶魔，最终用箭射死了恶魔。石郎伤痕累累地来到埋葬梅珠的那棵树下，终于支撑不住，倒了下去。那天晚上，天下起了雨。这雨一下就是两个月。

第二年，当村民经过那棵树的时候，发现树上长满了紫红色的果子，摘下来一尝，味道很甜，又稍微带点酸。回想起百果仙子为大家做的好事，村民便管这果子叫杨梅。在树下，村民还发现了很多草，用这种草来包装杨梅，不但没有异味，还能起到保鲜的作用。村民想，这肯定是石郎的精魂所化，并给它取名为狼棘草。每年到了吃杨梅的季节，雨会一直下个不停。村民都说，那是石郎思念梅珠的眼泪，称之为梅雨。

不知道孙升小时候是否也听过这个动人的故事，但他对家乡的思念是真实的，爱吃杨梅也是确凿无疑的。也正因此，羁旅异乡的他一到杨梅成熟时节，便不由得思乡情切起来。

明代以前，南朝梁著名文士江淹是将杨梅写入诗的第一人。那时的江郎才情无双，写起《杨梅颂》来文不加点，提笔立就："宝跨荔枝，芳轶木兰。怀蕊挺实，涵黄糅丹。镜日绣壑，照霞绮峦。为我羽翼，委君玉盘。"可见，以玉盘装盛杨梅的习俗久已有之。这比"诗仙"李白"玉盘杨梅为君设，吴盐如花皎白雪"的记述还早200多年。及至宋代，苏东坡在撰文点评水果时，更写下了"客有问闽广荔枝何物可对者，或对曰西凉葡萄，我以为未若吴越杨梅"。在他的流放经历里，有一阶段是流放惠州。一次，他外出采风，在罗浮山脚吃到美味的荔枝，不由感叹"日啖荔枝三百颗，不辞长作岭南人"。这两句诗太过出名，以至于很多人都不知道这首诗的前两句是"罗浮山下四时春，卢橘杨梅次第新"。吃荔枝时都不忘说杨梅，也可见东坡先生对杨梅的喜爱。

明代，杨梅不仅被写进诗词文章，更在医书和农书里占据了一席之地。无论是弘治年间成书的《本草品汇精要》，还是万历年间成书的《本草纲目》《农政全书》，均将杨梅列入其中，对形状、品质、储藏方法和药用价值做了记录。

如今，这味南方珍果在云、贵、浙、闽等地皆有种植，但若论及品质，人们公认最好吃的杨梅产自浙江。作为一种拥有悠久历史的传统特产，慈溪杨梅可谓誉满浙东、驰名海外。

慈溪乡间有俚语，道是"端午杨梅挂篮头，夏至杨梅满山头"。故而，为了不错过杨梅，每年端午将近，来自上海、杭州、嘉兴等地的"吃货"们天天看着日历，只等正日子一到直接杀将过来。从某种意义上来说，端午仿佛是一声集合的哨声，将天南海北的游客聚拢在一处。

山川如纸，杨梅如笔，笔头所至，一抹红色如墨迹般晕染开来，仿佛梅花盛开在枝头，又好似调皮的孩子站在树梢上，遮着额头远眺，盼着故人归来。

陪母亲浇地

◎ 庞利鹏

（散文）

晚上10点，我刚出门就遇到邻居。他问我去干啥，我答回老家浇地。

"你还种着地？"邻居有点惊讶。

"嗯。"我应了一声，赶紧下楼。确切地说，是母亲在老家还种着三亩多地。

三亩多地，不是一块，而是三块，且大小不等。

前些年，母亲还没上年纪，平时一个人就把地里的活干了。只是麦收、秋收时，我才回家帮忙。

近两年，母亲已年过古稀，虽然仍然劲头十足，但毕竟年龄不饶人，尤其遇到晚上浇地这样的活儿，心有余而力不足。我也不放心让她一人浇地。

播种完玉米两三天，我估计快要轮到浇地了，就打电话问母亲，母亲支支吾吾的，说还轮不到。但我猜晚上一定能轮到，只是她不愿让我走夜路罢了。

我赶紧给地邻（注：耕地相邻的人家）打电话确认。果然，晚上11点左右能轮到我家。我立即驱车前往。

老家距市区20多里地，不到20分钟，我就赶到了地里。

田野里一片漆黑，只有头顶上几颗星星在闪烁。偶尔有几盏灯晃动，提示你附近有人在浇地。间或有不知名的虫子在低鸣，提醒你这里是

光的印记 《国家电网报》2021年 文学作品选集

田野。

母亲已在地里等待。她没想到我会来，嘴上虽然埋怨"大半夜的，你又跑来干啥"，但看起来一下子轻松了许多。

此刻，偌大的田野像是被一块黑布罩住，四周静得出奇，一个人确实会感到有点孤单与害怕。

我忽然想起，母亲其实一直害怕晚上出门。母亲是家中的老大，还有两个妹妹、三个弟弟。当时，我姥姥多病，姥爷在外工作。母亲从14岁开始就跟着她爷爷干农活，犁地、种地等都是把好手。可是，由于小时候干活时遇到过豹子和狼，母亲一直害怕在晚上出去。

记得我小时候，每次在晚上浇村东那块靠近坟墓的地时，母亲都要我与她做伴。我到地里啥也不用干，就陪着母亲说话，听到有猫头鹰叫，立即拿土坷垃吓它，这样玩着玩着，一块地就浇完了。母亲还会拿几块糖或饼干奖赏我。母亲总说，男子汉就是不一样，胆子大。其实，我啥都不懂，就是图个玩。

后来，我逐渐长大，外出求学，又上大学，姐姐也求学、出嫁，父亲在外打工。我突然想到，母亲是怎么度过那么多独自在夜晚浇地的日子的呢？瞬间，泪水顺着我眼角流下。

"轮到你们浇了！"地邻喊了声。我赶紧赶到垄沟前，挖土、封堵，再挖土、再封堵，水顺着地垄流去。

母亲在一旁打着灯，指挥我从哪里挖土、如何堵住水，一点也不闲着。

看着水顺畅地流向地里，母亲又像往常一样，劝我"明天还要上班，赶紧回吧"。我不反驳，也没有走，而是东一句西一句地与母亲聊起来。母亲很高兴，告诉我谁家又添了新车，谁家孩子说上了媳妇，谁家妯娌不和睦……话匣子打开，母亲像是忘记了这会儿是晚上、自己是在田里。田野寂静，唯有母亲和我说话的声音在回荡，似乎玉米、野草还有一些不知名的小虫，甚至包括大地，都在听我和母亲聊天。母亲聊着家常，说着开心事，早已忘记了劝我回去。

我的脑海中又浮现出小时候陪母亲浇地的场面：母亲忙着挖土、堵水，我在一旁唱儿歌、扬鞭子，时不时还扔出去几块土坷垃或石头。虽已过去40多年，那情景仿佛就在昨天。

　　一会儿工夫，地就浇完了。下一个地邻开始忙着挖土、堵水。

　　我不顾母亲劝阻，拉她上车，送她回家。一路上，母亲依旧没有睡意，说又让我多跑了一趟，以及许多已经说了多遍的事情。我偶尔插上一两句，换来她更多的话。

　　夜已深，待母亲歇息，我才返回市区。不知何时，弯弯的月亮已高挂在天边，大地变得不再那么黑暗，就像小时候我陪着母亲浇地时一样。想着想着，泪水模糊了我的双眼。

◎
雀
翎

流年里的光

（散文）

一

　　不久前的一个晚上，我家所在的小区因故停电，我借着手机的光亮去房里取了平时把玩的烛台，点上蜡烛。烛光里，儿子绘声绘色地跟我讲一部名叫《停电》的科幻电影。我不禁回忆起小时候在乡村生活时的那些停电的夜晚。

　　20世纪80年代末，在我的家乡浙江湖州吴兴区，电多半是用来照明的，农业用电还没完全到位。那些夜晚，往往父亲刚从田间回来，捧上一大碗热气腾腾的饭才坐到桌前，屋里那盏散发着橘黄色光的电灯就忽地暗了下来，暗到我只能看到屋外掠进来的一丝昏沉的天光。父亲习以为常，放下碗筷，从里屋摸出蜡烛点上。我和妹妹就在烛光里吃饭，在烛光里玩耍，在烛光里听母亲唱歌。母亲唱着唱着，我们也跟着哼了起来。渐渐地，歌声响亮了，家里像是开了小型演唱会，父亲是唯一的观众。

　　现在回忆起来，童年时停电的夜晚有美丽也有苦涩。从木门泥墙旁、石瓦廊檐下走出来的乡亲们能苦中作乐。农忙时，他们日出而作日落而息，夜晚屋里的那点灯光凝聚起他们生活里的光明和希望。

　　说起乡村，很多作品总是浸润着陶渊明笔下"采菊东篱下，悠然见南山"的超凡脱俗。然而，现实是残酷的，多少代水乡人为了生存跟自然顽强博弈。如果没有现代农业科学技术，没有水利和电力，乡村生活就很难

生活篇 时光片段

235

脱离艰辛的劳作，家乡的这片土地也不可能有高的生产效益。

吴兴区地处南太湖流域，素有"丝绸之府、鱼米之乡"的美誉。小时候，赤足走在春天的田埂上，乌黑的泥土从我的脚指头缝中冒出来。抬眼望去，几只蜜蜂围绕在油菜花周围"嗡嗡"地歌唱。乡村的上空，抬头就会看见横着的电线。电线中间的连接点就是粗壮的水泥电线杆。我隐约能看见几只蜘蛛在电线间织网。蜘蛛和电线在风中不停地纠缠又不停地晃荡。这给了儿时的我一个遐想的出发点。

渐渐地，村里不常停电了，家乡的经济发展迅速，居民生活水平日渐提高。渐渐地，乡间的小路宽了，道路旁的田间建起了机埠，田野里有了"哗哗"的水声和机器的轰鸣声。乡野的早晨、乡野的阳光、乡野的风都在不知不觉的变化中扮靓了乡村。

二

太湖水畔的农家在古诗词的情境里总是浪漫的。可以想象，在夏末秋至的傍晚，一条条渔船伴着落日归来的情景，此时应有一支叫作《渔舟唱晚》的古筝曲响在耳畔。此曲创作于20世纪30年代中期。曲名取自唐代诗人王勃《滕王阁序》中的"渔舟唱晚，响穷彭蠡之滨"。然而从前的太湖岸边，人们往往还没见半点渔火就听到轰鸣的马达声从远处传来。噪声惊扰了夜的宁静。很多渔船用柴油发电机作动力，声音很大，船上的人整天整月整年都在这样的噪声中生活。那时，渔舟唱晚的意境成了奢侈的梦。后来，太湖渔船上装了电发动机，将渔民从噪声中解放了出来。

湖州长兴县仙山湖景区10年前就在渔船码头装上了充电桩。这里的工作人员每天接待来自五湖四海的客人。客人闲坐在船舱里，或聊天或看书，品味太湖风光。若是在夕阳西下的傍晚，你坐在船上，对着波光粼粼的湖面听一曲《渔舟唱晚》，那才真是应了景。

陶渊明《桃花源记》中云："土地平旷，屋舍俨然，有良田、美池、桑竹之属。阡陌交通，鸡犬相闻。其中往来种作，男女衣着，悉如外人。

黄发垂髫，并怡然自乐。"千百年来，文人墨客从《桃花源记》中萌生了乡村隐居的理想，可从前真实的乡村生活哪里有那般惬意呢。如今的太湖人家，在水上搞光伏发电，在水下养殖鱼虾；一边植桑养蚕，一边种菜育花。乡野中，平和静美，没有鸡鸣犬吠却有各种鲜花争妍斗艳。村庄里，古桥石栏，篱笆藤蔓。现代人利用科技演绎了世外桃源的人文内涵。

半个世纪以来，家乡的人一直在探索美丽乡村建设路径。如果说20世纪80年代初乡村公路的修建是一次交通的革命，让乡亲们走出家门融入城市生活，那么，21世纪的能源转型就是一次让人不得不叹服的绿色能源革命，让乡亲们能够诗意地生活在美丽家乡。以长兴县西部的煤山镇为例。煤山镇是当地水泥熟料的主要产区。过去，301省道一直是周边煤炭、石材原料、水泥熟料的主要运输通道，每天有数以千计的重型卡车把水泥熟料运送到小浦镇码头再外运。交通拥堵、道路扬尘、噪声污染、路基损毁以及频发的交通事故等问题严重影响周边居民的生活质量。2018年，供电企业在地方政府的支持下实施"以电代油"。矿山等企业采用了电力驱动的输送长廊。它是一条绵延近22千米的全电动封闭式水泥熟料输送带，与物流码头无缝衔接。它成为国内首个实现"全电运输、全电仓储、全电装卸、全电泊船"的"全电物流"电能替代项目，从源头到终端全程纯电动、无污染、无噪声。

如今，我经常在湖州的地标性建筑的电子屏上看到一句话："在湖州看见美丽中国。"

湖州是元初文学家戴表元诗"行遍江南清丽地，人生只合住湖州"里的湖州，是浙北的一处清秀风雅之地。这里是"绿水青山就是金山银山"理念的发祥地。

从长兴仙山湖到"看不见一根电线"的安吉县蔓塘里，再到京杭大运河上的"岸电全覆盖""生态+电力"模式对湖州的生态文明建设起到了支撑作用。今天的美好生活是乡亲们过去做梦也没梦到过的。在这个停电的夜晚，儿子讲述电影中的情节。我自是难以想象如今要是失去了电，生活将是什么样子。电以光的形式在我们的流年里照亮了生命。如今，电不仅仅是光明、温暖的代名词，更是生态、可持续发展的强劲动力。

237

◎ 沈向明

久违的味道

（散文）

柿子具有清热、润肺、生津、解毒的功效，是时令之果，也是家常之物。

十一年前的深秋，我在位于河南省辉县的八里沟风景名胜区，看到许多柿树长在屋舍之间。那一个个橘红色的柿子反衬着太行山的灰暗色调，一阵阵秋风裹挟着苍凉古旧的气息吹过来，吹向苍茫的大地。这时的柿树叶子稀疏，枝头的柿子如一盏盏橘红色的小灯笼，引来不少喜鹊。它们从枝头啄食到地上，又从地上飞往邻近的柿树，让人不由自主地想到宋朝诗人郑刚中的诗句"野鸟相呼柿子红"。

岳父家的两处院子里也栽有几株柿树。它们生机盎然，叶茂时笼盖如伞，年年都能结出大量的果子。眼看着一个个硕大的柿子慢慢地由青变黄再变红，特别是霜降后，当柿树的叶子落去一半的时候，那满树晶亮橘红的果子令人喜上心头。

柿与事、世等字谐音。绘画大师齐白石晚年尤喜画柿子，他以柿入画，有事事太平、事事如意、五世同甘之意，是借物送福、托物言美。岳父岳母靠种地供孩子们上学，从被村里人觉得傻到儿女个个成材，再到如今子孙满堂，过上了舒心日子。这期间吃了多少苦、流了多少汗，恐怕只有他们自己最清楚。岳父年年都会留一些柿子在树上，供喜鹊尽情啄食。喜鹊们也不白食这些柿子，留下喳喳的鸣叫声，让人欢喜。

柿子刚褪尽涩味，妻子就开始陆续往家里拿了。我将硬邦邦的柿子盛在大白瓷盘里，然后放在宽大的书桌上，不失为一件很好的案头清供，也能为书房增一点亮色、添一份雅意。待它们果肉变软、颜色变得更加红亮时，我小心揭开那薄如蝉翼的表皮，轻吮慢嚼，舌尖触到带着浆汁的沁凉甘美、醇厚爽口的果肉。妻子拿来的柿子实在太多了。我还喜欢把柿子与她同样从娘家拿来的老南瓜、红辣椒、玉米一起放在小院里的大簸箕上晾晒，让家里也有了江西婺源的那种晒秋的味道。

我对柿子最早的记忆是在小时候父亲出差带回来的柿饼。柿饼上有雪白的柿霜，味道清凉甘甜。现在店铺里卖的柿饼没有了当年的那种味道，我也很少会买来吃。知子莫若母。母亲会把硬柿子一只只削去皮，用绳子穿上，晾在阳台雨棚下，任凭风吹日晒，再经冷露寒霜，过十天左右，那一串串柿子就开始收缩起皱，变软，变红，带着光亮。直到柿子布满了白霜，我才摘下一枚品尝："哎哟！这就是久违了的那种味道哇。"

◎ 司空

夏日到，西瓜俏

（散文）

炎炎夏日，最想念的莫过于西瓜了。金圣叹历数人生快事三十三，其一就是"夏日于朱红盘中自拔快刀，切绿沉西瓜。不亦快哉！"。

西瓜成为夏日宠儿有它的道理。高温闷热的夏季往往让人们昏昏沉沉、食欲消退，而西瓜爽脆的口感、甘甜的味道，加上如其英文名watermelon所指的富含水分，既能消暑又能开胃。大才子纪晓岚都说："凉争冰雪甜争蜜，消得温暾顾渚茶。"苦夏溽暑之中，西瓜能让人开胃开怀，想不爱它都难啊！

大家都爱吃西瓜，但是挑西瓜却是个技术活。敲是国人挑西瓜一个很重要的方法，听听声音是脆是闷，从而判断瓜是好是坏。以至于不管会不会听音，好像不敲一敲，这西瓜就买得不是那么放心。而为了照顾那些不懂怎么听声音的敲瓜群众，有商业头脑的人还开发了手机App，通过采集并分析声音来判断西瓜的生熟。你要做的就是打开这个App，选定西瓜的大小、颜色，再敲一敲，然后让手机帮你听这是不是一个好西瓜。看看App后面的反馈，居然成功率还不低！

这样深受国人喜爱的西瓜却不是本土产品。看名字，就应该知道西瓜是从西边也就是西域传来的。西瓜原产于非洲，有确切记载是在五代时期传入中国。五代后晋人胡峤曾随团出使契丹，因战乱被扣押七年。他将其间见闻写成《陷虏记》，其中记载："遂入平川，多草木，始食西瓜，云契丹破回纥得此种，以牛粪覆棚而种，大如中国冬瓜而味甘。"这个记载较为可信，其中讲到的牛粪覆棚技术，北方至今还有瓜农在使用。

到宋朝，西瓜在北方已经相对普及了。南宋时候，南方也开始引种西瓜。曾在金国当使臣的南宋人洪皓将功劳归在自己身上，他在《松漠纪闻续》中是这么说的："西瓜形如匾蒲而圆，色极青翠，经岁则变黄。其味类甜瓜，味甘脆，中有汁，尤冷……予携以归，今禁圃乡圃皆有。"

国人对西瓜的热爱，让中国成了世界上最大的西瓜生产国和消费国，每年要生产全世界超过三分之二的西瓜，基本上都在国内消化掉了，而且还不够，每年还得进口几十万吨。

从南到北，从东到西，全国都产西瓜，西瓜的品种多不可数。论瓜皮，有黑的青的花的白的；论瓜瓤，有红的黄的粉的白的。汪曾祺曾说："天下皆重'黑籽红瓤'，吾乡独以'三白'为贵：白皮、白瓤、白籽。"这说的就是南京、苏州、无锡一带的三白西瓜。论大小，西瓜大的能有几十斤，小的才有拇指大；论形状，除了圆的、长的，日本人还用模具培育成了方形的西瓜。还有奶味西瓜、耐储西瓜、摔不破西瓜等等，不一而足。

西瓜吃得多了，也就吃出了不同的花样。新疆人"早穿棉袄午穿纱，围着火炉吃西瓜"，那是因为地理气候的缘故。潮汕人蘸着盐水酱油吃西瓜，就只能归为奇特的饮食习俗了，毕竟在潮汕，基本上水果都能蘸着酱油吃。在看到《舌尖上的中国》第二季的山东西瓜酱之前，我从没想过鲜甜的西瓜还能和酱搭上关系，然后知道了勤劳聪慧的先人"把夏天的味道神奇地保存下来"，秘密全在这家常小菜西瓜酱里。除了瓜瓤，大部分时候被扔掉以至于让人"滑到哪里算哪里"的西瓜皮也能入菜，去除最外层的蜡质皮后，西瓜皮可以凉拌、清炒，还能与肉同烧，都非常清爽可口。

在很多人的儿时记忆中，西瓜总是和水井连在一起。汪曾祺在《夏天》一文中写道："西瓜以绳络悬之井中，下午剖食，一刀下去，喀嚓有声，凉气四溢，连眼睛都是凉的。"即便有了冰箱，但像汪曾祺这样将西瓜浸在井水里，也还是很多人的选择。水井中浸出来的西瓜，清凉，不冰牙。将西瓜泡在流动的山泉水中，也是一种好方法。记得我小时候暑假去山上叔叔家玩，他从附近熟识的农家扛来一个硕大的黑皮西瓜泡在路边树荫下的山泉中。天色渐暗，我疯玩一下午，又累又饿地回去吃饭。晚饭过后，叔叔将西瓜从水里捞出，在小方桌上切成一大片一大片。我坐在院子里，啃着西瓜，吹着山风，看着天色暗至墨黑，听着虫鸣连片如同歌唱……

这水井山泉，这山风虫鸣，还有这儿时岁月都远去了。好在还有西瓜，且将快刀破西瓜，不亦快哉！

竹

◎ 孙宝

（散文）

书案上有盆文竹，我读书倦了总会玩赏一二。文竹有些竹的韵态，但是纤小无力弱不禁风的样子又与竹相去甚远。看见它，我总会不由自主地想起野外生长的竹。

居住在城市里，即便看到竹子，也是在公园里或是园艺景观的一隅被人刻意培植的那种，看起来虽清新雅致，却仿佛少点什么。或许是没有野生的那么灵动有活力？对，是缺少了野性。

竹子是乡村再寻常不过的植物。山中林下，桥边溪岸，院前屋角，随处可见它们摇曳的身姿，或密或疏，或高大或纤细，或挺拔或丛生，优雅地装点着乡村的山水田园。

乡村里的人喜欢养竹，一些地方甚至家家有分包的竹林。竹子都是野生的，说是养，其实就是防人偷或人为损害而已。竹子的种类很多，如桂竹、斑竹、毛竹、紫竹……桂竹和毛竹较为多见，比较高大，成年株可达十几米。竹子成材后可用来制成实用的器物，如竹席、竹床、竹筐、竹扫把、簸箕、竹篮等。

竹子的生命力很顽强，只要有块土基本上就能活。用我们当地人的话来说，竹子不怕旱涝，多么贫瘠的土地上都能开枝散叶。乡村人喜欢竹子的倔强，竹也依恋乡村，多么和谐的关系。

我对竹子有特殊的情感。小时候，我们塆落旁就有片高大的竹林，远望就像绿纱帐。我和小伙伴经常在里面躲猫猫、爬高、打鸟捉蝉。竹林就是我们嬉戏的乐园。到了春天，竹笋破土而出，小小的，尖尖的，特别惹人爱怜。挑几棵鲜嫩的竹笋带回家炒腊肉吃，那甜美的滋味让人回味无穷。

修长而灵秀的竹总是很讨喜的，不是吗？你看它，披着一身青翠，轻枝拂动，有风吹来，摇曳多姿，一枝一叶总关情，难怪自古以来很多文人墨客为竹吟诗作画。

郑板桥就以爱竹如狂闻名于世，一句"举世爱栽花，老夫只栽竹"，爱竹之志昭昭。他作的《竹石》将竹子的精神和气韵刻画得入木三分："咬定青山不放松，立根原在破岩中。千磨万击还坚劲，任尔东西南北风。"不是爱竹、懂竹之人，怎么能写出如此传神的诗句？我想，如果竹有心性的话，一定会感叹：得如是知己，何其幸哉！

竹，清雅淡泊，有坚劲之节、虚怀之心，谦谦如君子。爱竹，喜欢它翩翩的绿意，喜欢它可入诗画的气质、君子一样的品格……

宁可食无肉，不可居无竹。我常常在想，什么时候屋前能种上一丛竹该多好哇！累了赏赏竹，闲了看看书，门对千棵竹，家藏万卷书，该是多么惬意的生活。

稻花正芬芳

◎ 檀竹来

（散文）

立秋后，雨伴随雷电疾风彰显出了威猛，而且像包月不惜流量似地下个不停，天气变得凉爽起来，让刚刚经历酷暑的人们倍感舒适。

即便蜗居小城，人们的内心也总是向往自然——漫步田间小径，采摘野菜菱角，择一块空地放放风筝，让身心得以舒展，拾起童年的那份乐趣。

随着铜陵推进拥江发展，蓝天白云下，铜陵长江大桥雄跨在万里长江之上，连通着江北与江南。小城的人们慢慢习惯了在周末闲暇时光，或三两好友，或携妻带子，开车过桥，去江北的乡野漫步，享受不一样的宁静。

我也一次次地驾车行驶在枞阳与铜陵间的G347一级公路上，经过大桥，欣赏着沿途四季不同的风景。

3月，我写了一篇《一路油菜花》，用键盘记录眼中无限美好的途中景象。从3月朦胧的水墨画里走出来，我尽可能多地去陪伴孩子。但时光太瘦、指缝太宽，姑娘在爱人的照顾下又开始步入了一段新的求学路。

田野里的秋天没有春的柔情与新生，但处处充满了热闹。土地流转后，水稻种植从散种变成集约化种植，从传统单一型种植变成稻虾产业化种植。清晨，装满小龙虾的箩筐陆续送至G347一级公路边的小货车旁，随即被装运上车争分夺秒地运往各大市场。白天，无人机低飞进行施肥作业，引来路人驻足观看。夜晚，青蛙在田埂上跳来跳去，呱呱的叫声连成一片。夏秋时节瓜果香，路边田野的大棚在阳光的照耀下亮得刺眼。棚内的藤架上，一串串葡萄缀满枝头，掩映在繁密的绿叶中，散发着醉人的香气，让人垂涎欲滴，吸引不少游客进园采摘。

"稻花香里说丰年，听取蛙声一片。"置身初秋的田野，微风吹来，你能闻到一阵阵稻花香味。此时，稻穗开始灌浆但还未成熟，它们或昂首挺胸，或微微低头，一眼望不到边，似给大地铺上了一层厚厚的毯。旁边地里的一排排玉米秆，像一个个威武的战士整齐站立，展示着它们的长成之美，倾诉着大地的养育之恩。玉米地边，丝瓜藤在竹篱笆上蔓延，长短不一的丝瓜间，一朵朵黄花绽放。蜻蜓与蝴蝶在半空中飞来飞去，像在跳优美而轻快的舞蹈。露珠从绿叶上悄悄滑落，进入大地，继续着它滋润禾苗的使命。这样祥和的景象使秋的田野更加迷人。

往返于枞阳与铜陵之间，路旁是一望无际的田野。这一路的景象虽然谈不上繁华，但一年四季各有特色——春天里的五彩缤纷、姹紫嫣红，夏天里的绿意昂扬、苗壮成长，秋天里的丰收之景、欢声笑语，冬天里的白雪皑皑、蓄势待发。

时下，不妨静静地感受从这泥土中散发出的气息——稻花正芬芳。

西藏行记

◎ 汪泞昕

（散文）

　　从成都开车出发，沿着川藏线一路向西，跨过金沙江大桥，西藏的土地便在脚下。再翻过东达山，川藏联网工程海拔最高的那座500千伏铁塔会从你眼前一晃而过。发动机的轰鸣声被淹没在澜沧江和怒江的涛声中，车辆像暴风雨中的一叶扁舟，在横断山上沉浮。三五天后，你将抵达八宿。

　　在八宿歇了一晚后，你会在餐厅里和一帮重卡司机闲聊着吃完早餐，然后一同出发。八宿县海拔不高，4月初的空气还算湿润。一路上，雪花在山谷间不停飞舞，将周遭的松柏盖得严严实实，依稀能听到头顶传来枝条被压断的声音。前些天，积雪从山顶崩塌到河里，再被湍急的河水冲开，稍显狼藉。雪崩的痕迹仿佛还残留着巨大的声响，把窗外的一切压得一片寂静。这样的光景将在这段时间里周而复始地上演。看着道路两旁刚被清理出来的雪，你会不自觉地把安全带系得更紧些。

　　汽车慢慢悠悠地从这条山谷中驶出，眼前豁然开朗。一场早已不知何年发生的地震，将奔腾的帕隆藏布江水斩断，一汪湖水被静静地留在了这里——然乌湖，亘古不变。白驹过隙，岁月在这里沉淀出一片人间瑶池。

　　春天还没有降临。此时的然乌湖，湛蓝的湖水上稀稀拉拉地漂浮着一些薄冰，随着波浪缓缓漂向下游。湖畔的老树像一幅没有画完的水墨画，苍劲的笔锋在主干之上中道而止，等待着积雪融化，以湿润脚下的土地。藏中联网工程的铁塔从远处的山顶"倾泻"到湖边，倒映在波光之中。湖

生活篇 时光片段

水拍打着岸边，涟漪之中，铁塔银线随着一圈圈波纹继续前行。一切都是那么安静。突然，一群乌鸦从山林间飞出，"哇哇"的叫声盘旋在湖面上，接着又被一阵寒风吹散。冬天还在这里，不愿离去。

本以为是逆行四季的一趟旅途，却在200公里外遇上春暖花开。随着海拔降到2700米，国道318线两侧逐渐开阔，山已不高，水亦不急，竟出现了一片沃野。黄色的油菜花盛开，养蜂人已经搭起帐篷开始劳作。远处，一团粉色在地平线晕染开来。呼吸之间，一朵朵如云彩般的桃花纷纷跳出画卷，随即席卷大地——波密桃花沟，有幸与你相见。

"缘溪行，忘路之远近。忽逢桃花林，夹岸数百步，中无杂树，芳草鲜美，落英缤纷。"1000多年前，五柳先生嗜酒而眠，是不是梦游了一回波密，才写出如此美景。苍凉的雪山被打造成一株盆景，洁白的毡帽、藏青的披肩，再搭上粉色的裙摆，一切都被大自然驾驭得恰到好处。清晨，薄雾遮挡住桃树的主干，只剩下一片花海飘浮在水汽之上。一阵微风卷下无数花瓣，缓缓落地又徐徐升起。站在花团下，任花瓣撒落在掌心，再俏皮逃走，在前方偷偷地冲你回头一笑，带着你的心扶摇直上。凝视前方，交错的溪水在树林间断断续续，穿行的车辆在花团中若隐若现。等你回过神来，已是夕阳西下。

你可以在波密逗留数日，然后再次启程。通麦特大桥连接着山谷，无数旅人经过这里。十里桃花，粉红的颜色一路绵延到林芝，即便有天险横阻其间，也不曾改变。

蜿蜒的山路缓缓托起车辆，云层不知何时已经在你身下。抬头仰望，只见日月同辉。色季拉山，横断山脉的最西侧，留下最后一丝湿润的季风。大山将空气割开，一边云雾缭绕，一边万里无云。在万里无云的这边，一座巍峨的雪山把视线阻断。

作为喜马拉雅山脉东方尽头的最后一座高峰，南迦巴瓦峰一直都是神秘的。雅鲁藏布江的水汽依附着上升气流在空中聚少成多，常年缭绕着山巅。山峰在几朵桃花之间稍纵即逝，我赶紧按下快门，却也只拍到两三张照片。山下的索松村里，来自天南地北的慕名者数不胜数，但能一窥南迦巴瓦峰真容的幸运者却寥寥无几。许多人在这儿守望数十天，最后也只能将遗憾留在江畔。

经过林芝，拉萨也就不远了。肃穆的布达拉宫、热闹的八廓街自然无需过多描述。千年的藏地文明在此生根发芽。雅鲁藏布江水在这里虽未成熟，但也能用稚嫩的波澜推动着历史缓缓前行，孕育出中华文明的另一片天地。

油门一脚到底，时速60公里。从拉萨到日喀则，你可以沿着318国道继续驰骋，领略四季变化，也能出城左转，去看看羊卓雍措和江孜古城。历史在这里与山水毗邻而居，像是两条平行线，互不相干地向远处延伸。

从成都到日喀则，从璀璨霓虹到酥油灯火，其间相距2000多公里。一条条公路、一根根银线，将两段历史交织到一起。如今，一条崭新的电力天路从日喀则延伸出来，翻过高山雪域，跨越浩荡江河，为这片土地送去新的动力。

◎夏琦

师徒情

（散文）

一

我从小就能跑好动。到了打酱油的年纪，我妈总使唤我干些跑腿卖力气的活儿，比如去开水房拎水，又比如，给一个老头儿送饭。

老头儿姓黄，住在磷矿子弟学校坡下的一个大院子里，离我家两里多地。院墙用红砖砌成，东西各留一门。他的屋是西边砖房的单间，紧挨着西南角的月亮门。相邻的几间是矿办招待所，经常空置着。院子南北两边住家不少，多是"半边户"（20世纪80年代一方为城镇户口，一方为农村户口的夫妇）。男人们去下井，家属们就窝在冬青树旁戳毛线，说着家长里短，很热闹。

老头儿不喜欢凑热闹。他总闭着门。门里门外，两个天地。

说是送饭，也不是餐餐都去。逢周末，遇过节，家里包了饺子，又或是烧鱼时，我就少不了跑趟腿。我妈嫌我姐性子"肉"，怕饺子粘成坨了都还没送到。所以，一个月里，我总有几次机会见到老头儿。

老头儿有点怪，不沾大荤腥，偶尔吃点新鲜鱼，熬成奶白色汤的那种，猪肉剁碎包成饺子他倒也吃。他屋里有煤气灶，别家一个月换两罐煤气，他两个月才用一罐。邻居们见到的他，不是关门，就是开锁，偶尔到院子里晾晒两件衣服。那扇门里的世界，人们既陌生又好奇。他也逛早市买菜，总是在晨跑之后，总是站在几个固定的摊位前——卖青菜的，又或是卖豆腐的。隔十天半个月，他也去光顾卖鱼的摊子，不问价，更不杀价，远远地站着，等摊主挑好杀完，他拎一条回家。卖肉的摊子，他从来都是绕着走。

我家有小菜园，门前还有个大堰塘，蔬菜和鱼都能自给自足。偶尔菜场的王屠夫说杀了猪，我妈才会早起去抢肉，也能遇见他。

"今天来家吃饭，凯凯昨儿钓了几条。"

"不啦，不啦！买了，买了。"他总是笑眯眯的，摇两下头，又点两下。

"那包了饺子让老二送过去。"我妈知道老头儿好这口。

"不忙了，一会儿还要出门。"

巴掌大的矿区，两分钟能走完的主街，出去能到哪里呢？况且老头儿退了休，也没种地。除了早起晨跑、晚上散步，他就窝在家里。他不爱跟人打交道，遇到别人和他搭话，他也笑着回一句，很惜言语。

我妈和我爸谈恋爱时就认识老头儿。这么多年，他不愿麻烦人的性格，我妈早摸得门清。

回到家后，我妈就和面擀皮，剁肉包饺子。待锅里的饺子翻腾了三道水，我妈拿漏勺盛了满满一搪瓷钵，再装进布袋，挽个结。她递到我手中时总要嘱咐一句"给黄爹爹送去"，出门前再唠叨两句"快点，莫凉了"，想了想，又喊"慢点，莫撒了"。

一溜烟儿的工夫，我敲响了老头儿家的门："我妈让我来……"

门开了，老头儿穿着白汗衫，下摆扎在绿军裤里："老二呀，进来坐！"

我没进去，也不喊人："我妈说，趁热吃。"这句是我自己编的——吃凉的，我回家不好邀功。

老头儿伸手接过布袋，笑眯眯地说："下次跟你妈妈讲，不要太费心了。"说话间，他已经腾出空碗倒出饺子，又将搪瓷钵洗净抹干，装进布袋递给我。屋里有果子的话，他也会挑两个塞给我。

走时，他送我到院门口，交代"回去慢点跑"。他说话的语气温和，听起来像儒雅的校长。他的腔调与本地人不一样，我爸曾说他是江浙一带的。

他很少提自己的事。矿上的人只知晓，黄爹爹无儿无女。

二

"那个我去送饭的老头儿，黄爹爹，他是谁？"我懂事后问我妈。

"不准叫他老头儿，那是你爸的师傅！唉，是个孤老。"

"是个孤老。"我重复着她的话，若有所思。我妈怕我听不懂似的，又跟着补了句"无儿无女"。

"那他结过婚没？"我追着问。

"问那么多废话干啥！"我妈也经常嫌我废话多。打那之后，我再送饭时就会多打量他两眼，找着机会也会跟他多说两句话，还会甜甜地喊声"黄爹爹"。他听后总是眉开眼笑的。

碰上送饭时他不在家，我也不急着回去。从月亮门出去有个小花园，种着夹竹桃、石榴树，也有一棵蜡梅和几窝夜来香。等他的空隙，我会溜到园子里转转。

老头儿的门不常开，窗子却很少关着。窗外人少，四季有景。我逛园子时，会有意透过木窗打探里面的世界。这是一间通屋，卧室和厨房都在一起，可闻不到丁点油烟味。水泥地面亮得泛光。窗边的木桌上摆件不多，但很整齐。墙角有张小方桌，搁着一台彩色电视。南边靠墙有张木床，铺着已有些发白的床单，被子被叠成豆腐块状。

我家爹爹也住着单间，和黄爹爹年龄相仿。他的被子从来都是铺在床上，起时拢在一边，睡时直接钻进去。

我跟我妈讲，黄爹爹好爱干净。我妈说，黄爹爹以前当过兵，从部队转业后被分配到磷矿汽车班。遇上我爸，两人便有了师徒缘分。

传技术，教做人，老头儿对我爸很上心，我爸对他也很尊敬。结婚时，我爸跟我妈说："对他老人家，要跟对我老头儿一样好。"

我妈应允了，甚至做得还有些偏心。除了送饭，每半个月我妈还让我去老头儿家"抢"脏铺盖，趁着天晴洗洗晒晒，晾干叠好后再让我送回去。

又拿又送，只因老头儿从不愿去我家。现在回想，大概因为家里还有一位老爹爹，他只是师傅。可我们却早已视他为亲人。

三

老头儿突然走了，在一个盛夏的清晨，倒在煤气站里。

他穿着那件白汗衫，脚上是黑布鞋。听煤气站的老陈说，老头儿扛起灌好的气罐子，刚起身，就"叭"的一下栽倒在地。笑眯眯的眼睛从此闭上了。医生赶到后，说是脑溢血。

矿上离退休办的人出面，将老头儿送去火葬场火化。

当天，我爸正在外地出车，等收到消息赶回来，老头儿已经火化了。我妈自认为是老头儿的亲人，但邻居们"指点"此时该避嫌，当天也没能见到他。

听说，夜里，那扇曾紧闭的门里很热闹，有人翻箱倒柜地折腾了大半夜。

第二天，院里的女人们私下"咬耳朵"，"老头儿的床铺下都是百元大钞"的传闻在矿上"炸了锅"。

开追悼会时，矿上来了两个陌生面孔，听说是老头儿的侄儿。"一滴泪都没掉！"女人们讲得眉飞色舞。最终，年轻人抱走了骨灰盒，还带走了一个厚信封。

传闻让我爸妈更加避嫌，就像当初老头儿不主动来我家一样。只是在"头七"的晚上，他俩摸去月亮门那边的后花园，躲在墙角烧纸，口中念念有词。说到伤心处时，我爸哽咽了。

丧事办完后，矿领导通知我爸去小屋里搬点东西。我爸看见墙角的那台彩色电视，眼圈儿又红了。那是当年大多数家庭还在看黑白电视时，我爸孝敬他师傅的。院子里的女人们为此议论了好久，说老头儿"没儿子，有徒弟一样的"。

后来，我妈跟我讲，当年万元户还算少时，老头儿塞给我爸一个存折，有四个零的，硬被我爸退回去了。老头儿倔，隔个一年半载又塞，我爸又退。他跟老头儿说："没有师傅，就没有现在的我。"

老头儿去世后，每年农历七月半，我家给过世的老人们烧纸时又多画了一个圈。我妈边祭拜边喊："黄师傅，来拿点钱，买点吃的穿的，不要舍不得花。"虽然她知道，老头儿衣食住行都很简朴。我爸出差带回来的好料子衣服，都被他压在箱底。

每年我妈在老头儿的忌日时也会说起他，言语中有些自责。她老说，要是早点把老头儿的家搬近点，再照顾好点，以老头儿的身体，百岁不是问题。

老头儿走了这么多年，如今，我爸想起他时，眼睛还是会红。

　　我小的时候，曾有一个时期迷上了小人书，不但入迷地看，还有了收藏的瘾。只要攒上一两毛钱，我就去县城的新华书店买书。钱主要是靠给生产队的牲畜割草换来的。三斤芦苇一分钱，所以要攒够一毛钱很不容易，有时还要加上买盐打酱油时剩下的一两分钱才能凑齐。靠着攒钱买书，我的小书匣子一天天充实了起来。

　　一天，朋友小波来找我，说他听说新华书店新到了小人书，一本是《敌后武工队》，还有一本是《三打白骨精》。他与我商量：每人买一本，然后交换着看。我当然愿意。不料，那天父母都到公社开会去了，我手里又没有钱。怎么办？我一时想不出办法，小波见状便先走了。我急出了一身汗，恨不得掘地三尺挖出几个钢镚儿来。忽然，我眼前一亮，咦——何不拿上两个鸡蛋到书店隔壁的大众饭店卖了，然后买书？

　　我拿上两个鸡蛋，一手攥着一个，往八里外的县城跑去。等快到县城南关时，我终于看见了小波的身影。我兴奋地喊他，脚底却不知被什么绊了一下，摔了个嘴啃泥，右手里的那个鸡蛋摔出去好远。我一看傻眼了，眼泪也流了下来：回家不光要挨"熊"，小人书也买不成了。我真恨不得打自己两个耳光。小波跑了过来，说："不要紧，你手里还有一个鸡蛋，到饭店里卖了，我还剩几分钱可以借给你，够你买一本书了。"

　　我顾不上膝盖擦破了皮，一瘸一拐地与小波来到大众饭店。我晃着手里的鸡蛋问正在炸油条的师傅："阿姨，你能不能买下这个鸡蛋？"哪知道一连问了几遍，她理都不理我。被问急了，她就说："去、去、去！你这个小孩，这么大的饭店买你一个鸡蛋干吗？准是从家里偷出来的！"

我被她说了一顿，脸上、背上一阵阵发热，心里说不出是什么滋味。我只好攥着鸡蛋，和小波来到新华书店。我俩盯着玻璃柜看了半天，也没找到那两本小人书，里面摆的差不多还是一个月前的那些书。我心里凉了半截："这算怎么回事啊，今天真是倒霉！"瞅了半天，我看见比普通开本略大一些的《东平湖上的鸟声》。这倒是本新书。我心里不免发痒，想着虽然自己买不了，可小波可以买下来，也算没有白来一趟。我们让柜员拿过来一看，里面的图画倒是不错，可解说词却是诗歌体的，开篇大约是"啁啾，啁啾，是什么声音这么响亮；啁啾，啁啾，是什么鸟儿叫得这样动听……"。我一看喜得把什么都忘了，哪知道小波却一点也不喜欢。他说："这词儿这么别扭，要它干什么？"我劝啊劝，磨破了嘴皮，他还是不答应。最后我说："这么着吧，你把钱借给我，我买下来你也可以看，钱过几天一定还你。"

小波答应了。我花了一毛六分钱买下了这本大约是小五十开的小画书。不知道为什么，我一直被开头的那几个句子吸引着。它们好像歌的旋律一样，一直在我耳边萦绕。我兴奋地翻看着，心里却直打鼓，琢磨着回家如何交代：钱总是好还的，但鸡蛋的事怎么说？想了许久，我决定不告诉父母，因为鸡蛋不一定是有数的，不说也许没什么事。我回家后，发现父母果然没有发现鸡蛋少了，但心里还是不踏实，他们一叫我，我就特别紧张。我后悔了，就咬咬牙说了。哪知一向严格的父亲居然没发火，只是含糊地说了句"能自己说出来就是好孩子，又是为了买书，下不为例吧"。

一晃快四十年过去了，回想我之所以会对所有有韵律的东西感兴趣，也许跟这本小人书有些关系。我已记不清这本书的作者姓名了，但大致还记得写的是东平湖抗日游击队的故事。主角是一个少年，他用口技模仿鸟叫作掩护，为游击队传送情报，帮助部队在战斗中取得胜利。那些用诗歌体写成的文字非常优美，有一种流畅的叙事语感。在物资匮乏的年代里，这本书给了我难得的享受。就我而言，买这本书的经历确是最难忘的。

岁月深处的吆喝

◎ 于绍迎

（散文）

"高粱煎饼、棒子煎饼、石磨煎饼、机器煎饼、手工煎饼""鸡蛋粽子、花生玉米、豆腐脑"……老家院外，扬声喇叭传出一阵阵叫卖的吆喝声，由远而近，时停时响。那一声声有节奏的吆喝，让我想起了过去的岁月。

老家在鲁南地区，地处大山深处，是典型的纯山区。童年记忆中，家乡一穷二白，低矮的茅草房零乱地分布在山脚下，羊肠小道清晰可见，光秃秃的山岭相连。通往村里的小路崎岖狭窄，由石块铺成。不便的交通封住了村民出行的脚步，很多村民一辈子都没出过大山。

村民出不去，外人也很少进来。一年中，只有那些做生意的人来得最多。修补农具和说书、杂耍的人只在农闲时才来。生意人都是挑着担子进村。修补农具和说书、杂耍的人除了挑担子外，也有推独轮车的。因为进村的小路崎岖、坡度大，独轮车只能停在离村子四五里外的地方，他们再请村民帮忙，肩挑人抬地把东西运进村里。

村民们对外面世界的了解，多数来自这些生意人的讲述。也因此，那些来村里做生意的人以及说书的艺人成了最受欢迎的人。村庄位置偏僻，那时经济不发达，一年中看上几场电影、几次皮影戏，或是听几次大鼓、琴书，成了村民最大的愿望。年复一年，那些生意人、修补农具的人和说书、杂耍的人来了走、走了来，成了村里男女老少的熟人。

那时很多村民家没有现钱，只能用家里的地瓜干或粮食折价换货。赊账很常见，特别是春季，村民忙着买小鸡小鸭的时候——养鸡鸭是村民一年主要的收入来源。每年开春，小鸡小鸭就成了抢手货。小鸡小鸭之所以热卖，除了可以养大了卖钱，还有一个原因就是无论村民买多少都可以赊账，等秋后卖掉再结清。生意人的吆喝中，用得最多的字就是"换"和"赊"，"换豆腐""换大米""换盆罐""赊小鸡来赊小鸭——"……

"磨剪子——戗菜刀——""锔盆补锅——""换豆腐喽——"这些是我最喜欢听的吆喝。那一声声洪亮而带着尾音的吆喝，会把村里的男女老幼都引出门。大家聚在一起说笑，看手艺人修修补补，和卖货的小贩讨价还价……

时光荏苒，如今，老家出村的路通了，乡亲们盖起了新的砖瓦房和楼房，有的还购置了小汽车。从现金支付到刷卡支付，再到手机支付，交易付款方式也在发生变化。

吆喝声却不常听到了，卖煎饼、鸡蛋、豆腐的小贩多用扬声喇叭来兜售物品。那些洪亮的吆喝声留在我的记忆深处，偶尔听到，我就会想起过去的岁月。

◎ 李晓燕

在一座博物馆
寻找乡村的记忆 （散文）

　　山东省莱西市有一位专门收藏农村旧物件的农民收藏家，他的收藏品是小城历史的一个缩影。

　　一个傍晚，在老城区的一个小院里，我与一个木制模具——"乞巧节"用的木卡子不期而遇。长条的卡子上镶嵌着一个个形状各异的小模具。旧时寓意吉祥的花纹图案、精致的雕工，众多的物件里，它一下吸引了我的视线。

　　母亲称这种模具为"小豆卡子"。家里的那个不记得何时丢了，如同遗失了一段美好。我曾经寻遍集市店铺的各个角落，始终求而不得。如今，纯手工的雕饰愈发难得，即使是手工制作的，也总是少了些触动内心的精致。这成了我一直以来的牵挂，每到一处我都会细心留意。

　　走进小院是为了参加一个摄影比赛，我想拍一组乡村题材的照片。时间紧张，落日余晖下，我匆匆拍了几张外景后转入室内。

　　室内光线已暗，主人热情地打开灯配合，不过光线还是暗，只能借助闪光灯。我用广角镜头从不同视角拍了每个房间的布局摆设，就在此时发现了那个"小豆卡子"。像是有一种魔力，我不知不觉走到跟前仔细打量它，一时恍如回到从前。

　　儿时的"乞巧节"，母亲都会为我们做巧果。小伙伴们会拿出自己的巧果一起分享，那份单纯的快乐是我多年后再也无法感受到的。这也是我这些年来每到过节都动手做巧果的原因，即使街上的小铺摆满了成品，我

生活篇 时光片段

依然固执地坚持自己制作。

天色渐渐暗了，我来不及细细了解，匆匆与主人告别。

再来到这里是三周后的一个上午。我与同事到时，小屋的门还未开。我按照门上留的电话联系后，便等主人回来。

我打量着小院的规模：三排民房，一排五六间的样子，其中两排成院，院后有单独的房间与别家成一排。小院的屋山、后墙上都彩绘了民俗故事、民俗介绍等，与街巷的胡同文化相配。门上贴着一副对联：千古民俗情，一部农耕史。门楣处挂着"乡村记忆博物馆"的匾——上次来没仔细看，这竟是个博物馆！

再次进门，我认真打量小院。院子两边是农具展示区，墙上挂着各种的农具。

"这是按照农耕时代的春耕、夏耘、秋收、冬藏四时摆放的农具。"男主人介绍。

这些农具不觉唤起我对晨间乡村耕作的记忆，这些旧农具曾掘起多少土地的希望，见证过多少人酸甜苦辣的一生？

往前走，能看见木制小推车、大小不同的篓子。吸引我的是一个"国营青岛制糖厂"的冰糕箱，斑驳的红色字迹依旧能辨出，想来这个箱子曾游走于大街小巷。小时候夏天的中午，我都会听到小贩沿街叫卖冰糕，2分、5分钱一根。烈日下，小贩从厚厚的被子里拿出冰糕，冒着凉气，冰凉坚硬，让我有说不出的好奇。那时，在炎炎夏日能吃到一根冰糕，是多么幸福……

正想着，主人邀我们进屋内喝茶。这是一对"70后"夫妇。男主人史世俊从小就喜欢旧物件，看到喜欢的"大头钱"，就会拿出平时省下的钱哄着小伙伴置换。他说自己是个地地道道的农民，长大后干过运输、做过买卖，却总爱忙里偷闲买旧物件。

"他就是'收破烂'的，那时候我们谈恋爱到他家，到处都是'老古董'，满满当当，结婚后更多了，里里外外都放满了。孩子小时候在家里根本没地方玩，东西多，转不开人，墙上都是钉子。"女主人王冬梅说起过往滔滔不绝。

与旧物件共处一室得有多热闹？万物有灵，每件旧物都有自己的故事，记录着曾经的喜怒哀乐。它们也许还有自己的语言，蕴含在静默中。

2004年，史世俊辞掉了工作，开始专门收藏旧物件，为了喜欢的东西翻山越岭，跑遍了胶东半岛。

"你怎么知道哪里有旧物件？"我好奇地问。

"有时候是听说，有了线索然后去找；有时候就是沿街收购，拿着大喇叭。"他笑着说。

我在脑海里不自觉地想象了一下场景，还真像收破烂的。想来做自己喜欢的事，怎样都是快乐的。

"2013年，我在一个村子收到一架织布机。织布机由一位80多岁的老大爷收藏，是他母亲年轻时用来织布的，有100多年历史。"他继续说。

"百年旧物件怎么舍得卖给你？旧物件往往是个念想。"我问他。

"我跟大爷说，如果给我，我会好好保护它，让更多的人看到它，给子孙后代了解历史的机会。"

回家后，他开始研究这架织布机的结构及原理，想象织布的过程，居然让织布机重新转了起来，如今给我们讲解起来引人入胜。与一架百年织布机相遇，就像是与一位百岁老人交谈，它的故事里会有多少悲欢离合？

史世俊从小在农村长大，对土地的热爱根植于内心，怀念传统的农村生活。从手工劳作到机械化作业，从城中村改造到美丽乡村建设，他也见证了乡村的变化。

最后那排房屋里放着锅台、供桌、大衣橱、梳妆台、脸盆架、水缸，贴满报纸的土炕上摆着小桌和炕边柜，大铁锅上盖着木锅盖，旁边还有一个舀水的瓢……布局如同我的家乡老屋的样子，让我不禁思绪万千。

话说到一半，我忍不住起身去里面的屋子，看到了几排灯具。男主人介绍了从一根灯芯到煤油灯的发展过程。

"之所以收藏这么多煤油灯，是因为对它有感情。小时候母亲给我缝补衣服，奶奶纳鞋底，父亲修补第二天要用的农具，都是在煤油灯下进行的。一家人吃饭也是先把煤油灯放在桌子中间。那时，我就着煤油灯写作业，头趴在桌子上，一不小心就会烧到头发。"他说。

"从煤油灯芯一直到现在的万家灯火。看出电力的重要性了吧，带来光明和进步。"我忍不住说。

史世俊笑着点头，接着说："这里我准备重新布置，用红色，打造红色文化，弘扬家国情怀，也让参观者重温历史。"他说的地方，有一架标记"东风照相馆"字样的老式照相机，神秘的木制匣子仿佛依然在记录时光。

"这房子是你自己的吗？"我问他。

"是村里的。2018年我申请了村里闲置的旧房子修整，筹划了这个博物馆，也是想留住乡村记忆，弘扬民俗文化。现在这里还是青少年教育基地，经常有学生来参观学习。"史世俊说。我想起门口墙上挂着的几块牌子：莱西市妇儿宣教基地、莱西市水集街道新时代公民道德教育基地……

我听讲解得知，史世俊把博物馆分成民俗文化、农耕文化和红色记忆三个展区。他的博物馆已经渐成规模，收藏品超3万件。这里成了青岛新农村建设的一大亮点，多家媒体报道过。

馆藏里多的是胶东半岛农村的旧物件，有纺车、水车、蓑衣、草帽、辘轳、耙子、斗、升，它们在这里找到了居处。这里有他本人成长的记录，也有时代变化的写照，记录着一位新时代农民的经历和情怀。

博物馆位于莱西老城区的一条不宽的街巷里，门前车辆络绎不绝。一门之隔的馆内珍藏着旧时光，繁华与简朴，喧嚣与沉静，像一对长者与少年在对话，讲述着新农村的巨变。

这一世的烟火
——写给我的母亲 （散文）

母亲

◎ 张邦瑛

"从我记事起，我妈就是一个中年妇女的模样。"这是今年春节档电影《你好，李焕英》开头一句直击人心的台词。这也是我的母亲留给我的印象，从我记事起，她就是母亲的模样。

菜园，麦田，灶火，百纳布鞋，连着母亲，最是柔软的流淌，最是圆满的起始和归依。

母亲在十九岁那年的盛夏七月，穿了的确良衬衫，系了红头绳，坐着花轿，在媒人的带领下走了二十几里山路，嫁给了我的父亲，从此成为他的妻子，也慢慢成为我们四兄妹的母亲。

云彩落地，即成烟尘。母亲和那个年代的女子一样，嫁入婆家后，"咔嚓"剪去长发，和青涩时光告别。从此在分得的两间土坯房里，她架起柴火，把身后的日子和着灶火一起燃烧。

孝敬公婆，团结姒娌，携带姊妹，同丈夫一起抚育儿女，于她，只成就一生劳苦。

春日种桑，夏日养蚕，秋日摘豆，冬日砍柴，日出而作，日落而息。母亲总有没完没了的活要做，我们家的收成也因此总是比别人家的都多。

母亲在婚后第二年秋天的一个早晨生下我的哥哥——她的第一个孩子。她睁开疲惫的眼睛，看到那一团粉皱皱的肉体，内心里涌上花好月圆……之后，我和弟弟妹妹相继出生。从此，她更加无欲无求，将手掌的厚茧一再磨厚，磨厚。

忙完田间的劳作，她顶着夜色回家，远远地望见屋子里那盏亮起的煤油灯。看到哥哥在挑水，我在打猪草，弟弟妹妹在玩耍，母亲轻吁了一口气，内心饱满而温暖。

劳累了一天，顾不上歇息，母亲又走进灶房。饭桌边，她拣起碗里的红薯，把剩下的米粥倒进我们的碗里，她说："红薯好甜……"

年节里，她用卖鸡蛋、卖蚕茧攒下的钱为我们添置新衣。她不容许自己的孩子衣衫不整，惹人笑话，却忘记了自己的衣服早已磨洗得不见了原来的颜色。

冬日霜雪，她步行几十里路，去哥哥在城里读书的学校，送一瓶油炒的咸菜和一双熬夜纳就的棉鞋。看着哥哥穿上新鞋，她心生欢喜。她忘记了自己手脚的冻疮，忘记了回家后仍然要在冬日的严寒里洗菜淘米。

在静夜里听着我们的呼吸声，她在油灯下为我们缝补衣裳、纳鞋底，她的心踏实又温暖。

母亲一生亦有许多心事纠缠。她从小在城里读书，算那时的高小文化。可是父亲没有读过书，连自己的名字都写不出。她因为是地主子女而不能升学，这让她一生耿耿于怀，也因父亲不懂得疼惜而渐生哀怨。她总是怕我们过得不够好。

母亲像一张巨大的纱网，将人世重而沉的苦痛全部滤去。而我们不知世事地长大，不懂也不解母亲的劳苦辛酸，在她撑起的暖色氛围里欢呼雀跃，看不见太多的贫穷苦痛，只是一味地不知满足，甚至在不快时生出一些怨怼。

在年少轻狂的日子里，我觉得母亲有些暴躁，认为她不如别人的母亲好，时常和她顶嘴。

然而，母亲终究忘却了这些我们给过的伤害，她要的只是我们的健康和平安。

她和父亲用粮食养大了我们，供我们读书、努力跳出农门。当我们在城里成家立业过上稳定的生活，母亲的身体却渐衰，早年劳苦造成的腰椎病时常折磨着她。但她很少告诉我们，总想通过锻炼来减轻病痛。她去医院看病，住一两天就要求出院，生怕给我们添麻烦。

十年前，父亲病逝，母亲悲伤，不肯离开老家老宅。我们终究拗不过她。直到父亲去世过了百日，我们才将她接到城里，说是让她安享清福，实则是她在帮我们照应着孩子和家。

由于单位在县里，我只在周末和假日回到在市里的家。每次离开，便见母亲愈发低矮的背影。有一天我在她跟前，发现她额前竟已一片雪白。我瞬间感到巨大而尖锐的悲哀——我的母亲，竟这样快地老了。但她从不肯说出自己的苦楚，继续为儿女操劳，不肯停歇。

母亲开朗随和，很快结交了城里的朋友，学会了跳舞、打太极，也学会了发朋友圈。她对朋友说，感谢儿女们让她享受了城里人的生活。每逢周末、假日，母亲总会提前打来电话问我们是否回家，也会在第一时间捕捉到门铃的声音。等我们到家，她会端上我们最喜欢吃的腊肉包子，看着我们热乎乎地吃下。

母亲，不管你走多远，我一回头，便能看到你的目光。那个旧日堂前的身影，在我生命里深深嵌入。如今，我也为人母，已懂得你的冷暖悲喜，更懂得你无言之后的许多深沉。我知道，我们幸福，便是你要的圆满。

烛，殆尽自身，积攒光明，映照他物。

母亲，亦如烛。她默默完成一场生命的传承，然后，就退到时光的背后，默默无声，只在夕阳里翻看旧相册，回望匆匆而辛苦的一生。

◎ 张凤凯

腌咸菜

（散文）

每年秋后大白菜上市，母亲都要买上几百斤，除了日常吃，还用来腌咸菜。

母亲说，她从嫁过来就开始腌咸菜，至今已经快60年了。

白菜是冬季中国家庭的"当家菜"。现在各种食材应有尽有，咸菜也就成了饭桌上的点缀。不过，母亲对腌咸菜还是情有独钟。她和父亲在乡下居住，两人能吃多少咸菜呢？尽管如此，每年立冬前，她都要腌上一缸咸菜。等到第二年春天，每次我们回家，临走前都会捞上几棵带走。咸菜，不但成了我们家庭餐桌上的美味，还让我们想起儿时的味道。

腌咸菜的方法非常简单。原料无须挑选，白菜大或小、有没有菜心都行。择掉白菜的黄叶，用清水洗干净，码进缸里，一层白菜一层盐，放好后拿大石头压在白菜上面，注满水放在背阴处。经历一年中最寒冷的季节，等到开年，冰雪融化，就可以从缸里捞出腌好的白菜，炝煮炒炖，咸香味浓。

我曾无数次看母亲腌咸菜。小时候，我因为力气小帮不上忙。长大了，因远离家乡，我还是帮不上忙。前几年我想帮忙，母亲却不让我插手，说自己就能弄好。

去年，我终于帮上了忙。当时，母亲做了腰椎手术，等出院回家已经快到小雪节气了。母亲虽然下不来炕，却还是嚷嚷着要腌咸菜。

我一拍胸脯，说："我来吧！"

我洗了白菜，把菜放进缸里，一层菜一把盐，再放上一层菜一把盐……母亲躺在炕上指挥："多搁点儿盐，多搁点儿盐。"我嘴里应着，却担心太咸没敢多放盐。等码放好，我又给菜缸里加足了水，压上石头，盖上盖，放在院墙后面背阴的地方。

今年开春的一天，我回家跟母亲说："我得多捞几棵我腌的咸菜，邻居和朋友都嚷嚷着尝鲜呢！"母亲听了，说："你不提腌咸菜倒好，你一提，吃我一拐！"说着，她举起拐杖就要敲我的脚。

我赶紧躲开问原因。父亲在一旁笑着说："不听老人言，吃亏在眼前。腌菜时，你妈让你多放盐。你盐放得不够。腊月前，咸菜缸里的水冻成了冰坨，还把菜缸给撑破了。"

"锔盆锔碗锔大缸，拿我的旧缸腌菜香，你赔我缸。"母亲半真半假地说。我笑着说："看来，我不光要赔您个好缸，还得好好跟您学学这腌菜的手艺。"

醉花阴

◎ 张庆玲

（散文）

　　我看着那一嘟噜一嘟噜的金黄色小花苞，浸在芬芳如蜜的桂花香中。不知不觉，时光在一点一点地挪移。

　　每年入秋后的日子里，桂花是我牵肠挂肚的寻访。

　　一个人开始对气味挑剔，应该如我一般，怕已是过了而立之年。有意思的是，你会默默无语地立在树下，找寻那独特的气味。

　　没有一朵花不美丽。草木有本心，何求美人折！

　　忙忙碌碌地在一线生产岗位干了十几年，这几年的文字工作，倒像是唤醒了我。

　　生命像一轮玉环，完整圆满，光滑无比。最终，你会成为自己最爱的那类人。

　　像这一树一树迟发的桂花。有人读出今夏的热情，让桂花矜持地疏离。也有人读出八月中秋时嫦娥的悔恨。我读出的，是中年稳定的心境，和久久等待后的淡然。

　　劳动是件可爱的事。它让你忙碌，有时甚至只是重复。它让你疲惫，也因此让睡眠变得诱人。它甚至偶尔让你抱怨，让你羡慕别人。但是，辛勤劳作更多带来的是一份踏实，一份无愧时光、惠人惠己的认同和价值。它让你在那些平淡的日子里，有了更结实的身体、更坚定的意志和更成熟的经验。在我选择最适合陪自己在月下寻香的歌曲时，发现月亮还是那个温柔的月亮，而在月下听歌的我，已经从偶尔忧郁的迷茫少年到忙碌无暇的青年转至这心境澄明的中年。

不远处有潺潺水声。

啦啦啦，像首歌，人生的歌。

我选择的第一支歌，是《月光下的凤尾竹》。葫芦丝的声音那样悠扬，歌曲的尾声在荡漾，只是那金黄色小花苞真的不像迎风微摆的凤尾竹一样喜悦。换首适合桂花的歌吧！自然想到了电视剧《八月桂花香》的主题曲《尘缘》，少年时代萦绕心头的淡淡愁绪，一瞬间浮现。罗文哀而不伤的歌声，突然让桂花树变得模糊，更像是一团香雾、袭人的衣襟、锁人的心结。即使他唱着"回头时无晴也无雨"，这秋夜的凉薄到底是渐渐来袭。可是我，终究已经不是30年前那个为赋新词强说愁的幽怨女孩了。

那金黄的、厚实的、密密的花，很像现在的我——已经知道属于自己的花期，本就是历经冬的蛰伏、春的沉淀、夏的炙烤后独属于自己的绽放，即便略略迟些，也是美的。

今年的桂花，真是迟呀！果然，每棵树，每个人，都有自己的坚持。

多好，我可以这样站在桂花树下，痴痴地看，悠悠地等。其实，已经是满世界的香气，那么甜，那么美好！

棉花记忆

◎ 张振

（散文）

是夜，傍晚的风轻轻地拂去了夕阳，吹弯了新月。

我躺在床上，望着窗外，刚好能看到这一弯新月，不禁感叹，新疆的夜还是那么神奇、那么美。

这片无尽之疆，似有吸引外来人走向更深处的魔力。这是一片因遥远而陌生、因无扰而静谧的疆域。行走其间，你我都会发觉：地有界，心无疆。

此刻，裹在吸满阳光的棉被里，嗅着香薰散出的阵阵槐花香，望着窗外缓慢移动的月亮，我有了些许困意。

那是一个槐花飘香的时节。春风带来了一季槐花香，大街小巷满是淡淡的香味。有风的日子，槐花在空中飞旋，如雪，更胜雪。

我和同学推着自行车，踱着脚步，走在窄窄的小路上，望着路旁的槐树，会俯下身子，嗅一下那淡淡的槐花香；时而又会骑着车子，隔空喊话，大声欢呼。

除了槐花，我还喜欢如雪般的其他一切东西，比如白云、棉花糖，当然还有白白的棉花。今天的我，一想到身上的丝丝缕缕原是田间一朵朵被阳光喂得饱饱的花，心中就胀满暖意。

2006年，我还在上初中，学校安排我们参加课外实践活动。那年秋天的课外实践活动就是摘棉花，而那天的经历成了我至今难忘的美好回忆。

记忆里，那是9月的一天，伊犁河谷正值秋高气爽。老师带着我们一个班40多个同学坐大班车去棉花地。透过车窗，我看到外面一大片棉花地，白白的棉花一朵朵从"棉花碗儿"里膨出来，不由得想：这是谁家的棉花，怎么还不摘呢？再不摘就要落在地上了。那样是不是就不能要了？这个想法一冒出来，我竟满心焦灼，恨不得马上下车，然后奔到棉花地里帮人家摘了那棉花。

途中，前后排的几个同学时不时你看看我，我看看你，一会儿指着外面的棉花地，一会儿又充满好奇地欢呼雀跃着。记得当时老师还给我们讲了一些好玩的有关棉花的知识，也叮嘱了我们采摘棉花需要注意的小常识。

经过一个多小时的车程，我们终于到了团场棉花地。棉花长势正旺，远远一看，那片棉花地好像一片薄雪地。走近一看，一朵一朵的棉花正抬头对着我们咧嘴笑，其中还夹杂着几朵粉红色的花儿。

秋阳之下，棉花田一眼望不到边。一阵喧哗后，我们跟随老师的动作，一朵一朵地采摘着棉花。我到现在还清楚地记得，老师说，大家以后一定要脚踏实地，用自己的双手去创造属于自己的幸福天地。长大后，我才明白老师那番话。

那天课外实践活动，我和身边的几个同学按照老师教的方式，相互帮忙。我们在腰上系了个蓝白格子的包袱皮儿，贴腰的那面勒得紧，外面则松松地张了口，以便往里面装棉花。

我刚缓过神儿，有的同学就已经摘了半袋。我也不甘落后，急忙摘了起来。这时我才发现摘棉花是个技术活儿，不但要摘得快，还得摘得准，一不小心就会被扎破手。

从我记事时，我就喜欢盖厚厚的棉花被，还一定要在太阳下晒过的。在地里我就美滋滋地想，过几天新被子就会做出来，那一定是最香最软的，也一定是最美的。我仿佛已经感受到了它的魔力，也自然感受不到多少疼痛了。

不过，棉花地里有不少豆虫，表皮光滑而冰凉，尾部有根翘起来的尖刺，还会吐绿色的汁液。这简直就是我那时的噩梦。后来，我有次睡觉梦见在棉花地里睡着了，梦里醒来时发现身处的棉花地里满满都是豆虫，哭了好久。我依稀记得那天后半夜吓醒之后都不敢睡觉，怕一闭眼又是虫子堆。

那一天的课外实践活动后，我便再也没有去过棉花地了。记忆中，再往后几年，偶尔坐车经过棉花地，看到的都是机械收棉花的场景。等到棉花都长好了，就可以下采棉机了，100亩地也只要一天就能收完。

现在回想起来，当时的稚气既童真又好玩，如果能重来，我还会愿意回到小时候，再经历那一天。

那时，我们都只是孩子，不懂太多的事，不跑太多的路，只在光阴的剪影中盈盈浅笑。

清晨，日光洒向大地，照亮第一抹光。这就是我关于棉花的记忆。

冬来急雪染枝头

◎ 徐明莉

（散文）

12月初，一场铺天盖地的大雪，隆重地迎接大雪节气的到来。冬来急雪染枝头，一树梨花，一片洁白，树木、楼群、远山都被雪花覆盖。

冬季的清晨透着冷冽，拉开窗帘远眺，大片的白映入眼帘，那山、那树，都蒙上了一层白色的羽被。这可是冬雪老人送给人间的礼物？有人说，今年的雪来得气势磅礴，这已是入冬以来的第三场大雪了。仿佛是一个漫长的等待，悄悄积攒下所有，然后一股脑地抛撒下来，堆银砌玉一般，在河岸，在树梢，在屋檐。

上班的人在雪中蹒跚前行。环卫工人与轰鸣而过的清雪车一起工作着。因雪势过大，牡丹江市所有中小学、幼儿园停课两天。大雪带来许多不便，但换个角度去看，一切又变得不一样了。雪，是冬的精灵，那大片的白一眼望不到头，仿佛要将所有人的眼睛叫醒。万物萧瑟的冬季一旦有了雪的点缀，便一下子变得生动、活泼、浪漫和热闹起来。

树上的沙棘果驮着一层冰雪，在枝头摇晃，煞是好看。此时，穿上厚厚的棉衣、棉鞋，让自己融入自然，闭目凝神，深呼吸，感触清净和恬淡，享受灵魂深处的洗涤，体味宁静与闲适，感受回归自然的惬意，再堆个雪人，童趣跃然而生。只要你愿意，伸出手掌，它就会流下感动的泪水；只要你愿意，一直往前走，它就会陪你一路白头。

在这白雪的覆盖下，我仿佛听到有新芽萌动的韵律，仿佛千万朵花相约而开，唤醒人们沉睡的灵魂。心中有春，处处皆春；心中有雪，处处皆雪。生活并非都是宁静美好，也会有挫折苦难，我们能做的，是勇敢应对，不回避、不推卸。让我们做那个更好的自己，微笑着读取生活的意义，真诚地回赠美好，用阳光的心态迎接每一个朝阳的到来。

此时，空山落了白，枯草染了白，石阶铺了白，一树梅花傲雪而立……

拾取光阴

文化篇

四月，我打江南走过

◎ 高卉

（散文）

"江南好，风景旧曾谙。"又是一年芳草萋萋，不觉想起烟雨如诗的江南，想到江南深处的古镇南浔。

三年前的这个时节，我偶然来到南浔。

蒙蒙细雨中，从镌刻着"南浔古镇"的青砖影壁后穿过景区门廊，迎面是上空悬挂了各色装饰伞和红灯笼的大道。目之所及，草木葱翠，天色青蓝，行走其间别有一番意境。

进镇过小桥左转，就是著名的小莲庄。进门后，一片荷花池呈现眼前，鱼群在荷叶浮萍间嬉戏觅食，悠然自得。小莲庄是晚清南浔"四象"之首刘镛的私家花园，也是古镇的经典一景。刘家三代人花了40多年建成了小莲庄，格局错落有致，精巧的园林设计不乏曲径通幽之美。而在满池碧叶和亭台的映衬下，一幢二层小洋楼映入眼帘，临湖的一面是欧式的红砖，落地的门窗，背面则是江南典型的黑瓦白墙，与长廊转角的扇亭相映成趣……这座楼名"东升阁"，是当年刘家小姐们的闺房，它中西合璧的外观在这座中式园林中显得格外醒目。桥边，一株巨大的紫藤吸引了我。古褐色藤蔓上开满了花，串串风铃般的花儿如瀑布倾下，清香扑面。伫立花下，犹如置身于淡紫色的梦幻中，让人久久不忍离开……

与小莲庄毗邻的是著名的嘉业堂藏书楼。小桥流水的鹧鸪溪畔，这座中国近代规模最大、藏书最丰富的私家藏书楼，坐落于小桥流水间，显得格外庄重古朴。嘉业堂藏书楼为中西合璧园林式布局，回廊式的两层建筑，所有木窗都镂空雕刻着篆体"嘉业堂藏书楼"字样，楼外错落有致的花园、池塘、假山，无一不散发着浓厚的历史气息。

从藏书楼出来，沿河漫步，没有喧闹的声响，没有令人眼花的手工品店，也没有各种网红直播。在老街上，随意走进一家店铺，那可能是开了十多年的传统小铺，斑驳的木门、凹凸的青砖，透着岁月风雨的痕迹。

相比之前去过的同里、乌镇、西塘等江南名镇，我以为南浔一定是养在深闺人未识的闲散之地。江南的名镇不胜枚举，南浔却是一个独特的存在。作为一座富庶的古镇，它的一石一木展现出悠然淡泊的姿态，没有沾染嘈杂的商业气息。草木葱茏，庭院深深，尽管石桥早已褪色，但却自有一番气度。

一路边走边看，自古镇东北方向望去，一条弯弯的水道旁，房舍林立，清一色的白墙黑瓦，上百间大小各异的民居倒映在水中——不知不觉间，已来到百间楼。"凡到古镇，不看百间楼，就不代表去过南浔。"导游介绍，百间楼有着四百多年的历史，是百姓住的地方，也是南浔最美的地方之一。美就美在这里的一切搭配和谐。清嘉庆年间的张镇在《浔溪渔唱》中描绘了如诗如画的水乡风光："百间楼上倚婵娟，百间楼下水清涟。每到斜阳村色晚，板桥东泊卖花船。"南浔，在明代就是"耕桑之富，甲于浙右"的江南重镇，以盛产湖丝而名闻中外，自古以来文化昌盛，人才辈出，书香不绝。

我去的那天，不大的古镇里，少了摩肩接踵的游客，只有清晨在河边洗衣的居民，或是坐在台阶上晒太阳的老人，悠悠绿水绕人家，青石板路上，脚步声清晰而绵长。静卧的石桥、长长短短的弄堂、白墙黑瓦的房舍……曾经，这里万家烟火，炊烟袅袅；曾经，这里"九里三阁老，十里两尚书"。商贾云集，物产丰富，造就了这里丰厚的底蕴。

"走遍江南九十九，不如南浔走一走。"是的，单是读一读名字，唇齿间就已满是诗意。沿河往深处寻，长长的屋檐揽游人入怀。无论刮风下雨，行走檐下，悠然不惧……

我打江南走过

那等在季节里的容颜如莲花的开落

东风不来，三月的柳絮不飞……

　　诗人郑愁予在《错误》一诗中抒写的是走过江南时的无尽惆怅和欲语还休。而我打江南走过，却有幸遇见了春和景明的南浔，它也自此永久地刻在了我心间。

◎ 胡爱青

初遇阳产土楼

（散文）

"一生痴绝处，无梦到徽州。"朋友，如果你想来黄山这边的古村落待几天，有一个地方值得一去——阳产。我第一眼见到这里的土楼时就被深深地震撼了。阳产是一个依山而筑的小山村，由于地势险高、交通不便，数百年来，村民就地取材，采周边青石铺路架桥，取红壤木材筑屋而居，日出而作，日落而息。流年之中，错落有致、质朴壮观的土楼群形成了。土楼群是阳产景区最大的特色。景区现存367栋土楼，为皖南地区规模最大、保存最完好的土楼群。

我到黄山境内游玩已有数回，去阳产土楼还是第一次。去之前我听人说，阳产土楼很特别，但去那里的山路崎岖，十分颠簸，须换乘景区的7座面包车方可进入。阳产土楼位于歙县深渡镇，距新安江山水画廊不远。一路上，山路坡度很大，还有几个急转弯，面包车一路狂奔。最惊险的情况是会车，有时刚拐过一道急弯，迎面就遇到另一辆车，两辆车的速度都很快，会车时无比惊险。游人一路惊呼，司机早已司空见惯，毫不理会。我们从新安江山水画廊游客中心上车，经过20多分钟的车程，终于到达山顶的景区入口。

据说，这里曾是古人避乱隐居之地。山高路远，村民就地取材，凿石筑基，夯土成墙，采竹作筋，伐木为梁，烧土成瓦。阳产村是有着悠久历史的古村落，为郑姓族人居住地。郑姓族人于宋朝时由歙北迁到定潭居住，后迁至阳产。阳产村依山就地而建，建筑以土楼为主，墙体厚实，家居冬暖夏凉。因此,歙南一带流传着"有福之人歇土楼"的俗语。

行至村口,一个标志性建筑吸引了我,走近一看,是一个蓄水洞。洞内清水依旧,洞口由大片石块垒成,石缝间长满绿色的藻类。这口水洞是当地人发明的一种蓄水系统。水洞建在泉眼上,用石块砌成圆形,可最大限度蓄水,分布于人口密集处,村民做饭、洗衣、洗菜均从中取水。水洞距今已有上百年历史。相传郑氏先祖经过长期观察,计算不同泉眼的出水量,最终在不同方位选择了四口水量充沛的泉眼建造水井,以满足全村人的日常饮用。水洞的水自山体岩层渗出,清冽、甘甜,水质甚佳。

天忽然下起毛毛雨,我们撑起一把把雨伞走进村中,时而沿石阶而下,时而又沿石阶而上,穿行在一条条山道上,前方及两侧是一栋栋土楼。厚厚泥土垒砌成的房子像一幅幅画贴在山间。雨雾中,我们似乎走进如梦如幻的世界,一把把移动的花伞在黄色的土楼群里游弋,仿佛在寻觅那久远农耕时代田园生活的印记。

这里满眼都是风景。深藏在大山里的小村子,地势高低起伏,房屋错落有层次,随时可以找到很好的拍摄点。往里走,我们来到一个供游人拍摄的亭子。放眼望去,阳产之美,美在没有修饰,美在原汁原味。它仿佛是一处与世无争的世外桃源,美丽、原始、古朴、恬静,让人陶醉。无论是一栋土楼还是整个村落的土楼群,都有一种乡土之美,体现出独特的意境和气势。走进村子,我们能感受到村民的勤劳,有的人家房前屋后种满了瓜果蔬菜及花卉。丝瓜藤沿着土楼的墙壁生长,给黄色的土楼增添了一道风景。几家民俗客栈的门前也是花团锦簇,为古老的土楼增添了美感。

有兴致的朋友们可以邀请三五好友,来这里小住几日,追场日出,看个晚霞,或者找村民唠唠嗑。在有月亮的夜晚,感受一下宁静山村的空旷,或许能听到鸟鸣声、撞见璀璨星河。如果是雨夜,可听到滴滴答答的雨水敲打山石的声音,或许还可以听到山泉叮叮咚咚。

初遇是令人难忘的。在这个冬季,我遇到了原始而美丽的阳产,遇见了古朴而壮观的土楼……

社饭与蔡澜

◎ 胡丽华

（散文）

　　媒体的朋友打来电话，说蔡澜要来武汉，想安排到我们这儿吃午饭，问我是否同意。想到是朋友，没等话音落我就同意了，却忍不住问了一句："蔡澜是谁啊，值得你们提前这么多天安排？"朋友很惊讶，告诉我，蔡澜是大名鼎鼎的华人美食家，是与金庸齐名的"香港四大才子"之一。看来我真是井底之蛙孤陋寡闻了。

　　那个星期天的中午，蔡澜先生来了，身后跟着一群媒体记者。他身着白色的中式棉布上衣、很有质感的黑色裤子，脚上是平底的中式布鞋，高高的个头，身板儿直直的，头发梳得纹丝不乱，全身上下整齐干净。在朋友的介绍下，蔡澜先生笑容满面地伸出手来，握手的那一刻，我感受到了他的平和亲切。

　　当天准备的菜都是地道的恩施菜。一道道菜上桌，蔡先生微笑着，只吃不语。只有凉拌鱼腥草上桌后，他才打开了话匣子："重庆人吃它的叶，湖北人吃它的根，我更喜欢吃叶。"我担心腊猪蹄油太厚，蔡先生吃不惯，他却说没有了猪油香，这个就不好吃了。他几次将筷子伸向油亮亮的腊猪蹄，吃得也极仔细，难怪他会认为最无聊的健康建议是不吃猪油。

　　当脂光润泽、芳香扑鼻的社饭出现时，蔡澜先生看了又看，闻了又闻，然后饶有兴致地听我讲土家族"过社"的习俗和社饭的制作过程。我告诉他，社饭自古有之，是土家族、苗族、侗族等民族祭祀土地菩萨时的一种食品。吃社饭主要是在社日（立春后第五个戊日）进行，民间习惯称为"过社""拦社"等。戊日属土，所以这天是祭祀土地菩萨的日子，人们以此祈求年景顺利、五谷丰登、家运兴旺。直至今天，恩施人都会在"过社"的日子里制作社饭。将田园、溪边、山坡上的鲜嫩青蒿采摘回家，洗净剁碎，揉尽苦水，焙干，与野蒜、地米菜、腊豆干、腊肉干等掺和糯米蒸或焖制即成。

蔡澜先生吃了一小碗后，问："能打包吗?"看来，社饭的味道得到"食神"的首肯。我们装了一大盒。他说："多了吧。"我告诉他："这个季节我们恩施人家家户户送完自家的，吃不完别家的。每年社饭都会乘飞机、火车被带往各地，抚慰思乡的游子。把社饭放进冰箱冻起来，每次舀一点慢慢炒，越炒越香，会吃上瘾的!"最后上的是点心玉米粑、荞麦粑，他一样尝了一个，仍然是满脸微笑地问："能打包吗?"看样子是真喜欢。

印象极深的是，蔡澜先生始终都是笑盈盈的，说话慢条斯理、轻声细语。蔡澜先生离开后，一段时间内，他的很多粉丝过来，直接要求按"蔡澜食谱"点菜。几年过去了，我读完了他赠送的《蔡澜作品自选集》，看了蔡澜先生做客浙江卫视《华少爱读书》那期节目，特别赞同金庸先生对蔡先生的评价——"论风流多艺我不如他，他是一个真正潇洒的人"。纪录片《舌尖上的中国》热播，每次片头出现"总顾问：蔡澜 沈宏非"的时候，我总是很自豪，因为他俩都吃过我们恩施菜。

◎
胡晓延

古村蔡家畈

（散文）

　　蔡家畈人不姓蔡，姓殷。一段蔡殷联姻的故事，在大山之中的蔡家畈流传至今。因蔡姓没有子嗣，外甥殷姓男丁过继到蔡家为嗣。后来，陆续过来的殷姓多了起来，殷姓族人在蔡家畈繁衍生息、发展壮大，撑起了蔡家畈的一片天，但蔡家畈的地名保留至今。

　　走进蔡家畈古村落，雕刻、楹联、匾额，随处可见。斑驳的墙面，光滑的青石板，见证了古村的沧桑岁月。游人行走其间，可以细细品味。

　　很多人去过徽州，为皖南古村落的青砖、黛瓦、马头墙的徽派建筑和如诗如画的山水田园风情所折服。而在皖西南花亭湖库尾群山中，也有一个个集徽派建筑艺术与本土民居风格于一体的明清古村落。蔡家畈就是其中的代表。

　　与游人如织的皖南古村落相比，蔡家畈可以说"养在深闺人未识"。初冬一个风清气爽的日子，我应友人邀约走进蔡家畈。

　　蔡家畈位于安徽省太湖县汤泉乡，这里的古建筑群始建于清康熙二十八年（1689年），距今已有300多年历史，现存完好的古民居300余间，居住着76户人家。蔡家畈享有书香门第、风雅之乡的美称，在2012年被列入第一批中国传统村落名录，是安徽省重点文化保护单位……同行的文联朋友一路上侃侃而谈，他对古村落厚重的文化底蕴赞赏有加。

　　下车后，漫步在蔡家畈的乡间小路上，古村落独特的文化气息扑面而来。不宽的道路一侧，出自村民之手，对仗工整、韵律整齐的诗词歌赋，影印在路灯的灯箱上。一些游人经过此处会不由自主地放慢脚步，走到近前仔细观看，有的还会轻声诵读。

上至耄耋老人，下至垂髫小儿，在蔡家畈，几乎人人通晓诗词歌赋，村里搭建的赛诗台贴满了村民创作的诗词。农闲时，村民会聚集在赛诗台前吟诗作对，乐在其中。访古探幽的游客到赛诗台走一走看一看，定会有不小的收获。

许是因为耳濡目染，村里一位叫殷艳芳的女孩虽因下肢重度残疾从未进过校门，却靠自学敲开了文学之门。她创作的诗歌在全县农民诗歌赛中曾斩获头奖。女孩身残志坚、不向命运低头的精神感动了纯朴的乡亲们，也鼓励着这里的孩子们。

蔡家畈文风昌盛，村民世代以耕读传家、文化兴家。清代，从蔡家畈走出去的读书人殷赍臣位居内阁中书、军机章京等要职，在小小的山村传为美谈。我国护理界先驱殷粹和也从这里走出。1926年，她远涉重洋去英国学习，1928年回国，随后任中国红十字会副会长兼中国红十字会高级护士职业学校校长。1932年"一·二八"事变爆发后，她组织师生救治负伤的抗日将士。1949年以后，她先后任九江妇女保健院院长、江西省妇幼保健院副院长。近些年，从这里走出去的学子中，有8人获博士学位，20多人获得硕士学位。

"上有黑狮守山头，下有黄龙锁水口。前有金山文峰对，后有绿竹伴书香。"寻寻觅觅间，蔡家畈的先祖选中了这块风水宝地。他们倾注智慧，精心构造，筑成了户户相连、巷巷相通、犹如迷宫的村落。在兵荒马乱的年代，蔡家畈人依靠坚固的壁垒，手执铁叉等工具御敌，或借助幽深的小巷遁入深山躲避灾祸。对于自己居住的村子，蔡家畈人看得比什么都重，也因此，这里的古建筑得到了很好的保护。

慕名而来的游人，三五成群，穿行在田园与古村落中，潺潺的溪水一路伴随，如歌如诉，低婉沉吟。

在穿村而过、如玉带环绕的永兴河边，同行的老支书走走停停，说着关于村子的种种。当我们沉浸于眼前的美景时，老支书顺手指着河边的一丛青青水草问："你们知道那是什么吗?"见大家一脸迷惑，老支书说，这是菖蒲，是"花草四雅"之一，能防疫驱邪，在端午节的时候可以悬挂在门头。入药，可祛除湿邪、醒神益智；做景，绿意盎然，赏心悦目。

"这可真是个宝贝！"看着眼前蓬勃生长的菖蒲，我不禁赞叹。它们或许是对蔡家畈人呵护古老建筑、绿水青山的回馈。我仿佛看见，古老的蔡家畈正随着村中的那条河流一起奔向远方……

◎ 刘紫剑

大河抱我入怀

（散文）

1980年，我7岁，第一次进城。那年夏天村里打井，父亲当时是村干部，第二天要进城买器材。我从头天夜里就开始哼唧，第二天一大早得以顺利地坐上拖拉机。拖拉机"突突"了小半天，才来到40里外的芮城。

40年前的芮城，只有一条十字大街、横竖两条马路。我记忆最深刻的是第一次吃到米饭，应该是蛋炒饭吧。世上还有这么好吃的东西！我头也不抬，干掉一大碗。开车的憨娃哥直咧嘴："撑死你个碎尿（小鬼）。"

15岁那年的7月，我为了参加中考，第二次进城。一个乡几十个学生，被一辆大卡车拉着，带队的老师坐在司机旁边，学生们挤在货厢里。一路颠簸了两个多小时，车到县城招待所的时候，天都快黑了。大家像打仗一样吃完饭，匆匆洗漱后，老师就吆喝着让赶紧睡觉。招待所是县城最高的楼房，有6层，女生在二楼的小会议室休息；男生多，占了一楼的大会议室。地上铺着一溜凉席，天热，每人就发个被单。第一次住楼房，我可睡不着，趁老师不注意，和几个同学偷偷上楼，挤在六楼的窗户边俯瞰远处的世界。看到远处县城的边界和四周空旷的田野，我有点失望，想着县城也就是个大村庄，看到近处路灯下热闹的街道、附近楼房窗户里透出的昏黄灯光，又对城市充满了热烈的向往：楼上楼下，电灯电话，估计就是这个样子吧。

我第三次去县城，就是中考以后，待的时间也长，前后有一个多月。因为中考成绩不好，我就外出打工，在砖窑跟着工队烧砖，和姐夫到灵宝山里干活，都因为活太重扛不下来。天快冷的时候，我投奔了在县城造纸厂上班的大舅，在厂里清理垃圾。多少年过去了，我不记得都是些什么垃圾了，但那刺鼻的怪味却忘不了。

年轻人精力旺盛，晚上总是不愿休息，走两三里路到县城中心去玩。所谓县城中心，不过是十字大街东北边的一块空地。总有一帮打扮时尚的小伙子在那里跳迪斯科，收录机放着震耳欲聋的音乐，边上围观的人总比跳的人多。我是一个忠实的观众。

有一天，我去了慕名已久的永乐宫。永乐宫在城北五里地，我一个人走着去的。平坦的土路两边是一块一块的庄稼地。走了一段时间，我忽然看到一片松树林，树比我高不了多少，有几百棵吧。松树林的尽头就是古旧而破败的山门。门票要5角钱。进到里面，空荡荡的古建筑里没几个游人，看着700年前美轮美奂的元代壁画，曹衣吴带，满墙风动，我第一次为家乡感到骄傲。

转过年来，我又进学校复读，半年后考上了西安的一所中专。毕业后，我就留在了陕西。

再到县城，是十几年后了。进入新世纪，我的4个姐妹先后在芮城买了房子，两个妹妹还在县城工作。每年春节假期我回到家里，除了陪父母，还要到县城待几天，和姐妹们聚一聚。2009年我调到西安工作后买了车，回家更方便了，也就两个小时车程。回家的次数越多，对县城的了解也越多，我越为家乡感到骄傲。

古人把弯曲河道内侧的土地，称为"芮"。芮城的山川地理，正合了这个字义。黄河呈"几"字形流过中国。"几"字右边这一竖，就是晋陕大峡谷。出了峡谷，大河掉头向东，而在河的北岸，东西走向，几乎与河并行着一座中条山。山河之间，长达100多里、宽约四五十里的狭长地域，就是芮城。它背依中条山，面向黄河滩，北高南低，是典型的黄土丘陵沟壑区。从地图上看，芮城宛如被黄河抱在臂弯里的一个婴儿。

芮城的历史极其悠久，县域内的西侯度遗址为我国已发现的最古老的一处旧石器时代遗址。殷商时期，这里为"芮国"，西周时为"魏国"，史称"古魏"。北周明帝二年（558年）始立芮城县，已有1464年的历史。全县拥有各类文物保护单位200处，其中全国重点文物保护单位12处。

芮城的好多文物就集中在县城周围。想来也不奇怪，县城处于整个县域的中部，相对平坦。我感到奇怪的是，以前怎么从来没注意过它们。这些年，这些文物好像雨后春笋，一个接一个冒出来，而它们原本就一直在那里：全国仅存的4座唐代木构建筑之一的广仁王庙，安奉佛祖舍利的宋代圣寿寺砖塔，以及始建于北宋、国内保存最为完整的县一级城隍庙……更不用提因精美绝伦的壁画艺术被誉为"东方艺术画廊"的元代永乐宫了。可以这么说，要想在一个县城看到唐宋元明清5个朝代的建筑，芮城绝对是一个好的选择。和姐妹聊起这个话题，姐姐在县城时间长，她说："以前饭都吃不饱，谁还顾得上这些东西，政府没钱修，老百姓也没心思看。"我不由感慨：仓廪实而知礼节，衣食足而知荣辱。

现在的县城不知比我40年前第一次见到的大了多少倍。道路四通八达，高楼鳞次栉比，还修了不少绿地和公园。人气最旺的是永乐宫前的休闲广场，每到夏夜，人山人海。

家乡的变化不只是这些。我小时候吃的苹果、花椒、红枣，竟然都成了国家地理标志产品、国家生态原产地保护产品，尤其是苹果，还出口到10多个国家和地区。还有家乡的特色美食芮城麻片、阳城卤肉、泡泡油糕，也都在网络上火了，成了"吃货"们追逐的目标。

再说交通。1989年我去西安上学时，150公里的路程，火车要走5个多小时，汽车就没谱了。现在芮城境内有两条高速公路，县乡道路纵横交错。从县城开车出发，东行半个小时到三门峡，向南有大桥直通河南灵宝，往西两个小时就到西安，向北穿过中条山隧道就是运城。

屈指算来，我在家乡只生活了17年。但不管走多远、在什么地方，只要看见地图，我都习惯性地先找黄河，然后在它"几"字形拐弯的右下角，找到那个熟悉的地名，再以它为基点，看看自己走了多远。

县城往南10多里地的黄河边上，有一处200多米落差的陡崖，是万里黄河唯一一处以大禹命名的渡口。20世纪60年代后期，国家在这里修建了大禹渡扬水工程，总扬程高达326米，灌溉面积约30万亩。崖头那棵4000多年树龄的古柏相传是大禹亲手种下的。在崖下，岸边有一尊雕像，是一位坐姿的母亲，左臂环抱婴儿，左胸袒露哺乳，低头微笑着俯瞰黄河，安宁祥和，周身洋溢着浓浓的母性。

我在这尊雕像下照了一张相片，并把它做成屏保，每次看见，就想：这母亲河怀抱里的，就是芮城，就是我呀。

兴安春来红满天

◎ 鲁村

（散文）

　　大兴安岭又红了，我的心也像兴安的杜鹃花一样红彤彤地绽放了。

　　15岁那年，我离开了故乡胶东半岛，来到大兴安岭腹地的小镇图里河。后来我因工作调动，几次换了住所，但从未离开过大兴安岭的怀抱。兴安杜鹃便几十年如一日地开在了我的心上。

　　我爱兴安杜鹃善解人意夺时开。一年四季，谁曾听说过盼夏、盼秋、盼冬？唯有盼春，足见春之珍贵。谁不盼春？在故乡，我把春的真正到来定格在桃花盛开的时候。"桃花儿开，杏花儿败。"刚记事的那年三月，我第一次听母亲这样说。我现在居住的扎兰屯，供暖期从每年的10月1日一直持续到第二年的5月1日。而图里河的供暖期又比扎兰屯整整多出一个月。有人说，兴安岭的春天是个慢性子。我倒是常想，这"姗姗来迟"一词就像是特意为兴安岭的春天量身定制的，而"望眼欲穿"便是专为盼春的兴安人备下的。兴安杜鹃知人心，它总是想尽法子、使尽力气推开那不愿告退的冬天，昂起头、挺起胸，奋力开放——许多时候，它是浴着冷风、披着飞雪绽开花瓣的。

　　我爱兴安杜鹃开得落落大方、洋洋洒洒，不像有些花儿只在深闺独自绽放、孤芳自赏，也不像岭上其他一些花儿固守一隅，开得零零碎碎。兴安杜鹃是成群结队地开，开得一片片、一山山、一岭岭。4月底、5月初的时候，它卷起层层红浪，日夜兼程地北上，红遍扎兰屯；过了月余，又红遍图里河；然后继续北上，直到红遍千里兴安岭。红彤彤的兴安岭酷似朝霞燃烧，又如红云坠地，红透了天，红透了地，红透了日，红透了月。走在这红色里，你会激情澎湃，无须纵酒心已醉。

我爱兴安杜鹃，但在很长一段时间里，当有人让我说出兴安杜鹃的一、二、三、四来，我总是很为难。我只能说它花早花好花多，说它不用浇水、不用施肥、不用打药，就这样自自然然地生长。自从结识了王老，我对兴安杜鹃的认识更深了。王老叫王银，是扎兰屯林业学校的老校长，也是一位植物学家，他撰写的《呼伦贝尔植物检索表》在业内颇有影响。王老酷爱花，他说爱花让人变得年轻。他爱百花，尤爱兴安杜鹃。我们每次见面，兴安杜鹃都是必谈的话题。王老说，赤县杜鹃八百种，兴安杜鹃最耐寒，沃壤肥土它不恋，荒山秃岭便为家，阳坡宝地它不争，阴处石缝喜安身。

兴安杜鹃哟，最懂兴安人的心：花开方为春归时。今年，兴安杜鹃送花的时间更早了一些。刚刚4月下旬，漫山遍野便红了。一个周日，扎兰屯市诗词协会组织我们去杜鹃坡采风。看着漫山遍野的红杜鹃，我的心情格外激动，诗情随之奔腾而来。我默默念道：

五月雪徘徊/岭上杜鹃开/谁道塞外春无痕/万山红遍透天外/寒冬育花蕾/悬崖放异彩/北国第一枝/香自千古来//长夜苦等待/岭上杜鹃开/莫说转眼花销尽/化作绿浪秀林海/寂寞识知己/岁岁解我怀/心上第一枝/白头也独爱……

兴安杜鹃哟，我可爱的春姑娘！

酉田先生

◎ 鲁晓敏

（散文）

1825年暮春的一天，在浙西南松阳县的酉田村，15岁的叶起鸿给父母深深地磕了三个响头，跟随着师傅走出了家门。从这一天开始，一个家族近两百年不间断的从医记录写下了第一笔。

15岁，古人称为志学之年，正是读书人发愤苦读的时候。虽然家境贫寒，叶起鸿的父亲还是借钱将儿子送到了私塾就读。他将希望都寄托在了这个聪颖的儿子身上。在先生的悉心教导下，叶起鸿熟读四书五经，出口成章，下笔千言，小小年纪便享誉乡里。若按这样的势头发展下去，叶起鸿通过科举获取功名似乎是一件顺理成章的事情。这时，一个叫詹忠的医生改变了叶起鸿一生的命运。叶起鸿的一个邻居得了恶疾，眼见就要走上黄泉路，却被过路的詹忠用几帖药方从死亡线上拉了回来。目睹了詹忠神奇的医术之后，叶起鸿深受震动。他再也无意于功名，一心要拜詹忠为师，立志做像詹忠一样的神医，救助天下苍生。

拜在詹忠门下之后，叶起鸿勤奋好学，采药、碾药、诊脉、针灸、开方，样样精通，深得师傅厚爱。詹忠将毕生的本事传授于他。20岁那年，叶起鸿另立门户，开业行医。他奔走于乡里，用一双慧眼辨别病根，靠一双巧手为病人开方抓药。一则则起死回生的故事在上演。没过多长时间，叶起鸿就声名鹊起，上门求医者络绎不绝。时间一长，人们忘了他的名字，只知道他是酉田人，于是尊称他为"酉田先生"。当时流传着一句广为人知的俗语：松阳名医二个半，秀亭坛头半远和。秀亭（叶起鸿字秀亭）、坛头、远和都是松阳乃至浙西南一带家喻户晓的神医，三人当中，起鸿又属翘楚，尤其擅长妇科。

不知道是叶起鸿的医术过于高明，还是因为后人不断地演绎，关于他救死扶伤的故事至今仍然在村民中传颂。有人说，他遇到一户人家正在为难产去世的孕妇入殓，看到死者面余一丝血色，于是说服家属让他救治，几针扎下去后，孕妇竟然活了过来。更为神奇的是，他还为孕妇顺利接生了一个大胖小子。有人说，他遇到当官的看病，要求派人抬轿接送，打压一下当官的傲气。有人说，他遇到恶霸财主求医，总要刁难一二，还要双倍收钱，为平日受欺压的百姓出一口恶气。还有人说，他为穷人治病不收分文，只要病人康复后修一段路即可……我在酉田村听闻了许多关于叶起鸿的故事，但叶氏族人绘声绘色的叙述相互之间也有一些出入——或许，每个人心里都有一个不同的叶起鸿。

我去哪里寻找真实的叶起鸿呢？

眼前的酉田村依旧保持当年的模样，大屋高低错落，马头墙昂首翘立，金黄色的泥墙闪烁着阳光一般的亮泽，整个村落铺陈着历史的沧桑感。叶起鸿的住宅远离村落，孤独地躲在山坳中。推开摇摇欲坠的大门，我看到了建筑物的内部，破旧、阴暗、潮湿，透着一股霉气，这一切与神医的身份有着强烈的反差。他积攒起的巨额家产究竟去哪里了呢？我突然想起村民所说的叶起鸿乐善好施、乐于铺桥修路的事。写有"术继天士""著手成春""秘囊传家""和缓同仁""功同良相"等字样的一块块斑驳的匾额挂在横梁下，那些金漆的汉字在阳光的照射下似乎成了光源体，发出一束束光芒，照亮了我们以及大屋的角角落落。那些潇洒的字迹让人联想无穷，如同一个个青衫飘飘、步伐轻快、见面拱手作揖的儒生，他们可以交谈田间杂事和乡里趣闻，也可以谈论学问或者杏林往事。

受父亲影响，叶起鸿的儿子叶书田也走上了行医的道路，并在叶起鸿的悉心教导下得了衣钵真传，逐渐成为松阳名医。当时，松阳县知事吕耀铃的妻子一病不起。他不相信本地医生的医术，请来了沪杭一带的名医。经过一段时间的治疗之后，吕耀铃的妻子仍然不见好转，病情反而日渐沉重。吕耀钤只得硬着头皮请叶书田出山诊治。出乎意料的是,叶书田只用了一个疗程便药到病除。吕耀钤大为惊叹,亲自将"妙手生春"的匾额送上门以示感激,并赠联一对:鹤发童颜延年有术,采芝种芍良相同功。叶书田的儿子叶琼瑶从小也跟着父亲学医,18岁开始行医,很快便声名大噪,先后治好了宣平县宰徐士赢、松阳知事张纲之妻的疑难病症,被人称为"小神仙"。

叶起鸿如同瓜藤的根,他的子孙后代就像生长在这根藤蔓上的瓜。自清嘉庆年间至今,两百年间,叶家六代数十人从医,叶起鸿、叶书田、叶琼瑶、叶琼九、叶梦熊、叶秋元、叶益寿、叶益丰均为当地名医;第六代叶学进如今在古市医院担任主治中医师;叶学进的外甥叶志雄也是一名药剂师。据叶氏族人讲述,叶起鸿的父亲也略通医术,曾经是治疗天花的土郎中。或许正因为有过从医经历,他才应许了叶起鸿弃文从医。

叶家这些读书人出身的医生,有的根本无意于功名,读书只为习文断字明事理;有的中了秀才之后再无出头之日,随着时间的推移,功名之心日淡,随缘继承祖业。两百年的医学涵养已经融入这个家族的血液,流淌在叶氏后人身上。他们一边行医,一边将心得和经验编撰成书。他们仿佛是一个模子里刻出来的,有着高尚的医德、高超的医术,深受乡人的信任和爱戴。

叶家留下了不少当时社会名流和贤达人士所赠的匾。如今,这些匾额悬挂在老宅中,以一个主题聚集在一起,如同一场书法展览。这些不同时代的匾额有着不同的笔法、不同的风格,有的清雅瘦劲,有的端庄周正,有的苍远阔达,但内容都是对叶氏家族最由衷的褒奖。

江南从医世家常有,但像酉田叶氏这样绵延近两百年、历经六七代人、诞生了数位名医的医学世家,实属鲜见。况且,这个家族两百年不间断行医的纪录至今依旧在延续。

时光中的老屋

◎ 孟庆忠

（散文）

当一场一场的春雨轻轻地洒过，记忆便开始苏醒。在寂寞的风中，沿着风的足迹，我走向大山深处，走向深藏于心的那座老屋。

老屋坐落于湖北省咸宁市石乌山脚下，青砖布瓦，斑驳的老墙庭院掩映于林荫中。

从蜿蜒曲折的土石路进入，首先映入眼帘的是发源于大山深处的一条小河。在桃红柳绿的掩映中，河水绕村而过，环抱着百十余栋老屋。远远望去，似相隔千年的山村部落，却又仿佛是一处世外桃源。

站在村头的石桥上，漫山遍野的桃花、竹林，夹杂着其他花朵，红的、白的、黄的，满满的一片，芳香扑鼻。这些花儿点缀着斑驳的老屋，如诗如画。

走进村里，一色的青石板路，刻着岁月的痕迹，踩在上面，竟有了一种恍惚，就像是在古代的乡村画卷中徜徉。粉墙黛瓦、飞檐斗拱，漫步其间，那门楣上有着依稀可辨的风蚀残迹以及岁月的沧桑，令人不免生出丝丝惆怅；凝神细听，竟似有丝丝细语，清清幽幽，窄窄长长，有如一个缠绵的旧梦。

村里人迹稀少，青壮年都外出打工了，只留下一些老人、孩子守着村子。

老屋大院坐北朝南，一进为门厅，二进是正厅，三进为后厅，两侧对置厢房，前后有天井。大门上方有一块大理石凿刻的匾额，上有"皇恩旌表"四个大字，据说是清朝同治皇帝亲笔题写。整个宅院雕梁画栋，即使时光流转，依然能让人感觉得到当年的气象。从细小的木窗格里，仿佛还能窥见当年烛影摇红、夜读诗书的影子；那一格一格的窗眼，不知蕴含了当年多少少年的春秋韵事。而每扇沉重的木门后，似乎都有一个等待远方的游子归家的故事。

老屋的后方是一处祠堂，那是一个家族在此祭拜祖先的地方。慢慢步入，有一种肃穆和安宁。阳光从祠堂屋顶的缝隙间倾泻而下，斑斑点点，更增加了祠堂的神秘与威严。

顺着祠堂的牌匾，依稀能看到"沈鸿宾故居"的字样。老屋为清朝名将、台湾海营提督沈鸿宾的故居。这是一座典型的"将军第"，整个故居建筑面积达1400余平方米，共有房间63间、天井9个。

从老屋出来，阳光亮眼。呼吸着草木和花儿的味道，我似乎感受到了一种历史的气息。在这个春天里，把一段旧梦遗失在老屋。

时光流逝，带走了老屋的繁华与旧梦，却带不走老屋的厚重与淳朴。在岁月的长河中，老屋已生长成为一棵不老的树。

◎ 潘玉毅

胡西园和首只国产灯泡

（散文）

　　如果你曾到过位于浙江宁波镇海区的宁波帮博物馆，一定能看到一只靛蓝色的亚浦耳灯泡，旁边的展示板上还写着八个字"中国首创，省电耐用"。"亚浦耳"是近百年前一家灯泡厂的名字，它的创办者是镇海人胡西园。

　　2004年，宁波收藏爱好者沈先生去上海古玩市场淘货时看到这只彩色灯泡，还随附一张1935年的发票。他将灯泡买了下来。回到家中，他试着将灯泡安在灯座上，按下开关后，灯泡竟然亮了。2009年，他将这只灯泡送到宁波帮博物馆筹建办公室，希望让更多的人能够借由这只历经70年而不坏的电灯泡，一睹"中国制造"的风采。

　　灯泡陈列在博物馆的展架上，故事却在博物馆外传开。

一

　　19世纪末，电灯泡从西方漂洋过海，出现在上海街头，仿佛亮闪闪的星星降落人间，让本就已经十分气派的大都市更显繁华。当时，不用油、不需火就能发出光的灯泡吸引了很多人，还被骚客文人冠以"赛明月"的雅称。它对于充满好奇心的孩童来说尤其具有吸引力，殷富之家出身的少年胡西园亦不例外，深深地被它吸引。

　　胡西园与电灯泡的结缘始于一次偶然。一日，他跟随家中长辈前往上海游玩，入夜后路过一个大商铺时发现橱窗里安装的电灯闪闪发亮，好似在冲他眨眼。他下意识地凑到近前，前前后后扫视了一番，却发现光源的那头既没有点火的痕迹，也没有盛装洋油的容器。灯是怎么亮的呢？他好奇极了。

从上海回来以后，商铺橱窗里的那只电灯泡如同种子一般，在胡西园的脑海里生了根、发了芽，并且越长越大。他常常暗自思量，想要亲手造一只电灯泡出来。胡西园从镇海县立中学毕业后，考入浙江高等工业学校电机系，就此踏上了"电""光"之旅。

当时的中国，许多大城市如北京、天津、上海已普遍使用电灯照明，数量还颇为可观。然而，电灯虽多，灯泡却都是从国外进口的，没有一只是中国制造的。在宁波，1897年，也就是胡西园出生那年，慈城人孙衡甫创办了宁波电灯厂，通过380/220伏电力线路向市中心主要商业区和少数居民家供电，开启了甬城用电的历史。但那时候的电灯厂负责供电，并不生产灯泡。

二

生产电灯泡真的那么难吗？胡西园心中憋了一口气，他暗暗发誓，有生之年，一定要让老百姓用上中国人自己制造的灯泡。从浙江高等工业学校毕业后，胡西园除了谋生之需，把剩下的精力都用在电灯泡的研制上。电光源在当时是一门新兴的科学技术。制造灯泡的工艺复杂，原材料也十分匮乏，需要从国外进口，且价格极为昂贵。

但再多的困难都难不倒有心人。不懂制作工艺，那就自行摸索，胡西园搜寻着报纸杂志上对电灯泡制作的介绍，不放过只言片语，又到图书馆翻找有用的资料。他还专门腾出家里的一间屋子用作实验室，为节省开支从市场上淘来旧设备、旧材料。与此同时，他找到了两个志同道合的人——周志廉和钟训贤。

试制电灯泡的过程并不顺利。几个人窝在并不宽敞的房间里进行着一

文化篇
拾取光阴

次又一次尝试。走气、漏电、断丝、断芯、裂壳、爆炸……终于，经历了一次次失败后，1921年4月4日，第一只国产灯泡——长丝白炽灯泡被他们成功制造出来。

第二年，胡西园变卖了部分家产，从日本人手中购得两套生产灯泡的旧机器，又租了一间厂房开始生产电灯泡。然而，由于技术不成熟、原材料价格高等原因，第一批电灯泡的成本是售价的十余倍，根本无法打开市场。但胡西园哪有这么容易服输？他转头盘下一家德国人开办的小型灯泡厂，开始了批量生产。很快，这家灯泡厂生产的亚浦耳灯泡就由车间走向了千家万户，在经历了起步阶段的默默无闻后，凭借过硬的质量在市场上站稳了脚跟。十里洋场，灯火辉煌，流光溢彩中终于有了"中国制造"的影子。1925年，五卅运动爆发。百姓购买国货的热情高涨，亚浦耳灯泡的销量随之骤增。

三

亚浦耳灯泡的面市和畅销震惊了洋人。以美国的奇异灯泡厂为例，在亚浦耳灯泡出现之前，它一年就可从中国人的口袋里掏走近百万银元。亚浦耳灯泡出现后，奇异灯泡厂的灯泡由于价格和质量都不占优势，销量迅速下降。几度谈判不成，一场商战就此打响。"首先奇异厂的俞某向我游说，要重金收买亚浦耳的商标，不成；后来又要我厂与他们签订限额生产、分区销售的产销协定，也没有遂愿。于是，美国奇异厂恼羞成怒，把上海生产的灯泡铜头全部包买下来，企图使我厂有灯无头，无法销售。我厂在这种情况下，短期内减少部分生产，暂时收用一批旧铜头，另托七浦路鑫泰机器厂用最迅速的方法，为我厂代制铜头……"从胡西园晚年的这些自述里，可见当时交锋的激烈程度。事实上，妄图保持垄断的洋商们所出的卑劣招数远不止此。他们在原材料里做手脚，在劣质灯泡上贴上"亚浦耳"商标，甚至收买亚浦耳灯泡厂的工人在原料中掺入杂质，导致大批灯泡断丝。

就是在这样艰苦的环境中，亚浦耳灯泡厂与国外资本开展了一场场抗争，最终力挫强敌。在这个过程中，得益于胡西园的严格要求，亚浦耳灯泡的质量越做越好，能达到连续通电1000小时而灯丝不损坏，这在当时属于最先进的国际水准了。上海几处繁华地段的路灯灯杆上也安上了亚浦耳灯泡。

　　有了胡西园"首吃螃蟹"的壮举，怀揣实业救国理想的民族资本家纷纷行动，建工厂、造灯泡。1946年，亚浦耳灯泡厂试制成功首支国产日光灯管。1956年，该厂进行公私合营改造。1959年10月，亚浦耳灯泡厂改名为亚明灯泡厂，开始了新的发展历程。

◎ 庞利鹏

多彩栾卸

（散文）

家乡看银杏，首推栾卸。栾卸村位于河北省沙河市西南，距市区28公里，紧邻邢都公路。自沙河市区沿329省道一路向西，到白塔后再沿邢都公路向西南行9公里，公路右侧即是栾卸村。

走进栾卸村，最先映入眼帘的是一条古色古香的银杏长廊。沿长廊拾级而上，就进入了一片绿色的海洋，入眼即风景。右侧的宝瓶湖，湖水清澈，不时有野鸭从湖面掠过。继续前行，能够听到潺潺流水声，抬眼望去，只见清澈的水流自上而下缓缓而来，位置较高处形成了一个个小瀑布。就这样慢悠悠地穿过长廊一路前行，你能看到六七个类似宝瓶湖的人工湖，三叠泉、明珠湖……是它们的名字。湖岸边是高大、挺拔的银杏树，还有一些不知名的灌木。有垂钓者在湖边静静地等待着，不时有一两只水鸟飞来，打破湖面的平静。就这样向前走，大约4公里，你会到达银杏长廊的尽头，这里有一个更大的湖，村里人叫它元宝湖，寓意"生财纳宝"之意。

从元宝湖出发，沿林间小路缓缓下行，一会儿工夫，就能看到美丽的天鹅湖。天鹅湖依山而建，湖水清澈，周边植被茂密，吸引了上百只野生天鹅在此栖息。有几只天鹅展翅飞起，而后轻掠水面，抓起一条小鱼。可爱的小孩子拿着菜叶、青草在喂食天鹅。

沿天鹅湖继续下行，就进入栾卸村中。从高处看，一栋栋建筑整齐排列，都是统一规划、统一设计的。现在的栾卸村，一年四季有绿，季季有花，雨不见泥，风不见尘。街道上居然看不到一根电杆，这令我有点疑惑。细问才知，村里之前建设时已经实现了电缆入地，还建设了两座开关站。

我们此行要看的万亩银杏林就分布在村子四周。金黄的银杏叶将这里渲染成金色的海洋。抬眼看，蔚蓝的天空与眼前的金黄交错相织，构成一幅风景画。低头瞧，黄灿灿的银杏叶铺满一地。这里还有红艳如火的枫叶。红色与黄色、绿色次第呈现，让人目不暇接、如痴如醉。

栾卸村在元朝时就已存在。元宪宗时，因各地来此挖煤的人很多，事故频发。村里开了一家饭店，取名长寿店，以招徕顾客，后即以店名为村名。几年后，时值寒冬，朝廷一位姓栾的将军班师回朝路过村子，在长寿店歇下，由于卸甲过急，得了伤风而病亡。后朝廷为纪念栾将军，将村名改为"栾卸"，以彰其功。据此推算，栾卸村已有近800年历史。

1976年，年仅18岁的李长庚当选栾卸村党支部书记。此后40多年，他带领村民引来东石岭水库水，使3500亩"望天收"的庄稼地变成丰产田，解决了大家的温饱问题。依托村里丰富的煤炭、铁矿资源，栾卸村又先后办起选矿厂等企业。1992年，栾卸村在河北省率先组建了乡镇企业集团——河北恒利集团公司，村民个个有股份、年年有分红。

富裕起来的栾卸村投资2.3亿元，在2001年建起建筑面积22.58万平方米、功能齐全的现代化新农居——恒利庄园。村民全部入住新居。恒利庄园先后获得"国家小康住宅示范小区"称号和中国人居环境范例奖。

栾卸村并没有就此止步。2003年，村里将土地全部收归集体所有，建成了华北地区最大的银杏园。土生土长的村民成为绿化工人、环卫工人。18年过去了，银杏树带来可观的经济效益：树叶可作为制药原料，当时2元一棵的小树苗已长成景观树，每棵价值至少500元，总价值约5亿元。村民过上了城里人都羡慕的生活：吃水，有自来水上楼；做饭，有天然气进户；冬有暖气，夏有空调，更有天然的银杏树氧吧；每月有粮食配给，年底有股份分红；村里有养老院，村民可以去制药厂、铁矿等企业上班。

72岁的村民李聚朝说，他和老伴每月有养老金，村里会发面粉等福利，年底还有大米、油及集体企业分红。每天早上，他和邻居们都会到银杏林散步、健身。"栾将军估计怎么也想不到，一个车马店小山村，居然能过上比城里人都好的生活！"李聚朝满脸自豪。

◎ 钱国宏

昆明老城的"一颗印"

（散文）

　　我走过全国许多地方，对一些建筑非常感兴趣，如陕北的窑洞、云贵地区的竹楼、北京的四合院等，但给我印象最深的却还是昆明的一种古老建筑——"一颗印"。

　　"一颗印"，单听这种称谓就足以让人产生无限的联想和疑问。什么样的建筑叫作"一颗印"呢？"一颗印"是昆明地区汉族、彝族普遍采用的一种住屋形式，类似于北京的四合院，是毗连式的"三正四耳"，即正房三间、耳房东西各两间，有些还在正房对面即进门处建有倒座。这种建筑中间为住宅大门，四周房屋都是两层，天井围在中央。住宅外面都有高墙，一般无窗，主要是为了挡风沙和保安全。整个宅院外观方方正正，俯瞰如一块印章"盖"在地上，所以当地人俗称这种建筑为"一颗印"。

　　对"老昆明"来说，"一颗印"是引发内心深处怀旧情绪的一个载体。东寺街，20世纪时这里还有一片"一颗印"，但随着近年来城市的发展，老建筑消失了，取而代之的是繁华的商贸区。望着鳞次栉比的商铺和熙熙攘攘的人流，居住在这里的"老昆明"心里有一种说不清的复杂滋味。

　　幸运的是，我在顺城街看到了很多"一颗印"。那天游客稀少，正适宜慢慢欣赏。我轻轻推开一座院的院门，想探寻这种建筑的奥秘。院主人是位穿着蓝衣、噙着长烟杆的老者。听说我对当地的建筑感兴趣，他便热情地领我到每间屋子转一转，同时介绍建筑构件的文化背景。

　　这是一栋传统的"一颗印"，正是"三正四耳"的格局。整个院落坐北朝南，大门照壁上方残留着彩画，依稀可辨是松、菊、梅、兰。跨过高高的门槛走进院中，迎面正中央是天井，井台四周砌有条石且铺有石板。多年的风雨侵蚀使条石和青石板上长满了青苔。廊阶下铺的均是青石板，约4米长、1米宽。整个建筑是两层穿斗式木结构小楼。正房底层中央一间是"客堂"，专门用来接待客人，左右为卧室。东西两侧为耳房。楼上正房中间一间是祭祀祖宗的"祖堂"，其余房间供人居住及储存粮食。客堂前挂有木匾，雕刻得非常精美，有人物、花鸟，也有一些字，但由于年头久远已辨不清字迹。走进屋内，地面铺着用石灰、桐油、瓷粉混合而成的"三合泥"，平整、光亮、不打滑，凉爽、结实、不潮。门雕、隔扇、栏杆的制作均非常精巧，上面图案丰富、寓意美好。

坐在天井当院，我边与老者闲聊边留心打量整个院落。院落的大门居中而设，进门后有倒座，倒座深八尺——"三间四耳倒八尺"正是"一颗印"最典型的格局。相对于正房和耳房而言，天井较为狭小，这也是为了有效利用空间。正房和耳房面向天井的方向，都挑出了"腰檐"。正房的"腰檐"称作"大厦"，耳房和门廊的"腰檐"称作"小厦"。大小厦是连通的，便于人在雨天穿行不被淋湿。整个院落房屋高、天井小，大小厦深挑可避免强光直射，正房和耳房的双坡顶设计则有利于防风防火防盗。听了老者的介绍，我更加深深叹服于昆明人的智慧。

在昆明小住的日子里，我还到回民街转了转。这里的很多老铺子还是过去的样子，有各式各样的雕花木窗映入眼帘。我很喜欢那种因岁月的剥蚀而显出的沧桑感。临街院落中，也有一些"一颗印"。我在这里遇到一位中年人，他正在装修自家的老房子。他说自己收购了一些老式门窗来装修房子。他还说，这里是他们世世代代的家，不管社会如何发展，不能丢了自家的根。他的话很朴实，我听出了里面的意思：守护自己的家，守护这座老建筑，让它消失得尽可能慢一些、慢一些！

虽然"一颗印"越来越少，但我相信：在昆明人的心中，"一颗印"永远闪耀着光芒。

鸟鸣声声

◎ 沈向明

（散文）

人到中年，愈加明白"子欲养而亲不待"的道理，只要有空我就去父母那儿看看，有时晚了就住在那里。

清晨，天色微明，我每每在半梦半醒状态，便能听到一声鸟鸣伴着第一缕曙光从厚重的窗帘缝隙里挤进来。或许这就是鸟儿的起床号。紧接着，有两只、三只、四只鸟儿跟着鸣叫。很快，鸟的鸣叫声此起彼伏，将我彻底唤醒。

父母住的小区绿化得非常好，一到春天就满眼碧绿：最低处有草坪，往上是四季常绿的冬青，再往上是被修剪得圆鼓鼓的黄杨，然后是银杏、香樟、白玉兰等高大乔木，还有樱花树和海棠树。

我陪父亲在小区内散步时，总能看到站在枝丫上欢唱的乌鸫。最初见到乌鸫，我以为是八哥，因为它通体漆黑，且嘴是黄色的。乌鸫在我国，原系主要生活于长江流域的一种留鸟。古时候，人们把乌鸫叫作百舌鸟，因为它"笙簧百啭音韵多"，能使"黄鹂吞声燕无语"（刘禹锡《百舌吟》），可模仿出几十种鸟鸣，故由一只乌鸫的"花叫"，可欣赏到黄莺、布谷、云雀、八哥、画眉等不同鸟儿的叫声，堪称鸟中的"口技者"。乌鸫鸣叫时，黑尾巴一翘一翘，黄嘴一张一合，或呱咕呱咕，或叽啾叽啾，或咿喂咿喂，或喔唷喔唷……

小区里还有喜鹊、珠颈斑鸠、啄木鸟。它们或在灌木丛中窸窸窣窣地走动，或在草坪上振翅寻找食物，或歪着头清理羽毛，或腾挪翻越练就躲避敌人的技巧……

对于鸟，我最熟悉的莫过于珠颈斑鸠、黄毛鹦鹉、虎皮鹦鹉、鸽子、麻雀——父母曾喂养过这些鸟。从前，家中老宅有个小院，不大，但摆些母亲种的花花草草还是绰绰有余的。母亲还让心灵手巧的二舅在院墙的东西两边打眼，用膨胀螺丝固定住两根被焊成90度的角铁，在角铁中间再放上一根手指粗的钢筋，专为挂鸟笼所用。母亲的这个办法让馋嘴的猫儿只能望鸟兴叹。那时，我每天早晨都会在鸟儿的鸣叫声中醒来。

明末清初文学家李渔在《闲情偶寄》中说花、鸟是"造物生之以媚人者也"。他认为种花养鸟要融入自己的情感："夜则后花而眠，朝则先鸟而起"，"及至莺老花残，辄快快有所失。是我之一生，可谓不负花鸟；而花鸟得予，亦所称'一人知己，死可无恨'者乎"。他把花、鸟当作有感情的知己，喜爱花鸟到了痴迷的境地。

父母都极其喜欢鸟儿，从不舍得让这些鸟儿在院内过夜，即便是后来二舅又为它们搭上了能遮风挡雨的棚子。喜欢早起的母亲每天第一件事就是将六个鸟笼子从屋里拿出挂到架子上。偶尔刮风下雨，母亲故意将它们留在房间里。它们就使劲地叫，仿佛是在提醒母亲快快把它们请到院子里去。喂食、喂水、收鸟笼则是父亲的事，一年四季从不间断。我记得在三伏天的中午，怕热的父亲总是头戴草帽给鸟儿喂水，精心呵护着它们。我曾问父亲这么做图啥。父亲说，他就是喜欢听鸟儿的鸣叫，鸟鸣声声悦身心，鸟儿的鸣叫是天籁之音。说来也怪，这些鸟儿一见到父亲就特别爱叫，尤其是在父亲喂食的时候，它们就像撒娇的孩子一样叫着、跳着，将谷子弄了一地，引来无数麻雀争相啄食。每年母亲都要为此多买好多的谷子。

如今，因为我的孩子去市里读书，父母离开了久居的老宅，搬到这个小区替我照顾孩子的饮食起居。我在县城里工作，有空就去看他们。临走时，母亲将黄毛鹦鹉、虎皮鹦鹉连同剩下的谷子一起赠予老邻居，把珠颈斑鸠、鸽子送了乡下的一位养鸽专业户。值得庆幸的是，父母现在的居所仍有鸟语花香，他们还能时时听到鸟鸣声。

　　昨天，我看见一只肥硕的珠颈斑鸠落进了老宅的小院里，久久不肯离去。我试着走近，它不仅没飞走，还冲我"咕咕"叫，可惜我当时没有谷子喂它。我感觉它非常眼熟，可能就是父母以前养过的那些珠颈斑鸠中的一只。它也知道常回家看看！

端午言粽

◎ 司空

（散文）

　　粽子，是在中国难得能够跨越南北、横贯东西，实现求同存异的节令食品。能与之相比的大概也就是月饼了。除此之外，即便是过年的饺子、元宵的汤圆都会引来不同地域不同民俗的争论。

　　粽子最早是用于拜神、祭祖、祈福的祭品。西晋周处的《风土记》里记载："仲夏端午，烹鹜角黍。"这个角黍指的就是粽子。可以看出，在晋代，粽子就已经和端午联系在一起。不过古代过端午主要是因为农历五月初五前后天气燥热、蛇虫四出、瘟疫易行。人们为了禳灾祛病，衍生出挂艾草菖蒲、洗兰草浴、拴五色丝线、佩香囊、饮雄黄酒等习俗。吃粽子只是端午众多祈福习俗中的一个，不显山不露水，低调平凡得很。

　　转折出现在南北朝时期。梁朝的吴均在《续齐谐记》中第一次将粽子和屈原联系了起来："屈原五月五日自投汨罗而死，楚人哀之，每至此日，辄以竹筒贮米，投水祭之……世人五日作粽，并带五色丝及楝叶，皆汨罗之遗风也。"这种说法在荆楚之地应该有比较广泛的民间基础，差不多同一时期以记录楚地风俗风物为主的《荆楚岁时记》也记录了类似说法："端午……以菰叶裹黏米，谓之角黍……或云亦为屈原，恐蛟龙夺之，以五彩线缠饭投水中，遂袭云。"虽然闻一多先生多方考据，认为吃粽子以及划龙舟等端午习俗应该是古代崇尚龙的吴越民族进行图腾祭祀的活动，"简言之，一个龙的节日"，但是纪念伟大诗人屈原这一极富浪漫主义色彩的说法，在群众中却拥有更大的影响力，并且在文化流传中迅速占据了主流地位。粽子也由一味普通食品跃升为凝聚思念、感怀情绪，具有象征意义的一个载体。

到唐朝，粽子已经非常普及。段成式《酉阳杂俎》里记述当时唐长安城已有专门做粽子的人家，"庾家粽子，白莹如玉"。大唐盛世，随着中华文化外传，粽子也传到东亚其他国家和东南亚一带。日本文献中就有"大唐粽子"的记载，如今也还有端午吃粽子的习俗。越南、缅甸、泰国、新加坡等地也有粽子。而端午、粽子、屈原，三者也形成了固定搭配。这在唐诗中可窥一斑，"沅江五月平堤流，邑人相将浮彩舟。灵均何年歌已矣，哀谣振楫从此起。"（刘禹锡《竞渡曲》）"灵均死波后，是节常浴兰。彩缕碧筠粽，香粳白玉团。逝者良自苦，今人反为欢。"（元稹《表夏十首》）"节分端午自谁言，万古传闻为屈原。堪笑楚江空渺渺，不能洗得直臣冤。"（文秀《端午》）

宋代及以后，粽子的做法基本定型。元、明时期还有一个重要变化，就是包裹粽子的外叶由菰叶变成了箬叶，北方也有用芦苇叶包的。很多人以为箬叶就是竹叶，从广义上讲也没错，因为箬叶是箬竹的叶子。箬竹可以算竹子的一种，枝干非常细小，但是叶片却很宽大，一般一到两片就能包出一个不小的粽子。普通的毛竹、雷竹的叶子是没法包出这么大的粽子的。《随园食单》记载有一款竹叶粽："取竹叶裹白糯米煮之。尖小，如初生菱角。"这基本就是一款迷你小粽子。

包粽子是个技术活，属于典型的一看就会、一做就废。将箬叶洗净，糯米泡胀，馅料备足，两片箬叶交叠卷成尖筒状，糯米装半满，填进馅料，再将糯米装满，压上箬叶裹紧，抽一根稻草，用牙齿咬住一头，另一只手三缠两缠打好结，一个漂亮的粽子就完工了。你看着奶奶婆婆们闲聊间，一个个粽子就流水般出来了，似乎也看会了，但等到自己上手，不是这里散了就是那里漏了，好不容易裹住扎紧，粽子像被五花大绑似的，稻草都要多用两根。而像《舌尖上的中国》里一分钟能包七个粽子的人，那更是只能仰视的"职业选手"。

形状上，粽子大多包成三角形，另外还有四角粽、枕头粽、塔形粽、牛角粽，日本还有长长的锤形粽子。粽子的花样除了形状就是馅料了。现在，芒果、榴莲等水果，小龙虾、泡椒牛肉等海鲜肉类，几乎什么都能往粽子里填。其实认真算起来，这只能算拾古人之牙慧，毕竟在宋朝时候就已经有各种果品作馅的蜜饯粽。苏东坡不也说："不独盘中见卢橘，时於粽里得杨梅。"

　　粽子如此盛行，已经成了端午节的代名词。梁实秋就曾戏谑，应该把端午节"叫作'粽子节'比较的亲切些"。端午节吃粽子，南北西东基本达成了共识，但是仍存在一些差异。最大的差异莫过于南北的甜咸之争。与一般的饮食南方尚甜北方爱咸相反，北方的粽子却是以甜味为主，而南方的恰恰是甜少咸多。北方粽子或是用纯糯米制成白粽子蘸糖淋蜜吃，或是以果脯红枣为馅，再有就是豆沙馅。南方往往是各种咸口的肉、火腿、排骨、咸蛋黄……袁枚就是典型南方人，你看他在《随园食单》里写的扬州洪府粽子："用大箬叶裹之，中放好火腿一大块，封锅焖煨一日一夜，柴薪不断。食之滑腻温柔，肉与米化。"只看看就要流口水了。与北方同学面对咸粽子的诧异和不可接受相比，南方同学对于甜咸粽子其实是抱着兼收并蓄的态度，除了咸口大肉粽，也有甜口的豆沙粽。在杭州，不少人还有不管吃啥粽子都蘸糖的习惯。

　　"爱吃甜的还是咸的"，杨过不挑。在《神雕侠侣》里，他对程英说："有的吃就心满意足了。"然后程英当晚就裹了几只粽子给他作点心，有甜有咸，"甜的是猪油豆沙，咸的是火腿鲜肉"。这里甜的咸的应该都是湖州粽子。金庸后来在《鹿鼎记》里就明明白白地写了湖州粽子。贤惠的双儿给韦小宝准备了粽子，韦小宝两口吃了半只就说："这倒像是湖州粽子一般，味道真好。"金大侠还写，韦小宝当年在扬州丽春院，只有来了嫖客才能买湖州粽待客。韦小宝去买，看到粽子整只用箬叶裹住，总要在粽角中挤些米粒出来，尝上一尝。

　　金庸作为嘉兴人，却钟情于湖州粽子是有原因的。在清末及民国时期，湖州粽子是享誉全国的知名特产，堪称"粽中之王"。像湖州的粽子品牌"诸老大"，创立于清朝光绪年间，是中国历史最悠久的粽子品牌。

咸的鲜肉粽、甜的猪油豆沙粽正是湖州粽子的代表。被称为"华人谈吃第一人"的唐鲁孙在《湖州的板羊肉和粽子》里就对湖州粽子不吝赞赏且兼怀念，还说起他在台北看到卖粽子，除了一部分是台湾口味外，"差不多都是以湖州粽子作号召"。

不过后来嘉兴粽子异军突起，借助现代化的生产和营销手段，卖得全国到处都是，风头完全盖过了湖州粽子，大家渐渐只知"五芳斋"而少识"诸老大"了。嘉兴粽子不但攻陷超市卖场，还布局公路、铁路沿线，这是深谙食客心理、极为高明的营销手段，让嘉兴粽子的名声伴着香气被一个个饥肠辘辘的旅人传扬四方。沈宏非就说过"路边的粽子最好吃"。这个路边，说的就是沪杭高速公路边嘉兴服务区里的五芳斋专卖店，每次路过，沈宏非都要来个现煮烫手的大肉粽才算过瘾。

五芳斋的现代生产方式把粽子变成了一种随时都可以吃到的食物，就像周杰伦在歌里唱的那样："烧肉粽，如果你想吃不需要等到端午节。"在我的老家浙江天台，以前吃粽子也不用等到端午节，因为粽子还有一个更为重要的登场时机，那就是过年前后。粽子是家乡过年必不可少的食物，而且有着很强的象征意义，以至于过年期间亲戚间摆酒请客都要称之为"吃粽"。我初到杭州求学时很奇怪过年怎么不吃粽子，之后转而奇怪于家乡为什么要在过年吃粽子——似乎除了我的家乡，其他地方都只是在端午节吃粽子。后来我看书，发现周作人在《糯米食》中曾提到："要吃糯米食，惟一的办法是吃粽子，别处都在端午吃，乡下很特别的是在旧历过年的时候，家里自己制造。"他后来在给香港友人的信中也说起："初意在旧历新年，仿故乡习惯，拟包粽子。"看来旧时绍兴乡下也确有类似的习俗。那又为什么要在过年吃粽子呢？我想，或许是因为粽子最初的功能——祈福吧！在最重要的日子里，用古老的食物，表达美好的心愿，真正回归了粽子的本源。

观峰

◎ 汪泞昕

（散文）

"最好不相见，如此便可不相恋。最好不相知，如此便可不相思。"我初晓仓央嘉措，约莫是20年前去西藏的时候。他眷恋的是佳人，我思念的是西藏。归来之后，只一心想着日后得空，自然是还要再去一次的。

珠穆朗玛

古人云："山不在高，有仙则名。"倘若要现代人来吐槽这句话，那便是这山还不够高。2019年12月，我再赴西藏，为观峰而来。历史的车轮在高原上碾出一条条褶皱，我们的车轮卷起一道烟尘——早上5点从定日县城出发，八九点钟就可以在加乌拉山口等待一生的期盼。

加乌拉山，海拔5200余米。站在垭口，向西眺望，远处的星辰在黎明前最后绽放它的辉光，脚下的云海也还似一片波澜不惊的湖水。随着身后的天际泛起鱼肚白，温差将加乌拉山两侧的空气连通，一时间风起云涌、云海翻腾。太阳从山后探出头来，阳光如芒般炸开。有一束光似一柄长矛逆风而去，在另一侧的天际间扎了下去——珠穆朗玛峰在此时被第一缕光点亮。

8848.86米，是人类攀登的终点，也是这清晨曙光的起点。珠穆朗玛峰以此高度，凝视着岁月的更迭与历史的轮回。金红色的光点聚集在峰尖，白雪恍若被融化，光混合着雪，如琉璃，似鎏金，慢慢流下山坡。天越发明亮，云海慢慢也沾染上了晨光。俯瞰朝霞，似是自身亦羽化登仙，飞升蓬莱。千层叠浪，惊涛拍岸，汪洋之中，几处仙岛洞府飘落在水波之上——珠穆朗玛、洛子、卓奥友、马卡鲁、希夏邦马——5座海拔8000米以上的雪峰岿然不动。从加乌拉山下来，不多远就是绒布寺，是旅人能抵达的距离珠峰最近的地方。百米之外的最后几根电杆告诉着世人，再往前即是工业文明也无法征服的荒芜之地了。与绝顶览山不同，当一座8000多米的巨物伫立在眼前之时，也真是令人词穷志短。一瞬间，言辞匮乏，自己的渺小之感溢满胸膛。鸟兽难以逾越的珠峰北坡，就是一堵高不可攀的石墙，斩断了天地南北，阻碍了正常呼吸。笔直的崖壁露出黑色的石灰岩，只因积雪在那里也无法驻足。仰望山峰，一条山脊缓缓地自峰顶向东延伸。据说那是登山人最后冲刺的赛道，看似平缓的一道山坡，却不知道埋葬了多少梦想。这座庞然大物，伟大而又令人绝望，注视着它，脑中已然不再有波动。这一刻，我能感觉到时间如寒风一般划过面颊，竟还有丝丝疼痛。直至一朵残云从山前浮上，日暮黄昏，柔和的夕阳包裹住苍凉的山，白色的积雪与黑色的山岩逐渐在光线中融为红色的一体。星辰再次轮转而上，压迫的空气逐渐消散，慢慢隐去。

冈仁波齐与纳木那尼

留宿在阿里地区的普兰县巴嘎乡，冈仁波齐就如自家后院里的一棵枣树。狮泉河、马泉河、孔雀河从这里发源。无数信众希望到此朝圣。因为疫情，此时前来朝圣者寥寥无几。只有附近的几家牧民，牵着马匹，拖着口粮，开始为转山做着最后的准备。

冈底斯山脉从东边的念青唐古拉山出发，向西绵延1100公里，在造就出冈仁波齐之后沉入大地，化为苔原。相较于珠穆朗玛那凝视大地万物的气魄，冈仁波齐却有着慈祥的目光，守护着跟前的无数小小生灵。无所谓车来人往，藏野驴或近或远地奔跑在羊头塔周围，无法靠近也并不远离。午后温度渐起，草原下沉睡的田鼠会从洞里探出半个脑袋，警觉地晒着太阳。有时候三五个毛团从眼前飞驰而过，那是一窝野兔；转身又见一张若有所思的方脸，那是一只藏狐；远处还有许多黑点或飞或走地在草地上跳动，那是一群正在进食的秃鹫。

不必理会它们，我漫步到玛旁雍错。高原听海，哗哗哗哗。波浪不断拍打着岸边，刻有经文的玛尼石被湖水冲洗得一尘不染，在斜阳之下闪着金光。闭上双眼，念上几遍六字箴言，尝试着和这里合而为一。反复呼吸几下，缓缓睁开双眸，只见纳木那尼峰就盘踞在对岸，和身后的冈仁波齐继续讲述着那一段世俗的爱情传说。绛色的火烧云在纳木那尼头顶逐渐变黑，银河如期而至。此时定要把目光拉远一点，将纳木那尼放在视域的一角，银河将横扫整片苍穹。流星不时划过头顶，许愿也不能太贪心，十个应该够了吧？

银河落下，望舒载月而来。月光倒映进玛旁雍错，被浪花拍碎，散落于湖面，与冈仁波齐反射而来的素辉交织在我眼前的路上，似乎在对我说："喂！你这个小生灵，也该回去了吧。"

冷布岗日

从巴嘎乡出来往东，在喜马拉雅与冈底斯之间沿着216国道前行300公里，即可来到日喀则市仲巴县。这里藏匿着一座鲜为人知的雪峰，就连本地人都没法确切说出一条去往那里的路，只会手指一个方向，拖长了声线说："就在那边。"

驶下国道，沿着仲隆公路慢慢北上。柴曲河已经开始干涸，水电站即将停止工作，不多的河水还在进行着最后的能源转换。大坝留下了几片浮冰，准备迎接马上到来的冰封时节。跨过柴曲河，高原草甸早已枯萎，厚厚的黄沙压满了原有的道路，目之所及是一片毫无生机的戈壁。两辆汽车一前一后地在道路上奔驰。前车扬起数米高的尘土，后车只得停下，等待被搅乱的空气恢复如初。沙砾一颗一颗轻轻地落下，抚平了路上的车辙。在一切即将归于平静之时，似有一粒尘埃落得极重，咚的一声，在我心里激起层层涟漪，随之化为惊涛骇浪——目光穿过沙尘，一条逶迤的山脉把远处的世界撕裂成上下两半，一半湛蓝，一半枯黄。山脉连绵，不见首尾，似万里城墙梗阻天地，城外是天，城内是地。一座雪峰如一方烽火楼台，银甲傍身，傲然而立，庇护着身后的山峦。冈底斯山脉在这里积蓄出最大的力量，以冷布岗日之名，发出一声怒吼，响彻天地。

继续向着山峰前行，逐渐没了公路，只能循着牧民几个月前留下的痕迹一路踏草轧冰来到山麓，那里却只剩下一间破败的草棚。凄凉感把这里衬托得更加壮丽。孤独的冷布岗日屹立在数十公里之外，大得让人触手可及。身边的溪流很快就会再次成为冰川的一部分，潺潺的水声如大山的呼吸。作为古老的冈底斯山脉的主峰，冷布岗日吐纳着亿万年的变迁。突然，山峰下的积雪出现一道裂纹，雪崩在山间一触即发，却听不到半点声响。眼前的一切似乎是来自另一个次元，充耳的依旧只有风声水声。生灵之于雪崩，脆弱；雪崩之于大山，渺小！

我在西藏待了一年。从西藏归来，生活回归平静，每天经历的日落也从九十点钟回到了六七点钟。朝九晚五的工作慢慢把这段光阴褪色成普通的几个月。穿行在城市的车水马龙之间，仰望天空，心却很难再飞出这片穹顶了——树欲静而风不止啊！

"白色的野鹤啊，请将飞的本领借我一用。"仓央嘉措想飞回家乡，而我想飞去山尖。

泉水湾观鸟

◎ 吴江

（散文）

前段时间，我和几位朋友去了泉水湾，于是有了一次独特的观鸟经历。之前，相熟的金教授跟成主任说准备去泉水湾观鸟，陆老师主动请缨驾车。我听到消息也要求同行。

周六那天，正是芒种。一早，陆老师把金教授、成主任和我接上车。我们一路驱车北上，10个半小时后到达泉水湾观鸟基地鸟类保护站。我们下车后没有停留，就在保护员的引导下登山观鸟。

泉水湾观鸟基地位于鲁山县赵村乡土楼村，地处河南省中部、伏牛山东麓、沙河上游，森林覆盖率达62.3%。丰富的植被使这里成了许多野生动物的天然栖息地，其中鸟类就有百余种。摄影人喜爱的红腹锦鸡和勺鸡就是这片山林中的常驻鸟种。

我们随保护员盘山而上，不一会儿就到了半坡。此时，一束夕阳照射在树丛间几个错落有致、大小不一的磐石上。过了几分钟，一只华丽的鸟扑腾腾地落到磐石上，在石缝及草丛间觅食，随即有大小不一、颜色各异的鸟儿飞来，和它一起戏耍。

成主任告诉我，那只华丽的鸟就是红腹锦鸡。他说这只有金黄色丝状羽冠、上体上背浓绿色的鸟是雄鸟。成主任是一家三甲医院的主任医师，他说摄影是一种特别健康快乐的生活方式，能够保存记忆到永远，找到日常中的美，业余时间他不是在摄影，就是在去摄影的路上。

翌日凌晨4点多钟，土楼村在此起彼伏的鸡鸣声中苏醒，偶尔夹着几声狗吠，可能是农人早起劳作或是观鸟人的脚步声惊了它们吧。我们也赶紧起床，随后上山观鸟。

晨曦中，我们在保护员的引导下登上煤窑沟的一个小坡。眼前是一个小土沟，内有一方水洼，四周怪石嶙峋、绿草青青。水洼两侧有几棵高大的杨树。不时有一些不知名的鸟儿飞过，一只只蝴蝶在半空蹁跹飞舞。一束光从左侧的树林间穿出，照射在土沟中。

不一会儿，一只眼圈呈蓝色、背至尾等上体为白色的鸟突然蹿到水洼上方的树枝上，冷不丁地又一头扎进水洼，随即迅速飞离水面，一闪而去。金教授说这是绶带鸟。他告诉我，绶带鸟又名寿带鸟、一枝花、白带子、紫带子，传说它们是梁山伯与祝英台的化身，寓意着幸福长寿。我国传统工艺品的制作中经常用到绶带鸟的图案，用以表达美好的祝愿。明清两代青花瓷器中常见"花卉绶带鸟纹"图。有趣的是，"齐眉祝寿"就是根据"举案齐眉"的故事，绘成一对绶带鸟在梅花与竹枝间双栖双飞，以双寓"齐"，以梅谐"眉"，以竹谐"祝"，以绶谐"寿"，寓意夫妻恩爱相敬、白头偕老。

金教授是工学院摄影学院副教授，知名的自然生态摄影师，作品曾在《中国国家地理》上刊登。他在条子泥滩涂拍鸟时曾陷入滩涂的泥地里，借助相机、三脚架等器材才脱困。

说话间，又有两只红褐色的绶带鸟飞来，在小水洼里的一根弯曲的枯枝上嬉戏。它们一上一下，头对着头，呢喃私语，漂亮的身影在晨曦中显得十分灵动。下面的一只转眼间跳入水里，随即又飞向天空。另一只跟着跳入水中觅食。

"左前树丫上有只栖息的黑卷尾，它在四处探寻，可能要跳到水里。"陆老师在一旁提醒我。陆老师退休后报了老年大学的摄影班，从此便爱上摄影。鉴湖的乌篷船、秦淮河的灯影、富春江的柔波等景致都留在他的镜头里、记忆里。

这时，一只野鸡从翠绿的草丛里伸出头来，盯着一只浅灰色的灰卷尾戏水、展翅、飞翔……它那专注的神情让我感到有些惊诧。

我喜欢这一刻，就是现在，坐在拍摄的平台上，周围群山耸立、植被葱绿，不时有云雾从丛丛绿色中聚集、升起又散开，鸟儿在欢腾，鸣叫声清脆悦耳。我呼吸着清新湿润的空气，虽然有些疲惫、惆怅、失落，但拍鸟的信心似乎更足了。

煤窑沟的鸟是有趣的，吸引人们不远千里赶到这里。我右边的王老爹是湖北荆门人，今年65岁，半年前迷上了摄影，配置了尼康相机等器材。他与夫人驾车400多公里赶到泉水湾，对白色绶带鸟情有独钟，拍了许多鸟的照片，开心极了。重庆美女李园园知道泉水湾后，背上器材乘动车北上，赶来一睹鸟姿。首都北京、浙江湖州、吉林长春、陕西渭南及附近的洛阳……来观鸟的人络绎不绝。

我拍鸟是新手，开始时不在状态，见到鸟扑腾腾地飞来就激动，总是对不上焦，拍出来的图都是虚的。有时还没等我反应过来，鸟就飞走了。我沉心反思，重新调整相机拍摄参数，提高感光度，用大光圈、点对焦来提升成像速度，选择RAW存储格式，进行追随拍摄、预测性对焦蹲守，提高15厘米水面上的对焦，捕捉鸟儿跳水时的美姿。但由于水面反光，拍出的照片经常过度曝光。在金教授的指导下，我减少了2档曝光量，慢慢地拍到了一些满意的照片。

从凌晨到太阳落山，10多个小时，我们默默蹲守着，抓住机会拍摄。中午，摄影隐蔽棚内的最高温度达到40多摄氏度，我们汗如雨下，但为了拍到好片子，都坚持了下来。一天的拍摄结束，我拍了不少片子，虽然在构图、用光上还有些不尽如人意的地方，不过我已经很知足了——在理论上跟金教授、成主任学了许多，又在基地体验与探索了一番，提高了摄影技能，更难得的是，看到了这么多美丽的鸟儿。

月泊西昌

◎ 席运生

（散文）

　　人在蜀中，西昌是一定要去的。因为"新三直"（雅中—江西、白鹤滩—江苏、白鹤滩—浙江）特高压工程在四川凉山建设，我到西昌的机会就多了一些。

　　西昌是凉山彝族自治州的首府，一个少数民族聚居的城市，新石器时代就有人类在此栖息繁衍，春秋时期，此地建有邛人部落。西昌从秦汉时期设立郡县开始，至今有2100多年历史，自古以来就是南方古丝绸之路重镇，享有"中国十大最美古城"的美誉。西昌境内有汉、彝、回、藏等36个民族，其中世居民族达14个，火把节、彝族年、藏历年、毕摩文化，杆杆酒、砣砣肉、换裙礼、彝族选美，抢亲、摔跤、斗牛等民俗风情绚丽多彩。

　　前些年，我在西昌见到过火把节的盛况。彝族的火把节是西昌最热闹的事儿，被称为"东方的狂欢节"，西昌也被称为"世界上唯一可以玩火的城市"。火把节上，星火人间、火舞彝寨、邛池流星等节目让空中焰火与地上篝火舞成长龙，连成片。在彝族的婚宴上，我也看到过炮制坨坨肉。10多名彝族壮汉宰杀10来头肥猪，然后把硕大的彩色塑料布展放开来，众人席地而坐，抢起砍刀把整扇的猪肉剁成坨坨，同时在周围架起十几口大锅，炖煮坨坨肉并熬制酸菜汤。开宴的时候，主菜是坨坨肉配酸菜汤，主食是米饭加荞麦粑粑，几人或十几人往地上一围，或在小板凳上一坐，人手一个勺子，将坨坨肉在汤中一涮，大口吃肉、大碗喝酒，酣畅淋

文化篇 拾取光阴

漓。他们吃完一拨再续一拨，这样的坝坝宴一般会吃上3日。当然，彝族的送礼随份子也是相当壮观的，几米或十几米长由百元大钞组成的彩带被擎举着送往喜庆人家，前面还有三五成群的羔羊，有的还会赶上一两头皮毛锃亮的牛。西昌有好吃的又有好玩的，旅游资源丰富，是大香格里拉旅游环线、川滇旅游黄金线上的重要节点，是国内少有的山、湖、城相依相融的城市。

早春，我去西昌出差，采访电网工程复工。我住的酒店距邛海不远，这里的湿地不像精心打造的梦里水乡等邛海景区，没有通幽曲径或木制栈道，也没有姹紫嫣红的郁金香和绚丽的灯光，可是我看到了原生态的邛海湿地。这片湿地里的鸟并不比湿地公园观鸟岛的少，在乔灌错落、荆棘横生、芦苇蔓延、荷塘连片的邛海边缘，鹭鸶、海鸥、锦鸡或野鸭不时从我的身边或脚下扑棱远去。我拨开斑蝥的茎叶或芦苇的花穗，沿着阡陌入林中，林间竟有秋千、吊床，也有草丛中的片片菜畦，在晨雾的弥漫中绽放着青翠和金黄，滋润地生长。堤坝上，冬日的芦花尚未褪尽，春日的嫩芽已崭露头角，还有白杨，旧的叶子依然茂密，春日的絮已经飘远。西昌的自然气候得天独厚，万紫千红总是春，冬暖夏凉花不落，春节期间便可听到荷塘蛙鸣，还有蟋蟀的低吟，我甚至还听到了蝉鸣——蝉可是在夏日里才会发声聒噪的。坐上那秋千，在微风中轻荡，竟滋生了困倦。顷刻间，迷雾隐去，阳光透过乔灌的缝隙投射下来，西昌又开始了一日的炙烤，像是进入了火热的夏季。

关于邛海的形成，影响力较大的为地震下陷说。它卧于螺髻山以北，被环山合围，滋润着邛都。邛海与"半壁撑霄汉，宁城列画屏"的螺髻山构成了川西南较大的风景名胜区之一，被誉为"川南胜境""蓬莱遗胜"。那天，我从特高压工程建设现场回城经过这里的时候，城西泸山之上的阳光尚且热烈，而城东丘壑之上，半个月亮已经跃上山头。

月泊西昌，我总想着天上一个月亮、水中一个月影，可在邛海，我总是寻不到月亮的影子。

春风沉醉的晚上，我想近距离去看邛海，于是走进梦里水乡景区。邛海的浪不大，可足以把月影揉碎，就连水岸的灯火与光影也被摇曳成了曲线，像是在水中撒下一缕缕金粉或胭脂花蕊。第二天黎明时分，邛海湿地烟波缥缈，轻轻的、淡淡的，像披了一层云纱。待天色放亮，东边山岭曲线的后面便有橘黄色的云霞在天地间弥漫，风电场那些仿佛木刻或剪影状的风车正优雅地转动。春日里，西昌的峰峦不算苍翠，群山与沟壑总有薄雾环绕，从蔚蓝的天空到起伏的峰岭，一直延伸到邛海水岸，很像巨幅的水墨长卷。我看到的邛海水色是不一样的，一大早出西昌城前往施工现场，在城南的彝族文化广场俯瞰邛海、远眺西昌，山苍茫、水明净，城市虚幻，海水有着橙色的光亮，到了下午返回，再看那海，光山云影、一碧千顷。

在西昌，一条河由邛海始，穿越城区，承载西昌东西两河水，流入安宁河，最后注入长江。它叫海河。一位久居西昌的居民说，20世纪80年代中期，海河清澈透底，东西河还是城区居民的主要饮用水源，后来河水被污染了。我曾游走于海河天街，这个前些年西昌市精心打造的"流转的现代水乡"，又让海河变了模样。"新三直"特高压工程建设指挥部离海河天街不远。有时，我到指挥部取些素材或采访些人，晚些时候会沿海河漫步，目睹那月在碧波中摇曳，与河岸的霓虹交相辉映，让我想起杨万里的诗："快阁江鸥远避人，西昌山月暗吹尘。百年卓茂传诗印，印出风光色色新。"

如今的海河天街更像一幅江南水乡的山水长卷，特色餐饮、精品客栈、风情酒吧清新而雅致，成为西昌的旅游名片。闻听栈道之上有歌声缠绵，拾级而上，露天的烧烤正飘着肉香，那酒应该喝得酣畅，穿着民族服饰的彝族妹子正在歌唱：

听了九十九个姑娘的歌声/还有一个姑娘在等待/见了九十九个美丽的寨子/还有一个寨子在等待/满山花儿在等待/美酒飘香在等待/要是不走不行了/明年今日早早来/满山花儿在等待/美酒飘香在等待/珍贵的朋友 朋友/请你留下来 留下来……

文化篇
拾取光阴

323

月亮在云中走走停停，月色中，我又从海河天街一直走到风情路上的凉山民族风情园。风情园广场入口是用青铜铸造的支格阿龙塑像，传说中的支格阿龙射日射月、丈天量地、惩凶除恶，赐万物以规序、人世以太平。从碉楼园门进去，图腾柱顶天立地，围绕图腾的是栩栩如生的彝族青年男女雕塑，他们拨弄琴弦、载歌载舞，憧憬着美好的幸福生活。

是夜，入住隔壁的锦湖酒店。月泊西昌，那月就挂在风情园图腾的顶端。伫立楼台，环山而望，月光似水，远山沉醉含羞，西昌城恬静而安然。

◎ 熊浩

瀛湖散记

（散文）

这个地方本来是没有湖的。

如果没有水电大坝，眼前这一湾碧绿的湖水，早就如同那些淡然逝去的光阴一般，温柔地浸润过安康古城，奔流而去。

我又来到了瀛湖。

深秋的瀛湖，是如画的景，碧绿的湖水映着碧绿的山色，一层层地铺垫着。斑驳的红的黄的树影，如同糖果一般间或散落在其中的屋舍，透过水面上挥发的水汽，有一点点的扭曲弯折，看着仿佛是要在暖阳下渐渐融化了一般。

前段时间，这个地方经历了一场惊心动魄的抗洪战斗。最终，洪水被水电大坝降伏。

我们在广阔的水域上乘舟疾驰，船后扬起的雪白浪花层叠着荡开。已记不清上次来是什么时候了，只记得远远的广阔的水面上有白色的浮筒纵横漂浮着，底下挂着连绵的网，那是养殖的网箱，是餐桌上美味的瀛湖鱼生长的地方，现在都已经不见了。为了北上送京津的这一泓清水，养鱼的村民响应号召拆了网箱，也禁了捕鱼，瀛湖只剩下绿水幽幽，如同翠玉，铺满了山的缝隙，直直地铺到山脚下。

一座桥立在水边，连着两个山脚，一辆火车哐当哐当地过，载着一串油罐，缓缓地钻进隧道。小尤停下船，指着隧道说，这叫南溪隧道，村里的老人说是当初三线建设时期建成的。这里的山没有路，人工开凿，人力运输。一天，隧道内的土石轰然坍塌，在里面工作的40多人都没有来得及跑出来。这些牺牲的人就埋在隧道口不远处，坡地上长着郁郁葱葱的树，还有一块写着"三线建设防护林"的牌子，记录着那段历史。他们在异乡，唯有这些山这些树和这深深的湖水，默默地拥着他们。每年清明时节，这些年轻人的亲友和同学从祖国各地赶过来，放上鲜花水果，追思如白云聚了又散，流逝于天际。

一道苍白的水线永久地停留在桥下的水泥支墩上。

330米，这是瀛湖的深度，也是安康水电大坝的高度。

瀛湖的水，永远不会淹没这条血肉铸成的铁路。

如果不是修建安康水电大坝造就的这湾湖水，我也没有机会看到这个窄小的洞口、听到这个故事。在这里居住过的上了年纪的人，都曾经看到过这些单薄疲惫的身影，在风雪的摧残下倔强地忙碌着。这些人的这些故事，会在瀛湖被一代代地流传下去——永不忘记，便是对他们最深的敬意。

小尤是大学生村官，住在一个叫作清泉村的地方。村子里的人也永远不会忘记一位叫朱平风的老人。

这位农林科技大学的老师退休后，在生命的最后15年，回到年轻时曾支教过的这个贫穷的地方，为了实现自己的梦想——"打破'陕西不能栽种南方林果'的专家结论，让陕南山区农民脱贫致富"。她把知识和财富奉献给了这里的村民和山山水水，拿出自己的全部积蓄，承包了35亩杂灌荒山，购买了10万块红砖，自己设计图纸、找人施工，在瀛湖边的半山腰盖起一栋简易的二层楼房，作为研究、推广优质林果的基地。最终，她在这里成功培育很多热带果苗，都无偿送给村民，并教他们开荒种树、剪枝灭虫。村民们富裕了，她却永远地离去了。

老人虽然走了，但这一栋旧房、一片果林、一座山以及这里的人们，都记住了这位令人尊敬的老人。"你看，那些都是果树，这里都成花果山了，每年水果卖好多钱呢。"小尤指着周围起伏的山说，"有火龙果、脐橙、杨梅、柠檬、芒果……过去这些都是南方才能长的啊，阿婆都给我们培育成功了。"

打捞工作船在前面的山坳掉转了船头，对讲机里传来船工的声音，远远看见一艘小船载着几个穿着橘红救生衣的身影离开打捞船，慢慢地靠近山边。在绿的水和绿的山中间，一条黑线似有似无。我们的船熄了火，慢慢地漂荡过去，离得近一些，才看清是枯树的枝丫和木板等杂物随着波浪起伏，缓缓地冲击着岸边，在水边聚集。

这是一个很普通的山坳，在瀛湖100多平方公里的水域里随处可见。瀛湖的风个性得很，白天一个方向，晚上却是另一个方向。今天风刚巧将漂浮物全部吹进这个山坳里，省了不少打捞的力气和时间。

打捞船很大，专业的挖斗入水出水速度很快，但是就算再平稳，更多的漂浮物还是随着涟漪打转，无法聚拢。打捞人员站在铁皮小船的船头，弯腰用铁耙拢起漂浮物，舀入小船舱，满了便转移到大船上。橘红的身影用长杆捞网贴着水面轻柔地划拨着，飘散的枯枝烂叶在水面打着旋，还没有散开就滑进了捞网中。网瞬间就满了，长杆离水，呼扇扇地颤动着，看着就感觉沉甸甸的。我搭着手去试了一次，杆把冰冷而湿滑，使足了劲才勉强把捞网中的垃圾翻倒进船舱的收集筐中。看来，这个工作我是做不来的，只好老老实实地待在旁边，不去添乱。

就这么一下一下地，许多人重复着这无声的动作。四下里只有风掠过山上的矮树，激荡出飕飕的声响。风从宽广的湖面涌进来，卷起救生衣的束带，在他们胸前和腰际飞舞。太阳下仅有的一点温暖被吹得无影无踪，我缩着脖子，也难以忍受刺骨的寒。

眼前是秋的景，却满是冬的寒。

一叶弯舟。舟上人，俯身辛劳。

老陈是打捞船上年纪最大的船工，身形健硕，在瀛湖上一处被叫作八道湾的水边住着。家门就对着瀛湖，曲折的山坡围着静静的湖水。

老陈家的老屋在这静静的瀛湖水底，还有那时候开出来的田，都在老屋的周遭。

1983年夏天，雨不停地下，平日里清澈的河水变了颜色，成了黄泥

文化篇
拾取光阴

汤，冲刷着岸边的土石和树，鸡羊猪牛没了命，在浑浊的水里翻卷着，老屋下面的河道里，水早就满了。老辈子们聚在一起，抽着旱烟，蹲在屋前院坝里看，都说：这水一天比一天猛，恐怕是要祸害人哩。满山的树都让雨淋得唰唰地响，山上的土也让雨浇透了，人走几步就滑一下。老陈家的房子整天敞开门，方便山下水边的人家来躲水，堂屋里整天都有泥脚印子。灶房里，柴火烟子让雨压得飘不起来，都顺着屋檐弥漫，呛着屋里屋外的人。

山层层叠叠，也拦不住这发狂的洪水。终于，有一天，这满河的水成了祸害，冲毁了城堤，冲进了安康城。

年底的时候，安康电站截流了，准备修大坝。

过新年的时候，这一片山上山下的老老少少走亲戚，遭灾的、没遭灾的在一起叹气，都说这大坝要是早一年修好就好了。有年长的爷扬手压下了满桌子的抱怨："过去的事情说一下就行了。大坝建好了，水就上来了，我们还要往山上搬哩！"

老屋的墙，是老陈跟家里大人剁碎稻草秸秆和着泥巴石灰夯起来的，檩子和梁都是跟着木匠在山上砍的老杉木，轻巧结实不生虫，瓦都是几个兄弟顶着太阳一片片铺的。说要舍了，心里真的舍不得，一万个不愿意。

屋前屋后的田里都是犁过的细土，长得一片好庄稼啊！搬上山以后，地里还没荒，老陈一家点种些菜蔬，赶着季还收了好多，回去腌了，留了个往日的滋味念想。

水渐渐地涨上来了，漫过了菜地，漫过了老屋。过去在这里嬉笑玩耍、辛勤耕作的岁月，一去不复返了，老陈他们要到一个崭新的地方从头再来。

村干部先前来做思想工作，说这个水电大坝以后要发电，要造福社会，要管住汉江不发洪水，是为了一方百姓好。政府在高处给圈了地，地势好，以后水就在屋跟前，也不会涨了。

山里人明事理，都有一把好力气，也有不低头的倔强。老陈那时候正是精壮的后生，家里老人们都还在，也都干了一辈子活，闲不住。一家人和泥夯墙，架梁叠瓦，不多久，新家就住进去了。

慢慢地，水就悄然成了一掬深邃的湖，名叫瀛湖，就在老陈的新家前面。

湖边错落地居住着的都是以前河边山脚和半山腰的人，都是一样的新房子，都是一样的新日子。

推窗还是青山，到处都是故乡。

水深了，鱼就多了，家里老辈子学会了划船、撒网。老陈也会了，每天划着船走不多远，就把网子在左肩上捋齐，右手抓住一圈铅坠子，拧身撒出去，待到网入水沉得深了，就扯着绳收上来，里面各种鱼蹦跳着，就够了一家人的饮食美味。山里人变成了水边人，还是一样地实诚，也不多撒网，怕弄回去太多吃不完，糟蹋了鱼。坐在船头想看一看以前房子的位置，却是什么也看不见了，都是水波粼粼的，想着以前在山上哪有如此逍遥的生活，心中也甚是满足，掉转船头，就此归去。

若是懒得划桨，就在屋前不远处信手钓鱼。黄昏是钓鱼的最好时机。瀛湖才成雏形，鱼笨，也贪嘴，饵坠才入水，鱼就抢了食，拉着鱼漂倏地便不见了，提出水面，鱼上下跃动，映着晚霞青山，远近的景色让人看着都痴了。

周边山上、水边的人们，很多被动员到了大坝，推着装满砂浆石头的斗车，在迷宫一样的混凝土大坝里头，跟豆腐点卤一样，这里倒几车、那里倒几车。还有吊车拉的大斗也在倒，看不出什么规律。老陈的家里人还有小尤的爹、叔伯们都是种田的好手，在山头上看着几百个人在大坝里面跟蚂蚁一样每天忙着，听着专家的指挥干着活，觉得挺好。地没了，整天闲着，他们就互相商量，鼓着勇气跑下了山，到了工地看见戴着安全帽穿着工装的人，便硬着头皮挨个问，问了几次，就登记了名字，领了帽子和工具，成了工人。

原先，汉江在这里硬硬地折了一个弯，水流好像不低头不服输的样子，浪陡然激荡多了，声响也大。两岸的人日里夜里都让"哗哗哗"的声音吵习惯了，大坝截流后突然没了声响，颇有些失落。天黑了，建设的人

文化篇 拾取光阴

329

都回去了，方圆几里静悄悄的，还没修好的大坝静静地伏在山的中间，跟一头大牛一样镇着河谷。老陈远远地看着，心里无比踏实，睡觉也香甜多了。他感到劲头十足，想着在白天里再多运几车钢筋水泥，让大坝早一天成了，这河水就不祸害人了，挣钱的心思反倒是淡得很。

大坝建好了，发电了，老陈舍不得走，申请做了一阵子临时工，每天戴着安全帽进出电站干活。

因为有了这个大坝，有了这个瀛湖，老陈这辈子种过庄稼、养过鱼、栽过果树、当过工人。7年前，安康水电厂开始进行瀛湖环境整治，他听到消息，又报名成了船工，清理漂浮物。

"那个叫作织女石，你看像不像？陈叔以前的老屋就在正对面的山谷里。"小尤开着船慢慢地停在一块巨大的山石前。我抬头看，那石形态婀娜，与女子有几分相像，恰巧对着如镜湖面，好似孤芳自赏。

正在望时，"啾"的一声，一只点水雀从山石上飞下，掠水而过，尾巴点出几圈涟漪，慢慢荡开。倒影的太阳便绽裂成一朵白色的百合花，开在了瀛湖上。

家在竹林深处（散文）

◎ 许丽霞

风吹竹动，碧波万顷。

这里是我的家乡——"楠竹之乡"咸宁，有楠竹146.9万亩，立竹量2.2亿根。

我出生在拥有万亩竹海的西坑村，这里三面环山，山上长着成片的青青翠竹。春雨过后的清晨，我喜欢听破土而出的沙沙竹语。

一

小时候，1斤新鲜竹笋可以换两毛钱。挖笋是村里的头号大事，浩浩荡荡的队伍在黎明出发，迅速占领各个山头，一挖就是大半天。

爷爷总是摸着我的头，笑着说："崽呀，加把劲，给你买'大白兔'吃。"那时候，1毛钱能买两颗大白兔奶糖，一年到头很难吃上。可惜我人小力气小，两只手合起来都握不住笋，双手双脚齐上阵，才勉强挖出一个。

除了能换钱，竹笋也是难得的下饭菜。新鲜的笋粗壮洁白、壳薄肉肥、口感脆甜。吃不完的笋可以风干、腌制，过年过节的时候拿出来炒着吃，或者熬汤喝，极其鲜美。

家里用的竹席、竹篮、蒸笼、米筛都是用竹编的。因为买不起这些物件，爷爷就自己编，砍竹、破竹、劈片、剖篾、编制，整个做出来得两三

文化篇 拾取光阴

331

个小时。

"竹子生来不为强，荒山野岭都能长。篾匠师傅买了去，做成物件用途广。做把竹椅放门堂，夏日炎炎好乘凉。起青削黄做凉席，铺在床上四方方……"爷爷总是在晚饭后编竹器，一边干活一边教我唱歌谣。

一根青竹，对剖再对剖，剖成竹片，再劈成青篾片和黄篾片。竹子剖开的时候带着浓浓的清香。爷爷说，他特别喜欢这味道，闻着踏实。

年复一年，爷爷的竹编手艺越来越好。竹篮、背篓、簸箕、米筛、蒸笼、竹箩、鸡笼、鱼笱……爷爷走村串户叫卖，1个竹篓两块钱，1个蒸笼3块钱，卖上两个就可以换1斤猪肉。凭着过硬的竹编手艺，东家请、西家接，爷爷成了远近有名的篾匠。

二

清明一尺，谷雨一丈。

满山遍野的竹子，伴随着我长大。

村里盛产竹子，和爷爷一样当篾匠的人越来越多。

从2010年开始，逐渐有外地贩子到村里收购楠竹，一根楠竹卖6到10元。但是，当篾匠的收入和卖楠竹的钱加起来，一年也不到3万元，刨掉一家人的开支，也就不剩什么了。

"仅仅卖楠竹，经济效益低，上级政府建议做竹筷加工。"2014年，村委会带来了这个消息。

随后几年，村委会利用林地，带着村里人将原来的600余亩楠竹基地发展扩大到1.1万亩，每年可采伐楠竹30万根，全部用来做竹筷。

竹筷加工厂建成投产后，爷爷带着一帮篾匠成为加工厂的第一批工人。

随着市场渐渐打开，村委会发现，与竹筷相比，竹炭的利润更高，便又引进资金投资加工竹炭。

竹制品环保又健康，受到越来越多人的喜爱。加工厂有了稳定的销售渠道，又从其他地方收购楠竹，加工后再销售。楠竹被加工成竹帘、竹筷、竹篮、竹炭等产品销往省内外，供不应求。

2018年，咸宁市扶贫办到村加工厂考察，建议扩大生产。村委会把村民召集起来开大会，认为靠传统手工制作竹制品，耗时费力，产量满足不了市场需求，决定建电气化车间，扩大生产规模。

说干就干，加工厂陆续添置了很多新设备。产量上去了，村里人的收入也增加了。

见此情形，周边的村子纷纷效仿，还有人返乡办起了电气化竹加工厂。

现在，竹加工厂成了山乡竹林间的标配。爷爷说，山里人都有"饭碗"喽！

三

天与秋光，转转竹声。

黄昏院落，笑说从前。

"四面环山几道弯，茂林修竹笑人懒。山路崎岖人难走，吃薯盼肉口舌馋。"这山歌唱的是曾经贫穷的山村。

如今，村里通了网络、自来水，便民超市、医疗室、老年活动中心等基础设施一应俱全。2016年，西坑村获得"全国生态文化村"和"全国美丽宜居村庄"称号。

在咸宁，通过加工楠竹受益的地方还有很多。

崇阳县港口乡港吉制竹有限公司生产的牙签、棉签、凉席等竹制品销售海内外，带动村民增收致富。

通山县洪港镇沙店村的王有金注册成立正祥竹木制品有限公司，进行竹制品加工，企业年产值几千万元，员工近百人。

"一根楠竹只能卖8块钱，竹子拿到加工厂粗加工可以卖出翻倍的好价格，加工厂就是我们的致富厂。"大幕乡双垅山村八组村民邹文晚说。他和其他80户贫困户在2019年全部脱贫。

每当说起脱贫的事，爷爷都会念叨，搞竹加工，拉丝、切入都需要电，电有保障，竹加工才做得好，多亏了供电公司。

2014年，我入职咸宁市咸安区供电公司，跟着师傅们翻山越岭，沿着电力线路，走过了一个又一个村子。"崽呀！好好干，为咱们家乡的竹加工企业供好电！"这是入职那天，爷爷跟我说的话。

纵横一川水，高下数家村。

靠山吃山，靠竹吃竹。山林竹海间，一盏盏明灯下，一台台竹加工设备唤醒一个又一个黎明。那一片片向阳而生的楠竹，成了乡亲们致富的"富贵竹"。

一块坐在空中的石头

◎ 遥 远

（散文）

这个九月，我踏上了帕米尔高原。

帕米尔是一块坐在空中的石头、一座宏伟的石头宫殿，雪峰则是它的皇冠。到处都是石头的呼吸、冰与雪的呼吸。从喀什绿洲望过去，一座白雪皑皑的石头建筑傲然高耸，沐浴在晴空下，却没有感到天空伸手可触，倒是头顶一派空旷的宁静，让人的目光没了着落，飘飘忽忽的。模拟金雕的飞翔，愈往高远处，愈觉得大块大块的苍蓝背后，一定藏匿了什么重要的东西。

如果不是迎头撞上一座山峰，我简直难以相信脚下就是帕米尔高原。这座山峰的远影并未有任何突兀的表现，这是与大片骨骼粗糙、肌肉坚实的山石连为一体的地貌，非常完整，讲究一种人们难以仔细分辨的秩序。

这就是慕士塔格峰，被当地人亲切地称为"冰山之父"的高峰。站在它的面前，你无论如何不能非常从容和自信了——不管你先前是何等狷傲的一种人，首先你会明白：从爬上高原的那一刻起，你就并不比其他任何东西高妙。

我们心里都明白，那不过是一些冰雪和石头的堆积。但这堆积的恒久和高度却是我们难以企及的。海拔7546米，意味着什么？仅仅是一种高度吗？

这世上异乎寻常的东西并不多见，它们的存在往往决定了对某种规格的指认。比如阿尔卑斯山，这座欧洲的高峰如果被移到我们的青藏高原、

文化篇 拾取光阴

帕米尔高原，也许只能算一座略有意思的小山丘。

在群山的簇拥下，隆起的慕士塔格峰似乎显得不那么狞厉和张扬了。但是，且慢，很快一种压迫感会从你的颅顶慢慢向下延伸，以至于你不得不重新注视眼前这座山。它的威慑力不是一下子显露出来的，而是慢慢渗透出来的，犹如高原冰凉的阳光，等你感到它的照射时，脸上必定已被它剥去了一层嫩皮。

就是在这种压迫下，人们马上想到：对于无限的空间，有限的占据是多么渺小。在慕士塔格峰存在的那个空间，只因它的体积的庞大而更显得天地旷远。这不仅是一个奇怪的视觉现象。你如果能竭尽全力环绕它走一圈，从任何角度去看，都会惊奇地发现：这座山峰像是被谁刻意雕琢过似的，呈等边三角形，完全是天造地设的，是大自然更胜人类的杰作。它稳稳当当地屹立着，亿万年了，那种力量和坚实从未改变过。

倘若在晴朗的天气里飘来几朵白云，或者有一只金雕慢慢地接近它，你都会觉得一种伟大的孤独在弥漫。不要以为只有人类才是孤独的，这世上存在着比我们更敏感的东西，哪怕是石头和冰雪。

冰山不是一个可以居住的地方：刺骨的寒冷，稀薄的空气，让人惊心动魄的悬崖峭壁……但冰山可以用来祝福，正如慕士塔格峰，为塔吉克人、柯尔克孜人还有他们的牦牛、羊群祝福。它是一枚倒映在卡拉库里湖中的护身符。而我们想象中的苍鹰居住在悬崖上，在太阳之光颤动的指尖上。它在悬崖上睡着了，又在悬崖上醒来了，这就是帕米尔高原日复一日的生活。

我们都曾被一首关于高原的歌所吸引，都曾被高原的冰雪所净化。但是我们的确没有深究过：一座山峰之所以会在我们眼前坚挺不老，那一定是我们的内心缺少了什么。

六门风云

◎ 殷俏

（散文）

地处浙西南的丽水，依山傍水，历经数千年时光。丽水古称处州，因少微处士星而建州。明代《名胜志》载："隋开皇九年，处士星见于分野，因置处州。"处州建立时，修建六门，唐代始建城墙，元代终以定型。

这里的每一座城门，都有着自己的风云故事……

一

"大水门，拔船纤；小水门，卖食盐；厦河门，种菜园；虎啸门，开饭店；丽阳门，打草毡；左渠门，开鬼店。"三五稚童在南明门下欢快地蹦跳转圈，拍着小手念着这首在丽水民间流传百年的歌谣。

几位古稀老人坐在城门洞里纳凉，沧桑的容颜带着岁月的痕迹。一位老人从烟袋中取出烟丝，往木杆黄铜烟斗里掐。不知他说了些什么，逗乐了旁边的几位老人。

城墙下的遮阴处有几个叫卖的小贩。他们各自吆喝："冰糖葫芦嗳，又酸又甜的冰糖葫芦嗳""冰棍儿，冰凉透心的冰棍"……还有两位卖糖画、面人的大爷。城墙边的大树上，知了在叫唤着，带着夏日热浪的节奏。它们似乎听懂了歌谣，开始随着节奏的变化发声。树枝上的叶片在炽热的阳光下投下斑驳的影子。墙缝里的野草也探出脑袋，观看城墙下的风景。

南明门俗称大水门,位于处州城正南端,是古代处州最为重要的通商口岸。敌军也往往从这里入侵。因此,南明门也是处州城最重要的军事防御城门之一。南明门设有东、西敌楼,各有望孔和射孔,可用来防御。兵将可在敌楼内对入侵之敌交叉射击。且南明门设有瓮城,若敌人侵入,可闭前后城门,使敌成"瓮中之鳖"。

门洞上的"南明门"三个字闪着流光。我步入城门,却遇风云突变,时间仿佛一下子回到了几百年前——

10余位身着麻布素衣、头裹汗巾的码头工人,在忙碌地搬运货物。江边停靠着几十艘官船,气势磅礴,一旁还有开箱验货的人。我走近细看,木箱里装着满满的茶叶和瓷器。每件瓷器都是上好的龙泉青瓷。瓷器纹饰多样,有八思巴文、回龙纹,有的上面还有《西厢记》《牡丹亭》等戏曲故事的图案。它们被稻草包裹、谷糠填缝后,登上货船,通过瓯江进入东海,远渡南洋,被运至日本和欧洲、东非等地。

我对着远去的商船挥手,然后一路向北,来到望京门。望京门又称丽阳门,位于处州府城的正北面。城门内皆为矮屋破房,住的大多是贫苦百姓。他们在城门外耕种"月亮田",虽日日耕耘、精心照料,却时常遭遇水旱之灾,收割的粮食都不够饱腹,只能在田中收集稻草、编织垫子,来换取口粮度日。

望京门的东面是岩泉门,俗称虎啸门。门内的酱园弄有处州的名门望族、民间盛传的"谭家的屋,潘家的谷"中的谭宅。

望京门的西面是通惠门,又称左渠门。它是处州府城的西北锁钥。这里既无商铺,也无摊贩,枯叶满地,杳无人烟,是六门中最阴森之地。城门对面的半山坡上有座"愸终祠",处州人称其"百终祠",是用来搁置棺材的。在处州逝世的外地人,灵柩发回原籍前都暂时搁置于此。据说,这里时常闹鬼,因此只要一提起左渠门,处州人都会不禁打冷战。若有人要去那儿,他们就会好言劝说:"没事别往那跑。"

南明门的西面是栝苍门,又名小水门,为"上七县"水路交通枢纽。城门内车水马龙,街道两旁客栈林立,米铺、肉铺、酒坊等随处可见。

我外祖母家就在两条主街道的交界处。外曾祖父是当地商贾，来往各地交易，家族一直以经商为生。小时候，父母工作忙，白天就把我放在外祖母家。我总是端一张小木椅，乖巧地坐在门槛内，手里捧着外祖母给的糕点，边吃边看往来的客商和邻近商铺里发生的故事。脚下时常睡着一只慵懒的大橘猫。

南明门往东走是行春门，又名厦河门。每逢农历三月初三，百姓都会请出太保庙的太保老爷神像，抬至此处，举行"迎春仪式"。这一带土质松软，居民大都以种植蔬菜为生，范围可延伸至五里外的厦河村。

二

700多年前，元朝建立。忽必烈想把华夏大地变成蒙古草原，要求地方官员拆掉城墙。可处州城背道而驰，不但没有拆除，反而对城墙进行加固和修建，甚至扩建。这是怎么回事呢？

原来，处州城南面是浙江第二大水系瓯江。为抵御洪水，处州不得不保留城墙，甚至进行加固，将石砖换成大的花岗岩石块。这共计5.1公里的处州城墙不只有防洪的作用。处州地处浙、赣、闽三省交界，自古便是交通要塞，且田地肥沃、物产丰富，屡遭敌袭扰。因此，处州城墙兼具御敌护城的功能。自元代以后，历代都有修缮加固城墙的记载。如康熙二十五年（1686年）闰四月，江南阴雨不止，水位一度上涨，高过城墙一丈有余，冲塌了栝苍门和南明门。4年后，知府刘廷玑对两门进行修筑。雍正七年（1729年），处州府城墙进行了一次史上最大规模的修筑。据说，当时的朝廷动用处州十县之力，把原砖换下，统一用差不多规格的石头重修城墙，历时5个月竣工。

三

1937年，抗日战争全面爆发，沪宁杭三地沦陷。当时的国民政府浙江省建设厅、教育厅等迁到处州，沪杭一些著名商铺随之迁入。一大批文人学者也来到处州，宣传抗日救国。一时间，处州成为浙南的政治、经济、文化中心。

1942年3月26日，20架日军飞机从处州城上方飞过，30枚炸弹掉落在南明门和栝苍门一带，整条街变成火海。当年5月，日军发动浙赣战役，以摧毁衢州、丽水等地机场及各种设施，防止中、美空军利用这些机场对日本本土实施轰炸。丽水遭日军飞机连续疯狂轰炸。此后，日军进入处州城内，肆意烧杀抢夺，城内的茶叶公司、桐油公司、火柴厂、印刷厂等所有厂房均被烧毁。处州城千疮百孔，到处是断壁残垣。处州百姓自断公路，全民抗日。望京门首竖抗日大旗，救亡运动如火如荼。

抗日战争期间，日军对处州地区出动飞机423架次，投弹1796枚，致使处州城内机关、学校、工厂等12237间房屋被毁。左渠门、栝苍门、行春门、虎啸门都毁于日军炮火，所幸南明门、望京门在战火中依然屹立。

四

近年来，随着传统文化复兴和文物保护力度加大，南明门城楼得以重修。城楼原为二层四檐挑出的木结构建筑，重修后改为单层城楼。城门上的阁楼已开起了书院，以城门命名，为"南明书院"。

行春门也得以再现。政府有关部门在城墙原址和行春门瓮城遗迹上进行了重建，同时复原重建晋代的天庆观（老君庙）、南宋时期的应星楼，并在行春门内建设徽派建筑群"处州府城"，这些地点成为外地人来到丽水必去的景点之一。栝苍门则成为环抱全城的防洪坝起点。虎啸门残基早已与城市居民楼融为一体。20世纪70年代，因道路拓宽，望京门被拆除。据说，望京门、左渠门的修复重建已列入处州老城恢复的城市规划当中。

时光荏苒，沧海桑田。处州府城墙历经千年风雨，从古时的恢宏鼎盛到旧中国的满目疮痍，再到近年来恢复重建，它无言地诉说着处州千百年来的风云故事。

　　城在墙里，墙在城里。处州六门，纵使残缺，即使埋藏于地，但仍然与处州血脉相连。其实，六门一直都在，或匍匐，或耸立，或露头，或埋藏，如精兵一般，守护着处州这片土地，守护着这里的人们。

◎ 游绍斌

重庆的桥

（散文）

老辈人经常说："我走过的桥，比你走过的路还多！"这句话恐怕只有重庆人才有资格说。

重庆是有名的山城、雾都。其实，重庆也是一座桥都。长江、嘉陵江穿城而过，江水阻隔，交通不便，桥梁对这座城市来说有着重要的作用。

从20世纪60年代起，各种各样的桥应运而生，成为连接重庆两江四岸的交通纽带和独特景观。

在1967年的重庆城区遥感影像地图中，中心城区只能看到一座跨江大桥——牛角沱嘉陵江大桥。这座连接着渝中半岛和江北的大桥，是重庆中心城区建成通车的首座跨江大桥。牛角沱嘉陵江大桥位于渝中区上清寺和江北区华新街之间，总长625.71米，宽21.5米，主桥为铆合钢桁架双悬臂桥，引桥为钢筋混凝土T形梁，三分之二的桥身是钢材，三分之一是钢筋混凝土。这座桥从1958年开始建设，1966年建成通车，前后历经8年。

这座桥带来的变化，很多重庆人记忆犹新。今年87岁的黄云龙退休前在城区供电局生技科担任变配电专责。他回忆："在牛角沱嘉陵江大桥、重庆长江大桥建成投运前，我们到江北盘溪、苗儿石等变电站工作，只能坐轮渡或者木船，非常不方便。"黄云龙说，当时坐轮渡过嘉陵江、长江，单程只需十来分钟，但要排队等，有时得等1个多小时。过江的轮渡一般天亮开、天黑停，所以无论他们过江干啥工作，都得抓紧点才能赶回单位，否则就要在江对岸住一晚。

1977年11月26日，重庆长江大桥动工开建。经过近3年的建设，这座连接渝中区与南岸区的大桥在1980年7月通车运营。一座大桥，将渝中区到南岸区的通行时间缩短为10分钟，为长江两岸的居民带来巨大便利。

　　一桥跨两岸，江河变坦途。随着嘉陵江大桥、长江大桥先后建成通车，从渝中区到江北区或南岸区不再是难事。"我们跨江去上班更加方便了，再也不受轮渡运营时间的限制了。"黄云龙说。

　　俗话说："要想富，先修路。"在重庆，要想富，不仅要修路，还要修桥。改革开放以来，重庆加快桥梁修建速度，打通交通瓶颈。1988年12月，石门大桥建成投用，连接起江北区和沙坪坝区。1997年，李家沱长江大桥建成通车。这也是重庆建成的第二座跨越长江的公路桥，因此一直以来被重庆人称为长江二桥。

　　此后，两江之上陆续建起多座跨江大桥。这些桥梁就像一条条纽带，连通整座城市。因为重庆桥梁数量多、规模大、技术水平高，我国最权威的桥梁委员会——茅以升桥梁委员会认定：重庆是中国真正的"桥都"。

　　重庆不仅桥多，而且类型齐全。现代桥梁可分为拱桥、梁桥、斜拉桥、悬索桥四大类，这四类桥在重庆都能找得到。因此，重庆也是公认的中国桥梁博物馆。

　　逢山开路，遇水架桥。在重庆的城市建设发展历程中，桥梁建设无疑是浓墨重彩的一笔。重庆市桥梁协会的数据显示，重庆市范围内的各种桥梁超过1.3万座，其中已建成投用的跨江大桥达33座。

　　在桥梁建设领域，重庆也创造了多项纪录。

　　2007年建成投用的菜园坝长江大桥，不仅是世界第一座公路轨道两用城市大桥，其420米长的钢箱拱梁跨距当时也位居世界第一。此外，该桥也是世界第一座采用缆索吊机安装的大桥。

　　以552米的主跨位居当时世界同类桥梁第一的朝天门长江大桥在2009年4月通车。这座世界第一大跨径拱桥的建成，标志着中国桥梁建造技术达到世界领先水平。

　　白居寺长江大桥全长1384米，主跨660米，为世界最大跨度的公轨两用钢桁梁斜拉桥。大桥钢桁梁共划分为93个节间（桁梁节点之间的距离），标准节间长15米，重约500吨，由16个杆件、1.1万套高强螺栓连接而成。大桥钢桁梁总重约4.43万吨，超过北京"鸟巢"的用钢总量。

重庆不仅桥梁多、类型全，而且颜值高，有的桥还成为网红打卡地。

连接江北和渝中的千厮门大桥，位于重庆著名网红地标洪崖洞旁，站在桥上就可以观赏洪崖洞的全貌。这座桥的颜色是流行的橙色，造型是非常有特色的"天梭"，时尚感十足。这几年，来洪崖洞打卡的游客越来越多。每逢长假，如果游客量激增，重庆警方会对千厮门大桥进行交通管制。此时，桥面就变成了一个大的观景台，游客可以在桥上近距离观赏洪崖洞。

而因为超复杂而出名的黄桷湾大桥，连接广阳岛、江北机场、南岸、大佛寺大桥、朝天门大桥、弹子石、四公里和茶园8个方向，上下总计5层，共有20条匝道。由于黄桷湾大桥层数、匝道多，导航在这里有时反应不过来，经常"找不到北"或导错方向。一些外地的游客开车到重庆来玩，如果开到黄桷湾大桥，往往转几圈也找不准方向，只好打电话给本地的朋友，按照对方的提示才能开出来。因此，有游客戏称黄桷湾大桥"走错一个道、重庆一日游"。

在重庆，一座座大桥连通两岸，通达四方，让市民出行更便利，让城市发展更快速。这些桥巧妙地融入城市，构成独特的景观，成为这座城市的地标。

赏雨

◎ 张肖飞

（散文）

雨，给了百姓希望，"好雨知时节，当春乃发生"。雨，给了文人墨客灵感，"沾衣欲湿杏花雨，吹面不寒杨柳风"。雨，亦给了人们欢喜，"不愁屋漏床床湿，且喜溪流岸岸深"。

我喜欢瓢泼大雨，大雨让人酣畅淋漓；也青睐小雨，小雨予人缠绵蕴藉。

"小楼一夜听春雨，深巷明朝卖杏花。"滴滴答答、滴滴答答……一阵阵清脆的雨拍打着玻璃，把我从睡梦中叫醒。透过明净的窗户仰望天空，晨雨潇潇，莺啼鸟啭，让我顿生欣喜。难得周末这么有闲情雅兴，放空所有，可了无挂碍地赏雨。

从前站着观雨，视野中雨的掉落是竖直的，只能感觉到雨速的变化。今日赏雨，我躺在床上，视野和雨的流淌是平行的，能看出雨丝的疏密变化。

放眼窗外，无数条平行流动的雨丝，犹如蚕娘吐出的银丝，荡漾在半空中，像轻薄的纱，编织着生活的浪漫情怀，又像无数珍宝从天上洒落下来，让春天的画卷更加绚丽多彩。

雨丝轻柔滴落，在地面上溅起一朵朵小水花。我静静地欣赏着这份美好，痴痴地，不由自主地站起身走到窗前。

这时，不远处一棵树的树冠上聚集了几只喜鹊，顿时吸引了我……它们正欢快地享受着自然的沐浴，羽毛黑白相间、油亮光鲜，时而摇头翘尾，扇动翅膀，时而用喙梳理羽毛，好不惬意！雨声和叽叽喳喳的鸟鸣声交织在一起，如天籁之音，仿佛一曲春之恋歌，令人陶醉。

渐渐地，看已经不能满足我对雨的痴迷和好奇，我索性跑到屋外，仅片刻犹豫，便纵身融入雨幕之中。放眼望去，薄雾氤氲，雨连着天，天连着雨。调皮的雨珠温柔地亲吻着我的脸颊，痒痒的、凉凉的，陶醉在漫天大雨之中，聆听一场雨的专场音乐会，让人心旷神怡。

雨浸入人们的身体，净化着心灵。我对雨向来抱有好感，它像是个极其真性情的人，而我钟爱的，恰恰就是真性情之人。

从小到大，我对雨有着莫名的情愫。记得小时候，每逢落雨，我就会赤脚跑到街头玩耍、嬉戏，兴趣浓时披着一块塑料布，跑到池塘边垂钓，看着雨线渐渐汇集，水面泛起一圈圈涟漪，诱得鱼儿跃出水面，追寻着雨的足迹。

坑洼地段，雨落成镜，倒影朦胧，映照出了另一番景致。道路上的风景更是迷人，一朵朵花伞在雨中绽放，五彩缤纷。

湿润的泥土夹着植被的芳香沁人心脾，我置身其中，轻松释然，激荡起不尽的思绪。兴奋至极时，我便在雨中奔跑、旋转、跳跃，撒着欢地不停歇……脚下不觉溅起剔透的水花，漂亮极了！

赏雨，可观，也可听，皆有韵味，体会大不相同。人生境界不同，赏雨的感受也就各不相同。雨本来是没有灵性和知觉的，无情抑或有情，都在于人的感受。

诗圣杜甫在凄凄风雨中，发出了"安得广厦千万间，大庇天下寒士俱欢颜！风雨不动安如山"的喟叹。"夜阑卧听风吹雨，铁马冰河入梦来"，爱国诗人陆游听到雨声，依然想象披铁甲、骑战马，驰骋杀敌，饱含爱国情怀。

"天街小雨润如酥。"雨是自然对大地的润泽，让万物萌生，有如仙子随手撒下的种子，孕育着春的希望。草儿在雨水的灌溉下日益饱满，绿意萌发；树木在雨水的问候中虬枝吐嫩，生机勃勃；花儿在雨水的亲吻下变得清丽柔美，绽放蓓蕾。

人生须臾，流经岁月的河流，该有不甘平庸的梦想，也该有值得贪恋的美景。静观赏雨，是乐事，也是趣事，撩拨着心弦！

看山

◎张信

（散文）

我必须是你近旁的一株木棉，
作为树的形象和你站在一起。
根，紧握在地下；
叶，相触在云里。
……

这是一首赞颂爱情的诗。我们之间虽不是爱情，但是父亲，我们这种与生俱来的关系也表明，我必须在你近旁，以电力工人的形象和你站在一起——根，紧握在地下；叶，相连高原盆地。

——题记

我继承着你的来头，偏僻的村子山高路远，在云贵高原半石漠化区域。山峰是那里的代名词，人们的一举一动都围着它转。乡亲们世代耕种，开山劈石筑瓦屋，依山势而居。我每次流浪到一个全新的地方，都会坐观当地的山。有山看山，无山便找山来看，似乎已把看山的习惯深植于骨髓——毕竟，你这大半辈子都奋斗在山上。

幼时看山，仅观其态。

老家在贵州省兴义市。我念小学的时候，村里信息、交通闭塞，乡亲们都选择守着几分地，鲜有人谈论外出。但仍有能人有先见之明，张三爷就是其中一位。听说他在外当包工头，专包未通电区域的农村供电线路

文化篇 拾取光阴

工程，或者是农网改造工程。总之，传言跟他"混"，收入较为可观。于是，自小本生意失败后，你加入了他的队伍，从此便开启了二十余年的电力劳务生涯，年初启程，岁末归家，不问西东，亦不知春夏。

那时，你带了很多新奇玩具和糖果回家过年，与叔伯们围着炉火而坐。你端着叔伯们传过来的苞谷酒，一边将水烟筒抽得哗哗响，一边滔滔不绝地讲你的工作、所见所闻和一些已知的悲欢离合，忽略尘土、汗水、经受的烈日和风霜雨雪，不时露出满足的笑容。我那时还不知道什么是变压器、金具、拉线和导线，不知道脚扣、安全带的具体含义，只认识电杆——木电杆村里就有，水泥电杆在屋后的山上列队站着。村子停电的时候，二伯要扛着长长的带钩的木棒站在两根电杆之间"捅马脚"，后来才从书本上得知那是跌落式熔断器。

电杆栽在山上。母亲早出晚归在山上干农活。我每日上学必经过山上，放学后割猪草也要独自上山，与大山频繁而又亲密地接触着。但那时我只识得山峰之巍峨，观其外表形态，只会简单比较它们的"高矮胖瘦"，就好比你激情澎湃地描述为苗寨送电作出的贡献时，我只能静静地听着，却不解其意。每逢村里婚丧嫁娶，多多少少都会有几个你的工友回来吃酒，我都要凑上去问几句关于你的情况，问问你有没有带来零花钱或是有什么要紧的话，其实多半是想念玩具、新衣服和糖果了。在赶场的日子，我也会假借上厕所之名跑出教室，悄悄趴在学校的围墙上，看见同村的熟人便问同样的问题。

少年看山，只知其然。

上了高中以后，我的寒暑假都会被各种补习挤压，难得休息几天，我也要坐上汽车，长途跋涉，去你所在的城市探望。在你的住所——城郊菜园里的自建房，你必然要重复讲述关于农网建设的故事，生怕我错过每一个扣人心弦的情节。

这么多年关于你的工作都是靠臆想和猜测，于是我想实地探个究竟。抓住一个难得的机会，我坐上载满电力物资的汽车一同前往。在公路的尽头，大卡车停在路边。你和工友各司其职，扛着沉重的器材，在没有路的山坡上如履平地，"咬牙切齿"的画面在我心中难以磨灭——你们的汗水止不住地流，垫肩的毛巾和衣衫早已湿透。

"嗨哟……嗨哟……"

"预备，起！预备，起！"

不同的口号有规律地在山间回荡，谁也不会放弃，一直朝着目标挺进。每个身强力壮的男人背后都有读书的孩子、留守的女人和老人，大概就是靠这样的意念拧成一股绳的吧！众人合力将所有电力物资搬到目的地后，才松了一口气。收班的时候，张三爷会支付报酬。生活有了着落，可以点一支烟顺着风的方向看远处的山脉和人家，看山上曾经走过的野路和通往苗寨的电力线路。有时候，雀鸟会停下来唱几句。农闲时也会有农民站在远处观望你们。

做好一切准备后，负责人指挥立杆，你和工友们又得团结协作，登杆安装金具，架设导线，直到送去光明。

后来你说："不要担心，我这份工作虽然苦点累点，但习惯了也不觉得，关键是很有意义。看到有些苗寨通了电，很有成就感，就像这份光明是我们送去的一样，尽管我们只是付出了最基础的劳动力，想起我们点煤油灯的日子真的很……"你回过头去，欲言又止。

母亲为了能与你相互照应，终于肯放下锄头，搬去与你住在一起。她种菜卖菜，你在种菜卖菜之余还要干"老本行"。一次暑假，我们一家四口团聚。一天，县剧院要放电力题材的电影。你让母亲带着我和妹妹早些去占位置，专门强调了免费。你从工地直接去的剧院。劳累了一天，你全身上下满是尘土，透过目光就能看出疲惫，蓬头垢面地坐在我旁边。前后左右的人都衣着华丽、谈笑风生。我当时觉得抬不起头，羞于观察周围，一直埋着头。你问我是不是身体不舒服，我故意没回答，还不耐烦地让你专心看电影不要说话。其实，那是青春期的虚荣心作祟。整场电影看下来，我几乎没记住一个画面，然后快速离开，回到自家菜园后才放松下来。多少年了，我一直对那时的年少无知深以为耻。

从那时起，我才明白你为什么如此努力：白天干着危险而又繁重的活，夜晚还要打着手电筒到地里锄草摘果；为了让菜品保持新鲜卖个好价钱，凌晨三四点钟又要将菜挑到小溪边反复清洗，不辞劳苦。你仅有小学文化，不知何时何地听来一句"小时读书不用心，不知书中有黄金"，这句话便成了你教育我好好读书时用得最频繁且铿锵有力的"台词"。再忙碌的季节，你只要看到我在家中看书，定会悄无声息地绕道而行，生怕打扰我。但凡我有一丝厌书的苗头，或是没有认真完成学业，你就赌气地说："不想读书，就把从小到大的学杂费还给我，然后跟着我一起脸朝黄土背朝天，风吹日晒的，安逸！"

看过你干活的样子后，我久久不能释怀，一边牵挂，一边感恩，开始发奋读书，想着一定要考上大学。填报专业的时候我也没有具体目标，但机缘巧合，我被电气专业录取——命运将我和你再次紧密联系在一起。

而立看山，方明吾志。

大学毕业后，我如愿进入电力行业，但是要远离家乡、远离你。我记得向你说起此事时，你大力支持。我从你的话语中听出两层"含义"：一是可以不用像你年轻时候那样做繁重、风吹日晒的劳力工作；二是这是一份你坚持了二十余年且有意义的工作。

工作后，我们靠电话维持联系。这次轮到我向你讲述身边的故事，讲述同事们为电力行业的发展挥洒青春热血的场面，描绘他们兢兢业业的样子。当我讲到一位带电作业的同事每逢夏天都要中暑几次，"工作五分钟，出汗两小时"，还在重大保电过程中不小心丢失钱包时，你就千叮咛万嘱咐我注意安全，并传授保管钱包的秘方。此外你也说不出什么。

如今我已工作五年。身处异乡，我无时不牵挂你们。我工作的地方也是山区，也有延绵不绝的大山，与小时候看的山相比，它们仅有南北之别、农村和城市之分。我还是照常翻越大山，闲时观赏每一座山峰，比较"高矮胖瘦"，分析它们的"脾性"，竭力找寻与你气质相似的一座，以寄相思。在电话中我能感觉到，你依然想着你的"老本行"。不过，父亲，你只管歇着，让我拿起接力棒，再续你未完的电力梦。

◎ 邹群

沅江：逐水栖居的歌吟

（散文）

　　一条河流，源于贵州，经湖南之西，浩浩汤汤，涵泽全境，于路途的辗转中，或急促或缓慢，或狭窄或广阔，或迂回婉转或急流浩荡，由羸弱逐渐强壮。穿山绕岭经泸溪境内时，水域渐宽，波澜壮阔，航运、灌溉、捕捞、游水嬉戏，是上天恩赐的灵动风景和诗意栖居的山环水阔。江水在此处稍做停留，又跌跌撞撞往东，奔八百里洞庭而去。

　　这就是诗句"沅江水有梁与罾，沅田树桑可蚕耕"中的沅江，亦在"流水通波接武冈，送君不觉有离伤"的歌吟中，被久久传唱。

　　屈原在《九章·涉江》里写道"朝发枉渚兮，夕宿辰阳。苟余心其端直兮，虽僻远之何伤……"这正是他流放途中经过泸溪，涉江而上时有感。

　　"川黔边境由旱路来的朱砂、水银、苎麻、五倍子，莫不在此交货转载。木材浮江而下时，常常半个河面皆是那种大木筏……"这是沈从文《湘行散记》中靠水繁荣的浦市。

　　沅江，湖南第二大河流，全长1033公里，滋养着8.9万平方公里的土地，有润泽万物的慈悲。江水灵动，顺山势缓缓延展，用曲折迂回的方式探寻人间的烟火气息。

　　朝夕之间，沅江旖旎难言。清早，江上青云出岫，雾锁江流。待雾散开后，天空逐渐变得明朗，晨曦铺满江面，波光渺渺，有水鸟排成一行，从水面低低掠过。岸上房舍整齐，家家户户屋后种树院前养花，迤逦散开

文化篇
拾取光阴

平旷阳气，鸡犬之声不绝于耳，炊烟袅袅到庭前。傍晚，农人劳作归来，随一叶扁舟踏歌而行。晚霞连山映江，倦鸟清洗翅膀，伴着山风如啸，水声淙淙，便觉天人合一，心无挂碍。

四时变换，沅江各有不同。初春时节，雨水充沛，江面宽阔，江边畈上桃红梨白菜花黄，春事烂漫。入夏后遇汛期，江水翻卷咆哮，沅江与峒河于武溪交汇处，半江碧绿半江红，两种水色泾渭分明成一道独特景观。秋日里，鱼翔浅底，鹭鸟翩翩，漫江碧透，层林尽染，秋水共长天一色。入冬，山河寂静，万籁无声，一人一蓑衣，独钓寒江雪，成一幅绝美的水墨。

江边多高耸怪异的岩壁，是沅江千万年来不断冲刷的结果。

从泸溪乘船至浦市，沿岸山壁垂空如削，石皆壁立水滨，依稀可见风化后的木桩悬于其中，此谓悬棺。据说上古始祖盘瓠是星宿降世，生不落地，死不落土，因而他去世后，儿孙们就用车轮和绳索将棺木置于悬崖峭壁的岩洞中，之后代代沿袭，便有了悬棺葬的习俗。

沿沅江行15公里至侯家村，有奇峰绝壁，屹立如人，相传为高辛氏之女于此化为石，故名"辛女峰"，直至如今，山顶的辛女庙依然香火旺盛。在湘西，历来有认干爹干娘的习俗，家中有体弱多病的小孩，便会拜寄给"命硬"的干爹干娘。这干爹干娘或是古树，或是块田，或是大石。因此，母性化身的"辛女峰"成了庇佑远近诸多孩子的干娘。

沿江行，岸边多有简易的竹亭，搁置漆了桐油的龙舟。每年端午前后赛龙舟，是湘西上千年的传统。到了那一日，远近各寨牯牛一般的青年后生聚齐，皆光着上身，露出结实的肌肉，只等着锣鼓一响，拼尽全力桨往水中，龙舟如同一支支射出去的箭。鼓点敲得震天响，整个沅水两岸就都沸腾开来。

沅水两岸的人们在烈日下劳作，在大树下栖息，在沅江上娱乐，用水的语言歌唱，用水的体态舞蹈。他们与水相亲、互为依存，这山水不仅锻炼出他们强劲的身骨，更赋予他们浪漫的气质和游侠精神。

这条江，接纳了屈原的满腔忧愤，成就了沈从文的湘西世界，构筑了陶渊明的理想家园，也让闭塞的湘西与外面的世界遥相呼应、息息相关。

这条江，一端是历史，一端是未来，连接着不同的文化，书写着崭新的传奇。

有水，便有鱼，也就有了打鱼人。"晋太元中，武陵人捕鱼为业。"对于捕鱼，陶渊明的《桃花源记》中早有记载。然而，前些年的滥杀滥捕导致生态环境恶化，最终形成"资源越捕越少，生态越捕越糟，渔民越捕越穷"的恶性循环。

鱼虾成群，成了遥远的记忆。实现禁捕，让沅江休养生息，迫在眉睫。

治理一条河，改变一座城。为了保护生态环境，泸溪县政府认真落实长江流域重点水域"十年禁渔"部署，执行禁捕退捕，落实渔民安置保障，逐户上门走访谈心，建档立卡、支持创业、推动企业招录、开发兜底岗位，帮助渔民充分就业，让渔民转产安置工作有力度、有温度。

很多渔民穿上印有"泸溪护渔员"字样的背心，成了沅水的守护者。比起旁人，他们更了解沅江的脾气，更懂得鱼虾的习性，他们换了一种方式与沅江彼此相守，彼此呵护。

"数罟不入洿池，鱼鳖不可胜食也。"如今的沅江，已是沙鸥翔集鱼虾成群。沿着沈从文的足迹涉水而上，掬一捧沅江水，看一场赛龙舟，品一段辰河高腔，去下湾遗址处探寻新石器时代的文明，让你在隐秘之境邂逅一隅宁静。